Thomas Regnery

DAS VERMÄCHTNIS DER EIFELKOMTESS   TEIL 1

Das Herz von Albenhain

ROMAN

Die Deutsche Nationalbibliothek verzeichnet diese Publikation in der Deutschen Nationalbibliografie. Detaillierte bibliografische Daten sind im Internet über http://dnb.dnb.de abrufbar

© 2015 by Thomas Regnery
Herstellung und Verlag:
BoD – Books on Demand, Norderstedt
Neuausgabe © 2024
Ergänzt und überarbeitet vom Autor
Covergestaltung: Thomas Regnery
Printed in Germany
ISBN: 978-3-759-74347-3

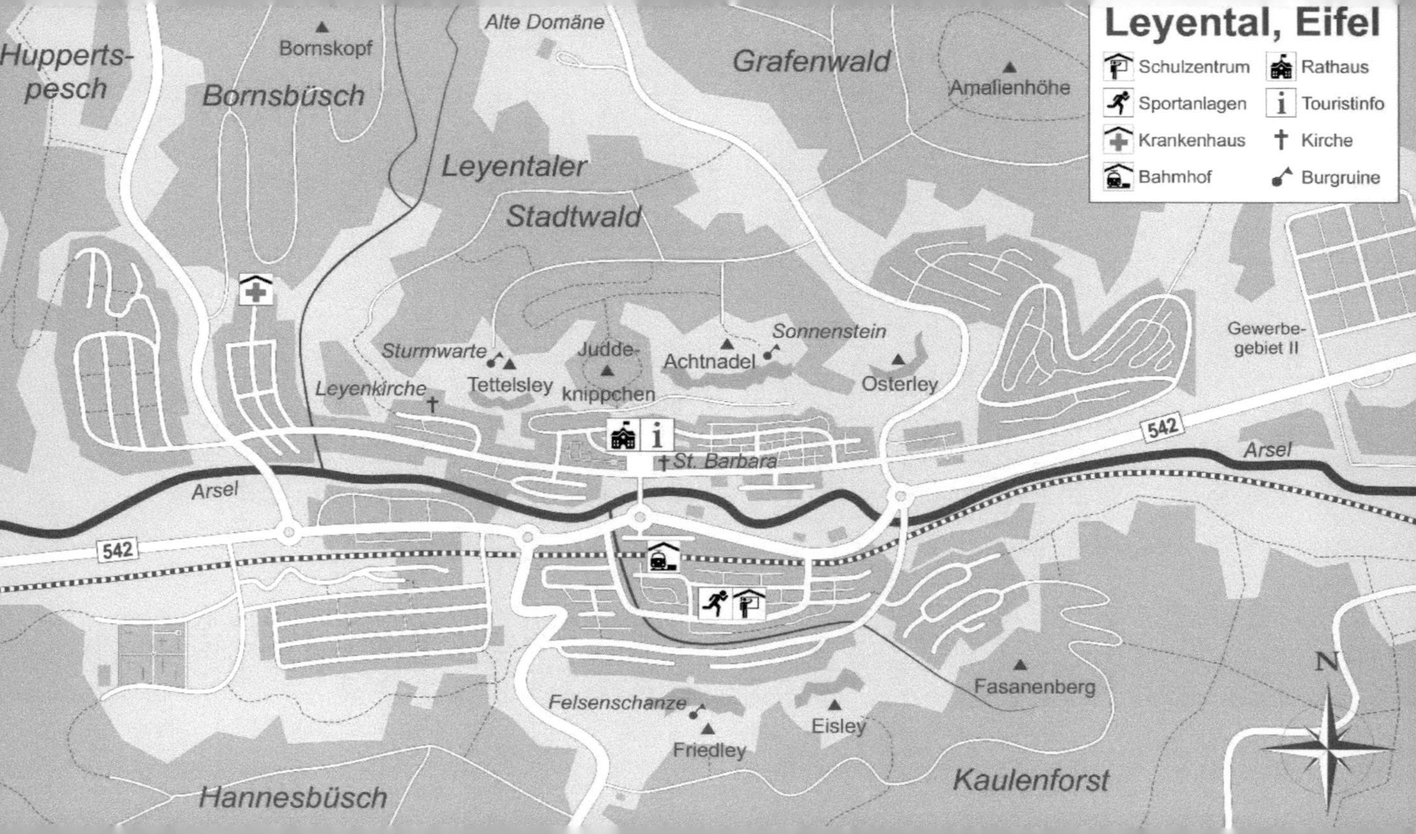

Leyental, Eifel
Schulzentrum
Rathaus
Sportanlagen
Touristinfo
Krankenhaus
Kirche
Bahmhof
Burgruine
Hupperts-
pesch
Bornskopf
Alte Domäne
Grafenwald
Amalienhöhe
Bornsbüsch
Leyentaler
Stadtwald
Sturmwarte
Sonnenstein
Judde-
Achtnadel
Osterley
Leyenkirche
Tettelsley
knippchen
Gewerbe-
gebiet II
542
Arsel
St. Barbara
Arsel
542
Fasanenberg
Felsenschanze
Eisley
Friedley
Kaulenforst
Hannesbüsch
N

– Kapitel 1 –

Leyental, 25. August 2015

»Kackmist.«

Leise entfuhr Tim dieser Kraftausdruck, als ihm bei dem Versuch, einen Joghurtbecher zu öffnen, der dünne Foliendeckel zerriss. Nun hatte er nur ein dreieckiges Stück Alufolie in der Hand, von dessen Unterseite ein dicker Tropfen Kirschjoghurt über seine Finger floss.

»War ja klar.«

Schnell leckte Tim den Joghurt von dem Folienfetzen und lutschte seine Finger ab, stellte den vollen Becher auf den Couchtisch zurück und stand auf, um sich ein Stück von der Küchenrolle abzureißen.

Natürlich musste der Deckel zerreißen, wusste Tim. Denn wenn man den Becher vorher schüttelt, damit man den Joghurt nicht umständlich umrühren muss, wobei der ganze Löffelstiel eingesaut wird, dann reißt der Deckel garantiert beim Abziehen. Das ist wie mit dem Marmeladentoast, das vom Tisch fällt und dann hundertpro mit der Marmeladenseite auf den Boden klatscht. Oder wie bei einem frischen Nutellaglas, wenn man die Goldfolie einsticht und in das Loch greift, um die Folie abzuziehen, dann patscht man garantiert in den einen Klecks der Schokocreme, der an der Unterseite der Folie klebt.

Plötzlich klingelte Tims Handy.

»Natürlich!«, brummte er. »Wann auch sonst?«

Er wischte sich die Hände ab und warf Papier und Deckelstück in den Müll. Dann nahm er sein merklich abgenutztes Uralthandy aus der Tasche und sah aufs Display. Sein Gesicht verfinsterte sich nun deutlicher.

»Ja«, meldete sich Tim kurz angebunden.

»Aha!«, kam es vom anderen Ende zurück.

»Aha was?«, fragte Tim angenervt nach.

»Du weißt also doch, wie man ein Telefon benutzt«, stellte sein Anrufer vorwurfsvoll fest.

»Willst du mir auf den Piss gehen? Falls ja, kannst du dir die Mühe sparen. Das hast du beim ersten Klingeln schon geschafft!«

»Tim, hör auf! Du warst über vier Jahre weg! Seit 'nem halben Jahr bist du wieder in Deutschland und hast es nicht nötig, dich nach deiner Familie zu erkundigen?«

»Familie«, brummte Tim ironisch. »Meine ›Familie‹ war der Grund, warum ich aus Leyental abgehauen bin, schon vergessen?«

»Ach, willst du uns jetzt für deine Straftaten verantwortlich machen?«

An dieser Stelle drückte Tim auf die Taste mit dem roten Telefonhörer. Florian hatte wieder damit begonnen, ihm die Worte im Mund herumzudrehen. Das war immer so gewesen. Es war eine der typischen Gepflogenheiten in seinem verkorksten Elternhaus.

Florians Anruf hatte Tim sichtlich aufgekratzt. Mit verkniffenen Lippen warf er sein Handy auf den Wohnzimmersessel. Dann senkte er den Blick und sah dabei an sich hinab. Zu den Zeiten, als er sich noch von seinem Bruder etwas sagen lassen musste, war er mager und unsportlich gewesen, ein Spielball für jeden mit größerer Körperkraft. Das hatte sich inzwischen geändert. Die körperliche Beanspruchung der letzten vier Jahre hatte ihn zu einem starken und attraktiven jungen Mann geformt. Seine naturblonden Haare und seine taubenblauen Augen hoben sich ansprechend von seiner gebräunten Haut ab. Tim war nun nicht nur innerlich, sondern auch äußerlich nicht mehr der Mensch, den Florian einmal gekannt hatte.

Im Augenblick stand er jedoch da und sah eher etwas unbeholfen aus in seinem Bemühen, den Deckel von dem Joghurtbecher abzupiddeln. Folie abziehen, Finger ablecken, und wieder Folie abziehen. Er hielt den Becher ein Stückchen von sich weg, um sein weißes T-Shirt nicht zu besudeln. Tim trug diese Shirts sehr gerne. Dazu zog er meistens Blue Jeans an. Mit einem Echtledergürtel, der eine derbe, eiserne Schnalle mit Verzierungen im Western-Look hatte. Das war Tims Ding. Er mochte diesen Style. Er war einfach und zeitlos. Tim hatte noch nie Lust gehabt, sich einen Kopf um Mode zu machen.

Erneut klingelte sein Handy. In betulicher Ruhe stellte er den Becher ab und wischte sich die Finger sauber. Nach acht Klingelzeichen nahm er das Gespräch an.

»Was willst du, Florian?«

»Einer muss doch nach dir sehen, bevor du wieder Mist baust.«

Tim schloss die Augen, nahm tief Luft und griff sich mit der freien Hand an die Nasenwurzel.

»Erstens, Florian«, begann er um Fassung bemüht, »bin ich zwanzig Jahre alt, nach mir braucht keiner zu sehen. Zweitens bin ich viereinhalb Jahre lang in der ganzen Welt unterwegs gewesen … Alter! Ich hab so viel gesehen und erfahren, ich hab an tausend Orten gearbeitet – wie kommst du auf die Idee, dass du hier mein Aufpasser sein könntest?«

»Ach, komm! Dein ›Arbeiten‹ kenn ich. Dealen und Einbrechen ist keine Arbeit.«

»Siehst du? Und genau deswegen könnt ihr mich alle mal. Ich hab mich geändert! Das hatte ich schon, bevor ich abgehauen bin. Aber ihr habt das nie eingesehen.«

Tim hörte Florians verächtlichen Seufzer.

»Und warum hängst du dann jetzt wieder mit den Typen vom Haus der Jugend rum?«

»Weil sie meine Freunde sind. Und weil wir uns alle geändert haben.«

»Darüber solltest du mal nachdenken, wenn du hier neu anfangen willst. Du weißt, wie es in der Eifel ist. Die Leute reden über euch. Für die seid ihr immer noch die Schläger und Kriminellen von damals. Die warten nur darauf, dass ihr wieder irgendein Ding dreht.«

»Was die Leute hier reden, interessiert mich ’nen Scheiß!«

»Natürlich. Tim Richthof interessiert es mal wieder nicht. Und für seine Familie interessiert er sich auch nicht.«

»Familie? Das nennst du Familie? Weißt du noch, wie der Alte mich immer im besoffenen Kopf verprügelt hat? Oder die hysterische Schreierei von der Alten? Und wie wir jedes Jahr an Weihnachten in deinem Zimmer gesessen und gehofft haben, dass die beiden endlich aufhören sich anzuschreien, während andere Kinder Bescherung gefeiert haben? Familie – Hör doch auf!«

»Das ist also deine soziale Haltung, ja? Weißt du, Tim, egal wie die Umstände sind, wenn man nach so langer Zeit in die Heimat zurückkehrt, dann meldet man sich bei seiner Familie und kommt mal vorbei.«

»Mir fallen nur ganz wenige Gründe ein, bei euch vorbeizukommen.«

»Ach ja? Und die da wären?«

»Och, nichts Wesentliches. So Kleinigkeiten halt: Euch vor die Tür kacken … die Bude anzünden … euch alle im Schlaf töten … sowas halt.«

»Tja, dann haben sie ja alle Recht. Papa hat gleich gesagt, dass es sinnlos wäre dich anzurufen, weil du wahrscheinlich immer noch derselbe aufsässige Hund wärst wie damals.«

»Ich kann so auf euch verzichten, Mann.«

»Na ja, ich hab wenigstens versucht, mit dir zu reden. Viel erwartet hab ich auch nicht.«

»Florian, fick dich! Wenn du noch einen verkackten Ton von dir gibst, dann schwör ich dir, schnapp ich mir mein Katana, und zehn Minuten später steh ich knöcheltief in euren Eingeweiden. Ohne Witz jetzt, Alter!«

Damit beendete Tim das Gespräch endgültig. Es war besser so. Sein Puls raste. Bilder aus der Vergangenheit kamen in ihm hoch. Erinnerungen an Hilflosigkeit. Erniedrigung. Schmerzen. Er setzte sich auf die Armlehne des Sessels. In seiner alten Heimat, der Eifel, war es schwierig für ihn, wieder Fuß zu fassen. Die große geographische Nähe zu seiner Familie machte es ihm nicht leichter. Dass auch die Leute außerhalb seines Elternhauses schlecht über ihn redeten, lag an seiner Vergangenheit. Da war nichts mehr zu machen. Auch wenn die Sanktionen, die ihm damals drohten, nie umgesetzt worden waren, sein Ruf war seitdem ziemlich ruiniert.

Tim wechselte auf die Ledercouch und löffelte seinen Kirschjoghurt. Da klopfte es lautstark an seine Haustür.

»Ist offen!«, rief Tim, erhob sich und ging in Richtung Tür, um seinen Gast zu empfangen.

Ein junger Mann, etwas kleiner als Tim, trat ein und grüßte: »Hey, Trip!«

»Hey, Ditze!«, grüßte Tim heiter zurück. »Komm rein, pflanz dich!«

»Lange bleiben kann ich nicht«, erwiderte der Angesprochene, als er sich auf der Couch niederließ. »Ich bin auf dem Weg zu Tante Helgas Geburtstagskaffeekränzchen. Bin aber 'n bisschen früh dran und dachte, ich komm kurz rein.«

»Cool«, freute sich Tim. »Alex Schröder in meinem Haus. Was verschafft mir die Ehre?«

Er verschwand kurz in der engen Küche und erschien mit zwei Dosen Cola. Dann setzte er sich ebenfalls. Gelöst ließ er sich in den Sessel fallen, der vor ein paar Minuten noch den Flug seines Handys abgefangen hatte.

»Wie gefällt's dir, deinen Hintern wieder in deine alte Couch zu pflanzen?«, lachte er.

»Alles okay bei dir?«, erkundigte sich Alex.

»Klar, was soll schon sein?«

»Erzähl mir nix, Kumpel. Kommst mir 'n bisschen übertrieben froh gelaunt rüber. Und wann hast du das letzte Mal meinen richtigen Vornamen ausgesprochen?«

»Ach, scheiß drauf.«

»Komm schon, Trip! Muss ich erst dein Handy filzen und die Anrufliste aufrufen?«

Da musste Tim lachen.

»Ist klar! Nee, ernsthaft. Alles cool. Vorhin hat nur mein verkackter Bruder angerufen und seinen üblichen Dünnschiss durchs Telefon gedrückt. Jetzt riecht's hier 'n bisschen nach Flitzkacke. Aber sonst ... alles im grünen Bereich.«

»Ich wusste es«, nickte Alex und fügte hinzu: »Ist völlig okay, wenn's dich abfuckt. War 'ne scheiß Zeit.«

»Ja, das stimmt«, raunte Tim. »Aber es war nicht alles Kacke. Immerhin gab's Gründe zurückzukommen. Ihr Jungs seid einer davon ... Und Hermann. Ich weiß nicht, was ohne Hermann aus mir geworden wäre ... Scheiße, Ditze, weißt du noch, wie der damals ankam und uns angelabert hat?«

Leyental, 15. Dezember 2009

Die Eifelstadt Leyental besaß einen klassischen Marktplatz. Er lag zentral, in Sichtweite zum Rathaus, und er wurde regelmäßig in seinem ursprünglichen Sinn genutzt. Zwar füllten die Stände ihn zu den Marktzeiten nicht mehr so dicht wie vor zwanzig Jahren, doch war insbesondere der Weihnachtsmarkt noch immer eine rege besuchte Veranstaltung.

Etwas abseits des Marktplatzes lag der kleinere Brunnenplatz, eine Ansammlung von sechs Holzbänken um ein zweieinhalb Meter hohes Wasserspiel aus Bronze, das eine örtliche Künstlerin entworfen hatte. Eine große, verglaste Hinweistafel für Touristen befand sich zwischen zweien der Bänke. Dieser gegenüber, auf der anderen Seite des Brunnens, befand sich ein aus Draht geflochtener Abfallbehälter. Die beiden Bänke rechts der Infotafel waren, wie gegen Abend üblich, von fünf Jugendlichen der Klassen 8c und 9d der Realschule Plus Leyental besetzt. Ein schlaksiger, doch ausgesprochen großmäuliger, blonder Vierzehnjähriger schien die Gruppe anzuführen. Soeben wurde er von einem seiner Gefährten angesprochen.

»Eh, Richthof, sag mal, haste nochmal was mit?«

Der Junge, der die Frage gestellt hatte, war von robuster Statur und hatte ein rundliches Gesicht. Sein Nasenrücken verlief von der aus ohne Einbuchtung nach unten. Das war das prägende Merkmal seines Äußeren. Der Blonde hatte sich mit den Ellenbogen auf die Knie gestützt. So saß er dort und setzte ein verächtliches Grinsen auf. Er war im Grunde ein recht gutaussehender Bursche. Besonders, wenn er lächelte, erinnerte sein Gesicht an einen jungen Robert Redford, nur dass dieser in seiner Jugend keinen so schmächtigen Körperbau hatte.

»Was soll ich mithaben?«, raunte er.

»Keine Ahnung. Waste halt sonst immer so mithast. Vielleicht 'ne Tüte? Oder 'nen Trip?«

Der Blonde keuchte höhnisch aus dem offenen Mund heraus.

»Scheiße, Motte!«, fluchte er. »Wie zum Geier soll ich zurzeit an sowas rankommen? Die Bullen kleben mir doch an den Socken, Mann! Ich trau mich noch nicht mal, Kippen zu besorgen! Und da kommst du hier angeschissen und schnorrst mich um Stoff an … geht's noch, Alter?«

»Echt jetzt, Damian!«, schaltete sich der dritte im Bunde ein. »Meinste nicht auch, dass Tim gerade andere Sorgen hat?«

»Ich meinte ja auch bloß«, verteidigte sich Damian, »ob er vielleicht noch was von früher übrighat. Klar, dass er jetzt nichts Neues besorgen kann. Sorry, Richthof, Alter.«

Mit seinem letzten Satz knuffte Damian seinem Kumpel Tim kameradschaftlich auf die Schulter. Da sprang Tim auf und wurde fuchsteufelswild.

»Verdammte Scheiße, Motte! Du weißt genau, dass ich da ständig blaue Flecken hab! Das tut weh wie Sau, wenn du da draufhaust, dummer Sack!«

Damian hatte seine Hände blitzschnell an sich gezogen und hielt sie nun besänftigend vor sich.

»Tut mir leid, Richthof. Ehrlich. Hab nicht dran gedacht.«

Man sah Tim an, wie sehr er kochte. Er biss sich auf die Lippen, kniff die Augen zusammen und griff sich in die Haare. Mit einem Mal löste er seine Anspannung, schrie laut auf und schlug mit der Faust auf das Glas der Infotafel, sodass diese laut schepperte. Dann rannte er über den Platz, sprang auf den Abfallbehälter zu und trat mehrmals so heftig auf ihn ein, dass das filigrane Stahldrahtgeflecht einbeulte.

Der dunkelhaarige Junge, der vorhin zwischen Tim und Damian schlichten wollte, war aufgestanden, noch bevor Tim begonnen hatte, den Müllbehälter zu demolieren. Er war der einzige der Jungs, der statt Jeans eine Stoffhose trug. Mit seinem gesunden Teint und seinen markanten Augenbrauen galt er als der hübscheste in der Truppe. Nur half ihm das im Augenblick kein bisschen weiter. Hastig lief er seinem Kumpel hinterher. Damian sah sich um und suchte den Blickkontakt zu den beiden anderen Jungs, die noch bei ihm saßen: Ein übermäßig großgewachsener, kräftiger Teenager mit kurzem Stoppelhaarschnitt und ein braunblonder Wuschelkopf, der für einen Jungen eher unterdurchschnittlich groß war und der im Grunde immer einen spitzbübischen Gesichtsausdruck vorwies.

»Wär nicht schlecht, wenn du nächstes Mal ein bisschen besser überlegst, bevor du redest, Motte.«

Die Worte kamen von dem großen Jungen, der mit seinen 15 Jahren auch zugleich der Älteste in der Gruppe war.

»Wird schon wieder, Hawkens«, antwortete Damian ruhig. »Steini quatscht jetzt mit Richthof, und dann beruhigt der sich wieder. Du und Ditze könnt ja auch mal hingehen. Ihr seid doch auch schon ewig mit Richthof befreundet, oder nicht?«

»Ist richtig«, nickte der Wuschelkopf, »aber Julian kennt ihn schon aus'm Sandkasten. Lass den mal machen.«

Julian gelang es recht schnell, seinen Freund wieder zu beruhigen. Die Stimmung der Jungs besserte sich, und schon bald alberten sie herum.

Da trat ganz lässig ein Mann an die Gruppe heran. Er musste so Mitte bis Ende Dreißig sein, genau abschätzen ließ sich das nicht. Sein Schnurrbart, der keiner aktuellen Mode entsprach, war dafür verantwortlich.

»'N Abend, Jungs«, grinste er, die Hände in die Hüften gestemmt. Tim sah ihn an und lachte heiser.

»Hey, Leute!«, rief er. »Burt Reynolds persönlich besucht uns!«

Der Wuschelkopf, den die Freunde »Ditze« nannten, lachte augenblicklich lauthals mit.

»Ihr beide kennt Burt Reynolds?«, kicherte der Fremde. »So alt kommt ihr mir gar nicht vor.«

»Kommt, weil wir uns besser rasieren«, konterte Tim trocken und sah den Mann herausfordernd an. Der aber blickte unbeeindruckt zurück und lachte still in sich hinein.

»Du bist Tim Richthof«, sagte er ruhig und mit humorigem Ton. »Den erkennen Sie ganz leicht, haben sie gesagt. Es ist der mit der größten Klappe von allen, haben sie gesagt.«

»Woher wissen Sie, wer ich bin?«, fragte Tim verdutzt. Der Mann grinste zuerst ihn an, dann lächelte er verschmitzt in die Runde.

»Oh, ich weiß nicht nur, wer du bist. Ich erkenne jeden von euch Brüdern.«

Er deutete auf den Wuschelkopf.

»Du bist Alexander Dieter Schröder. Hab ich recht? Weißt du, dass die dich seit Wochen im Karate-Dojo vermissen? Solltest dich echt nochmal blicken lassen. Dein Sensei meint, du hättest Talent.«

So still war es in letzter Zeit selten auf dem Brunnenplatz. Die Weihnachtsmusik vom Marktplatz erklang im Hintergrund.

»Und du heißt Damian Müller. Hast ja neulich schön von dir reden gemacht, als du auf Don Bosco während der Besinnungstage auf der Schlafstube randaliert hast.«

»Ich … Ich hab nicht randaliert«, hielt Damian dagegen. »Da war 'ne fette Motte im Zimmer. Die hat mich beim Pennen gestört. Also wollt ich die fangen. Dabei bin ich mit dem Hochbett umgerasselt. Hat sau Lärm gemacht, aber kaputtgegangen war nix.«

Die Jungs waren immer noch perplex, doch sie begannen allmählich zu lächeln.

»Und du! Du musst Julian Stein sein. Der den Mädchen stadtauf–stadtab die Köpfe verdreht. Stimmt's? Du ahmst doch so gerne Dragan und Alda von Mundstuhl nach, hm?«

»Eh, konkret, Alda!«, antwortete Julian in gelungenem Akzent des bekannten Komikerduos. Damian legte ihm den Arm um die Schultern und feixte: »Deswegen ist er unser Bogdan!«

»Sehr schön«, fuhr der Mann fort, »und last but not least, Michael Valentin, ein Kerl wie ein Baum, aber tut keiner Seele was zuleide. Erster bei den Bundesjugendspielen im Kugelstoßen. Reife Leistung. Wer heute nicht hier ist, das sind Mike Suderich, der immer seine Riesenkopfhörer aufhat, und Kevin Kothberg, der immer ein bisschen später als alle anderen schaltet.«

»Woher wissen Sie das alles?«, fragte Tim erneut, und der Fremde antwortete: »Tja. Eure Lehrer sehen euch. Und sie kümmern sich. Ihr solltet ihnen eine Chance geben.«

»Wer sind Sie?«

»Ich heiße Hermann. Hermann Dechant. Ich war bis vor kurzem Streetworker in Köln. Jetzt bin ich hier. Eure Stadtverwaltung nennt mich Jugendpfleger. Aber das klingt, als müsste ich euch gießen und umtopfen. Dazu braucht ihr mich nicht. Nein, ich möchte euch 'nen Vorschlag machen. Kennt ihr das alte, halb verfallende Häuschen unten an der B542? Es gibt einen aktuellen Stadtratsbeschluss, dass daraus ein Haus der Jugend werden soll. Die wollen schon Ausschreibungen für die

Renovierung machen. Aber ich hab gesagt, hey, das wird doch ein Haus für die Jugend, also lasst die jungen Leute das selbst angehen, so wie es ihnen gefällt. Was meint ihr? Habt ihr Bock? Wenn ihr alle kräftig mit anpackt, dann habt ihr schon bald einen optimalen Treffpunkt für euch alleine, wo ihr jeden Tag hingehen könnt. Und wenn euch irgendwas auf der Seele brennt, kommt ihr übern Flur in mein Büro, und dann bequatschen wir das.«

Die Jungs wechselten untereinander Blicke. Schließlich ergriff Tim wieder breit grinsend das Wort.

»Klingt ja nicht schlecht. Aber sehen wir etwa aus wie Bauarbeiter?«

»Du vielleicht noch nicht«, antwortete Hermann. Dann zeigte er auf Michael und Damian. »Aber die beiden schon. Und 'nen Pinsel schwingen wirst du schon können. Überlegt's euch. Ihr findet mich jederzeit da hinten.«

Er deutete zum Rathaus. Dann drehte er sich um und entfernte sich.

– – –

»Wahnsinn, Alter, wie gut du das alles noch weißt«, staunte Alex.

»Ich erinner mich, als wär's gestern erst passiert«, sprach Tim leise. Alex nickte ihm beipflichtend zu. Nach einem kurzen Moment des Schweigens begann er, sich im Raum umzusehen.

»Ich sehe, du hast den Propeller endlich aufgehängt«, bemerkte er und deutete zur Wohnzimmerdecke auf den

Dreiblattpropeller eines ausgedienten Militärflugzeugs aus dem zweiten Weltkrieg.

»Ja«, bestätigte Tim, »war 'ne Sauarbeit.«

»Und wo hast du den nochmal her?«, erkundigte sich Alex. Tim erzählte: »Hab ich in Bolivien gefunden bei 'nem Schrotthändler. Ein cooler Typ. Er hat ihn für mich eingelagert. Vor zwei Monaten kam das Ding bei mir an, zerlegt in Einzelteile. Vorgestern hab ich ihn zusammengesetzt und an die Wohnzimmerdecke geschraubt. Muss jetzt für die Zimmerbeleuchtung herhalten.«

»Sieht geil aus«, lobte Alex, »und passt gut zu den ganzen Flugzeugmodellen. Den paar wenigen, die du noch hast.«

»Ja«, bestätigte Tim, »gut, dass Hawkens sie für mich aufbewahrt hat. Die meisten hat mein Alter ja damals weggeschmissen.«

Alex nickte langsam. Niemand kannte die Geschichte besser als er.

»Ich find's immer noch unglaublich, dass du jetzt in diesem Haus wohnst«, schwärmte Alex bewundernd. »Weißt du noch, wie wir uns immer vorgestellt haben, hier zu leben?«

»Na klar!«, rief Tim lachend aus. »Anderthalb Jahre hat es leergestanden. Ein Riesenglück für mich.«

Den beiden Freunden hatte das Häuschen, in dem er jetzt wohnte, schon immer gefallen. Es war ein ziemlich kleines Holzhaus, das am Ortsausgang links an der Einmündung eines Wirtschaftsweges lag, direkt am Waldrand. Vor dem Haus stand eine Ansammlung knorriger Kiefern, die links hinter dem Grundstück in einen ausgedehnten Wald, den Kaulenforst, überging. Die langen

Nadeln der urigen, alten Bäume bedeckten den ganzen Boden. Dazwischen lagen auch immer ein paar Kiefernzapfen. Die Nadeln musste Tim natürlich jeden Tag von den Steinplatten fegen, die den gewundenen Weg von der Straße zu seiner Eingangstür bildeten.

»Das Holzzäunchen und das kleine Tor an der Straße will ich noch ändern«, erzählte Tim. »Das sieht mir alles 'n bisschen zu oll aus. Aber ich muss jetzt aufpassen, dass ich meine ganze Kohle nicht komplett auf den Kopf haue.«

»Woher hattest du den Schotter für das Haus?«, wollte Alex wissen.

»Ich hab das meiste von dem, was ich unterwegs verdient habe, gespart und angelegt. War eine gute Grundlage, um das Häuschen zu finanzieren.«

»Und mit deinem Job bei der Straßenmeisterei kommst du ja ganz gut über die Runden.«

»Ganz genau. Echt Klasse von Hawkens, dass er mich da reingebracht hat! Ohne euch beide wär der ganze Anfang hier bestimmt viel schwerer gewesen. Danke nochmal!«

»Passt schon, Kumpel!«

Nachdem Alex grinsend abgewunken hatte, sah er sich erneut im Wohnzimmer um.

»Du hast ja 'ne Menge Souvenirs von deiner Tour mitgebracht«, stellte er fest. »Das Samuraischwert kenn ich ja schon, aber die ganzen anderen Sachen sind neu.«

»Die kommen jetzt so Stück für Stück bei mir an«, erklärte Tim, »ich hab die ja in den vier Jahren immer irgendwo hinterlegen müssen. Konnte das ganze Zeug ja nicht ständig mitschleppen.«

»Wie hast du das überhaupt so gemacht?«, fragte Alex neugierig. »Du warst ja damals einfach verschwunden. Keiner wusste was, außer Boggy, und der kam erst einen Tag später damit raus.«

»Nimm's ihm nicht übel. Er hat nur gemacht, was ich ihm gesagt hatte. Ich wollte nicht, dass ihr mir's ausredet.«

»Schon okay. Was wollte ich sagen? Ah ja: Aber wohin du abgehauen warst, hatte er auch nicht gewusst. Willst du nicht endlich mal drüber reden?«

Tim zuckte mit den Schultern. Mit einem knappen »Irgendwann« stimmte er zu und wich gleichzeitig aus.

»War das so 'ne Work-and-Travel-Aktion?«, bohrte Alex nach.

»Nicht ganz«, antwortete Tim und grinste. »So spontan, wie ich damals abgehauen bin, wäre das nicht zu planen gewesen. Hatte auch gar nicht vor, so weit rumzukommen. Ich bin mit 'nem Lkw-Fahrer nach Hamburg getrampt. Am Hafen hab ich dann später Seeleute getroffen, die noch Hilfe auf 'nem Frachter brauchen konnten. Ich brauchte Kohle, also hab ich angeheuert.«

»Also warst du die ganze Zeit total auf dich alleine gestellt?«

»Ja, absolut.«

»Übel«, meinte Alex beeindruckt. »Ich weiß nicht, ob ich mich das getraut hätte. Wär schon stark, wenn du uns mal die ganze Geschichte erzählen würdest. Damit hältst du uns hin, seit du zurückgekommen bist – Was übrigens auch ein geiler Tag war.«

Das Haus der Jugend Leyental hatte sich etabliert. Hermann Dechants Arbeit fand im Förderverein hohen Anklang. Die Gruppe von Jungs, die er vor gut fünf Jahren dazu animiert hatte, bei der Renovierung der heruntergekommenen Immobilie zu helfen, fanden sich immer noch regelmäßig hier ein. So auch an diesem Samstag. Michael Valentin, der inzwischen die Zwei-Meter-Marke geknackt und an Körpermasse beträchtlich zugelegt hatte, stand vorne im Türbereich des Gemeinschaftsraums am Kicker und lieferte sich mit Julian Stein ein rasantes Match am Kickertisch. An seinen Schläfen zeigten sich erste Ansätze für Geheimratsecken, während Julians volles, dunkelbraunes Haar stylisch geformt war und perfekt saß. Optisch stach er nicht nur wegen seiner attraktiven Gesichtszüge hervor, auch was seine Kleidung betraf, fiel er durchaus auf – Poloshirt, Lederblouson … keine Nobelmarken, doch Welten von den einfachen Styles seiner Freunde entfernt.

In einer kordbezogenen Couch in einer Sitzgruppe auf halbem Weg zur Theke saßen Melina Kupser und Isabel Krüger, beide 16, und alberten miteinander herum. Melina hatte dunkelbraune Haare, die ihr bis zu den Schulterblättern reichten. Isabels feines, schulterlanges Haar war durchweg hellblond. Die beiden Mädchen waren im Stil ihrer Lieblingsmusik, dem Deathcore und Post-Hardcore, gekleidet: Schwarze Jeans, Band-T-Shirts und Nietenlederjacken. Sie tuschelten sich etwas zu und schielten spöttisch nach zwei Jungs, die an der Theke vor ihrer

Cola saßen. Der eine war 17 und hieß Mike Suderich. Er war im Hipster-Style gekleidet und hatte seine übertrieben großen Kopfhörer um den Hals gehängt, um mit seinem Sitznachbarn zu sprechen. Der hieß Kevin Kothberg, war 19 Jahre alt, klein, stämmig und hatte ein rechtes Babyface mit Sommersprossen, umrahmt von einem rotbraunem Kurzhaarschnitt.

Hinter der Theke stand Damian Müller mit seinen kurzen, schwarzen Stoppelhaaren und erfüllte die Getränkewünsche der Anwesenden. Seine Körperstatur war kräftig. Man sah ihm an, dass er körperlicher Arbeit nachging.

Abgesehen von diesem Freundeskreis waren an diesem Nachmittag noch zwei Achtklässlerinnen der Realschule Plus anwesend: Jennifer Heintz und Pia Stieren. Jenni war halb Asiatin. Zu ihren rückenlangen, schwarzen Haaren trug sie eine Brille mit schwarzer Fassung. Pia wirkte süß. Sie hatte naturblonde, schulterlange und wellige Haare, außerdem blaue Augen und eine Zahnspange. Mit Jeans, Chucks und Cardigans waren die beiden Mädchen wie typische Teenager ihres Alters gekleidet.

»Jetzt pass auf, Boggy!«, kündigte Michael an, während er mit dem Fußende einer seiner Spielfiguren auf dem Ball herumtippte, um ihn in eine optimale Position zu bringen. »Den baller ich dir so in den Kasten! Dieses Jahr gewinn ich das Hausturnier. Darauf kannste Gift nehmen.«

Die Ankündigung dieses Riesen traf mit Wucht ein. Julian gelang es nicht, den fulminanten Schuss zu parieren. Es knallte laut in Julians Torkasten. Michaels Triumphgeschrei hallte von den Wänden wieder.

»Ist okay, Hawkens!«, lachte Julian. Er schnappte sich den Ball und warf ihn wieder ins Spiel. »Das war dein großer Moment. Aber jetzt zeig ich dir mal was, da werden dir die Augen rausfallen.«

Als der Ball in Julians Torbereich rollte, nahm er ihn mit seinem Torwart an. Er führte ihn mit dem unteren Ende der Spielfigur geschickt den Torrahmen entlang, bis er ihn am höchsten Punkt zwischen Torwand und Torhüter platziert hatte. Im nächsten Moment betätigte er mit einem kurzen Schwung seines Handgelenks die Spielstange, woraufhin der Ball im hohen Bogen über das Spielfeld flog und sich unerreichbar hinter Michaels Torwart in dessen Torkasten senkte.

»Alter!«, wunderte sich Michael lautstark. »Wie hast du das denn gemacht?«

»Magische Hände«, grinste Julian verwegen. »Los, schnapp dir die Pille, und weiter geht's!«

Dort, wo der Kickertisch stand, befand sich auch die Tür zum Flur. Dort gleich links lag die Eingangstür zum Haus der Jugend, eine schwere, alte, verglaste Stahltür, deren Rückholmechanismus beim Zufallen immer nur bis auf die letzten Zentimeter funktionierte. Von dort fiel das Türblatt stets mit einem lauten Rumms in Schloss. Genau in diesem Moment ertönte dieser Rumms, denn der achtzehnjährige Alex Schröder hatte das Haus betreten. Der lockige Wuschelkopf aus seiner frühen Jugend war einer Kurzhaarfrisur gewichen.

»Na, ihr Nutten!«, plärrte er ausgelassen seinen Freunden entgegen.

»Hey, Ditze!«, rief ihm Damian von der Theke aus entgegen. »Was läuft?«

»Nicht viel, Motte!«, kam die Antwort von Alex. »Ein kacklangweiliger Tag noch. Hier ist wenigstens was los … Hey, Melli. Deine Haare sehen aus wie Sau.«

»Danke, Blödmann«, konterte Melli trocken. »Wann wäscht deine Mami eigentlich nochmal deine Klamotten?«

Alex imitierte nun einen spanischen Akzent.

»Das kann sie nicht mehrr, denn ich habe sie umgebrracht. Und weißt du, warrum ich das getan habe? Weil sie mich einen Blödmann genannt hat.«

»Du brauchst echt Hilfe«, gab Melli ihm kichernd zurück und wandte sich kopfschüttelnd Isi zu. Alex ging weiter zur Theke, wo er von Mike und Kevin begrüßt wurde.

»Ah, Ditze!«

»Suddel. Haufen. Alles steil bei euch?«

»Gestern ging's noch«, blödelte Mike.

»Hä? Wie?«, blökte Kevin. »Was war gestern?«

»Ist gut, Haufen«, winkte Mike ab.

»Nix wichtiges«, fügte Alex hinzu. »Machste mir 'n Diesel, Motte?«

»Geht klar«, nickte Damian und bückte sich unter den Tresen.

In den banalen Smalltalk mischte sich der Ruf von Jenni, deren Blick kurz aus dem Fenster gefallen war.

»Heh! Da fährt wieder irgendein Trottel auf unseren Parkplatz. Da muss Motte wohl nochmal raus gehen.«

Auch Pia drehte ihren Kopf zum Fenster. Zum Haus der Jugend gehörte noch eine acht Meter breite Außenfläche mit einer Beton-Tischtennisplatte in der Mitte. Dahinter zog sich eine niedrige Steinmauer mit einem gleichfalls niedrigen Metallgeländer entlang. Hinter dieser befand sich eine Reihe von knapp abgezählten Pkw-Stellplätzen, die kaum ausreichten, um die Fahrzeuge von Hermann und den Jungs unterzubringen.

»Wer ist es denn diesmal?«, rief Alex, der mit seinem Diesel zu Michael und Julian hinübergegangen war. »Einer von den üblichen Verdächtigen?«

»Nee«, antwortete Damian und beschrieb: »Schwarzer Jeep Wrangler. Neunziger Baureihe, denk ich. Ausländisches Kennzeichen.«

»Na gut, der kann's nicht wissen«, hielt Julian dem Fremden während des Kickerspielens zu Gute.

»Der Typ steigt aus«, meldete Jenni. »Uuh, hübscher Junge.«

»Wow!«, stimmte Pia ein. »Der hat ja Muckis. Jenni hat recht, der sieht voll süß aus.«

Daraufhin liefen Melli und Isi zum Fenster.

»Hm«, machte Melli und fügte recht angetan hinzu: »Joa.«

»Sieht er besser aus als Boggy?«, lachte Michael, ebenfalls ins Kickerspiel vertieft.

»Anders«, beschrieb Melli. »Sehr athletisch. Aber ganz anderer Look. Eher so schlicht natürlich, bisschen wild irgendwie.«

»Blue Jeans«, beschrieb Jenni. »Enges, weißes T-Shirt. Braune Outdoor-Boots. Brauner Ledergürtel mit 'ner verschnörkelten Schnalle. Die sieht amerikanisch aus. So Route-66-mäßig.«

Damian sah den Fremden von der Theke aus. Seine Augen musterten ihn, und er schien leicht verwirrt.

»Ich glaub, der will zu uns, Leute!«, bemerkte Isi.

»Oh ja, komm rein, Blondi!«, witzelte Pia. Melli gab ihr einen Klaps auf den Po.

»Hey, Kleine!«, feixte sie. »Beruhig dich. Der ist doch mindestens so alt wie Boggy und Motte!«

Der junge, blonde Mann ging nun ums Haus herum, wobei er aus dem Blickfeld der Freunde verschwand. So still war es im Gemeinschaftsraum selten. Hermann, der am anderen Ende des Flures in seinem Büro saß, musste augenblicklich den Eindruck gewinnen, dass seine Schützlinge etwas ausgefressen hatten.

Gespannt warteten alle darauf, dass sich an der Haustür etwas bewegen würde. Und tatsächlich, die Tür schwang auf, und kurz darauf, begleitet von dem hallenden Rumms der zufallenden Stahltür, trat der gutaussehende Fremde in den Raum. Er grinste dem verwundert glotzenden Freundeskreis in die Gesichter.

»Ich komm unerwartet, schätz ich«, flachste er. »Aber 'n bisschen herzlicher hätt der Empfang fürn alten Kumpel schon sein können.«

Damian trat hinter der Theke hervor. Im Näherkommen hielt er eine Hand vor den Mund.

»Richthof, bist du das?«, hauchte er.

»Quicklebendig«, antwortete der Rückgekehrte lachend. »Wie 'n Gekko nach 'nem Sonnenbad.«

Da tauten auch die übrigen Jungs auf. Der erste, der Tim um den Hals fiel, war Julian. Feste schlug er Tim dabei mit der flachen Hand auf die breiten Schultern.

»Scheiße, Alter! Du bist ja kaum wiederzuerkennen!«

Nun schloss sich der Rest von Tims alter Gang an.

»Hey, Kumpel. Ist das geil, dich wiederzusehen!«

»Mensch, Tim, ich kann's nicht glauben.«

»Dass du nochmal hier auftauchst!«

»Bist du jetzt offiziell wieder da, oder kommst du nur zu Besuch?«

Tim freute sich über die Umarmungen und Handschläge, die von allen Seiten kamen.

»Ich bin wieder da«, frohlockte er. »Zu Hause. Ich bleibe. Jetzt spätestens.«

Neben dem jubelnden Haufen von Jungs standen vier Mädchen, die sich ein wenig unbeachtet fühlten. Es war Melli, die durch ein Räuspern auf sich und ihre Freundinnen aufmerksam machte.

»Möchten die Herren uns bekanntmachen?«, fragte sie, als die Jungs endlich zu ihnen sahen. Isi kickte ihr gegen den Fuß.

»Quatsch nicht so annahaft«, zischte sie.

Julian ergriff das Wort.

»Sorry, Mädels. Tim, das sind Melli und Isi. Und hier haben wir Jenni und Pia … Tim, du musst wissen, Melli und Isi waren genau an dem Tag zum ersten Mal hier, als du in den Sack gehauen hattest.«

Melli streckte Tim die Hand hin. Er nahm sie an und schüttelte sie.

»Hi. Ich bin Tim Richthof. Ich war 'ne Weile weg. Hab 'nen irren Trip um die Welt hinter mir.«

»Du bist also der berüchtigte Tim Richthof«, sprach Melli. »Sehr interessant.«

»Berüchtigt?«, fragte Tim nach und runzelte die Stirn. »Berüchtigt für was?«

»Auf dem Gymmi geht das Gerücht rum«, erklärte Melli, »dass du im Knast sitzen würdest. Oder zumindest in irgend 'ner Jugendstrafanstalt.«

»Hey!«, rief Tim sichtlich amüsiert aus. »Die feinen Pinkel da oben kennen mich? Ich fühl mich ja glatt geehrt! Nur labern sie mal wieder Müll, die eingebildeten Klugscheißer.«

»Heißt das, das ist nicht wahr?«, wollte Isi wissen.

»Kein verkacktes Wort davon ist wahr. Wie ich schon sagte, ich hab 'nen Trip um die Welt hinter mir.«

Melli verschränkte die Arme vor der Brust und blickte Tim skeptisch an.

»Soso, Mister Trip-um-die-Welt«, nickte sie. »Was hast du zu bieten, dass ich dir das auch abkaufe?«

Tim lachte vergnügt und sprach zu seinen Freunden, während er Melli weiter ansah.

»Die Kleine ist echt cool, Leute! Bisschen vorlaut, aber cool … Also, wie heißt du nochmal? Nelly?«

»Melli!«

»Melli. Also, hör zu, Melli. Wenn meine ganzen Souvenirs, die ich unterwegs gekauft und gelagert habe, mal alle hier angekommen sind, dann lad ich dich ein. Dich und die ganzen Figuren hier. Und dann zeig ich euch das alles, okay? Bis dahin muss dir meine Karre da draußen reichen. Siehst du das Nummernschild? Marokkanisches Kennzeichen. Hab die Mühle erst kürzlich in El Hajeb gekauft. Bin damit nach Al Hoceima gefahren und von da aus mit der Fähre nach Motril. Bin dann mit ein paar Stopps durch Spanien und Frankreich bis hierhin geheizt. Der Motor ist noch heiß. Willste mal fühlen?«

»Nee, passt schon«, schmunzelte Melli.

»Zur Not klebt auch noch reichlich Sahara-Staub an dem Haufen«, fügte Tim lachend hinzu.

»Hä? Was?«, rief Kevin dazwischen. »Was ist mit mir?«

»Nix, Haufen«, grinste Tim ihn an. »Hab von meinem Auto geredet.«

»Ach so«, kicherte Kevin unsicher. »Und wer bist du, dass du meinen Spitznamen kennst?«

»Haufen!«, rief Michael ihm zu. »Das ist Richthof.«

»Hä?«, stieß Kevin hervor. »Ich denk, der ist weg. Seit Jahren schon.«

»Boah, Haufen!«, schrie Damian ihn an. »Du bist doch die ganze Zeit hier gewesen! Richthof ist seit eben wieder zurück!«

Tim lächelte in die Runde.

»Manche Dinge ändern sich nie, schätz ich.«

»Haufen jedenfalls nicht«, meinte Alex. »Wie sieht's denn aus, Alter. Weißt du schon, wo du wohnst? Können wir dir bei irgendwas helfen? Ich hab 'ne alte Couch abzugeben, falls du Möbel brauchst.«

»Danke, Ditze. Darauf komm ich zurück, wenn's soweit ist. Als erstes brauch ich wohl mal 'nen Job, schätz ich.«

»Wenn du Bock hast«, warf Michael ein, »leg ich ein gutes Wort für dich bei meinem Chef ein. Wir suchen gerade Leute bei der Straßenmeisterei.«

»Echt jetzt?«, freute sich Tim. »Wär ja geil, wenn ich so schnell was kriegen würde. Danke, Mann.«

»Dafür nicht, Kumpel.«

»Das ist unser guter, alter Richthof«, warf Damian übermütig ein. »Früher hat er Trips eingeworfen. Heute macht er Trips um die ganze Erde.«

Er lachte lauthals über seinen eigenen Spruch. Die überschwängliche Freude über das Wiedersehen waren ihm und den übrigen Jungs deutlich anzumerken.

»Ist Hermann auch da?«, erkundigte sich Tim in die Runde.

»In seinem Büro«, deutete Michael ihm mit einem Kopfzucken an.

»Cool. Dann sag ich dem alten Oberindianer jetzt auch mal Hallo.«

Damit drehte sich Tim um. Er wollte hinter der Theke durch den kürzeren Weg zu Hermanns Büro nehmen. Dabei hätte er um ein Haar Melli umgestoßen, die gerade hinter ihm stand. Schnell fasste er ihre Schultern, um das Unheil zu vermeiden.

»Vorsicht, Mister Trip!«, rief sie aus. »Hier herrscht Verkehr.«

Tim lachte: »Du darfst aber echt Tim zu mir sagen. Nur keine Scheu.«

»Nö«, entgegnete Melli. »Mit dem Namen musst du dich jetzt abfinden.«

Lachend ließ Tim sie los und eilte zu Hermanns Büro. Er brauchte gar nicht erst anzuklopfen.

»Komm rein, Junge«, klang Hermanns Stimme durch die geschlossene Glastür. Tim drückte sie auf.

»Hi, Hermann. Du hast die ganze Zeit gewusst, dass ich wieder hier bin?«

»Ich wollte dich erstmal mit deinen Freunden Wiedersehen feiern lassen. Du siehst gut aus.«

»Du auch. Ich sehe, du hängst immer noch an deinem Schnurrbart.«

»Na klar!«

»Bleibt denn da nicht ständig der Geschmack von der Suppe drin hängen?«

Hermann lachte herzhaft.

»Immer noch der alte Sprücheklopfer, was? … Hier, setz dich … Erzähl mal. Was hast du die letzten Jahre gemacht?«

Tim zeigte ein zartes Kopfschütteln, während er den kleinen Bürostuhl an sich heranzog und Platz nahm.

»Später vielleicht mal«, entgegnete er zurückhaltend. »Würde erstens zu lang dauern … und zweitens, keine Ahnung, ist auch viel Privates dabei.«

»Das versteh ich gut«, sah Hermann sofort ein. »Du musst das ja auch erstmal alles sortieren. Lass dir so viel Zeit wie du brauchst.«

Tim sah sich im Raum um. Nach einer Weile rieb er sich sein Gesicht mit den Händen ab und atmete hörbar aus.

»Ich kann's noch nicht so richtig begreifen. Auf einmal bin ich wieder hier. Wo alles angefangen hat.«

»Wie fühlt es sich an?«, erkundigte sich Hermann vorsichtig.

»Komisch irgendwie«, gab Tim zu. »Es ist, als wär ich aus 'nem langen Traum aufgewacht.«

»Aber ein schöner Traum?«

»Schon. Meistens … Wirklich schlimm war's nur vorher.«

»Ich weiß, Tim.«

Es folgte eine längere Pause. Tim nahm wieder tief Luft. Hermann wartete geduldig ab, bis Tim weiterredete.

»Was ist mit meinen Alten? Leben die noch?«

»Ja. Natürlich.«

Da Tim nun länger schwieg, ergriff Hermann sanft das Wort.

»Wirst du dich bei Ihnen zurückmelden?«

Die Frage lag einige Sekunden lang recht schwer im Raum.

»Weiß ich nicht … Ich hab Angst … Ist besser, wenn ich mich fernhalte, schätz ich.«

Weitere Sekunden, die sich unglaublich lang anfühlten, verstrichen, bevor Tim seine Anspannung lachend löste.

»Scheiße, Hermann. Die Stadt ist groß genug, um sich aus dem Weg zu gehen, oder? … Was ist mit Hawkens, Motte, Boggy und Ditze? Warum hängen die alten Geier noch hier ab?«

»Sie hängen am Haus. Sind hier groß geworden. Es hat sich ergeben, dass sie mir ein bisschen helfen.«

»Helfen?«

»Ja. Sie machen auf, wenn ich was später komme. Oder schließen ab, wenn ich früher los muss. Sie möchten das Haus für andere Jugendliche so lang wie möglich öffnen. Sie helfen auch bei der Betreuung. Ehrenamtlich, klar. Aber sie machen es gern.«

»Find ich gut. Könnt ich mir auch vorstellen. Wenn ich ans Haus denke, dann sind das nur gute Erinnerungen.«

»Du bist jetzt auch zwanzig, gell? Wenn du magst, kann ich es mit dir so machen wie mit den anderen Jungs. Das Jugendamt gibt regelmäßig Seminare für Ehrenamtler. Die Basics halt: Bisschen Pädagogik, Jugendschutz, und so. Da schick ich dich hin, und dann kannst du mitmachen. Mit deinen Freunden.«

»Das klingt gut«, nickte Tim Hermanns Vorschlag ab. Dann erhob er sich und ging zurück zur Tür. Er nahm sie in die Hand und zog sie auf. Im Rahmen stehend drehte er sich nochmal zu Hermann um.

»Ich hab nie Danke gesagt.«

Hermann lächelte liebenswürdig und schüttelte angedeutet den Kopf.

»Brauchst du auch nie«, sicherte er Tim zu.

———

»Okay, Schluss damit!«, lachte Tim herzhaft. »Wir hören uns ja an wie zwei alte Männer im Straßencafé, die
aus ihrer Jugend erzählen!«

»Nee«, hielt Alex gleichsam ausgelassen dagegen, »soweit lassen wir's schon nicht kommen.«

»Aber schon interessant«, stellte Tim fest, »dass du dich
so gut an deine Zankereien mit Melli erinnerst.«

»Wieso auch nicht?«, gab ihm Alex zurück. »Die kann
gut kontern. Außerdem ist sie schnuckelig.«

»Kann sein. Ist mir ziemlich egal. Was mich betrifft,
hast du freie Bahn.«

»Darum geht's nicht, Trip. Es geht mir um dich.«

»Um mich??«

»Ja. Guck mal; du hast jetzt das Haus und lebst hier
ganz alleine.«

»Das ist doch das Geile!«

»Meinst du nicht, es wär schöner, wenn du 'ne Freundin hättest?«

»Jetzt geht das wieder los. Seit ich wieder da bin, liegen
du und die Jungs mir damit in den Ohren. Woher kommt
eure Besessenheit von meinem Leben?«

»Ach, komm, Trip! Du weißt, dass mehr dahinter-
steckt. Wie oft hast du uns jetzt schon von den

schlimmen Träumen erzählt, die du hast, seit du zurück bist? Klar, wir sind deine Kumpels, und du kannst auf uns zählen, aber wir sind nicht immer hier, wenn du jemand zum Reden brauchst.«

»Ich find's ja schwer in Ordnung von euch, dass ihr euch Sorgen macht. Aber erstens bringen Träume keinen um, und zweitens, nur deswegen such ich mir nicht mit Gewalt irgend'ne Alte.«

»Wieso mit Gewalt? Es gäb genügend Kandidatinnen. Pia ist nur eine von denen?«

»Pia?! Hast du 'nen Knall?«

»Jaa, nicht unbedingt Pia. Obwohl sie immerhin voll in dich verknallt ist.«

»Ja. Und weißt du, was sie noch ist?«

»Na, was?«

»Vierzehn.«

»Alt genug.«

»Ach, Ditze, hör auf! Da ist doch keine Augenhöhe vorhanden. Ich geb ja zu, dass an dem, was du sagst, was dran ist, aber mit 'ner Minderjährigen werd ich garantiert nichts anfangen, das ist todsicher! Und außerdem – stell dir mal das Gerede vor. Soll ich mir das auch noch anhängen lassen?«

»Hast ja recht«, lenkte Alex ein. Dann sah er auf seine Uhr und verkündete: »Trip, ich muss los! Tante Helga blutet der Arsch, wenn ich 'ne Minute zu spät komm.«

»In Ordnung«, akzeptierte Tim und nickte, »ich geh mit nach draußen. Ich fahr runter ins Haus. Kommst du später noch nach?«

»Klare Sache!«, sicherte Alex ihm zu. »Ich hab nicht vor, lange bei Tante Helga und ihren Kaffeetanten zu bleiben. Ich denk, ich kann mich nach 'ner Dreiviertelstunde verkrümeln.«

»Weißt du was? … Komm mit, ich setz dich bei ihr ab!«, lud Tim seinen Kumpel ein.

Die beiden Freunde standen auf. Tim schnappte sich seinen Schlüsselbund und ging mit Alex zur Tür. Dort prüfte er noch rasch, ob die Futternäpfchen ausreichend gefüllt waren und strich einer grau getigerten Katze über Kopf und Rücken. Dann verließen sie das Haus und stiegen in Tims Auto ein.

Das Stück, das Tim nun fuhr, war deutlich kürzer als der Ritt von Marokko in die Eifel. Gerade mal drei Kilometer waren es von seiner Haustür bis in die Innenstadt. Dort wohnte Alex' Tante. Keine fünfhundert Meter Luftlinie von ihrem Zuhause entfernt, unten an der Bundesstraße, befand sich das Haus der Jugend.

Als Tim den Flur des Hauses der Jugend betrat, fiel die schwere Eingangstür hinter ihm mit dem vertrauten, dumpfen Rumms ins Schloss. Von dort aus waren es drei Schritte bis zum großen Gemeinschaftsraum, in dem mit Ausnahme von Alex bereits alle Jungs und Mädels, mit denen Tim befreundet war, herumsaßen oder verschiedenen Aktivitäten nachgingen.

»Hey, Leute!«

»Hey, Trip! Cool! Weißt du, wo Ditze steckt?«

»Der hat noch kurz was zu erledigen.«, rief Tim. »Wie sieht's aus, Hawkens? Bock auf 'ne Abreibung am Kicker?«

»Die kannst du kriegen«, lachte Michael und stand von seinem Barhocker an der Theke auf.

»Leute, beherrscht euch!«, ermahnte Hermann, der hinter der Theke stand, die beiden Jungs. »Das ist der dritte Kickertisch in anderthalb Jahren. Wenn der kaputt ist, gibt's keinen Neuen mehr. Ich sag's euch!«

Doch Kicker war nun mal der Sport im Haus. Regelmäßig wurden Turniere ausgetragen. Einige der Jungs hatten es auch echt drauf! Julian zum Beispiel war ein Künstler am Kicker. Er spielte schnell und elegant und hatte ein paar verblüffende Tricks auf Lager. Mike schoss ausgesprochen präzise von hinten heraus. Seine Schüsse mit dem Tormann gingen fast immer ins Ziel. Tim und Michael aber waren die Meister. Sie spielten genau, schnell und mit purer Kraft. Ihre Schüsse hallten im ganzen Haus. Und sie liebten die Show. Sie machten sich einen Spaß daraus, ihre Gegner mit großen Sprüchen zu verunsichern und mit ihrem Kriegsgeschrei einzuschüchtern. Doch wenn sie einen Treffer kassierten, brüllten sie ebenso laut, hoben den Tisch mit den Spielstangen an und ließen ihn mutwillig auf den gefliesten Boden krachen. Das war Leidenschaft, das war Lärm, das war ihre Show. Leider hatten sie dabei schon mehrere Kickertische geschrottet, und das konnte Hermann verständlicherweise nicht leiden. Mehrfach hatte er schon damit gedroht, keinen neuen Tisch mehr zu besorgen.

Damit die Schüsse besonders laut krachten, spielten sie am liebsten mit den harten Bällen. Es gab auch einen Satz weiche Bälle, doch mit denen konnte man nicht so schön bolzen. Deswegen sortierten die Jungs sie immer aus.

»Ich werd dich zerfetzen, Trip! Ich werd dir so den Arsch aufreißen, dass man einen Lichtschein in deinem Hals sieht, wenn du gähnst!«

»Geschissen, Alter! Davon träumst du, du erbärmlicher Loser!«

Mike, Julian und Kevin, die an der Theke saßen, drehten sich auf ihren Hockern um, sodass sie in Richtung Kicker sehen und das Spektakel verfolgen konnten. Wenn Tim und Michael gegeneinander spielten, war immer Showtime angesagt. Das wollten sie sich nicht entgehen lassen.

»Jaa, Kicker!«, rief Pia begeistert. »Ich zähl die Tore für Trip.«

Damit griff sie Jenni am Ärmel und lief mit ihr zum Kickertisch, wo sich Tim und Michael gerade bereit machten. Tim wählte die blauen Figuren und Michael die roten. Links von Tim, an der kurzen Seite des Spieltischs, stand Pia am blauen Torzähler und strahlte ihren Schwarm an. Er grinste ihr zu und stellte fest: »Dann bist du also heute meine Glücksfee, ja?«, worauf Pia rote Wangen bekam und schüchtern mit dem Kopf nickte.

»Uuuuh«, neckte Jenni sie lachend, »Glücksfee.«

»Ja«, gab Pia stolz zurück, »und du kannst gerne die Glücksfee von Hawkens sein. Wir gewinnen eh gegen euch.«

Jenni lächelte und ging rüber zum roten Torzähler am anderen Ende des Spieltischs.

»So!«, rief Michael entschlossen. »Erst mal raus mit den Flummis. Wo sind die Krafteier?«

»Die müssen irgendwo dazwischen liegen«, antwortete Tim. »Vier Krafteier und vier Flummis.«

»Alles klar, hab sie.«

Michael nahm die weichen Bälle aus dem Kickertisch heraus und legte sie auf die Fensterbank, die sich hinter ihm befand. Die harten Bälle ließ er drin. Dann nahm er einen von ihnen in die Hand.

»Also, Hawkens, das Spiel heißt Kicker«, frotzelte Tim, »und ich zeig dir jetzt, wie man das spielt, alles klar?«

»Halt die Schnauze!«, konterte Michael. »Ich fang an?«

»Ja, fang an. Nützt dir eh nix.«

»Sehen wir dann. Friss den!«

Darauf warf Michael den Ball mit der linken Hand in das Einspielloch in der Mitte der vor ihm liegenden Tischkante. Sofort holte er aus und ballerte die Kugel in Richtung Tims Tor. Es knallte heftig, als der Ball gegen die Torwand krachte und zurückprallte. Sofort schoss Michael nach, doch es wurde wieder kein Treffer, weil der Ball abermals mit einem Mordsknall von Tims Torwand abprallte.

Kevin fing an zu lachen.

»Passt auf!«, rief er. »Gleich ist der Kickertisch kaputt!«

»Dann haben sie ein Problem«, kommentierte Julian, »das heißt, wir alle haben dann ein Problem, weil wir keinen Neuen mehr kriegen.«

»Jap«, bestätigte Mike, »hat Hermann eben klar und deutlich gesagt.«

»Na und?«, rief Kevin aus. »Dann besorgt Hermann eben 'nen Neuen und gut ist!«

»Oh, Haufen!«, riefen Damian und Julian gleichzeitig, und Damian fuhr aufgebracht fort: »Hast du nicht gehört, was Hermann, Boggy und Suddel gerade eben nacheinander gesagt haben?«

»Nee, was denn?«

»Dass wir keinen neuen Kicker mehr kriegen, wenn der alte am Arsch ist.«

»Ach, echt?«

»Nee, Haufen, aus Plastik!«

Alle mussten lachen. Außer Kevin, der den Witz nicht verstand. Damian konnte sich immer so schön aufregen, wenn Kevin seine berühmte lange Leitung hatte.

Plötzlich ein Knall! Dann ein ohrenbetäubender Aufschrei, gefolgt von einem lauten Krachen, das im ganzen Haus hallte.

Tim hatte von hinten heraus mit einem Gewaltschuss ein Tor erzielt, woraufhin Michael einen Urschrei ausstieß, den Kickertisch mit den Spielstangen anhob und auf den Boden krachen ließ.

Tim hob lachend die Arme hoch. Pia klatschte begeistert in die Hände, und Jenni hielt sich erstaunt lächelnd mit großen Augen eine Hand vor den Mund und war sichtlich verblüfft über Michaels übertriebenen Wutausbruch.

»Ich hab dir gesagt, ich mach dich platt!«, rief Tim lachend, während Pia entzückt seinen Torzähler auf Eins stellte.

»Ball!«, brüllte Michael und ging wieder in Spielposition.

Draußen im Flur hörte man erneut den Rumms der Eingangstür. Jemand war offenbar hereingekommen. Einen Augenblick später betrat Alex den Gemeinschaftsraum.

»Na, ihr Nutten!«, plärrte er in den Raum.

»Ey, Ditze! Was läuft?« – »Kommst du auch endlich mal?« – »Wir geben dir Nutten, du Sack!«

»Oh, echt jetzt?«, reagierte Alex ironisch. »Habt ihr schon welche hier?«

Dann blickte er sich um, sah Isi und Melli an und verzog das Gesicht: »Nö, die will ich nicht.«

Grölendes Gelächter klang durchs Haus.

»Arschgeige!«, rief Isi.

»Ja!«, stimmte Melli zu. »Pass auf, was du sagst!«

Plötzlich wieder ein Knall.

»Verdammt!«, fluchte Tim lautstark. »Himmel Herrgott Sack!«

»Jaaa!«, feixte Michael. »Gott, bist du schlecht!«

»Maul halten und weiterspielen!«

»Darauf kannst du wetten.«

Jenni stellte Michaels Torzähler auf Eins und verkündete: »Eins zu eins.«

Mit unverminderter Energie setzen Michael und Tim ihr Spiel fort.

»Sag mal, Hermann«, begann Julian und drehte sich auf seinem Hocker zurück zur Theke, »was steht denn so an in der nächsten Zeit? Brauchst du uns bei irgendwas?«

»Na ja«, antwortete Hermann, »übernächste Woche ist wieder Albenhain. Ich hab bis jetzt siebzehn feste Anmeldungen, Zahl steigend.«

»Ach«, staunte Damian, »ist das auch wieder soweit?«

»Ja«, bestätigte Julian. »Ditze, Hawkens und ich haben uns schon bereiterklärt mitzukommen. Aber ganz ehrlich, ein paar Leute mehr wären nicht schlecht. Wenn wir wenigstens zu sechst wären.«

»Stimmt«, bekräftigte Hermann und nickte mit dem Kopf, »ich geh davon aus, dass etwa dreißig Leute mitfahren. Also, wenn noch einer Lust und Zeit hat – ich wär dankbar. Schön, dass Michael auch mitmacht, wusste ich noch gar nicht.«

»Hat er uns gestern jedenfalls noch gesagt«, meinte Alex.

»Cool. Dann würd ich gern mal mit ihm sprechen … Michael!«

Hermanns Ruf ging im Lärm von Tims und Michaels lautstarkem Kickerspiel unter.

»Hawkens!«, brüllten Damian und Alex gleichzeitig.

»Ja!«, rief Michael und ballerte ein Kraftei nach vorne, das von Tims Torwart abprallte und im hohen Bogen aus dem Spieltisch flog, direkt über Pia hinweg, die sich mit einem spitzen Schrei duckte.

»Komm mal her! Hermann will mit der reden!«

»Was ist eigentlich mit Tim?«, fragte Hermann. »Hätte der vielleicht auch Lust?«

»Trip!«, plärrten die Jungs. »Komm auch her!«

»Tja dann …«, meinte Michael zu Tim, »Spielunterbrechung.«

»Glaub nicht, dass du so davonkommst«, scherzte Tim, und beide gingen, gefolgt von Jenni und Pia, in Richtung Theke zu den anderen.

»Du bist also in Albenhain dabei?«, richtete Hermann das Wort an Michael, als die vier an der Theke angekommen waren.

»Ja«, bestätigte Michael, »ich find das cool. Und ich hab Zeit. Also bin ich dabei.«

»Klasse!«, meinte Hermann froh, und zu Tim: »Und du? Hättest du auch Lust, mit nach Albenhain zu kommen?«

»Was ist das denn?«, fragte Tim und lächelte verlegen, weil er offenbar der einzige war, der keine Ahnung hatte, um was es ging.

»Boah!«, schrie Kevin. »Echt jetzt, ne? Aber wenn ich mal was nicht weiß!«

»Oh, halt die Klappe, Haufen!«, herrschte Damian ihn an. »Seit wann gibt es die Albenhain-Fahrt? Richtig, seit drei Jahren! Und wie lange war Trip weg? Genau, über vier Jahre! Merkste was?«

»Ja und?«, blökte Kevin. »Es war aber seitdem jedes Jahr! Auch letztes Jahr!«

Während die meisten anderen spätestens jetzt mit einem Facepalm dastanden, keifte Damian: »Ja, und seit wann ist er wieder hier, he? Seit 'nem halben Jahr! Albenhain war das letzte Mal voriges Jahr im Sommer! – Trip, wo warst du letztes Jahr im Sommer? Sag's ihm! Wo warst du vor 'nem Jahr?«

Damian hatte sich zu Tim umgedreht und forderte mit einer Geste seiner Hand eine Antwort.

»Auf Borneo, schätz ich«, antwortete Tim und musste lachen, weil Damian so abging. »Jedenfalls irgendwo in Indonesien.«

»Da hörst du's!«, wandte Damian sich wieder an Kevin. »Indonesien! Weißt du, wo Indonesien ist? Haufen, wo ist Indonesien? Das ist nicht gerade um die Ecke, weißte? Und solange wir Trip nichts erzählen, kann er auch nichts von Albenhain wissen, oder? Trottel!«

»Hey, ist gut jetzt, Damian«, beschwichtigte Hermann ihn.

Tim zog die Augenbrauen hoch.

»Dann kann ich nur annehmen, dass dieses Albenhain auch nicht gerade um die Ecke ist?«

»Richtig«, antwortete Hermann, »es liegt etwa achtzig Kilometer von hier, bei Pfaffenburg. Also, pass auf, ich erklär dir mal alles. Setz dich! Ich geh mal fix ein paar Unterlagen holen.«

Damit verschwand Hermann kurz in seinem Büro. Durch die gläserne Tür konnte man sehen, wie er einen großen Aktenschrank öffnete. Er kam mit einem Ordner voller Zettel und Prospekte zurück.

»Also, Pfaffenburg ist ja schon mal 'ne bekannte Stadt«, meinte Tim. »Und ein Typ, den ich kenne, hat da einen Laden. Aber Albenhain? Nie gehört.«

»Das gibt's auch erst seit ein paar Jahren«, erklärte Alex. »Das ist ein Ferienpark. Direkt bei Pfaffenburg. Zieht sich von da ein Stück am Fluss entlang, so in die Richtung zu den Koltberghügeln.«

»Das ist total geil da!«, erzählte Melli begeistert, »da wohnst du in so einzelnen Holzhütten im Wald. Du kannst im Fluss baden, und die bieten jede Menge Aktivitäten an.«

»Einen Kletterpark haben die auch«, fügte Mike hinzu, »falls du auf so was stehst. Ist aber eher arm.«

»Wie bitte?«, warf Damian ein. »Laber doch nicht! Der ist voll geil. Da kannst du dich in zwölf Metern Höhe zwischen den Bäumen durchhangeln. Das wird dir gefallen, Trip!«

»Klingt ziemlich gut«, meinte Tim. »Und was ist da jetzt in zwei Wochen Besonderes?«

»Also«, begann Hermann, »alle möglichen Schulklassen und Jugendgruppen fahren mittlerweile regelmäßig dort hin. Weil die Anlage so beliebt ist, haben sich die meisten auf eine bestimmte Woche im Jahr festgelegt und buchen das dann schon auf Jahre im Voraus. Wir vom Haus der Jugend haben auch jedes Jahr unsere feste Woche, wo wir mit einer Gruppe hinfahren. Da sind meistens so die Jüngeren dabei, wie Jenni und Pia dieses Jahr. Und je nachdem, wie viele Anmeldungen wir haben, brauche ich halt mehr oder weniger Freiwillige, die mir quasi als Betreuer so ein bisschen zur Hand gehen.«

»Wir haben da aber trotzdem auch viel Freizeit«, fügte Julian hinzu, »weil das Meiste eben von den Organisatoren vor Ort angeboten wird.«

»Richtig«, fuhr Hermann fort. »Wir sechs haben da eine Hütte für uns, und die Jugendlichen verteilen sich auf die Hütten drumherum.«

»Wir fahren auch mit der Elf!«, rief Isi. »Genau in derselben Woche.«

»Ach, das Gymmi auch?«, freute sich Hermann. »Schön. Dann sind ja noch mehr Leute dabei, die ihr kennt.«

»Toll«, brummte Mike ironisch und rollte mit den Augen.

»Keine Angst, Suddel«, spottete Melli, »wenn du uns nicht streng anguckst, beißen wir nicht.«

Daraufhin lachten alle. Doch sie alle erinnerten sich an das vergangene Jahr, als Mike in seiner Empfindlichkeit glaubte, eine Gruppe Gymnasiasten hätte sich über ihn lustig gemacht, und daraufhin einen Riesenaufstand gemacht hatte, der für alle ziemlich peinlich war. Die Jungs, Tim eingeschlossen, hatten ja alle nur Hauptschul- oder Realschulabschluss, und einige – wenn auch nur wenige – der Schüler des Gymnasiums ließen sie schon deutlich spüren, dass sie sich für etwas Besseres hielten. Hinzu kam noch, dass die Gruppe um Tim aufgrund ihrer Vergangenheit immer noch einen schlechten Ruf hatten. Sie unterstrichen diesen Ruf auch noch, indem sie abends immer noch gerne am Brunnenplatz abhingen und Blödsinn machten. Sie taten nichts Wildes, aber der Eindruck genügte den Leuten, um ihre Vorurteile bestätigt zu sehen.

»Dann zeig doch mal bitte den Plan da, Hermann!« Tim deutete auf den farbigen Übersichtsplan, der zu einer Prospektsammlung von Albenhain gehörte. Hermann nahm den Plan aus dem Ordner und breitete ihn aus.

Julian begann begeistert zu erklären.

»Hier sind die Hütten für die Gäste. Und das hier ist das große Gemeinschaftsgebäude mit Pool-Billard, Flippertischen und Dart-Automaten. Da können wir übrigens auch Kicker holzen.«

»Coole Sache!« meinte Tim, dem bereits gefiel, was er hörte.

»Jap. Und hier am Fluss, da sind zwei Stellen, wo man baden kann. Die Stelle flussaufwärts ist besser, weil da auch eine große Liegewiese ist. Weiter unten sind viele Büsche, also nicht so viel Platz zum Hinlegen und Sonnen. Das Wasser ist immer ziemlich kalt, jedenfalls kälter als in 'nem See, aber da gewöhnt man sich dran. An heißen Tagen gibt's nichts Besseres. Pack also auf jeden Fall deine Badesachen ein!«

»Okay«, nickte Tim, »und was ist dort, wo die Gebäude größer sind und weiter auseinander stehen?«

»Da wohnen Suddels Freunde immer!«, rief Alex und lachte.

»Die Wohlbetuchten«, feixte Michael.

»Das heißt, das sind die Erste-Klasse-Unterkünfte für die Abiturienten?«, stellte Tim grinsend fest, und zu Isi und Melli meinte er augenzwinkernd: »Dann kommen wir euch da besuchen und machen einen drauf, was?«

»Eher nicht«, lachte Melli. »Wir wohnen mit euch in der Bronx. Wir gehören zu den normalen Leuten auf dem Gymmi, und von denen gibt's mehr als du denkst.«

»Obwohl«, warf Isi ein, »ein paar Snobs haben wir da schon. Du weißt, wen ich meine, Melli.«

»Anna, Celine und Jana?«

»Gott!«, stöhnte Isi und rollte mit den Augen. »Erwähne diese Namen nicht!«

»So schlimm?«, fragte Tim nach.

»Schlimmer«, gab Isi zurück. »Melli hat gerade das ganze Haus der Jugend verseucht. Nur indem sie die Namen ausgesprochen hat.«

Tim lachte auf: »Klingt nach Leuten, die man unbedingt kennen lernen sollte.«

»Tja«, stichelte Melli, »das wirst du ja dann. Freu dich drauf. Aber die werden garantiert in einer dieser Nobelhütten wohnen!«

»Kannst ja mal klopfen gehen«, witzelte Isi.

»Ganz sicher nicht!«, widersprach Tim bestimmt. »Und was sind das jetzt für Aktivitäten, von denen ihr geredet habt?«

»Also, das Beste ist die Schatzsuche!«, rief Julian.

»Ja!«, meldete sich Kevin. »Die macht echt Bock!«

»Das machen die jeden Donnerstag«, fuhr Alex fort. »Die verstecken irgendwas im Wald, einen Schatz eben. Den muss man finden. Du gehst in Zweiergruppen oder alleine los und musst Hinweise suchen. Die stehen auf kleinen Zetteln in Ü-Ei-Dosen, die irgendwo versteckt sind. Am Anfang kriegst du Koordinaten genannt, und mit 'ner App auf deinem Handy peilst du die an. So geht das weiter, und das Team, das den Schatz zuerst findet, gewinnt. Ist total geil!«

»Und es ist üblich«, fügte Julian begeistert hinzu, »dass sich alle Teilnehmer dafür irgendwie schatzsuchermäßig verkleiden.«

»Das ist doch genau dein Ding, Trip!«, rief Michael Tim zu.

»Allerdings!«, freute sich Tim. »Da mach ich garantiert mit.«

»Dann wäre das geklärt«, schloss Hermann zufrieden. »Ich freu mich, dass du dabei bist.«

Kapitel 2

In den folgenden Tagen stieg nicht nur die Zahl der Anmeldungen für Albenhain weiter an, sondern auch die Vorfreude bei den Jugendlichen in Jennis und Pias Altersklasse. Schon bald gab es kaum noch ein anderes Gesprächsthema als die Aktivitäten in diesem mit Sicherheit beliebtesten Ferienpark der Region.

Melli und Isi als einzige Schülerinnen der Oberstufe des Pitt-Kreuzberg-Gymnasiums, die regelmäßig das Haus der Jugend besuchten, machten auf ihrer Schule ordentlich Werbung für ihren Treffpunkt. Sie bezogen dazu auch die Lehrer ein. So kam es, dass eine Woche vor Reiseantritt einer der betreuenden Lehrkräfte des Gymnasiums auf die Idee kam, dass beide Institutionen die Organisation der Anreise gemeinsam angehen sollten. Dieser Vorschlag gefiel Hermann natürlich sehr gut, zumal dies ja nebenbei bedeutete, dass nun alle Busse bei demselben Reiseunternehmen gebucht wurden, was die Fahrtkosten betreffend günstigere Konditionen versprach.

Die Abfahrt war für den übernächsten Samstagnachmittag geplant. Treffpunkt war der Bushalteplatz direkt am Gymnasium. Das war sinnvoll, da die meisten Mitreisenden sowieso die Schüler der MSS 11 waren und der Schulhof groß genug, um einer solch großen Reisegruppe als Sammelpunkt zu dienen. Zwei große Busse waren alleine für die Schüler und Schülerinnen des PKG gebucht. Für das Haus der Jugend fuhr ein dritter Bus. Der harte Kern der Truppe vom Haus beschloss, sich zwei Stunden vor Abfahrt in der nahegelegenen Eisdiele zu treffen.

So kam es, dass man am Samstag um vierzehn Uhr vor der Außenterrasse des Eiscafés Palermo das Brummen von Tims Jeep hören konnte, der langsam heranrollte und mit einem leisen Knirschen unter den Reifen am gegenüberliegenden Straßenrand einparkte. Noch im Wagen sitzend nickte er Pia und Jenni zu, die als einzige der Truppe bereits an einem der runden Vierertische saßen. Pia hob den Arm und winkte mit der Hand als hätte sie einen Rockstar erblickt, während Jennis Gruß eher ein Fingerwedeln in Schulterhöhe blieb. In diesem Augenblick gingen zwei 13-jährige Schulkameradinnen der beiden Mädchen vorbei und blieben stehen.

»Hey, Jenni. Hey Pia.«

»Elli und Lena, hey!«, grüßte Jenni die beiden, »was macht ihr so?«

›Na toll‹, dachte Tim, ›wo bleiben denn die anderen?‹

Normalerweise war es für Tim kein Problem, zu den Teenys rüber zu gehen und mit ihnen zu quatschen. Die Jugendbetreuung gehörte schließlich zu seinen Aufgaben im Haus der Jugend, und so Hermann ihm zuletzt versichert hatte, bekam er das auch richtig gut hin. Trotzdem, Pia konnte schon hin und wieder ein wenig anstrengend sein. Er mochte sie, ja, aber er mochte sie nicht so, wie Pia es sich träumte. Er stieg aus dem Auto und sah sich um, ob sonst schon jemand von seiner Truppe eingetroffen war, doch außer einem Lkw, der lautstark vom Ende der Straße heranbrummte, war kein Fahrzeug zu sehen. Damians tiefergelegter Golf IV stand auch noch nicht auf den Parkflächen. Zügig ging Tim zu den Mädchen rüber, um noch auf deren Seite anzukommen, bevor der Lkw vorbeifahren würde.

»Na, ihr Krümel?«, grüßte Tim sie lässig, »wo habt ihr denn euer Zeug?«

»Bringt Mama gleich zum Gymmi«, antwortete Jenni. Tim nickte kurz.

»Na dann viel Spaß im Ferienpark!«, rief Lena zum Abschied. Sie und Elli drehten sich beide um und liefen ohne zu schauen auf die Straße. Pia und Jenni riefen ihnen noch ein »Ciao!« hinterher. Da fiel Tim der Lkw ein, der in diesem Moment auch schon laut hupend angebraust kam und Lena und Elli beinahe erfasst hätte. Sie kamen nur deshalb nicht unter die Räder, weil Tim einen beherzten Satz zum Straßenrand machte, die beiden an den Unterarmen packte und zurückriss. Sie stolperten rückwärts, wobei Lena sogar fiel und auf dem Hintern landete. Als der Lkw vorbeigerauscht war, half Tim der Kleinen auf die Beine.

»Meine Fresse!«, stieß er hervor. »Da habt ihr aber Schwein gehabt! Ihr müsst schon gucken, bevor ihr auf die Straße rennt.«

»Du Penner!«, schrie Lena, »bist du bekloppt, uns so wehzutun?«

»Du hast sie wohl nicht alle!«, maulte Elli aufgebracht.

»Hallo?«, rief Tim verwundert. »Ihr wärt fast überfahren worden! Ihr wärt jetzt flach wie Pfannekuchen, wenn ich euch nicht zurückgezogen hätte!«

»Blödmann!«, schimpfte Lena weiter, »komm, Elli!«

Und damit drehten sich die Mädchen abermals um und liefen über die Straße, auf der diesmal kein Fahrzeug heranfuhr.

Tim drehte sich zu den Tischen um und lächelte ungläubig. Die Leute hatten den Aufstand mitbekommen und schüttelten die Köpfe über die Undankbarkeit der Mädchen. Auch Pia und Jenni verstanden die Reaktion ihrer Freundinnen nicht. Tim lachte kurz auf, dann legte er die Hände um den Mund und rief wie durch ein Megaphon über die Terrasse des Eiscafés hinweg: »Glück gehabt, sie wurden nicht überfahren! Das Dumme ist nur: Flach sind sie trotzdem!«

Daraufhin erhob sich schallendes Gelächter, das lange anhielt. Tim setzte sich währenddessen zu Jenni und Pia, die ihn mit belustigter Fassungslosigkeit und mit aufgerissenen Augen und Mündern ansahen.

»Bist du fies!«, entfuhr es Jenni.

»Das war voll gemein!«, schimpfte Pia. Sie meinte es ernst, musste aber selber lachen.

»Die sollen froh sein, dass sie noch leben, die kleinen Kröten«, gab Tim trocken zurück, »hey, Motte!«

Inzwischen war Damian eingetroffen.

»Was geht ab?«, fragte er und setzte sich.

Jenni tat so, als wäre sie empört: »Boah, Trip hat gerade voll unsere Freundinnen gedisst!«

Damian lachte spöttisch: »Dann werden sie's schon verdient haben.«

»Die sind erst dreizehn!«, setzte Pia dagegen.

»Umso besser«, scherzte Damian, »können sie gar nicht früh genug lernen… Erzähl mal, Trip, wo stellst du dein Auto ab, die Woche über?«

Tim war dankbar, dass Damian versuchte, ihn in ein »Erwachsenengespräch« zu verwickeln.

»Oben am Gymmi, schätz ich.«

»Mit dem weichen Verdeck? Keine Angst, dass den einer klaut?«

»Eigentlich nicht. Der steht immer draußen.«

»Du musst es wissen … Da kommen Boggy und Ditze!«

Drei Minuten später trafen auch Hermann und Michael ein. Nachdem Sie sich alle ein Eis bestellt hatten, ergriff Damian das Wort.

»Vielleicht erklärst du nochmal deine speziellen Anordnungen, Hermann. Trip und Hawkens kennen die ja noch nicht.«

»Oh ja, stimmt!«, rief Hermann aus und begann: »Tim, Michael, das hier ist superwichtig. Hört gut zu! … Von dem Fall mit dem Komasaufen hab ich euch mal erzählt, richtig?«

»Ja, kennen wir«, bestätigte Tim, und Michael nickte mit dem Kopf. »Da haben sie dir doch damals ziemlich einen reinwürgen wollen, oder wie war das?«

»Ganz genau!«, bekräftigte Hermann mit ernstem Gesicht. »Und deswegen passiert mir das kein weiteres Mal. Also, das sind die Spielregeln: Kinder machen nun mal Blödsinn. Das ist unvermeidlich. Aber es kommt drauf an, was es ist. Wenn ihr Kippen bei ihnen findet, nehmt ihr sie ihnen weg, klar? Kurzer Bericht an mich, und fertig. Kein großes Aufhebens. Aber wenn es um Alkohol geht, ist Schicht im Schacht. Und ich meine das ernst! Wenn ihr diesbezüglich auch nur Lunte riecht: Sofort Meldung bei mir, und wir gehen dem nach. Bestätigt sich der Verdacht, fährt der Schuldige umgehend nach Hause. Ich erwarte von euch, dass ihr dort nichts durchgehen lasst. Hab ich mich klar ausgedrückt?«

»Glasklar«, antwortete Michael ohne zu zögern.

»Werden die Augen offenhalten«, versprach auch Tim.

»Dann ist's gut«, freute sich Hermann. »Ich weiß, ich kann mich auf euch verlassen.«

Hermann und seine Mannschaft genossen zusammen mit Jenni und Pia ihre Eisbecher und besprachen dabei noch einige weitere Dinge für die Reise und den Aufenthalt in Albenhain. Nach etwa einer Stunde machten sie sich auf den Weg zum Gymnasium.

Als sie dort mit ihren Autos vorfuhren, war es weniger als eine Stunde vor der Abfahrt. Ungefähr die Hälfte von Hermanns Reisegruppe stand mit ihrem Gepäck am Straßenrand, während die Schüler der MSS 11 auf ihrem Schulhof, der weniger als zehn Meter von der Straße entfernt anfing, abhingen.

»Kommt, Leute«, begrüßte Hermann sie, »nicht so schüchtern! Ihr könnt ruhig auf den Schulhof gehen und dort warten. Los, wir gehen zusammen rüber.«

Der Schulhof des Gymnasiums war großzügig angelegt. Er befand sich zwischen drei U-förmig angelegten Gebäuden, die an den Ecken mit großflächig verglasten Treppenhäusern verbunden waren. Vom Schulhof grenzten sie sich durch einen fünf Meter breiten Grünstreifen ab. Der Schulhof selbst war quadratisch. An jeder Ecke befanden sich Bänke aus Beton mit Sitzflächen aus Holz, und ebensolche Bänke waren auch in der Mitte des Hofes aufgestellt worden. Rings um diese mittigen Sitzgelegenheiten war ein quadratischer, etwa drei bis vier Meter breiter, gepflasterter Weg angelegt, auf dem viele Schüler in Gruppen ihre Runden drehten. Das war eine beliebte Methode, da man auf diese Weise immer wieder an anderen Mitschülern vorbeikam und möglichst viele Leute zu Gesicht bekam. Es hatte sich sogar eine bevorzugte

Richtung etabliert. Mehr als drei Viertel der Schüler folgten dem Weg im Uhrzeigersinn.

Michael grinste, als er und seine Freunde den Schulhof betraten.

»Sind wir hier im Knast?«, witzelte er. »Die laufen ja alle im Kreis rum, wie Knackis, die Ausgang aufm Gefängnishof haben.«

»Da sind die Mädels!«, rief Julian und deutete auf die Sitzgruppe vorne rechts auf dem Schulhof, wo Isi und Melli saßen und zu ihnen herüberwinkten. Daraufhin schwenkte die ganze Gruppe nach rechts und verteilte sich auf die Bänke um die Mädels herum.

»Und?«, wollte Melli sogleich wissen. »Wie gefällt's euch hier?«,

»Joa«, meinte Tim und grinste verschmitzt, »ist nett. Schöner großer Schulhof.«

»Klingt ja sehr begeistert«, höhnte Isi.

»Ist halt ein Schulhof«, höhnte Tim zurück. »Was soll einem daran besonders gefallen? Und ihr habt ihn ja nicht gebaut. Da kann's euch glatt egal sein.«

»Alter Griesgram«, stichelte Isi. Tim zwinkerte ihr zu und warf seine Reisetasche neben die Bank auf den Boden.

»Kuschel mal ein bisschen mit Melli, Isobel. Dann pass ich noch daneben. Und sobald ich meinen Arsch geparkt habe, werf ich 'nen Blick auf eure Penne.«

»Penne?«, wunderte sich Isi im Wegrutschen. »Das sind doch Nudeln.«

»Quarkes«, entgegnete Tim ihr. »Kennt ihr denn die alten Filme nicht, in denen die Schule Penne genannt wird?«

»Nee«, kam es von Melli, »sowas guckst nur du. Und Ditze. Über Filme von vor 100 Jahren fachsimpeln kannste mit dem!«

Grinsend fischte Tim sich eine Dose Cola aus seiner Tasche. Es zischte, und er nahm genüsslich einen Schluck. Zufrieden machte er »Aaah!«, lehnte sich zurück und sah sich aufmerksam um.

»Und die ganzen Leute hier sind alle in eurer Stufe?«, erkundigte er sich. »Sind ja ganz schön viele.«

»Knapp hundert, wenn alle da sind«, erklärte Melli.

»Und die kennst du alle mit Namen?«

»Nein, nicht alle. Vielleicht so drei Viertel.«

»Okay …«, schmunzelte Tim und sah sich weiter um. Er deutete auf zwei rundliche Jungs mit Band-T-Shirts.

»Wer sind denn die beiden da?«, fragte er. »Die sehen aus, als müsstest du sie kennen.«

»Was soll das denn heißen?«, lachte Melli. »Aber stimmt, ich kenn sie. Das sind Lucas und David. Sind bei uns im Kunst LK.«

»Im Kunst … was?«

»LK. Leistungskurs.«

»Ah!«, kommentierte Tim als hätte er verstanden und suchte sich wieder jemanden aus. »Der Typ da im Boggy-Style. Wie heißt der?«

Melli lachte laut und antwortete: »Jetzt, wo du es sagst! Das ist Jonah.«

»Alter!«, meldete sich Julian. »Das ist kein Boggy-Style. Den Boggy-Style gibt's nur einmal, klar?«

»Das reicht auch völlig«, witzelte Tim und zog Julian blitzschnell mit der flachen Hand einen Strich über den Scheitel.

Lachend drehte er sich wieder zum Schulhof und schaute sich die vielen Schüler und Schülerinnen an. Da fielen ihm drei Mädchen auf, die alle gleich angezogen waren. Sie näherten sich gerade Tims Sitzgruppe auf ihrer Runde um den Schulhof. Alle drei trugen weiße Kurzblazer zu weißen, glatten Miniröcken, weiße Handtaschen und weiße High Heels. Unter den Blazern hatten sie orangefarbene Tops an. Jede von ihnen war wohl so um die eins siebzig groß, was auf den locker zehn Zentimeter hohen Absätzen schwer einzuschätzen war. Sie gingen nebeneinander. Das Mädchen in der Mitte war nochmal etwas größer als die anderen beiden und hatte rabenschwarze Haare. Die mussten wohl sehr lang sein, immerhin hatte sie sie zu einem ganz hoch ansetzenden Pferdeschwanz zusammengebunden, der immer noch so lang war, dass er bis zu ihrer Lende reichte. Tim fiel der altmodische Schmuck auf, den sie trug: Eine massiv wirkende Goldkette und gold-weiße Ohranhänger. Die beiden anderen Mädchen waren brünett, wobei das Haar der Linken dunkelbraun, glatt und etwa halb so lang wie das der Mittleren war. Das Haar der Rechten war durch die blonden Strähnchen etwas heller und wiederum eine Handbreit kürzer als bei der Linken. Stolz schritten die drei auf dem Schulhof entlang.

»Oh, die da!«, stieß Tim gespielt aufgeregt hervor. »Wer sind denn die drei Weißröckchen da? Sind das die Ärztinnen für die Reise, falls einer krank wird?«, und er lachte.

»Oder ›sexy Krankenschwestern‹«, warf Michael gackernd ein.

Isi drehte sich kurz um, um die drei Mädchen anzusehen, hatte aber schon einen Gedanken, wen Tim meinen könnte. Ihre Vermutung bestätigte sich. Angewidert drehte sie sich wieder zurück und brummte: »Kotz.«

»Schön wär's«, meinte Melli, »aber es ist viel schlimmer.«

»Ach«, raunte Tim, da die drei nun langsam in Hörweite gerieten, »sind das die drei Bräute, von denen ihr neulich im Haus geredet habt?«

»Njaa …«, knirschte Isi, und Melli fuhr fort: »Die sind echt die letzten Kotzbrocken. So ein elitäres Clübchen. Die spielen sich hier als die Königinnen auf.«

Tim verzog ungläubig das Gesicht und erwiderte: »Ich dachte, so was gibt's nur in schlechten amerikanischen Teenyfilmen?«

»Nee, hier leider auch«, seufzte Melli und verdrehte die Augen. »Total unnötig.«

»Wenn sie keiner leiden könnte, würden sie das doch nicht machen, oder?«, wandte Tim ein.

»Das ist es ja«, murmelte Melli. »Es gibt ja in jeder Stufe eine Handvoll Möchtegerntussis, die so sein wollen wie sie. Und die schleimen sie deshalb ständig an, damit sie irgendwann mal dazugehören. Und daran geilen sich die drei so auf, dass sie gar nicht mitkriegen, wie alle anderen ihnen die Pest an den Hals wünschen.«

»Das würde sie aber auch gar nicht stören«, entgegnete Isi. »Die behandeln alle anderen ja sowieso wie den letzten Dreck.«

Tim sah zu den drei Mädchen hinüber, die gerade in diesem Moment nahe an Tims Gruppe herankamen. Sie bewegten sich elegant in ihren hohen Schuhen und ihren feinen Kostümen, das musste man ihnen lassen. Aber so hochnäsig, wie sie geradeaus blickten, kamen sie ihm nicht gerade sympathisch vor. Zugegeben, sie waren hübsch. Besonders die Mittlere. Sie war ohne Zweifel das, was man eine Ausnahmeschönheit nennen musste. Sie hatte vollendet geschwungene Augenbrauen und eine kleine, total süße Nase.

›Verdammt!‹, dachte Tim sich. ›So ein schönes Mädchen hab ich auf der ganzen Welt nicht gesehen. Schade, dass sie so ein Miststück ist.‹

Er sah ihr ins Gesicht, und im Vorbeigehen blickte sie ihn kurz an, schaute dann aber sofort wieder mit einem überheblichen Blick nach vorne. Die drei passierten die Gruppe und bogen dann nach rechts ab, der Ecke des gepflasterten Quadrates folgend, sodass sie nun genau von hinten zu sehen waren. Ihre schlanken Beine unterhalb der weißen Rocksäume waren der Grund, warum Tim sich nicht sofort wieder seinen Freunden zuwandte.

Melli kickte ihm ans Bein. Tim schmunzelte, als er sich zu ihr umdrehte, und Melli flüsterte neckisch: »Ich wusste, die drei würden dir gefallen. Jeder Kerl findet sie scharf. Pia wird noch ganz eifersüchtig.«

»Ach, hör auf!«, wehrte Tim ab. »Ich finde das nur total amüsant. Wer sind die drei? Warum sind die so drauf?«

»Gott!«, stöhnte Isi, die nun wirklich keine Lust hatte, das Thema zu vertiefen. Melli ging da etwas souveräner mit um.

»Also«, begann sie, »fangen wir mit der in der Mitte an. Das ist Anna zur Heyden. Ja, die heißt wirklich so. Sie ist die Enkelin einer Gräfin oder sowas in der Art. Deswegen ist sie wahrscheinlich die Club-Präsidentin oder so. Keine Ahnung wie man das nennt. Jedenfalls gibt sie den Ton an bei den Kobros …«

»Wie bitte, was?« – Tim schüttelte kurz den Kopf und setze ein konzentriertes Gesicht auf. »Bei wem? Wie nennst du die?«

»Kobros«, antwortete Melli nüchtern, »so nennen wir sie. Ist die Abkürzung für Kotzbrocken.«

»Der Name stammt allein von Melli!«, spottete Isi.

»Ja und?«, gab Melli ihr zurück. »Ich sag nur, was jeder denkt.«

»Ist total okay«, sagte Isi. »Mir gefällt er. Ich hab dich voll gefeiert, als du damit rauskamst.«

»Ach, du heilige Scheiße!«, lachte Tim. »Die wollen hier also echt so ein Elite-Club-Ding durchziehen, ja? Wie finster ist das denn?«

»Bescheuert, oder?«, rückversicherte Melli und kehrte zurück zum Thema. »Wie auch immer. Annas Vater ist der Chef von der Bank hier im ganzen Landkreis, und die haben Kohle ohne Ende. Und ihre Mutter ist voll das Biest. Sei froh, dass du mit so Leuten nichts zu tun hast. Und die rechts neben Anna, mit den dunkelbraunen Haaren, das ist Celine Rheinmann, die Tochter vom Zahnarzt Rheinmann. Und dann links, die mit den Strähnchen, das ist Jana Eichendorf. Dumm wie 'n Meter Feldweg aber die Tochter vom Modehaus Eichendorf. Du weißt schon, die, die hier in fünf Städten so 'ne Nobel-Boutique haben.«

»Die brauchen sich keine Sorgen zu machen, schätz ich«, meinte Tim.

»Nee, bestimmt nicht«, stimmte Melli zu. »Guck dir allein mal an, was für Klamotten die tragen! Die sind so scheiße arrogant drauf. Richtige Ätztussen. Und wenn du denkst, Tim Richthof, dass du bei Anna zur Heyden landen kannst, dann vergisst du das am besten sofort wieder!«

»Wie kommst du darauf, dass ich was von der will?«, wunderte Tim sich.

»Jaja«, meinte Melli mit einem Augenzwinkern. »Ich hab Augen im Kopf. Und damit du's weißt: Du hast keine Chance bei ihr! Wir reden hier von der ›Leyentaler Upper Class‹. Anna sieht dich so dermaßen unter ihrem Stand an, dass sie nicht mal mit dir reden wird!«

»Und wir tun das auch nicht mehr, wenn du es wagen solltest!«, drohte Isi.

»Was ihr habt!«, protestierte Tim. »Nur weil drei versnobte Tussis in kurzen Röcken an mir vorbeistolzieren, soll ich gleich scharf auf sie sein oder was? Ihr solltet mich besser kennen.«

»Sag mal, Trip«, mischte Damian sich ein, »wo wir gerade dabei sind, wann haste eigentlich das letzte Mal einen weggesteckt?«,

»Boah, Müller!«, maulte Melli. »Echt jetzt!«

»Sorry!«, rief Damian ironisch und sprach mit überkandidelter Stimme: »Ich meine natürlich, wann hattest du das letzte Mal Coitus?«

»Alter!«, meckerte Melli wieder. »Du bist echt 'n Arsch!«

»Tja«, gab ihm Tim mit einem Lächeln Antwort, »das würdest du gerne wissen, hm?«

»Sag schon!«

Tim sah sich nach links und rechts um, so als ob er nachsah, ob jemand lauschte, lehnte sich dann nach vorne und deutete Damian mit einem Wink seiner Hand an, dass er sich zu ihm rüber beugen sollte. Das tat

Damian dann auch, und als er mit dem Ohr nah an Tims Gesicht war, flüsterte der: »Das geht dich 'nen Dreck an.«

»Sauber, Alter!«, jubelte Melli, als Damian sich wieder zurücklehnte und Tim den Mittelfinger zeigte.

»Dann eben nicht«, brummte er.

Inzwischen waren die »Kobros« beinahe eine weitere Runde um den Schulhof gegangen und näherten sich nun wieder so langsam der Haus-der-Jugend-Gruppe. Auch ihnen waren die neuen Gesichter nicht entgangen.

»Dämliche Idee, die Hannessen da zusammen mit uns fahren zu lassen«, bemerkte Celine abfällig.

»Kennst du außer Melina Kupser und Isabel Krüger einen von ihnen?«, fragte Anna sie.

»Nein«, antwortete Celine, »aber was man so hört!«

»Das sind ziemliche Asis«, fügte Jana hinzu. »Die haben es doch ständig mit der Polizei zu tun. Schläger und Proleten sind das. Rauschgiftkriminelle.«

»Woher weißt du das bitte?«, wollte Anna wissen.

»Meine Mutter kennt die Mutter von einer, die den Asi da mit dem weißen T-Shirt kennt«, erzählte Jana. »Die hatte das zweifelhafte Vergnügen, mit ihm in derselben Klasse zu sein. Ich kann euch sagen, meine Mutter weiß Bescheid über den.«

»Was genau weiß sie denn?«, fragte Anna neugierig.

»Er heißt Tim Richthof«, fuhr Jana fort. »Er ist schon mal fast von der Schule geflogen, weil er total ausgerastet ist. Er hat geklaut, mit Drogen gedealt und hat ständig andere Schüler verprügelt. Er hat sogar Kinder im Wald ausgesetzt, so dass sie fast verhungert wären.«

»Übel«, hauchte Celine leise, und Anna verschränkte mit einem unbehaglichen Blick in Richtung Tim ihre

Arme vor dem Bauch, während die drei sich weiter ihm und seinen Freunden näherten.

»Das ist noch nicht alles«, klatschte Jana weiter. »Er ist schon vorbestraft, weil er mal irgendwo eingebrochen ist, und einmal, da hat er ein Mädchen krankenhausreif geschlagen. Ohne Grund! Ich hasse den Typen, echt!«

»Und dann betraut man ihn mit einer Tätigkeit innerhalb der Jugendpflege?«, wunderte sich Anna.

»Ja, keine Ahnung«, ätzte Jana. »Der war ja jahrelang weg vom Fenster. Wer weiß, wo sie den hingebracht hatten. Bestimmt zum Helenenberg, jede Wette.«

»Jetzt pscht!«, zischte Anna, denn sie kamen nun in Hörweite zu Tim und seinen Freunden.

Erhobenen Hauptes stolzierten Anna, Celine und Jana wieder an der Gruppe vom Haus der Jugend vorbei, den Blick geradeaus. Anna, von zu Hause aus behütet und verwöhnt, in einer heilen Welt aufgewachsen, konnte für den Bruchteil einer Sekunde nicht widerstehen. Zu neugierig war sie darauf, diesem jungen Mann, der angeblich solche Taten auf dem Gewissen hatte, ins Gesicht zu sehen. Sie blickte Tim an. Der bemerkte es, sah sie ebenfalls an und grinste herausfordernd, während er mit dem Kinn in ihre Richtung kokettierte. Anna wandte sofort den Blick wieder nach vorne, so wie es ihre Freundinnen konsequent durchzogen.

»Ich fass es nicht!«, raunte Isi Tim an. »Alter, ich polier dir so die Fresse, wenn du die … Boah, ich darf nicht dran denken!«

»Kommt mir gar nicht vor wie die eiskalte Oberzicke, die ihr mir hier beschreibt«, strunzte Tim, sichtlich zufrieden mit sich selbst.

»Ist sie aber!«, beharrte Melli. »Verlass dich drauf!«

»Langsam können wir wirklich das Thema wechseln«, warf Julian ein.

»Aber echt!«, riefen Isi und Damian aus einem Mund.

»Vorschläge?«, fragte Tim in die Runde.

»Ja, Trip«, rief Michael, der mit Hermann weiter hinten saß. »Hast du dir schon was überlegt für die Schatzsuche am Donnerstag?«

»Du meinst, welche Klamotten ich anziehe?«, rief Tim zurück.

»Ja.«

»Ja, hab ich.«

»Na, dann sag doch mal!«

Tim setzte sich aufrecht hin, hob die Hände theatralisch hoch und stimmte die Melodie des Films »Jäger des verlorenen Schatzes« an:

»De de det deee, det de dee …«

»Indiana Jones!«, schrie Alex sofort und lachte. »Komplett?«

»Ziemlich komplett!«, nickte Tim. »Mit Hut und Peitsche.«

»Nicht schlecht«, nickte Julian anerkennend, »und passt wie die Faust aufs Auge.«

»Und mit wem machste ein Team?«, fragte Damian.

»Keine Ahnung. Wie stehen denn die Paarungen bis jetzt?«, erkundigte sich Tim.

»Ich und Boggy«, fasste Damian zusammen, »Ditze und Hawkens … wer noch?«

»Wir!«, riefen Isi und Melli zusammen.

»Und wir!«, riefen Jenni und Pia während sie die Arme umeinander legten.

»Tja, Hermann«, schloss Tim, »dann ziehen wir zwei das wohl durch, was?«

»Sorry, Tim«, bedauerte Hermann, »ich hab da leider keine Zeit für. Aber das macht auch alleine Spaß.«

»Klar!«, stimmte Tim ihm zu. »Ich werd die Oma schon schubsen. Die Dinge alleine regeln, damit kenn ich mich aus.«

In diesem Moment bedauerte Pia, dass sie schon mit Jenni in einem Team war. Ihr war das Gespräch zwischen Tim und Melli über Anna zur Heyden nicht entgangen, und obwohl Tim ihr schon mehrmals angezeigt hatte, dass er kein Interesse an ihr hatte, ließen Pias Gefühle es nicht zu, sich damit abzufinden. Was für eine Riesenchance bot sich ihr da, einen Tag mit Tim zu verbringen! Aber ihre Freundin stehen zu lassen, das kam für Pia nicht in Frage. Oder doch?

Das Brummen von schweren Dieselmotoren klang über den Schulhof, und wie von einem Staubsauger angezogen strömten die Schüler in Richtung Bushalteplatz.

»Die Busse!«, kommentierte Hermann und stand auf. Er rief laut: »Auf geht's, Leute! Guckt euch um, ob ihr alles habt, und dann ab zum Bus. Unserer ist der hintere!«

»Dann gute Fahrt, Leute!«, rief Melli und winkte mit Isi beim Weggehen. »Wir sehen uns dann in Albenhain.«

»Ja, bis dann. Ciao, Mädels!«

Das Einladen des Gepäcks von 125 Jugendlichen und das organisierte Einsteigen in die Busse beanspruchte eine gute halbe Stunde. Dann aber war es soweit. Jeder der Mitreisenden genoss den Moment, als die sich Türen zischend schlossen, die Motoren sanft aufheulten und die Busse vibrierend anfuhren. Die Reise ging los.

Kapitel 3

Allmählich verließen die großen Reisebusse das Stadtgebiet. Nach zwei Ampelanlagen und drei Kreisverkehren fuhren sie schon nicht mehr in einer Kolonne. Doch das war gar nicht nötig. Natürlich kannte jeder der Fahrer den Weg, und außerdem waren die Fahrzeuge ohnehin mit einem Navigationssystem ausgestattet.

Hermann und Tim saßen ganz vorne rechts. Dahinter Damian und Julian. Die Plätze von Alex und Michael waren die hinter dem Fahrer, also ganz vorne links und in einer Reihe mit Damian und Julian. Michaels Platz war im Augenblick leer.

»Wie viele sind's?«, fragte Hermann.

»Achtundzwanzig, stimmt alles«, berichtete Michael, als er schwankend mit dumpf polternden Schritten zurück nach vorne kam und sich setzte.

»Danke«, sagte Hermann und hakte die Teilnehmerliste ab. Dann klappte er die Mappe zu und steckte sie in seine Tasche.

»So«, scherzte er, »jetzt müssen wir nur noch aufpassen, dass sie nicht aufeinander losgehen. Macht's euch gemütlich!«

Ganz so einfach war es natürlich nicht. Die Jungs gingen abwechselnd von Zeit zu Zeit mal durch den Gang und griffen bei kleineren Streitigkeiten ein, oder wenn zwischendurch mal jemand übermütig und zu laut wurde. Im Großen und Ganzen verlief die Fahrt aber ausgesprochen friedlich, und jeder hatte viel Zeit, auf seinem Sitz zu entspannen.

Tims Handy vibrierte. Er nahm es aus der Hosentasche und sah nach. Eine WhatsApp-Nachricht von Pia, die mit Jenni ganz hinten saß.

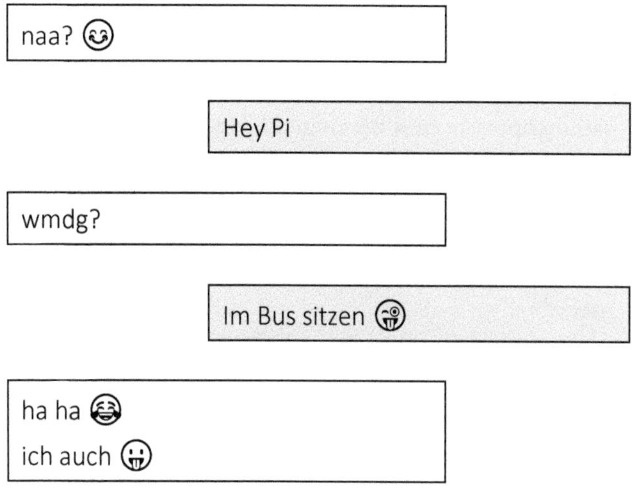

Tim steckte sein Smartphone wieder weg und brummte leise etwas vor sich hin.

»Was ist?«, erkundigte sich Hermann.

»Ach nix.«

»Eins von den Küken wieder?«

»Ja … Pia.«

»Die bleibt echt am Ball, was? Lass sie! Schon bald verguckt sie sich in einen Anderen. Achte nur drauf, dass du ihre Gefühle nicht verletzt.«

Tim ließ die Hände auf den Schoß fallen und lästerte: »Du bist echt ein Sozialromantiker, he? Die hält 'ne Menge aus. Ich hab ihr schon zweimal gesagt, dass ich nicht auf sie stehe.«

»Sie ist noch jung«, dozierte Hermann. »Erklär ihr doch, dass du ihre Gefühle verstehst und ernst nimmst, aber dass dir auch bewusst ist, dass ein Mädchen in ihrem Alter, das noch keine Erfahrung mit richtiger Liebe hat, das Gefühl großer Sympathie leicht mit Liebe verwechseln kann.«

»Hermann«, sagte Tim, wobei er seine Lippen kurz zusammenpresste und bestätigend nickte, »das ist 'ne Spitzenidee. Das mach ich. Danach hält sie mich bestimmt für den größten Waschlappen und will garantiert nichts mehr von mir wissen!«

»Scheiße!«, rief Hermann lachend. »Du hast es gemerkt!«

»Willst mich verarschen, he?«, rief Tim und lachte auch.

»Ja klar!«, grinste Hermann. »Und für 'ne Sekunde sah es so aus, als würde ich es schaffen. Aber es war ja klar, dass meine Ansprache deine Männlichkeit kränken würde.«

»Nicht … lustig … Hermann!«

In diesem Moment vibrierte Tims Handy wieder.

duu? 😊

Ja Pi, was liegt an?

bist du enttäuscht dass du alleine auf schatzsuche gehen musst am do?

Passt schon

magst du mit mir gehen?

Ist das jetzt ne Fangfrage? 😜

hä?

Vergiss es

also soll ich am do mit dir gehen?

Nein, du bist doch mit Jenni unterwegs

das macht der aber nix aus

Nein Pia, ich komm schon klar. Und du sei jetzt keine scheiß Freundin, ok? 😊

okey 🙁

»Angriff noch mal abgewehrt«, meldete Tim scherzhaft.

»Armes Ding«, bemerkte Hermann.

»Ja, schon«, gab Tim zu. »Sie ist ja süß, aber halt auch noch ein halbes Kind. Wär mir lieber, sie würd's endlich sein lassen.«

»Zieh einfach weiter klare Grenzen, dann hört sie irgendwann schon auf.«

Wieder summte Tims Handy.

»Ooh …«, stöhnte er und sah erneut nach. »Ach nein, es ist Melli …«

Glückwunsch! 

Wofür? 😅

Du bist hier im Bus das große Thema!! 😄

Oh Shit, will ich das hören? 😄

Ich glaub eher nicht. Jana zieht gerade übelst über dich ab 😉

Wieso hab ich nur geahnt, dass es aus dieser Ecke kommen würde? Was labert sie denn?

Och, das Übliche. Nichts, was du nicht schon mal in 20 Varianten gehört hättest 😄

»Na, das kann ja noch lustig werden«, meinte Tim lachend. »Ein paar aus Mellis Stufe sind sich da wohl übel das Maul über mich am zerreißen, angeführt von diesen Weißröckchen, da. Die scheinen mich ja voll zu hassen.«

»Darüber freust du dich?«, spottete Hermann. »Und wenn dir ein Mädchen ihre Zuneigung zeigt und dich anhimmelt, dann jammerst du rum, oder wie? Du bist mir schon so ein Verrückter ...«

Hermann lachte schallend.

»Ja, du hast Recht«, sagte Tim ironisch. »Ich sollte dringend mal zum Tiefendoktor gehen, schätz ich.«

So setzte sich die gute, ausgelassene Stimmung im Reisebus der Gruppe vom Haus der Jugend fort.

Nach knapp anderthalb Stunden Fahrzeit erreichten die Busse die Zufahrt des Ferienparks Albenhain. Die Straße führte ein paar hundert Meter am Fluss entlang und mündete dann in einen großen Wendekreis vor dem Rezeptionsgebäude. Dieser Wendeplatz war so groß, dass die drei Reisebusse, die hintereinander anhielten, den Kreis gerade einmal zur Hälfte ausfüllten.

Nun ging es für Hermann und die Jungs richtig los. Ihre Reisegruppe musste sortiert und auf die Hütten verteilt werden. Gut, dass schon vorher festgelegt worden war, wer mit wem in einer Hütte wohnte. Tim, Damian, Alex, Michael und Julian kümmerten sich darum, dass ihre Gruppe vor dem Rezeptionsgebäude nach Hüttenbelegung sortiert aufgestellt wurde. Da ihr Bus als letzter angekommen war und die anderen beiden Busse deshalb ein Stück weiter um den Wendekreis gefahren waren, standen sie direkt vor dem Rezeptionsgebäude. Außerdem waren sie schneller mit dem Ausladen des Gepäcks und waren daher die ersten, die zum Einchecken bereit waren.

»Sortiert ihr mal weiter!«, befahl Hermann. »Und bestimmt für jede Hütte einen Verantwortlichen für die Schlüssel! Ich geh schon mal rein und erledige den Papierkram.«

Die Rezeption war gut organisiert. Es dauerte nicht lange, und Hermann kam wieder aus dem Gebäude heraus. In der Hand hielt er einen großen Metallring, an dem sechs kleinere Ringe mit jeweils sechs Plastikkarten hingen.

»Okay«, verkündete Hermann, »alle mal herhören! Unsere Hütten sind alle direkt beieinander. Wir wohnen in Sektion Blau, Hütten 11 bis 16. Da vorne ist der Halteplatz für die Shuttles, die zwischen hier und den Hütten hin und her pendeln.«

Julian übergab Hermann die Liste mit den Hüttenbelegungen, auf der die Jungs die »Hüttensprecher« der jeweiligen Gruppen markiert hatten.

»So«, kommandierte Hermann nach einem Blick auf die Liste. »Nach vorne kommen Jan, Laura, Felix, Jenni und Marie! – Jeder von euch bekommt von mir jetzt einen Ring mit Karten. Das sind die Schlüsselkarten für die Hütten. Die Karten verteilt ihr unter euren Hüttengenossen. Zwei Hütten sind nur mit fünf Personen belegt anstatt mit sechs. Da bleibt jeweils eine Karte übrig. Die gebt ihr mir wieder. Verschludert die Karten nicht, okay? So, und jetzt zu den Shuttles. Abmarsch!«

Tim und Michael staunten nicht schlecht darüber, wie gut Hermann seine Gruppe im Griff hatte. Julian, Damian und Alex kannten das schon aus den letzten Jahren, aber für Tim und Michael war das neu. Durch Hermanns straffe Organisation erreichte die Gruppe vom Haus der Jugend die Shuttles bereits, als die Schüler des Gymnasiums noch ihr Gepäck sortierten.

Hermanns Gruppe verteilte sich auf zwei Shuttles, die gemütlich die geschwungenen Wege zwischen Wiesen und Bäumen und teils am Fluss entlangfuhren. Tim sah gespannt aus dem Fenster und erkannte die Stellen wieder, von denen ihm die anderen im Haus der Jugend erzählt hatten: Zuerst kamen sie am unteren Badebereich vorbei, der vom Weg aus hinter Schlehenbüschen lag. Er war mit einem hölzernen Wegweiser markiert, auf dem »Overflow-Badeufer« stand. Kurz darauf erschien das Hauptbadeufer mit seiner großen, sauber gemähten Liegewiese. Einige kleine, aber kräftige und stämmige Eichen säumten das Ufer des Flusses in einigem Abstand.

Auf der anderen Seite des Weges, ein Stück den Hang hinauf und hinter einer Ansammlung von hohen Buchen, lag ein großes, flaches Haus mit Terrassen und Sonnenschirmen.

›Das muss das Gemeinschaftsgebäude sein‹, dachte Tim sich. Er fand seinen Gedanken bestätigt, als der Haupteingang des Hauses sichtbar wurde. Sauber gefasste, gut lesbare Schilder prangten links und rechts der zweiflügeligen Tür: »Kantine«, »Spielhalle«, »Sportstudio«, »Waldbistro«, »Feuerstellen« und so weiter.

Die Shuttles wurden langsamer und hielten schließlich direkt vor einer kleinen, blauen Haltestelle aus Stahl und Glas, an der ein blaues Schild mit der Aufschrift »Hütten 1 bis 18« angebracht war. Dort stiegen alle aus und folgten zu Fuß einer Treppe, die einen flachen Hang hinaufführte, und dann standen sie auch schon vor der Hütte mit der Nummer 11.

Die einzelnen Hütten befanden sich alle in Sichtweite zueinander, vielleicht zwanzig Meter voneinander entfernt. Es waren kleine Blockhäuser aus gehobelten Holzbalken mit geneigten Dächern, die mit braunen Dachziegeln gedeckt waren. Alles sah sauber und fein gearbeitet aus. Jede der glatten, hölzernen Eingangstüren hatte einen Knauf aus mattem Edelstahl, der in einem Stück mit dem Lesegerät verbunden war, durch die man seine Schlüsselkarte ziehen musste, um die Tür zu öffnen.

Im Innenraum setzte sich das Design aus gehobeltem Holz fort. Die Möbel waren aus schwerem, glattem Massivholz. Die untere Etage war ein offener Raum; eine kurze Küchenzeile mit Kühlschrank, Mikrowellenherd und Spülbecken befand sich in einer Ecke. An der hinteren Wand gab es einen kleinen Toilettenraum und eine Garderobe für Jacken und Schuhe. Rechts neben der seitlich versetzten Eingangstür führte eine steile Holztreppe nach oben. Dort war der Schlafbereich mit sechs hölzernen Betten eingerichtet. Ganz hinten trennte eine Querwand den Schlafraum von einem geräumigen Badezimmer ab. Dort im Bad gab es – recht komfortabel – drei Waschbecken, drei Duschkabinen und einen separaten WC-Raum.

So ließ es sich aushalten, da waren sich alle einig.

»Dann dürft ihr jetzt mal einziehen«, ergriff Hermann wieder das Wort. »Die Jungs und ich wohnen in Hütte 13. Wir kommen später mal rum und sehen nach euch! … Okay, Männer, dann wollen wir auch mal einziehen.«

Damit strömten die Gruppen auseinander und verschwanden in ihren Hütten. Auch Hermann und die Jungs bezogen ihr Quartier.

»Eine Sache ist blöd, Hermann«, meinte Julian, während er seine Tasche vor seinem Bett auf den Boden warf. »Wir sind nur Kerle hier. Was, wenn die Mädels mal eine weibliche Betreuerin brauchen?«

»Das ist ein bekanntes Problem bei uns«, antwortete Hermann. »Wir sind die einzige Einrichtung, in der nur männliche Volljährige zur Verfügung stehen. In allen anderen Häusern der Region engagieren sich deutlich mehr Mädchen als Jungs.«

»Wie kommt's?«, fragte Michael.

»Na ja«, antwortete Hermann bedächtig, verstaute seinen Rucksack in einem Schrank und drückte die Tür zu. »Einerseits würde ich sagen, weil ihr eine ziemlich feste, eingeschworene Truppe seid. Ihr seid von Anfang an dabei, und das mit vorbildlichem Einsatz. Es war nie notwendig, jemanden nachrücken zu lassen.«

»Das ist aber nicht alles, oder, Hermann?«, wandte Damian ein.

»Nein«, stimmte Hermann zu und schürzte nachdenklich die Lippen. »Es ist auch so, dass viele Leute immer noch sehr schlecht über euch denken. Und reden. Deswegen trauen sich kaum welche, sich uns anzuschließen. Sie fürchten um ihren eigenen Ruf. Das scheint wohl insbesondere für junge Frauen ein Problem darzustellen.«

»Wird das jemals aufhören?«, stieß Michael genervt hervor. »Ja, ein paar von uns haben damals viel Scheiße gebaut. Aber das ist Jahre her. Wir haben uns geändert.«

»Ja«, stimmte Julian zu, »aber davon wollen die Leute nichts wissen. Jemanden aus Gewohnheit zu verachten ist einfacher, als sich mit ihm zu befassen.«

»Und bequemer«, pflichtete Tim ihm bei.

»Macht euch keinen Kopf, Leute«, sagte Hermann. »Ganz viele Eltern lassen ihre Kinder trotzdem zu uns kommen, und der Förderverein ist auch zufrieden mit unserer Arbeit. Ich halte zu euch, egal was geredet wird.«

»Aber wenn ihr ehrlich seid«, lachte er nach einer kurzen Pause, »dann gefällt euch dieses Ganoven-Image ganz gut! Sonst würdet ihr nicht ständig eure großen Sprüche reißen.«

Die Jungs grinsten sich zu.

»Schon wahr«, gab Damian zu, »aber einige von uns können damit ja auch viel lockerer umgehen, weil sie nicht ganz so tief dringesteckt haben.«

»Aber wenn sogar Ditze damit Scheiß machen kann«, meinte Michael scherzhaft, »dann ist doch alles cool.«

»Wieso ich?«, lachte Alex. »Trip war der Schlimmste von uns, nicht ich! Ich weiß noch, Trip, du bist immer den einen Schritt weitergegangen, wenn wir anderen schon wussten, dass es genug war.«

Tim zog schuldbewusst grinsend den Kopf ein.

»Aber dringesteckt haben wir letzten Endes alle«, stellte Michael klar, und alle nickten. »Und Trip war damals hochanständig, als er uns allen den Arsch gerettet hat, das darf man auch nicht vergessen.«

»Oh ja!«, stimmte Julian energisch zu. »Dafür hätten sie ihn damals fast weggebracht.«

»Scheiße«, erinnerte sich Tim und sprach ruhig weiter. »Die Aktion war schon finster. Da sind wir damals alle irgendwie wach geworden, schätz ich«

Wieder nickten seine Freunde dazu.

»Aber wie gesagt«, beharrte Hermann grinsend, »heute kommt ihr euch cool damit vor.«

»Ja, schon«, bestätigte Tim, »aber ich möchte eins klarstellen: Wir kommen uns nicht cool vor mit dem, was wir damals getan haben. Womit wir uns cool vorkommen, ist, wie Hermann schon gesagt hat, das Bad-Ass-Image, das wir heute haben.«

Dem stimmten alle zu hundert Prozent zu. Keiner war stolz auf die Dinge, die damals passiert waren. Aber der Nimbus der »schweren Jungs«, der sie umgab, gefiel ihnen so gut, dass sie hin und wieder einfach in die Rolle schlüpften, indem sie so taten, als hätten sie wieder »ein Ding gedreht«. Um ein Beispiel zu nennen: Einer von ihnen kaufte für den anderen einen Hamburger bei Mäckes, übergab ihm die Papiertüte aber so heimlich, als wäre es eine Tüte Koks.

Inzwischen waren alle Hütten fertig bezogen. Hermann ließ die ganze Truppe noch einmal geschlossen vor Hütte 13 antreten und verfügte, dass für den Rest des Tages alle erst mal die Gelegenheit haben sollten, das Gelände auf eigene Faust zu erkunden.

›Coole Sache‹, dachte Tim.

Er beschloss, als erstes einmal den Park zu verlassen und seinen alten Kumpel unten in Pfaffenburg zu besuchen. Er nahm sein Smartphone aus der Tasche und googelte dessen Name: Armin Rauchhaus. Der Empfang im Park war erstaunlich gut; das Ergebnis kam schnell und flüssig. Dann tippte Tim auf die Option zur Routenplanung und ließ sich den Weg in »Maps« anzeigen. Er fand einen Fußweg vom Park Albenhain hinunter in den Stadtteil von Pfaffenburg, in dem Armin sein Geschäft betrieb. Es hieß »Rauchendes Haus«. Sehr originell. Gut war, dass es nur zwanzig Minuten Fußweg durch den Wald, vorbei an den »Wolfssteinen« waren.

Ohne Umschweife brach Tim auf.

Es war wirklich ein Fußweg. Kein Auto hätte hier fahren können, dazu war der Weg viel zu schmal. Er zweigte zwischen den Hütten 17 und 18 vom Hauptweg ab und führte dann relativ schnell bergab, wobei er einen großen Bogen um das Gemeinschaftsgebäude schlug und dann in einen Wald aus hohen, alten Fichten führte. Tim blieb kurz stehen und atmete die würzige Luft ein, die an diesem warmen, trockenen Sommertag besonders intensiv nach dem Harz der Bäume duftete. Tiefer unten im Wald schlug der Weg einen Haken nach rechts und folgte einem Bach. Kurz dahinter verwies ein morscher, hölzerner Wegweiser mit eingefräster Schreibschrift auf die

Wolfssteine. Tim nahm sich die Zeit, sie anzusehen. Er musste dazu einen kurzen Abstecher nach rechts den Berg hinauf machen. Dort, oberhalb des Waldrandes, fünfzig Meter von den jungen Fichten entfernt, standen einige bizarre Felsklippen, die sich bis zu acht Meter auftürmten. Sie waren stark zerklüftet. Überall sah man Felsspalten und Löcher im Gestein. An ihrer Rückseite konnte man über mehrere flachere Felsen recht leicht bis ganz nach oben klettern. Eine Infotafel beschrieb das Alter und die Entstehung der Wolfssteine, doch Tim verspürte nicht die geringste Lust, die Tafel zu studieren. Stattdessen lief er wieder zurück auf den Fußweg nach Pfaffenburg.

Tim ging sehr gerne zu Fuß durch die Gegend. Auf seiner Tour war er oft in der Situation gewesen, dass er große Strecken zu Fuß zurücklegen musste. Vierzig Kilometer an einem einzigen Tag waren durchaus nicht unüblich, wenngleich es meistens deutlich weniger war. Wie vor ein paar Jahren in Irland. Sein Schiff hatte zwei Tage zuvor in Hamburg abgelegt und machte dann für drei Tage in Cork fest. Dort traf er an Land einen anderen Deutschen, der ebenfalls auf Reisen war. Er hatte lange, schwarze Haare, die er stets glatt nach hinten zu einem Zopf zusammenband. Außerdem trug er Piercings in den Augenbrauen, in der Nase, den Lippen und der Zunge, und er war am ganzen Oberkörper und den Armen tätowiert. Armin Rauchhaus war sein Name. Sie wanderten zusammen in die Landschaft hinaus und angelten an einem Fluss. Unterwegs besuchten sie eine Whisky-Brennerei. Tim war damals zwar noch nicht volljährig, aber Armin war schon sechsundzwanzig, von daher gab es diesbezüglich keine Schwierigkeiten. Sie freundeten sich an. Am Abend hatten Sie ihre Fische am Lagerfeuer gebraten. Tim erinnerte sich:

»Das war vielleicht 'ne magere Ausbeute, heute«, hatte Armin damals bemerkt. »Wer in dreieinhalb Stunden im Lee nur drei Forellen fängt, der hat echt 'nen miesen Tag erwischt.«

»Cool, dass ausgerechnet ich zwei davon gefangen habe«, hatte Tim triumphierend geantwortet.

»Das war reines Anfängerglück! Echt, hält zum ersten Mal 'ne Angel in der Hand und zieht mehr Fische aus dem Wasser als ich!«

»Du wirst besser kein Berufs-Angler.«

»Nee, ganz bestimmt nicht. Dazu liebe ich meinen Job zu sehr.«

»Der da wäre?«

»Goldschmied. Ich hab Goldschmied gelernt.«

»Klingt spannend.«

»Ist es auch. Sehr sogar. Bringt nur nicht sonderlich viel ein, wenn man sich gerade selbstständig gemacht hat. Deswegen hab ich vor kurzem auch noch einen Tabak- und Souvenirladen aufgemacht.«

»Ist ja abgefahren! Und wo?«

»In Pfaffenburg. Das kennst du wahrscheinlich nicht, das liegt…«

»Mach keinen Scheiß! Das ist keine hundert Kilometer von Leyental entfernt, meiner Heimatstadt. Wie cool ist das denn?«

»Ernsthaft? Wie geil! Dann musst du unbedingt mal vorbeikommen.«

»Das mach ich. Versprochen!«

Dazu sollte es an diesem Tag kommen. Tim war voller Vorfreude auf das Wiedersehen mit Armin und lächelte, während er weitermarschierte.

Der schmale Waldweg führte Tim in seiner letzten Etappe über eine Auenwiese in Bachnähe auf einen asphaltierten Wirtschaftsweg, der in den Ort hineinführte und nach den letzten zweihundert Metern in eine verkehrsberuhigte Straße mündete, in der es Souvenirläden, Boutiquen, Cafés und alle möglichen anderen kleinen Lädchen gab. Die Nähe zu Albenhain hatte hier die Bildung einer wunderschönen Shoppingstraße für Touristen begünstigt. Dort fand Tim auch das Rauchende Haus. Es war ein kleiner, altertümlich anmutender Laden, mit einem reichhaltigen Sortiment im Schaufenster: Drachen, Schwerter, Messer, Softairwaffen, Pfeifen und alles rund um Shisha. Tim drückte die stählerne, verglaste Tür auf und betrat den Laden. Ein Windspiel über der Tür kündigte ihn als Besucher an, worauf Armin von ganz hinten aus seinem Büro hervorkam.

»Guten Tag«, grüßte er kernig. »Was kann ich für Sie tun?«

Man merkte schon, dass Armin bei Tims Anblick ins Nachdenken geriet.

»Hi, Armin!«, grüßte Tim. »Du siehst aus, als würdest du mich jeden Moment wiedererkennen.«

»Oh ja«, sprach Armin langsam und bedächtig. »Wir kennen uns … hilf mir mal auf die Sprünge!«

»Irland«, zählte Tim auf. »Cork. River Lee. Anfängerglück mit Forellen.«

»Tim?«, dämmerte es Armin. »Bist du Tim?«
Tim nickte.

»Tim!«, rief Armin hellauf begeistert. »Mensch! Ist doch noch ein Kerl aus dir geworden! Du warst damals so ein Handtuch. Sieh dich jetzt an! Gut siehst du aus! Wie lang ist das her?«

»Danke«, erwiderte Tim froh. »Dreieinhalb Jahre, schätz ich. Oder schon länger? Keine Ahnung. Ich hab dir ja gesagt, ich komm mal vorbei.«

»Klasse!«, rief Armin begeistert. »Dann komm, ich zeig dir mal meinen Schuppen hier!«

»Gerne. Hast du dich jetzt ganz auf das Messer- und Tabakgeschäft eingeschossen? Nix mehr mit Goldschmied?«

»Oh doch!«, widersprach Armin. »Ich kaufe immer noch Altgold an, und hin und wieder kommen Leute zu mir und lassen sich besonderen Schmuck machen, diese Fantasyfreaks und Rollenspielfans vor allem.«

Armins Laden sah wirklich urig aus. Jede Wand und jede Ecke war mit Schränken und Regalen zugestellt, in denen haufenweise Artikel standen. Die Auswahl reichte von Buddhafiguren, Drachen und Elfenfigürchen bis hin zu Pfeifenreinigern, bunten Zigarrenhülsen und Shishapfeifen. Schwerter und Softairgewehre standen in schmalen Schränken, Waffentresoren nicht unähnlich, hinter der gläsernen Theke. In der Theke selbst lagen dementsprechend Messer und Softairpistolen. Es war erstaunlich, wie getreu die meisten dieser Spielzeug-Schusswaffen ihren Vorbildern nachgebaut waren. Wer nicht genau hinsah, konnte sie für echt halten. Rechts von der Theke stand an der Seitenwand ein alter Ohrensessel mit abgenutzter Sitzfläche. Links daneben hingen uralte schwarzweiße Portrait-Fotografien in Postkartengröße, von denen jede in einem kleinen, barocken Bilderrahmen steckte.

»Jetzt erzähl du mal«, forderte Armin Tim auf. »Wo kommst du denn jetzt her?«

»Ich bin mit einer Jugendgruppe oben in Albenhain«, erklärte Tim. »'Ne bessere Gelegenheit, dich mal zu besuchen, gibt's nicht.«

»Cool! Darüber musst du mir mehr erzählen. Und über deine Irrfahrten auch.«

Armin forderte Tim eifrig auf, mit nach hinten zu kommen.

»Komm mit«, lud er ihn ein, »wir zischen uns ein Bierchen und erzählen.«

Dagegen hatte Tim nichts einzuwenden. Er verbrachte eine Stunde im Rauchenden Haus und verabschiedete sich dann höflich, um nicht allzu spät wieder im Ferienpark zu erscheinen. Armin brachte ihn zur Tür.

»Danke, Armin, für das Bier.«

»Nichts zu danken, mein Freund. Hat mich irre gefreut, dich wiederzusehen.«

»Mich auch.«

Armin machte ein nachdenkliches Gesicht und sah Tim mit zusammengezogenen Augenbrauen an: »Sag mal, bist du eigentlich immer noch so ein fanatischer Modellbauer?«

»Fanatisch würde ich nicht sagen«, antwortete Tim, »aber ja, ich bau immer noch gerne Modellflugzeuge. Aber nur noch Raritäten.«

»Ja!«, erinnerte sich Armin. »Du hast damals nach einem ganz bestimmten Vogel gesucht … warte, mir fällt's wieder ein … eine F-2 Buffalo, richtig?«

Tim lachte auf: »Ja! Im Maßstab 1 zu 32. Gott, ja, was für ein Fail! Dass du das noch weißt …«

»Du hast sie nie gefunden?«

»Auf der ganzen Welt nicht. Okay, ich hab's auch irgendwann aufgegeben. Hatte schließlich andere Sorgen unterwegs.«

»Ich hab da Connections zu 'nem Typen, der alle möglichen Bausätze hortet«, erzählte Armin. »Der kauft die Bausätze, und nach ein paar Jahren, wenn sie selten geworden sind, vertickt er sie für den doppelten Preis. Sind dann zwar meistens nur Einzelstücke, aber mehr als einen wirst du ja nicht brauchen.«

»Das klingt super!«, sagte Tim begeistert. »Das wär's mir wert.«

»Ich versprech dir nichts«, sagte Armin, »aber ich hau ihn nachher mal an.«

»Das ist cool. Danke.«

Armin musste plötzlich lachen.

»Was ist?«, wollte Tim wissen.

»Ich muss gerade an die beiden Freaks denken, die immer bei mir im Laden auftauchen«, begann Armin. »Das sind so Raritätenjäger. Sammeln jeden Scheiß. Die kommen fast jeden Tag und lungern dann so ein, zwei Stunden bei mir rum. Wenn die dich mit deiner Buffalo sehen, hast du sie am Hals, das sag ich dir!«,

»Am Hals?«, fragte Tim nach.

»Die werden dich nicht in Ruhe lassen, bis sie dir jedes Angebot der Welt gemacht haben und du ihnen die Ware verkauft hast. Ziemliche bekloppte Typen. Wir müssen gucken, dass die unseren Deal nicht mitkriegen. Wirklich, sowas Beklopptes hast du noch nicht erlebt.«

»Glaub mir«, entgegnete Tim grinsend, »nach dem heutigen Tag kann mich keine Beklopptheit mehr schocken.«

»Wieso?«, fragte Armin.

»Ach«, winkte Tim lachend ab. »So ein paar Mädels oben in Albenhain. Tussi-Verschnitte, von denen ich dachte, so was gäb's nur in schlechten Teenyfilmen. Verwöhnte Kinder von reichen Eltern.«

»Kann's mir denken«, flachste Armin.

»Also, Armin, Danke noch mal! Ich komm die Woche bestimmt noch mal rein. Bis dann!«

»Alles klar, mach's gut!«

Als Tim das Gelände von Albenhain wieder betrat, stand die Sonne noch am Himmel. Das war einer der Vorteile des Sommers. In den Hütten war niemand anzutreffen, also ging Tim erst einmal zum Gemeinschaftshaus. Er hatte nach dem Treffen mit Armin äußerst gute Laune.

Betrat man das Gemeinschaftshaus durch die große doppelflügelige Holztür, stand man zunächst in einem geräumigen Windfang. Von dort aus trat der Besucher durch eine zweite, leichtere Doppeltür in einen riesigen Kantinenraum mit Tischen und Stühlen, der links und rechts von langen Lauftheken eingerahmt war. Tim ließ die innere Tür hinter sich zufallen und blickte sich um. Die Theken waren üppig bestückt mit vielfältigen Speisen, an denen die Gäste mit ihren Tabletts, die sie sich am Anfang herausnehmen konnten, entlanggingen und sich nach Herzenslust bedienen durften. Da die Gäste jeden Tag zwischen Übernachtung mit Frühstück, Halbpension und Vollverpflegung wählen konnten, mussten sie am Ende der Essensausgabe ihre Schlüsselkarte vorweisen. Die wurde durch einen Scanner gezogen, womit aufgezeichnet wurde, wer die Verpflegung zu bestimmten Zeiten in Anspruch genommen hatte.

Tim blieb stehen und erfasste erst einmal das ganze Bild, das sich ihm in diesem beeindruckenden Speiseraum bot. Eine Menge Jugendliche verteilten sich auf die vielen Plätze und verzehrten ihr Abendessen. Das Klimpern von Besteck und Tellern erfüllte den Raum, begleitet vom Murmeln der zusammenfließenden Stimmen. In dieses Murmeln drang plötzlich von hinten das Klackern von feinen Damenschuhen an Tims Ohr. Er sah nach rechts über seine Schulter und erkannte Anna, Celine und Jana, die ruhig und zielstrebig auf die Essensausgabe zuschritten. Tim war so gut gelaunt, dass er sie angrinste und grüßte.

»Hey!«

Melli hatte also Recht gehabt: Die drei Mädchen stolzierten an ihm vorbei und würdigten ihn keines Blickes. Der einzige Beweis, dass eine einseitige Kommunikation stattgefunden hatte, zeigte sich, indem Celine, die Tim von den Dreien am nächsten war, hastig ihre linke Hand hob und ihm ihre Handfläche entgegenhielt. Letztlich war das natürlich auch eine Form von Kommunikation, und eine klare dazu.

Tim schmunzelte amüsiert und flüsterte: »Okay … das sind ja richtige Sonnenscheinchen.«

Dann fiel ihm auf, dass sein Magen grummelte, und er beschloss, ebenfalls zur Essensausgabe zu gehen. Natürlich stand er dort direkt hinter den »Kobros«, wie Melli sie immer nannte. Gleich vor ihm stand Jana, davor Anna und ganz vorne Celine. Das Parfüm der Mädchen drang ihm in die Nase, kombiniert mit einer Dunstglocke aus Haarspray.

›Puh‹, dachte er bei sich. ›Janz Berlin war eene Wolke. Nur icke war zu sehn.‹

Während er darauf wartete, dass die Schlange sich weiterbewegte, konnte Tim mit anhören, was Anna, Celine und Jana sprachen. Es war nichts, was er unbedingt hätte hören wollen, aber da sie ja nun einmal da waren und er sich die Hackfleischbällchen nicht in die Ohren stopfen wollte, blieb ihm gar nichts anderes übrig.

»Die Salatauswahl ist auch nicht gerade überwältigend«, waren die ersten Worte, die Tim von Jana aufschnappte.

›Nein‹, spottete er innerlich. ›Da sind ja nur zehn Schüsseln und acht Dressings.‹

Janas Stimme war nicht gerade die, die man einer jungen Frau wünschen würde. Sie war hochtönend und ziemlich rau. Fast wie bei einer Krähe, fand Tim.

»Den Urlaub haben wir nicht gewollt«, bemerkte Celine spitz. »Ich könnte mir auch eine bessere Umgebung vorstellen als diese Turnhalle hier.«

»Wir werden uns eben ein wenig einschränken müssen.«

Tim wunderte sich etwas über Annas Tonfall. Nachdem Celine ähnlich wie Jana einen nervigen und im Grunde völlig zu erwartenden Zickenton anschlug, waren Annas Worte eher monoton und völlig ruhig.

»Sei doch so lieb, Line, und reiche mir bitte den Erdbeerquark herüber«, sprach Anna ruhig aber bestimmt, »bevor er weg ist und nur noch das Pfirsichzeugs da ist«, und es folgte ein kurzes »Danke« in derselben Tonlage, als Celine ihr das Schüsselchen mit Erdbeerquark rüberreichte. Während Anna ihr Tablett mit kleinen, gesunden Happen befüllte, bewegten sich ihre Hände passend zur Art und Weise, wie sie redete. Wie ein Handmodel beim Dreh für einen Werbespot griff sie nach den Portionen, nahm sie hervor und legte sie mit ruhigen, flüssigen Bewegungen auf dem Tablett ab. Tim fiel auf, dass es dabei kein Geräusch gab. Wenn jemand einen Teller, eine Schüssel oder ein Glas auf einem Kunststofftablett abstellt, hört man das normalerweise, und sei es nur ganz leise. Bei Anna verlief das völlig geräuschlos. Diese Eleganz überraschte Tim, denn sie stand im krassen Gegensatz zu Celines und Janas hastigen, aufgesetzten Bewegungen und Sprechweisen. Es erstaunte ihn aber noch mehr, als er feststellte, wie ansprechend er das fand. Was er bisher von Anna gehört hatte, gab ihm wenig Grund, sie sympathisch zu finden, doch schien sie zumindest tatsächlich die Klasse zu haben, die ihr Clübchen ausstrahlen sollte aber von ihren Freundinnen nicht so ganz erreicht wurde.

›Und sie mag Erdbeerquark‹, hielt Tim für sich fest.

Tim hatte keine Ahnung, wo seine Freunde steckten. Hier in der Kantine waren sie nicht. Nachdem die drei Mädchen Platz genommen hatten, suchte auch er sich einen Tisch, und zwar einen, der nicht zu nah an Annas Tischgesellschaft lag. Dennoch, während er aß, schaute er hin und wieder zu Anna rüber. Dort saß sie, kerzengerade aber entspannt, mit übereinander geschlagenen Beinen, und löffelte langsam und vornehm ihren

Erdbeerquark. Celine und Jana taten es ihr nach, wirkten aber wie unperfekte Kopien des Originals.

Tim hatte sein Abendessen schnell verschlungen. Er stand auf und brachte sein Tablett zur Küchendurchreiche, so wie es von den anderen auch gehandhabt wurde und anscheinend üblich war. Auf dem Weg zur Tür bemerkte er, dass einige der 13-jährigen Jungs aus seiner Reisegruppe an einem der Tische in der Nähe der »Kobros« saßen und sich offenbar stritten. Also ging Tim zu ihnen hin.

»Meine Herren, wo liegt das Problem?«, fragte er in die Runde. Die Jungs schwiegen verlegen und schauten mal zu Boden, mal zu ihren Kameraden.

»Na, kommt schon«, hakte Tim freundlich nach. »Sagt's mir. Ich will helfen.«

»Leon will uns keine Bilder drucken«, brachte einer der Jungs hervor.

»Ich hab doch gesagt, der Drucker ist kaputt!«, brauste ein anderer Junge auf, der offensichtlich Leon war. »Kapierst du das nicht? «

»Jetzt schön langsam, Leute«, sprach Tim beruhigend, und zu dem Jungen, der zuerst gesprochen hatte, sagte er: »Du bist …?«

»Marcus.«

»Okay, wer ist euer Hüttensprecher?«, wollte Tim wissen. »Ist der zufällig auch unter euch?«

»Ja, ich.«

»Name?«

»Jan Thiesen«

»Gut, Jan«, forderte Tim ihn auf, »dann erzähl du mir mal, was los ist.«

»Also«, begann Jan aufgeregt. »Leon hat ’nen Drucker mitgebracht, damit wir jeden Tag über den Laptop unsere Bilder drucken können. Jetzt geht der Drucker aber nicht, und Marcus glaubt, dass das nicht stimmt.«

»Okay, Danke«, nickte Tim. »Marcus, du sagst also, dass Leon lügt, ist das richtig?«

Marcus antwortete: »Ja, der Drucker ist ganz neu, und jetzt geht er angeblich nicht. Das kann überhaupt gar nicht sein!«

»Ich hab aber alte Patronen da reingetan!«, schrie Leon ihn an. »Ich konnte doch nicht wissen, dass die eingetrocknet sind!«

»Wenn der Drucker neu war«, schrie Marcus zurück, »dann waren da doch neue Patronen dabei! Warum tust du alte Patronen da rein? Außerdem hab ich gesehen, dass du Ersatzpatronen dabei hast!«

»Ruhig, Leute!«, beschwichtigte Tim die Gemüter. »Stimmt das, Leon?«

»Ja, schon«, lenkte Leon ein, »aber die sind auch eingetrocknet. Ich hab schon probiert, die zu wechseln!«

»Hast du gar nicht!«

»Hab ich wohl!«

»Schluss jetzt!«, unterbrach Tim die beiden Streithähne. »Ist das denn so wichtig, dass ihr die Bilder unbedingt heute ausdrucken müsst? Das hat doch bestimmt Zeit bis Montag. In Pfaffenburg gibt’s garantiert einen Fotoladen, wo man Bilder ausdrucken kann. Nehmt eure Speicherkarten doch einfach mit und macht das da!«

»Geht ja jetzt nicht anders«, brummte Marcus.

»Sag ich ja«, triumphierte Leon und setzte ein selbstzufriedenes Grinsen auf.

Leons Verhalten war schon ein bisschen ätzend. Tim war das Thema aber kein großes Aufhebens wert.

›Der spielt einfach nur ein kleines Arschloch‹, dachte er. ›Hat sein Versprechen den Jungs gegenüber vermasselt und will jetzt mit falschem Stolz da raus.‹

Er beschloss, die Streitigkeiten zu beenden.

»Vertragt euch jetzt und vergesst den blöden Drucker, okay? Ihr habt 'ne schöne Woche vor euch. Vermiest sie euch nicht durch so was Unwichtiges.«

Die Jungs nickten und legten ihren Streit bei. Tim, zufrieden mit seinen Künsten als Streitschlichter, schickte sich an, die Kantine zu verlassen.

Anna, Celine und Jana hatten das alles anscheinend mitbekommen, denn als Tim sich umdrehte um zu gehen, presste Jana leise hervor: »Ich versteh immer noch nicht, warum sie diesem Asi so einen Job geben.«

Es war wieder alleine für Anna und Celine gedacht, aber diesmal hatte Tim es gehört. Er drehte sich um. Nicht mit dem ganzen Körper. Er drehte nur den Kopf und blickte über die Schulter zu den Mädchen rüber. Dann sprach er kernig und ruhig:

»Mit deiner Singstimme flüstert es sich schlecht, he? Mach dir keine Sorgen, ich krieg keine Kohle dafür. Ich mach das ehrenamtlich, ohne Bezahlung. Als Asi mach ich das gerne.«

Sie ignorierten ihn selbstverständlich auch diesmal. Aber sie hatten gehört, was er gesagt hatte. Und das gefiel Tim. Der schöne Tag fand einen würdigen Abschluss.

So schien es zumindest.

Kapitel 4

Die Sonne stand schon recht tief, als Tim die Hütten seiner Reisegruppe erreichte. Die kleinen Holzhäuser zwischen den Bäumen waren in ein goldenes Abendlicht getaucht und boten ein unglaublich schönes Bild. Es roch nach Abend, fand Tim. Ihm kam es immer so vor, als ob die Abendluft einen besonderen Geruch hatte, konnte sich das aber nicht erklären.

Nun zeigte sich auch, warum Tim seine Leute nirgendwo gesehen hatte. Sie hatten sich knapp verfehlt. Während Tim im Gemeinschaftshaus war, waren die anderen zu den Hütten zurückgekehrt und gammelten jetzt noch ein bisschen in der Abendsonne. Hermann würde sicher bald zum Zapfenstreich rufen.

Als Tim an Hütte 15 vorbeikam, hörte er ausgelassenes Mädchengelächter nach außen dringen. Wenigstens zwei der Mädels blödelten albern herum. Da steckte ein blondes Mädchen mit rotem Tanktop den Kopf aus der Tür und erblickte Tim.

»Da kommt einer!«, rief sie hastig und verschwand wieder in der Hütte.

Es war immer dasselbe mit den Küken, war Tim gleich klar. Wann immer er oder Julian in die Sichtweite pubertierender Mädchen kamen, kicherten sie in ihrer Schwärmerei und tuschelten untereinander. Normal.

Aber eins kam Tim dann doch merkwürdig vor. Er grübelte. »Da kommt einer!«, hatte sie gerufen. Einer! Wäre es speziell um Tim gegangen, hätte sie doch rufen müssen: »Da kommt er!« – Stellten die vielleicht gerade irgendetwas Blödes an?

Tim ging lieber einmal nachsehen. Als er auf die Tür von Hütte 15 zuging, fiel diese ins Schloss. Sie wurde offenbar von innen zugedrückt. Tims Besuch war also eindeutig unerwünscht. Das bestärkte ihn in seiner Vorahnung, und so klopfte er energisch an die Tür. Niemand machte ihm auf.

»Aufmachen!«, rief er. »Sonst hol ich Hermann. Der kommt mit seiner Karte überall rein!«

Tim hatte keine Ahnung, ob das stimmte. Er bluffte nur. Aber es wirkte. Das Mädchen, das eben »Da kommt einer!« gerufen hatte, öffnete die Tür einen Spalt weit und lugte hervor.

»Wie heißt du?«, fragte Tim.

»Lisa.«

»Mach bitte die Tür ganz auf, Lisa!«

»Das geht nicht. Mara hat nix an.«

»Mara, zieh dir was an!«, rief Tim lautstark. »Ich komm jetzt rein!«

Lisa blieb im Türspalt stehen, mit der Hand innen an der Klinke, und wartete ab.

»Ja, komm rein!«, rief Mara genervt aus dem Innern der Hütte. Lisa öffnete die Tür nun komplett.

Tim trat auf die Türschwelle. Rechts von Lisa stand ein weiteres Mädchen. Sie hatte kurze, braunrote Haare und trug weiße Kreolen und ein giftgrünes Oberteil. Weiter hinten, in der Nähe der Badezimmertür, stand ein Mädchen, das sich ein Handtuch um den Kopf gewickelt hatte. Nasse schwarze Haarsträhnen ragten unten daraus hervor. Sie hatte ein weißes T-Shirt an. Was die Beinbekleidung betraf, setzte sich bei ihnen das vertraute Jeans-und-Chucks-Schema fort. Links hinten im Zimmer, auf dem Sofa, saßen Jenni und Pia und sagten gar nichts. Sie guckten nur vor sich auf den Boden.

Für eine Sekunde sah es so aus, als brauchte Tim die Sache nicht weiter zu verfolgen. Klar, das war die Hütte, in der Pia wohnte. Es war also doch nur albernes Gekicher gewesen. Er wollte sich schon verabschieden, als er plötzlich einen auffälligen Geruch bemerkte.

»Du musst Mara sein«, sagte er zu dem Mädchen mit dem Handtuch. Sie nickte.

»Und du mit den weißen Ohrringen?«, fragte er weiter.

»Anna-Lena.«

Tim fand es sehr auffällig, dass Jenni und Pia, die ihn für gewöhnlich herzlich begrüßten, nur dasaßen und jeden Blickkontakt mit ihm vermieden. Sie wirkten irgendwie verunsichert.

»Was riecht hier so?«, fragte er Mara.

Mara nahm Luft und deutete an, etwas sagen zu wollen. Das dauerte jemandem wohl zu lange.

»Ach, das!«, meinte Lisa. »Wir haben uns gerade alle die Nägel lackiert. Mädels, wir müssen echt mal die Fenster aufmachen!«

»Oh ja!«, rief Anna-Lena, drehte sich um, raffte hastig die Gardinen zur Seite und betätigte blitzschnell den Griff des Fensters neben der Eingangstür, um es im nächsten Moment weit zu öffnen.

»Ganz schön fix«, stellte Tim mit ruhigem Ton fest, »mit deinen frisch lackierten Fingernägeln, Anna-Lena!«

Anna-Lena nahm hektisch die Hände vom Fenster und hielt den Atem an.

»Anna-Lena hat sie sich nicht lackiert«, warf Lisa ein, »nur wir.«

»Mm-hmmmh«, machte Tim langsam und stellte sich frontal vor Lisa. Sie wandte den Blick seitlich ab und sah halb zum Boden hinunter. Ihm war aufgefallen, dass sie die Hände hinten in die Hosentaschen gesteckt hatte. Lisa selbst fiel es wohl nicht auf.

»Tja!«, rief Tim gelöst und so plötzlich, dass Lisa und Anna-Lena zusammenzuckten. »Wenn das so ist! Dann ist ja alles in Ordnung. Dann macht hier mal schön alle Fenster auf, Mädels. Und nächstens lackiert ihr euch die Nägel besser draußen oder im Bad. Ist besser für eure Raumluft. Habt noch 'nen schönen Abend. Macht's gut.«

Freundlich lächelnd verabschiedete sich Tim. Es war ihm gelungen, die Mädels in Hütte 15 in dem sicheren Glauben zurückzulassen, dass er ihre Story geschluckt hatte. Doch das hatte er keineswegs. Er trommelte seine Jungs zusammen und ging mit ihnen zu Hermann.

»Was ist los?«, fragte Hermann verwundert, als sie sich alle in Hütte 13 eingefunden hatten.

»Wir haben möglicherweise ein paar Alkoholschmuggler unter unseren Leuten«, meldete Tim. »Die haben sich wahrscheinlich harte Sachen mitgebracht.«

»Wie wahrscheinlich?«, wollte Hermann wissen, wobei er Tim eindringlich anblickte.

»Ziemlich sicher«, bekräftigte Tim.

»Dann sollten wir ihre Sachen durchsuchen«, schlug Michael vor.

»Habt ihr denn ganz konkrete Personen im Verdacht?«, fragte Hermann. »Das ist nämlich nicht so einfach. Wir dürften bestenfalls die Sachen von dringend Verdächtigen durchsuchen. Eine Durchsuchung der Taschen von allen Personen wäre widerrechtlich.«

»Ich glaub, dass das gar nicht nötig ist«, meinte Tim. »Ich hab eine Idee. Lässt du mich das machen, Hermann?«

»Sag mir erst mal, was du vorhast!«, forderte Hermann ihn auf.

Außerhalb der Hütte ahnte niemand etwas von dem Vorschlag, den Tim Hermann in diesem Moment unterbreitete. Hermann behielt einen Hauch von Skepsis, hatte aber durchaus ein Interesse daran, den Fall zu klären, und sei es nur, dass sich der Verdacht zerstreute. Das wäre ihm am liebsten gewesen. Aber wenn die Kinder sich an diesem Abend besaufen würden, das wäre schlimm. Hermann war froh, dass die Jungs seine Ansprache beim Eisessen ernstgenommen hatten und nun beherzigten. Also stimmte er Tims Vorschlag zu. Kurz darauf klopften die Jungs gleichzeitig an die Türen der Hütten.

»Kommt bitte raus! Hermann will noch mal was bequatschen. Beeilung! Wir wollen schnell fertig werden, damit wir alle noch was vom Abend haben.«

Alle gehorchten ohne Argwohn und sammelten sich vor Hütte 13, wo Hermann schon mit einem besorgten Gesichtsausdruck wartete.

»Gut«, begann er. »Schön, dass ihr da seid. Stellt euch bitte nach Hütten sortiert auf!«

»In Ordnung«, fuhr Hermann fort, als die Gruppen korrekt standen. »Wir haben hier ein Problem, das wir lösen müssen. Hört Tim mal eben zu. Tim?«

Tim trat vor, während Hermann nach hinten zu Julian, Damian, Alex und Michael ging.

»Wie Hermann schon sagte«, sprach er, »haben wir ein Problem. Einige von euch haben Alkohol mitgebracht.«

94

Ein Raunen und Tuscheln erhob sich unter den Jugendlichen, die sich alle mit großen Augen ansahen und versuchten, so unschuldig wie möglich auszusehen, auch wenn sie sich gar nicht schuldig fühlten.

»Ich werde nun herausfinden, wer diese Leute sind«, kündigte Tim an. »Ihr könnt mir die Arbeit jedoch erleichtern, indem ihr mir sagt, was ihr wisst! Wer jetzt und hier auspackt, wird nicht bestraft!«

Tim sah sich um. Er blickte in alle Gesichter. Niemand konnte oder wollte etwas dazu sagen.

»Alles klar, Chance vorbei. Dann fang ich mal an.«

Tim trat vor die Gruppe aus Hütte 15 und stellte sich direkt vor Lisa.

»Lisa. Möchtest du mir etwas sagen?«

»Nein?!«, war die Antwort.

»Was habt ihr doch gleich gemacht, kurz bevor ich in eure Hütte kam?«

»Wir haben unsere Nägel lackiert. Deswegen hat es so gerochen.«

»Dann zeig mir doch bitte mal deine Fingernägel.«

»Nö. Das muss ich nicht.«

Tim sah in Lisas trotziges Gesicht, nickte ihre Worte kurz ab und wandte sich Mara zu.

»Darf ich deine Nägel sehen?«

Mara nahm zögerlich ihre Hände hervor, die Handflächen nach unten gedreht, und hob sie leicht an. Ihr schwarzer Nagellack war an allen Fingern teilweise abgeblättert.

»Ist das frischer Nagellack?«

Mara senkte die Hände, blickte zu Boden und schüttelte zaghaft den Kopf.

»Ist ja auch schwer, sich die Nägel zu machen, wenn man sich gerade die Haare wäscht, gell?«

»Tim!«, rief Hermann. »Sei so gut und zeh es nicht hin, ja?«

Tim nickte kurz. Er ging zurück nach vorne und blickte sich wieder um. Besonders Jenni und Pia behielt er im Blick.

»Möchte jemand etwas melden?«, fragte er in die Runde, und er hoffte, dass Jenni oder Pia etwas sagen würden. Er wollte die beiden bei ihrer Ehre packen. »Das wäre in Ordnung! Ich weiß, ihr wollt nicht petzen. Aber das hier wäre kein ›Petzen‹, sondern ›die Wahrheit sagen‹.«

Doch Pia und Jenni schauten nur betreten zu Boden. Da zeigte Jan aus Hütte 11 auf.

»Jan?«, rief Tim ihm zu.

»Ja«, sagte Jan unsicher, »das haben wir ja schon gemeldet. Das mit dem Drucker halt.«

»Ja, sicher«, erwiderte Tim, »und das hatten wir ja vorhin geklärt.«

Jan nickte zustimmend. Marcus neben ihm schaute eher teilnahmslos drein, und Leon grinste wieder selbstzufrieden.

»Oh Mann, eh!«, rief Lisa in Richtung Jan und Marcus. »Könnt ihr Leon mal in Ruhe lassen? Dauernd hacken alle auf uns rum!«

»Was denn, Lisa?«, rief Tim, ging wieder zu ihr rüber und stellte sich vor sie. »Was quält dich?«

»Ich find das voll unfair!«, regte sich Lisa auf. »Auf Leon hacken alle rum, weil sein dämlicher Drucker nicht funktioniert, und auf mir hacken alle rum, weil es in unserer Hütte ein bisschen komisch gerochen hat! Auf wem wollt ihr als nächstes rumhacken?«

»Nun, Lisa«, entgegnete Tim ihr bedächtig, »hier hackt nicht jeder auf euch rum. Auf Leon hacken zwei Leute rum, und auf dir hacke nur ich rum. Von was willst du hier ablenken?«

»Ich hab die Nase voll, eh!«, maulte Lisa. »Ich find das voll unfair!«

»Tja, Lisa«, gab Tim ihr zurück, »dann können wir ja jetzt Schluss machen, ja? Dann geh ich jetzt einfach mal in eure Hütte und seh mich da ein bisschen um, okay? Soll ich?«

»Das darfst du gar nicht!«, widersprach Lisa heftig. »Du darfst unsere Sachen nicht durchsuchen!«

»Da hast du Recht, Lisa«, nickte Tim seelenruhig mit dem Kopf, »das darf ich nicht. Und das mache ich auch nicht. Ich bin ganz sicher, dass du keinen Alkohol in deiner Tasche und in deinem Schrank hast.«

»Na also!«, trotzte Lisa. »Dann lass mich auch!«

»Ich werde mir stattdessen die Dinge ansehen, die frei zugänglich sind«, sagte Tim herausfordernd. »Parfümflaschen, Shampooflaschen, Duschgelflaschen – jeden Behälter, in dem Flüssigkeiten drin sein können, werde ich untersuchen, und zwar jetzt auf der Stelle! Wie findest du das? Lisa?«

Lisas Gesichtszüge fingen an zu zucken. Sie sah von Tim weg. Ihre Augen glänzten.

»Ich sag dir, wie ich das sehe«, fuhr Tim fort. »Du hast Schnaps in einer Shampooflasche mitgebracht und sie ganz unverdächtig ins Bad gestellt. Dummerweise ist Mara drauf reingefallen und hat sich das Zeug beim

Haarewaschen über den Kopf geschüttet. Und genau da hab ich euch erwischt. Na, wie mach ich das?«

Lisa fing an zu weinen, und auch Mara und Anna-Lena traten die Tränen in die Augen. Hermann kam zu Tim rüber und stellte sich neben ihn.

»Werden wir jetzt bestraft?«, fragte Lisa unter Tränen.

»Stimmt es denn, was Tim sagt?«, wollte Hermann wissen.

Lisa nickte: »Ja.«

»Dann fährst du heute noch nach Hause«, beschloss Hermann zerknirscht. »Ruf deine Eltern an, sie sollen dich abholen oder ein Taxi schicken. Mir egal. Pack deine Sachen!«

Lisa, Mara und Anna-Lena lagen sich in den Armen und heulten. Auch die anderen Jugendlichen waren getroffen und hatten glänzende Augen.

»Können wir endlich wieder rein?«, fragte Leon frech.

»Nein!«, rief Tim ihm zu.

»Tim!«, mahnte Hermann leise. »Ich meine, es reicht jetzt.«

»Leider nicht, Hermann«, entgegnete Tim ihm. »Ich hab das Gefühl, dass Lisa auf ihrer Heimfahrt nicht alleine sein wird.«

Damit ging Tim auf Leon zu und trat ihm gegenüber. Der sah ihn dreist mit seinem selbstgefälligen Grinsen an.

»Warum hat Lisa dich in Schutz genommen, hm?«, fragte Tim ihn.

»Keine Ahnung, eh. Weiß ich doch nicht!«, trotzte Leon.

Tim beugte sich zu ihm hinunter und sagte: »Was hältst du davon, wenn Ditze sich deinen Drucker mal ansieht?

Der versteht was davon und kriegt die Patronen bestimmt wieder hin.«

Wenigstens war nun das Grinsen auf Leons Gesicht verschwunden. Der Moment war unbezahlbar.

»Das bringt nix«, widersprach Leon nervös. »Die sind eingetrocknet.«

»Och, kein Problem«, meinte Tim freundlich lächelnd. »Ich hab schon oft gesehen, wie Ditze eingetrocknete Patronen wieder lauffähig gemacht hat. Von dem kannst sogar du noch was lernen. Der kennt da 'nen Supertrick. Komm, wir versuchen das mal!«

»Nein!«, rief Leon heftig. »Ich will das nicht!«

»Warum nicht?«, entgegnete Tim. »Vielleicht, weil du Schnaps in den Patronen hast?«

Leon fing an zu heulen wie ein Baby.

»Ich will nicht nach Hause fahren!«, jammerte er. »Ich will hierbleiben!«

Tim stellte sich wieder aufrecht hin und blickte zu Hermann. »Sorry, Hermann. Ich weiß, der Abend ist erst mal am Arsch. Aber besser so als morgen früh 13-jährige Schnapsleichen.«

»Schon okay, Tim. Danke«, lenkte Hermann ein. »Damian, geh mit Leon in seine Hütte und hilf ihm beim Packen!«

»Zu Befehl!«, rief Damian. Er konnte nach den Ereignissen noch einen auf cool machen. Er legte Leon die Hand auf die Schulter und führte ihn vor sich her. Dabei sagte er zu ihm: »Komm mit, Junge! Und, hast du gesehen? Das passiert, wenn du jemanden ficken willst, der besser fickt als du. Hoffentlich tut dir jetzt gut der Arsch weh!«

»Damian! Verdammt!«, brüllte Hermann. »Das ist jetzt ja wohl völlig unnötig!«

»Sorry, Hermann!«, rief Damian flapsig. »War nur ein Witz.«

Der Abend war in der Tat eine einzige Katastrophe. Hermann schickte die ganze Truppe schlafen. Er wartete bis Mitternacht mit Lisa und Leon an der Rezeption auf die Eltern der beiden. Die machten als erstes natürlich auch einen Aufstand und fuhren dann mit ihren Sprösslingen nach Hause.

In Hütte 15 lagen Jenni, Pia, Mara und Anna-Lena hellwach im Dunkeln in ihren Betten.

»Ich werd das auf jeden Fall nie versuchen, was Lisa gemacht hat«, sagte Mara kleinlaut.

Nach einer Pause fügte sie hinzu: »Pia? Jenni? Danke, dass ihr uns nicht verpetzt habt.«

»Wir hätten es besser getan«, murmelte Jenni verdrossen. »Trip ist jetzt bestimmt mega enttäuscht von uns.«

»Ich finde, er hat das total cool gemacht«, schwärmte Pia und schloss die Augen. »Er war so toll.«

»Ja«, säuselte Anna-Lena. »Der ist übertrieben süß. Bestimmt träum ich heute Nacht von ihm.«

Pia riss die Augen weit auf. Sie hörte wohl nicht richtig! Doch bevor sie etwas sagen konnte, schimpfte Jenni: »Oh, haltet die Klappe! Ihr habt beide keine Chance bei ihm. Und nach heute Abend erst recht nicht! Und jetzt pennt endlich und nervt mich nicht!«

Pia und Anna-Lena schwiegen. Sie wünschten sich im Stillen noch für ein Weilchen gegenseitig Pickel und Warzen, und dann schliefen sie doch noch ein.

Die Nacht verging. Ob alle gut geschlafen hatten, war fraglich, doch der Morgen war klar und sonnig. Es würde ein schöner Tag werden. Die Aktivitäten des Tages klangen auch so, als wäre ein heißer Sonnentag die passende Zutat: Ein Outdoor-Seminar im Kletterpark und Wildwasser-Rafting auf der Linster waren die Angebote des Tages.

Tim, Alex und Michael waren neben Hermann die ersten, die aufstanden und sich fertig machten. Der gute Hermann war ja der einzige, der hier wirklich rund um die Uhr Dienst hatte und in der Verantwortung stand, hier seinen Job zu machen, anstatt die Beine hochzulegen und zu chillen. Er saß in der Sitzgruppe und war sichtlich konzentriert mit seinen Unterlagen beschäftigt.

»Können wir was für dich machen, Hermann?«, fragte Alex.

»Danke, Jungs«, antwortete Hermann, »aber das hier muss ich selbst erledigen. Geht ihr ruhig schon frühstücken.«

Über ihnen knarrte die Holzdecke. Dann hörte man die Badezimmertür ins Schloss klicken. Julian war aufgestanden und begann seine Morgenpflege. Schließlich rollte auch Damian aus dem Bett. Es gelang ihm spielend, Julian beim Fertigmachen zu überholen, und das obwohl er selbst ausgiebig duschte. Frisch und munter kam er die Treppe hinab gelaufen.

»Morgen, Motte!«, begrüßte Alex ihn. »Wo bleibt Boggy denn?«

»Boggy braucht noch 'n bisschen«, meinte Damian lachend. »Der hat mehr Zeug dabei als ein Mädchen.«

»Also, ich hab Kohldampf«, stellte Michael fest. »Ich werd denen jetzt erst mal richtig die Futtertheke putzen.«

»Okay«, kommentierte Alex, »dann lass uns aber vor!«, Und nach oben rief er ungeduldig: »Boggy!«

»Jaa!«, tönte es von oben herunter. »Sekunde noch!«

Fünf Minuten später stand Julian unten bei seinen Freunden, geschniegelt, gebürstet und in eine Wolke Paco Rabanne gehüllt. Die Truppe konnte aufbrechen.

Kurz darauf betraten sie die Kantine des Gemeinschaftshauses, wo bereits ein ordentlicher Betrieb herrschte. Hunderte hungriger Teenager wollten ihr Frühstück einnehmen. In diesem Moment fiel Tim auf, dass auch viele Neun- bis Zehnjährige unter den Gästen waren. Ganz offensichtlich waren noch andere Schulen mit ihren Reisegruppen anwesend.

»Lasst uns da an die rechte Ausgabe gehen, da ist weniger Andrang«, schlug Michael vor. »Guck mal, Trip, da stehen auch deine Freundinnen!«

Tim sah rüber zur Essensausgabe rechts von den Tischen. Es war nicht schwer, Anna, Celine und Jana schon von weitem zu erkennen. Heute trugen sie lila Tops unter ihren weißen Kurzblazern.

Während die Jungs auf die Theke zugingen, sang Michael halblaut vor sich hin:

»Schneeflöckchen Weißröckchen, wann kommst du geschneit?«

Spontan sang Alex weiter:

»Leg dich schnell auf den Rücken, mach die Beine schön …«

Mit einem lauten, gekünstelten Räuspern übertönte Michael den Schluss von Alex' Gesangseinlage, worauf die Jungs in ausgelassenes Gelächter ausbrachen. Es war bestimmt besser, dass niemand ihre Darbietung mitbekommen hatte.

Bis sie an der Essenstheke ankamen, hatten sich noch zwei weitere Elfer vor ihnen angestellt. Es waren Lucas und David aus Mellis Kunst-Leistungskurs, die Tim schon am Tag zuvor auf dem Schulhof gesehen hatte. Die Reihenfolge an der Theke war nun Celine, Anna, Jana, Lucas, David, und dann kam Tim, gefolgt von seinen Freunden.

»Melles!«, rief Michael schallend in den Speiseraum hinein.

Tim sah in die Richtung, in die Michael rief, und erkannte Isi und Melli, die an einem freien Tisch Platz genommen hatten und gerade ihre Frühstückskostbarkeiten von ihren Tabletts nahmen. Melli schaute auf und erkannte Michael und die Jungs. Sie winkte.

»Halt was frei!«, rief Michael ihr zu.

Melli hob den Daumen und nickte.

Da Lucas und David völlig wortlos darauf warteten, an die Reihe zu kommen, konnte Tim wieder hören, was die drei Mädchen weiter vorne redeten.

»Ist das wenigstens fettarmer Bacon?«, mäkelte Celine am Essen herum und hob eine Scheibe Speck mit der zweispitzigen Gabel an, die beim Aufschnitt lag.

›Sicher nicht‹, dachte Tim, ›denn sonst würde dir ja mal was Recht sein. Und wieso kommt kein biestiger Kommentar von der Krähe?‹

»So wie das Zeug trieft, kannst du den Gedanken definitiv vergessen«, gab Jana ihren Senf dazu.

›Na also, geht doch‹, dachte Tim und schmunzelte.

»Also bitte, meine Damen«, sagte Anna mit einem leichten Lächeln und einem humorigen Unterton in ihrer ruhigen Stimme. »Nun zeigt einmal ein wenig mehr Optimismus hier.«

›Oh! Hört, hört!‹, dachte Tim. ›Good Vibrations von der Club Queen.‹

»Mein Optimismus steigt, wenn wir heute ein annehmbares Restaurant in diesem Kaff finden«, gab Celine zurück. »Und sieh dir das an, da ist schon wieder nur ein einziger Erdbeerquark übrig! Ist das zu fassen?«

»Tja«, sagte Anna stolz mit einem verschmitzten Lächeln, »dann müsst ihr mir den wohl leider überlassen.«

Tim staunte nicht schlecht, als Celine das Schälchen Erdbeerquark nahm und es tatsächlich Anna reichte. Mit einem kurzen, tonlosen »Danke.« und einer eleganten Armbewegung nahm Anna das Schälchen süß lächelnd an.

›Meine Fresse!‹, dachte Tim. ›Gut dressiert!‹

Die Mädchen vollendeten ihre Auswahl und gingen zu den Tischen.

»Wow!«, bemerkte Michael begeistert. »Seht euch mal den Aufschnitt an, wie viele Sorten Wurst das sind!«

»Ja, geil!«, stimmte Alex zu. »Wir leben hier wie Könige.«

»Aber der Rühreitoast!«, wandte Julian ein. »Die Platte mit dem leckeren Rühreitoast ist schon wieder fast leer. Drei Stücke sind nur noch übrig.«

»Tja«, meinte Tim mit einem breiten Grinsen, »dann müsst ihr mir die wohl leider überlassen.«

»Geschissen, Alter!« – »Hättste wohl gern!« – »Warte gefälligst auf die nächste Ladung, Knecht!«

Julian, Damian und Alex schaufelten sich gierig die letzten Stücke Eiertoast auf die Teller, während Tim danebenstand und sich kaputtlachte.

»Na, ihr?«, begrüßte Isi ihre Freunde, als die sich bei ihr und Melli am Tisch niederließen.

»Rückt am besten alle schön dicht an den Tisch ran!«, meinte sie.

»Warum?«, fragte Damian mit vollen Backen.

»Wegen den ganzen Leuten, die gleich eine Schlange an unserem Tisch bilden«, lachte Isi.

»Red mal Klartext!«, forderte Alex sie auf, kurz bevor er sich seinen Eiertoast zusammenfaltete und so herzhaft hineinbiss, dass etwas von dem Rührei herausquoll und auf sein Tablett fiel.

»Na ja«, kicherte Isi und tauschte mit Melli einen Blick aus, »wenn die Leute das Tablett von Hawkens sehen, dann denken die, das hier ist die Essenstheke.«

»Ha, ha, ha!«, prustete Damian, und Krümel seines Brötchens flogen ihm aus dem Mund. »Ja, genau! Du verfressener Sack!«,

»Ja und? Lass mich!«, blökte Michael, rupfte ein Croissant in zwei gleichgroße Stücke, stopfte sich eines davon komplett in den Mund und kaute zufrieden und mit dicken Backen darauf rum.

»Ja, ja«, kommentierte Melli das Geschehen ironisch im Singsangton. »Ist doch immer wieder schön, mit Jungs am Essenstisch zu sitzen.«

»Is so«, lachte Isi. »Obwohl Boggy und Trip sich ganz gut machen. Weiter so, Jungs!«

»Stimmt«, lästerte Melli. »Sieht so aus, als bräuchten wir für die beiden keinen Trog.«

»Wir geben uns Mühe, was Boggy?«

»Klar, Kumpel.«

»Ganz nebenbei, Trip«, bemerkte Melli, »ich wusste gar nicht, dass du bald bei der Staatsanwaltschaft anfängst?«

»Wie bitte?«, fragte Tim verwundert. »Wovon zum Geier redest du da?«

»Och«, meinte Melli, »nur von deinem Star-Anwalt-Auftritt gestern Abend.«

»Das war ja wie bei ›Boston Legal‹«, fügte Isi hinzu.

»Woher wisst ihr denn davon?«, wollte Tim wissen.

»Sektion Rot«, gab Melli zurück, »Hütte 34.«

»Bedeutet?«, fragte Tim und zuckte mit den Schultern.

»Bedeutet direkt hinter eurer Hütte 12«, grinste Melli.

»Na toll«, brummte Tim. »Hat das sonst noch jemand mitgekriegt?«

»Schon so einige«, meinte Isi lächelnd.

»Bevor ihr beide es rumgetratscht habt oder danach?«, fragte Julian sie frech.

»Ha! Ha!«, höhnte Isi und streckte ihm die Zunge raus. Dann sagte sie: »Find ich aber hart, dass Hermann die beiden nach Hause geschickt hat. War das echt nötig?«

»Genau darüber hatten wir in der Eisdiele noch geredet«, erzählte Tim. »Hermann hatte gesagt, dass wir auf so was achten sollen, und dass es da keine Gnade gibt.«

»Er hatte früher mal einen Riesenärger«, fuhr Julian fort, »weil einige seiner Schützlinge damals heimlich auf ihrem Zimmer Komasaufen gemacht hatten. Es gab eine Anhörung! Ich kann Hermann da verstehen. So was kann seine berufliche Zukunft versauen. Er hat gesagt, dass ihm das nie wieder passieren wird und künftig knallhart durchgreift.«

»Übel!«, stieß Melli hervor.

»Allerdings!«, bestätigte Tim und deutete beim Reden mit der Gabel auf die Mädchen. »Und Jenni und Pia waren dabei, als er das erzählt hat! Und trotzdem haben sie Lisa gedeckt.«

»Ich denk nicht, dass sie Lisa ›gedeckt‹ haben«, warf Isi ein. »Sie waren total in der Zwickmühle und wussten nicht, wie sie sich verhalten sollten.«

»Ganz genau!«, stimmte Melli ihr zu. »Stell dir mal vor, sie hätten was gesagt, und Hermann hätte Lisa nicht rausgeworfen. Das wär doch die Hölle für die beiden geworden!«

»Das ist mir schon klar«, lenkte Tim ein. »Ich bin jetzt auch nicht sauer auf die beiden. Aber ich möchte ihnen gerne klar machen, was der Unterschied zwischen Melden und Petzen ist.«

»Aber im Guten!«, forderte Melli.

»Ja, natürlich im Guten!«, brauste Tim auf. »War ich jemals gemein zu ihnen?«

Melli lachte: »Du meinst, gemeiner als neulich, als du Jenni unbedingt sagen musstest, dass du ihre Leggings Scheiße findest?«

»Das war echt fies!«, kicherte Isi. »Sie hat sie seitdem nie mehr angehabt.«

»Die sah ja auch Scheiße aus!«, rief Tim lachend. »Außerdem hab ich nicht gesagt, dass ich speziell ihre Leggings Scheiße finde, sondern die ganzen komischen Musterleggings allgemein.«

»War trotzdem fies!«, sagte Melli augenzwinkernd.

»Du bist immer fies zu Mädchen«, behauptete Isi. »Macht dir das eigentlich Spaß?«

»Quatsch«, gab Tim zurück, »stimmt gar nicht. Ich bin nur offen und ehrlich.«

»Irgendwann lernst du mal ein nettes Mädchen kennen«, fuhr Isi fort, »und dann vergraulst du sie mit deiner offenen Ehrlichkeit.«

»Dann muss ich eben eine finden, die auch fies ist«, trotzte Tim.

»Da sind drei zur Auswahl«, konterte Melli knochentrocken und deutete zu dem Tisch rüber, an dem Anna, Celine und Jana saßen.

»Nee!«, stieß Isi hervor. »So fies bitte nicht!«

Kapitel 5

Das Wetter entwickelte sich an diesem Sonntag so prächtig, wie es sich am Morgen angekündigt hatte. Die Sonne kletterte an einem stahlblauen Himmel in die Höhe. Am frühen Vormittag waren die Wiesen und Rasenflächen noch feucht, aber das änderte sich schnell. Das Wasser der Linster glitzerte im Sonnenlicht. Ruhig und gemächlich strömte der Fluss nach Pfaffenburg hinab. Doch in der anderen Richtung, stromaufwärts, zeigte das Gewässer ein anderes Gesicht.

Die Linster entsprang weit oben in den Koltberghügeln, die etwa eine Autostunde von Albenhain entfernt lagen. Dazwischen lag ein Bereich, in dem der Fluss buchstäblich über Stock und Stein sprang und Stromschnellen und Wasserfälle bildete. Ideale Voraussetzungen für Kajakfahrer, Kanuten und Wildwasserfans. Dorthin gab es an diesem Tag einen Ausflug. Viele Jugendliche, nicht nur die aus Hermanns Gruppe, freuten sich auf eine Schlauchbootfahrt auf den Stromschnellen, dem Wildwasser-Rafting. Da diese Fahrt von erfahrenen Wassersportlern betreut wurde, hatten Tim und seine Kumpel nun ein bisschen Freizeit.

Nachdem Melli und Isi sich verabschiedet hatten, um sich der Rafting-Gruppe anzuschließen, sammelten sich die Jungs an einem Sitzplatz vor dem Gemeinschaftshaus. Dort stand eine große Eiche, neben der auf beiden Seiten je eine schwere hölzerne Sitzbank stand. Damian, Michael, Alex und Julian machten es sich auf einer der Bänke gemütlich. Tim lehnte sich mit dem Rücken lässig an die Eiche.

»War einer von euch schon unten am Fluss?«, fragte Julian die beiden seiner Freunde, die zum ersten Mal dabei waren.

»Nein«, antwortete Michael, und Tim schüttelte gleichzeitig den Kopf.

»Motte und ich sind gestern einen Kringel durch die ganze Anlage gegangen«, erzählte Julian. »Der Park ist riesig, und wenn du einmal um alles drum herum läufst, bist du fast anderthalb Stunden unterwegs.«

»Sonst habt ihr keine Hobbys?«, flachste Michael.

»Erzähl mal!«, sagte Tim. »Was habt ihr gesehen?«

»Also«, begann Julian, »auf der anderen Seite vom Fluss ist eine Sportanlage mit Tennisplätzen und einem Fußballplatz.«

»Fußballplatz ist gut!«, rief Damian lachend. »Das ist eher ein Bolzplatz, sagen wir mal so!«

»Ja, meinetwegen«, winkte Julian ab, »jedenfalls ist das schon mal was, was wir für heute im Auge behalten können. So ein bisschen rumbolzen, da hätt ich noch Bock drauf«

»Aber immer!«, stimmte Tim zu.

»An den Sportplätzen geht dann erst mal ein Weg vorbei«, fuhr Julian fort, »und dahinter ist ein Park mit Obstbäumen und altmodischen weißen Bänken.«

»Ist im Frühling schön, wenn die am blühen sind«, ergänzte Damian.

»Na, ist ja ganz zauberhaft«, sagte Tim ironisch und grinste verschmitzt.

»Nee, nee!«, hielt Julian dagegen. »Wenn du da mit 'nem Mädchen hingehst, das ist schon ziemlich perfekt. Ist 'ne richtig romantische Umgebung.«

»Dazu musst du Trip erst mal erklären, was man mit Mädchen sonst noch so machen kann!«, rief Alex aus, worauf Michael laut zu lachen anfing.

»Doofkopp!«, ranzte Tim ihm entgegen.

»Komm schon, Alter!«, lachte Alex, »Du hattest noch keine Freundin, seit du wieder da bist!«

»Na und?«, trotzte Tim. »Ich glaub, darüber haben wir geredet, oder?«

»Dabei könnt er längst eine haben!«, rief Damian. »Wenn er nicht so zimperlich wäre.«

»Ach ja? Wen denn, he? Und jetzt komm mir nicht mit Pia!«

»Wieso denn nicht, Mann? Die ist total in dich verschossen!«

»Na super!«, winkte Tim kopfschüttelnd ab. »Und weiter? Soll ich mit der den ganzen Tag Teenyserien auf Nickelodeon gucken oder was?«

»Na ja, wenn dir sonst nix Besseres einfällt!«, spottete Alex.

»Außerdem sind wir hier sowas wie Betreuer«, rundete Tim sein Argument ab. »Da läuft das schon zweimal nicht.«

»Nee, jetzt mal ernsthaft, Trip«, sprach Julian, und man merkte, dass er es ehrlich meinte. »Es gab ja auch schon welche, die waren achtzehn oder neunzehn, sahen super aus und fanden dich toll. Von denen wolltest du auch nichts wissen. Wieso?«

»Ich weiß auch nicht, Mann«, antwortete Tim. »Die sind alle so … langweilig. Die erwarten ständig, dass man mit ihnen was Tolles macht, haben aber selber außer Partymachen und Saufen nichts auf Lager. Sie haben auch keine Interessen, auf denen man aufbauen könnte. Und ständig ist ihnen alles Mögliche peinlich. Das nervt einfach nur..«

»Schön und gut«, meinte Julian, »aber dann ist die Frage: Wonach konkret suchst du?«

»Ich suche überhaupt nicht«, entgegnete Tim. »Was ich will ist eine, mit der ich Scheiß zusammen machen kann. Eine, die sich traut, mit offenem Mund zu lachen, ohne ihr eigenes Lächeln hässlich zu finden. Ich will sie zum Lachen bringen, und sie soll mich zum Lachen bringen. Ich möchte sie gerne hin und wieder überraschen, aber sie soll auch das Kunststück fertigbringen, mich zu verblüffen. Ich möchte staunen über das, was sie tut. Nicht, weil sie es aus Dummheit tut, sondern weil sie ihr Ding durchzieht. Weil sie … einzigartig ist!«

»Wow … okay«, meinte Alex, stand auf, ging zu Tim rüber und klopfte ihm lachend auf die Schulter. »Dann wünsch ich dir ein Leben lang 'nen starken rechten Ast, mein Lieber!«

Das klang natürlich spöttisch, aber in der Kumpelsprache bedeutete das so viel wie: ›Ich weiß, was du meinst, Bruder. Ich kenn das Gefühl.‹

Tim lachte.

»Ach, leck mich, du Sack!«, rief er feixend, schubste Alex weg und gab ihm einen leichten Arschtritt, was übersetzt in etwa bedeutete: ›Danke, dass du's dir angehört hast, bist ein echter Freund.‹

»Außerdem war Boggy am erzählen«, stellte Tim fest. »Also, Boggy, ihr seid 'nen Kringel gegangen, und unten hinterm Fluss bei den Sportplätzen ist ein Park, wo du gerne Weiber flachlegst.«

»Quasi«, bestätigte Julian grinsend. »Also, dieser Minipark ist gleichzeitig der Übergang zu den teuren Unterkünften.«

»Wart ihr da auch?«, fragte Tim neugierig.

»Klar!«, bekräftigte Julian. »Da kannst du ganz normal durchgehen. Die Häuser stehen halt weiter auseinander als unsere Hütten und liegen vom Weg aus ein bisschen mehr geschützt.«

»Richtige kleine Villen sind das«, fügte Damian hinzu. »Mann, wenn du da Ferien machen kannst, dann hast du's gepackt!«

»Na ja«, wandte Alex ein. »Jetzt mach mal halblang! Okay, das sind noblere Unterkünfte, aber letzten Endes müssen auch diese Leute dasselbe Gemeinschaftshaus und dieselbe Rezeption benutzen. Die kriegen das Essen auch nicht auf goldenen Tellern serviert!«

»Auch wieder wahr«, sah Damian ein.

In dem Moment näherten sich vier Mädchen den Jungs. Alle vier im selben Alter, aus derselben Hütte und mit demselben schlechten Gewissen.

Alex bemerkte sie zuerst.

»Sieh mal einer an!«, rief er lachend. »Wenn das mal nicht die ›Desperate Housewives‹ sind!«

Die Jungs beobachteten die vier, wie sie immer näherkamen. Als sie nur noch ein paar Meter entfernt waren, lief die eine voraus, warf sich Tim an die Brust und umarmte ihn feste.

»Es tut uns leid«, jammerte sie leise.

Eines ihrer Spängchen kratzte Tim am Kinn, aber er drückte sie trotzdem kurz und fasste sie dann an den Schultern.

»Ist schon gut, Pia«, sagte er sanft. »Wir sind nicht sauer auf euch.«

»Bist du jetzt nicht enttäuscht von uns?«, fragte Jenni vorsichtig.

»Nein, natürlich nicht«, antwortete Tim.

»Uns tut es auch leid«, wisperte Anna-Lena und trat mit Mara näher.

»Ist total lieb, dass ihr extra dafür herkommt«, tröstete Tim die Mädchen. »Vergeben und vergessen.«

»Das war unsere Schuld«, erklärte Mara. »Jenni und Pia hatten nichts damit zu tun. Sie wollten uns nur nicht verpetzen.«

»Ja, ich weiß«, antwortete Tim. »Ich sag euch jetzt was, und dann reden wir nicht mehr drüber. Also, wenn ihr zu uns kommt und sagt: ›Lisa will uns ihr Glätteisen nicht leihen!‹, das ist Petzen. Aber ›Lisa hat Schnaps ins Haus geschmuggelt!‹, das nennt man Melden! Melden ist das Petzen von etwas, was illegal ist, und damit tut man das Richtige, kapiert?«

»Ja«, nickten die Mädchen. Und Jenni fügte neckisch hinzu: »Nur … Lisa hat kein Glätteisen. Sie hat immer meins benutzt.«

»Sehr witzig, Jenni!«, gab Tim ihr zurück. »Du hast doch glatte Haare! Wozu brauchst du ein Glätteisen?«

»Zum Locken machen!«, kicherte Jenni.

»Ja klar!«, spottete Tim. »Mit ’nem Glätteisen Locken machen! Du willst mich wohl verkohlen, he?«

Die Mädchen sahen sich amüsiert an und fingen an zu lachen.

»Alter!«, warf Julian ein. »Mit ’nem Glätteisen macht man wirklich Locken!«

»Ja, Sissilein«, rief Alex ihm zu. »Ich wette, dass du den Mädels noch prima Tipps geben kannst! Na komm, pack schon dein Glätteisen aus!«

»Ja! Genau!«, schloss sich Damian wiehernd an. »Am besten das, mit dem du dir immer Locken in die Arschhaare drehst!«

»Ach«, konterte Julian, »und woher weißt du, dass man da drehen muss?«

Tim grinste Michael zu.

»Und, Hawkens?«, fragte er ihn. »Willst du noch mehr davon hören?«

»Nee, ganz sicher nicht!«, wehrte Michael ab. »Ich würde sagen, wir gehen jetzt ganz gepflegt ein bisschen rumbolzen!«

»Keine Einwände, Sir!«, rief Tim begeistert.

Und so machte sich die ganze Truppe auf den Weg. Sie gingen zuerst zu den Unterkünften, um ihre Sportsachen anzuziehen, dann folgten sie dem flachen Hang vom Gemeinschaftshaus hinunter zum Fluss über die zentrale Brücke hinweg, um dann nach rechts ein Stück flussaufwärts zu den Sportplätzen zu gehen.

Links vom Weg lag der kleine Park, von dem Julian zuvor erzählt hatte. Seine äußere Begrenzung war gut sichtbar markiert. Weiß lackierte Holzpfosten mit kugelförmigem Abschluss am oberen Ende säumten den Rasen auf der linken Seite des Weges. Die Sitzflächen der Bänke bestanden aus massiven Holzplanken, die ebenfalls weiß gestrichen waren. Die Seitenteile und die lange Rückenlehne waren aus weiß lackiertem Metall und in Form von Blüten und Blättern verschnörkelt. Weiter drinnen, auf einem winzigen, ganz flachen Hügel, stand ein ebenso reich verschnörkelter, weißer Pavillon, der von einzelnen Rosenbüschen umringt war.

›Klar‹, dachte Tim, ›auf so was stehen die Bräute. Logisch, dass Boggy sie immer hierhin schleppt.‹

Zu diesem Zeitpunkt war der Park so gut wie menschenleer. Auch das schien Tim logisch. An einem Tag, an dem das Aktivitätenprogramm der Ferienanlage vor Angeboten strotzte, würden sich wahrscheinlich nur solche Leute hier aufhalten, die auf diese gemeinschaftlichen Aktivitäten keine Lust hatten und lieber für sich alleine waren.

›Natürlich‹, dachte er. ›Und das da war auch klar.‹

Er hatte in diesem Augenblick drei ganz bestimmte junge Damen in Weiß erblickt, die nebeneinander auf einer Bank fünfzehn Meter vom Weg entfernt saßen und in Modemagazinen lasen. Offenbar war ganz Albenhain noch nicht groß genug, um manchen Leuten dauerhaft aus dem Weg gehen zu können.

Die Freunde gingen nun bloß noch ein paar Meter den Weg entlang und standen schon bald am Rand des Fußballplatzes. Tim und seine Gruppe waren nicht die Einzigen, die auf die Idee gekommen waren, ein bisschen herumzukicken. Zwei andere Gruppen waren bereits auf dem Platz. Sie kamen schließlich alle gemeinsam auf die brillante Idee, den Platz, der eigentlich parallel zum Fluss verlief, in drei Teile zu unterteilen und quer zu spielen. Von den kleinen, leichten Aluminiumtoren waren genügend vorhanden, sodass jede Gruppe weiterhin auf zwei Tore spielen konnte. Da es ein heißer Tag zu werden versprach, ergab sich ein weiterer Vorteil: Sie mussten nicht so viel rennen.

Sie ließen es ohnehin erst einmal ruhig angehen, indem sie sich die Bälle weiträumig zuspielten. Schnell zeigte sich, dass Mara und Anna-Lena sehr präzise schossen.

»Ihr seid gut!«, rief Julian den beiden zu, als er einige von ihren weiten Bällen angenommen hatte. »Macht ihr das öfter?«

»Ja!«, rief Mara zurück. »Anna-Lena und ich spielen zu Hause im Verein.«

»Super!«, stimmte Alex ein. »Dann brauchen wir auf euch ja keine Rücksicht zu nehmen.«

Das brauchten sie tatsächlich nicht. Die beiden Mädels waren flink und ballsicher. Jennis und Pias Ballkünste blieben demgegenüber zwar deutlich zurück, doch auch die beiden hatten Spaß und gaben sich keine Blöße.

»Ein Spiel?«, schlug Damian nach einer halben Stunde vor.

Alle waren einverstanden und auch ein bisschen heiß drauf.

»Okay«, entschied Tim und nahm einen Ball auf, »dann wollen wir mal Mannschaften wählen.«

»Mädchen gegen Jungs!«, schlug Mara vor.

Die Jungs machten samt und sonders große Augen und sahen sich untereinander amüsiert an.

»Was?«, brachte Tim hervor.

»Du hast richtig gehört, Schneckchen«, spielte Anna-Lena die Obercoole. »Wir Mädchen gegen euch Jungs! Wenn ihr euch traut!«

Pia und Jenni schien der Vorschlag zu gefallen. Sie hüpften zu Mara und Anna-Lena heran, stemmten die Hände in die Hüften und schauten kokett zu den Jungs rüber.

Tims und Alex' Blicke trafen sich.

»Oh, Alter, das ist nicht gut!«, unkte Alex. »Dabei können wir nur alt aussehen! Entweder verarbeiten wir sie zu Hackfleisch, dann sind wir die unfairen Ärsche, weil wir Vierzehnjährige abziehen, oder die Mädels gewinnen, und dann sind wir die absoluten Oberloser!«

Tim nickte bestätigend. Dann sagte er zu den Mädchen: »Also ihr vier, ja? Gegen uns fünf?«

»Schnellmerker!«, lästerte Mara witzig frech. »Aber ihr könnt ja wechseln, wenn ihr denkt, dass es zu anstrengend für euch wird.«

Tim blickte sich mit erstauntem Gesicht um und schaute zu seinen Freunden hin, die alle unsicher lächelten.

»Die zwei gefallen mir«, grinste er und warf den Mädels den Ball zu. »Na, dann mal los!«

Mit Eifer gingen beide Seiten ins Spiel, das sich sehr offen gestaltete. Die Jungs agierten mit großer Zurückhaltung, weil sie den viel jüngeren Mädchen nicht auf die Knochen gehen wollten, wodurch diese ihre Geschicklichkeit voll ausspielen konnten. Die Jungs erkannten bald, dass ihre besten Chancen darin lagen, Fernschüsse auf das Tor der Mädchen abzugeben.

Das tat Michael dann auch. Seine Körpermasse entsprach beinahe der von drei der Mädchen zusammengenommen. Mit dieser rannte er auf den Ball zu und zog ab. Der Ball pfiff übers Feld und knallte krachend an das Lattenkreuz vom Tor der Mädels. Der Aluminiumrahmen vibrierte und wankte.

»Alter!«, rief Damian. »Du kannst doch hier auf dem kleinen Feld nicht so holzen!«

»Echt, Mann!«, pflichtete Julian ihm bei. »Willst du einem der Mädchen die Birne wegballern?«

»Sorry!«, rief Michael. »Manchmal geht's halt mit mir durch. Ich versuch mich zurückzuhalten!«

Michaels Bemühungen in der Hinsicht waren nicht sehr lange erfolgreich. Als der Ball ihm allzu verführerisch vor die Füße sprang, konnte er nicht widerstehen und zog abermals ab. Leider verfehlte er das Tor gründlich. Es konnte noch nicht einmal von einem Torschuss die Rede sein. Der Ball schoss hoch hinaus in Richtung Park, wo er zweimal aufsprang und dann auf die Bank zuhüpfte, auf der Anna, Jana und Celine saßen. Da die Mädchen in ihren Zeitschriften lasen, sahen sie den Ball nicht kommen. Sie erschraken entsprechend, als der Ball zwischen Anna und Jana unter der Bank einschlug, dort noch eine halbe Sekunde lang auf und ab sprang und dann an Ort und Stelle liegen blieb.

»Alter!«, maulte Tim. »Hör doch mal mit der Scheiße auf, Mann!«

»Sorry«, druckste Michael schuldbewusst und biss die Zähne aufeinander. »Tut mir echt Leid.«

»Na, mach schon!«, wies Tim ihn ungeduldig an. »Geh die Pille holen!«

»Ja, ja!«, gab Michael zurück und schickte sich an, in Richtung Park zu gehen. Er hielt aber nach ein paar Schritten inne, da er nun sehen konnte, wo es den Ball hin verschlagen hatte. Er drehte sich wieder zu seinen Freunden um und wandte ein: »Ehm … Die liegt aber bei den Weißröckchen unter der Bank!«

»Tja«, zog Julian ihn grinsend auf. »Dann lass mal deinen Charme spielen!«

»Nee«, erwiderte Michael. »Die sind bestimmt mega angepisst. Pia, geh mal den Ball holen!«

»Ach, Hawkens«, warf Alex ein, »du kannst doch nicht eine von den Kindern da rüberschicken! Die beißen der doch glatt den Kopf ab!«

»Die beißen jedem den Kopf ab, der jetzt da rübergeht!«, rief Damian.

»Oh, ihr seid vielleicht erbärmliche Gestalten!«, knurrte Tim genervt. »Ich kann mir das nicht länger ansehen. Dann geh ich eben selber!«

Damit stampfte er energisch los.

Tims Gangart wurde ruhiger, als er auf die drei Mädchen zuging. Sie hatten sich von dem kurzen Schreck erholt und wieder hingesetzt. Sie ignorierten nicht nur den Ball, der zwischen Anna und Jana unter der Bank lag, sondern auch Tim, der sich ihnen näherte. Er verlangsamte seine Schritte und blieb zwei Meter vor der Bank stehen.

Die drei Freundinnen erschienen ihm in aller Seelenruhe, die Beine übereinandergeschlagen und die Magazine auf dem Schoß, mit gesenkten Augenlidern in ihre Lektüre vertieft.

Anna saß links, etwas von den anderen beiden weggedreht, während Jana und Celine näher beieinandersaßen.

»Entschuldigt bitte«, begann Tim. »Das war keine Absicht mit dem Ball. Euch geht's gut, ja? Alles okay? Ist keine von euch getroffen worden?«

Tim erhielt auch diesmal keine Antwort von den dreien. Er beobachtete ihr Verhalten für einen Augenblick, wie sie dort saßen und ihre ganze Arroganz nach außen kehrten. Wieder fiel ihm der Unterschied zwischen Anna und den anderen beiden auf. Celine und Jana warfen mit affektierten Bewegungen ihre Haare zurück und wippten nervös mit dem Bein, das sie übers Knie geschlagen hatten. Anna dagegen saß ruhig und anmutig da und blätterte mit einer zarten, flüssigen Handbewegung ihre Zeitschrift um. Dabei berührte sie nur mit Mittel- und Ringfinger das Papier und ließ den Kleinen und den Zeigefinger leicht angehoben.

»Na gut«, sprach Tim höflich weiter, »will euch nicht auf den Geist gehen. Würdet ihr mir bitte mal eben den Ball rüber rollen? Dann bin ich auch schon wieder weg.«

Noch einmal sah er von einer zur anderen.

»Hallo?«, verschärfte er den Ton, als die drei sich immer noch nicht rührten.

»Na, dann eben nicht«, murmelte Tim und suchte in Gedanken nach einer Möglichkeit, selbst an den Ball zu kommen. Dummerweise befand sich hinter der Bank eine Steinreihe, die den Zugriff von hinten unmöglich machte. Von der Seite her ging es auch nicht, denn die Bank war erstens so lang, dass sein Arm nicht bis an den Ball gereicht hätte, und die Ornamente in dem Seitenteil der Bank waren so eng, dass er dort auch gar nicht erst durchgepasst hätte. Die einzige Möglichkeit war tatsächlich, auf alle Viere zu gehen und den Ball zwischen Annas und Janas Beinen hervorzufischen. Tim hasste diese Option und unternahm daher einen weiteren Versuch, mit den Mädchen zu reden.

»Also«, erklärte er freundlich, »ich kann mir den Ball natürlich auch selber holen. Das wär mir aber unangenehm, weil ich euch dabei ziemlich auf die Pelle rücken müsste, und deshalb würd ich's toll finden, wenn ihr mir das Ei einfach mal eben rüberschubsen würdet.«

Es war aussichtslos. Die drei Mädchen überhörten willentlich seine Worte. Tim zuckte mit den Schultern.

»Also gut«, raunte er, trat einen Schritt näher und ging auf die Knie. Dann stützte er sich mit der linken Hand ab und unternahm einen zögerlichen Versuch, mit der rechten Hand an den Ball zu gelangen. Er stellte jedoch fest, dass er dabei mit dem Oberarm Janas Beine berühren würde und entschied sich, es mit der linken Hand zu versuchen. Er krabbelte seitlich etwas näher an Jana und Celine heran und langte mit der linken Hand zwischen Annas und Janas Beinen durch. Mit langgestreckten Fingern erreichte er schließlich den Ball und fummelte ihn langsam zu sich heran. Doch gerade als der Ball begann, auf ihn zuzurollen, geschah das Ungeheuerliche!

Ohne Vorwarnung zog Jana ihren rechten Fuß an und trat Tim mit der Sohle voran ins Gesicht. Da Tim durch das Heranlangen an den Fußball ein Übergewicht nach vorne hatte, wich er nicht gleich zurück, was Celine, angestachelt durch Janas Attacke, genügend Zeit gab, Tim ebenfalls noch einen Stoß mit dem Fuß zu geben. Sie traf ihn mit ihrem Stiletto-Absatz an der Lende.

»Verzieh dich!«, kreischte Jana ihn an.

Tim rollte nun seitwärts ein Stück von der Bank weg, sprang hastig auf und rieb sich die Wange, wo sich in den nächsten Minuten ein roter, dreieckiger Abdruck bilden sollte. Er pustete kräftig durch die Wangen, um den Schmerz und den Schrecken zu verarbeiten.

»Scheiße!«, brüllte er und ballte die Fäuste. Dann tastete er sein Gesicht ab, das begann, wie Feuer zu brennen.

Er schaute auf seine Finger um zu prüfen, ob er vielleicht blutete, was aber nicht der Fall war.

Anna schaute mit weit aufgerissenen Augen zu ihren Freundinnen hin, atmete einmal stoßartig aus und nahm dann kopfschüttelnd ihre ursprüngliche Sitzhaltung wieder ein.

Tim hatte dies nicht mitbekommen. Er blies noch einmal tief durch die Wangen, nahm den Ball vom Boden auf und blickte erst dann zu den dreien hinüber. Die Wut stand ihm im Gesicht geschrieben. Er ging ganz langsam ein paar Schritte rückwärts.

»Ja, ist klar«, knirschte er. »Wie gut, dass ich hier der Asi bin!«

Damit drehte er sich um und ging zurück zum Fußballplatz.

Anna ließ ihre Hände mit dem Magazin auf den Schoß fallen und drehte sich zu Jana und Celine hin. Sie atmete einmal tief ein und war bemüht, Haltung zu bewahren.

»Mit Verlaub«, sprach sie, »habt ihr den Verstand verloren?«

»Was denn?«, trotzte Jana.

»Das war völlig unangebracht«, stellte Anna fest. »Lasst ihn doch einfach seinen dummen Fußball nehmen. Wirklich, euer Verhalten war unserer unwürdig.«

»Und was, wenn er uns angrapschen wollte?«, entgegnete Jana. »Hast du daran mal gedacht? Wir waren uns immer einig, dass wir Asis wie ihn verachten!«

»Erstens wollte er uns gewiss nicht angrapschen«, hielt Anna dagegen, »und zweitens bin ich mir nicht mehr sicher, ob er wirklich ein Asi ist. Er schien mir durchaus kultiviert zu sein.«

»Wie bitte?«, schaltete sich Celine ein. »Wie kannst das sagen? Das ist ein Straftäter, Anna! Guck doch mal, mit was für einem Pack der hier rumläuft!«

»Das mag ja sein«, gab Anna zurück. »Trotzdem war er ausgesprochen höflich. Ich hätte kein Problem damit gehabt, wenn wir ihm den Fußball einfach rasch gegeben hätten.«

»Auf keinen Fall!«, beharrte Jana. »So einem dienen wir doch nicht!«

»Das ist trotzdem kein Grund, derart auf ihn einzutreten, Jana!«, sagte Anna eindringlich. »Was wirft das denn für ein Licht auf uns?«

»Darum geht's nicht«, trotzte Jana. »Wir haben uns nur gegen einen sexuellen Übergriff gewehrt. Das ist unser gutes Recht.«

»Ach, Jana, ich bitte dich!«, wies Anna sie zurecht. »Danach sah es nun wirklich nicht aus!«

»Weißt du es?«, hielt Jana dagegen. »Man weiß doch, wie pervers Kerle drauf sein können!«

»Ja, natürlich«, erwiderte Anna ironisch, »gerade weil Jungs ja immer die niedersten Gedanken haben, wenn sie nichts weiter als ihren Fußball zurückhaben möchten.«

Inzwischen war Tim wieder bei seinen Freunden auf dem Fußballplatz angekommen. Er warf den Ball auf den Boden und kickte ihn den anderen zu. Damian stoppte den Ball mit dem Fuß.

»Wie siehst du denn aus?«, rief er.

»Alter!«, lachte Alex. »Hast du mit 'nem Bügeleisen geschmust?«

»Was ist passiert?«, erkundigte sich Julian.

»Die haben mich wie Luft behandelt«, trug Tim trocken vor, »also hab ich den Ball selber unter der Bank rausgeholt, und da hat die Krähe mir ein Andenken in Achtunddreißigeinhalb verpasst.«

»Was?«, rief Michael aus. »Ernsthaft jetzt?«

»Ohne Witz«, sagte Tim.

»So eine Mistkuh«, bemerkte Jenni.

»Oh je!«, rief Pia besorgt. »Du blutest!«, und sie deutete auf Tims Hüfte.

Tim sah rechts an sich herunter und bemerkte den kleinen Blutfleck an seinem T-Shirt.

»Ach, das«, kommentierte er. »Jo, das ist ein Andenken von der anderen Schreckschraube.«

Tim zog sein T-Shirt nach oben und betrachtete die Schürfung, die Celines Absatz hinterlassen hatte. Ein winziger Fetzen Haut hing an ihr herab. Tim zupfte ihn hastig ab.

»Alter«, meinte Julian, »mach da besser was drauf.«

»Ach, passt schon«, wiegelte Tim ab.

»Du musst die drei jetzt melden, Trip!«, sagte Pia grimmig. »Das ist nämlich jetzt auch nicht gepetzt.«

»Ein bisschen was anderes ist das schon«, widersprach Tim ihr und lachte leise. »Ein erwachsener Kerl geht nicht hin und meldet, dass er von ein paar Teenys getreten wurde. Wie säh das denn aus?«

»Dumme Gänse!«, schimpfte Pia. »Dieser eingebildeten Anna und ihren dämlichen Freundinnen müsste man eine reinhauen.«

»Ja, aber um ehrlich zu sein«, gab Tim zu bedenken, »Anna war's nicht. Es waren nur die anderen beiden«, und er fügte grinsend hinzu: »Und so wie's sich angehört hat, hat sie die beiden ganz schön zur Sau gemacht, als ich weg war.«

»Na kommt schon, spielen wir noch ein bisschen«, drängelte Damian.

Sie spielten noch etwa eine Stunde, dann gingen sie etwas essen und warteten auf Isi und Melli, die schon bald vom Rafting-Ausflug zurückkamen und sich zu den Jungs gesellten, die vor ihrer Hütte zusammensaßen.

»Was ist denn mit dir, Trip?«, bemerkte Isi sofort. »Hast du mit Hawkens Boxtraining gemacht und dir eine eingefangen?«

»Was?«, stutzte Tim. Dann aber fasste er sich leicht an die Wange und lachte: »Ach, das! Nee, das ist ein Schuhabdruck. Hat mir die Krähe verpasst, als ich unseren Ball unter der Bank von den Kobros rausholen wollte. Sieht man da etwa immer noch was?«

»Haha!«, gackerte Melli los. »Hab ich dir ja gleich gesagt, dass du dich von denen fernhalten sollst! Jetzt bist du hoffentlich ein bisschen schlauer.«

»Was hast du da gesagt?«, fuhr es lautstark aus Isi heraus. »Das ist jetzt nicht dein Ernst, oder? Boah, diese drei Drecksschlampen! Die hören einfach nicht auf! … Ich geh jetzt dahin und hau denen nacheinander in die Fresse! Ich bin's jetzt echt leid!«

»Hey, hey!«, versuchte Tim sie zu besänftigen. »Jetzt beruhig dich bitte, Isi. Man könnte ja meinen, sie hätten dich getreten. Wenn ich cool damit bin, dann kannst du doch auch …«

»Nein!«, keifte Isi. »Ich hab die Schnauze voll! Seit gestern geht's hier nur noch um die Kotzbrocken. Anna hier, Anna da … Ich kann's einfach nicht mehr hören!«

Mit diesen Worten kehrte sie sich um und lief davon. Melli eilte ihr hinterher. Der Knall der zuschlagenden Tür von Hütte 34 musste wohl im halben Park zu hören gewesen sein.

So ging der Tag allmählich zu Ende. Schon bald stand die Sonne wieder tief am Horizont und warf ihr goldenes Licht zwischen den Bäumen und Hütten hindurch. Hermann, die Jungs und die ganze Reisegruppe vom Haus der Jugend versammelten sich in einer der Grillhütten hinter dem Gemeinschaftshaus und genossen den ausklingenden Tag gemütlich bei einem Feuer.

Leyental, 07. Juni 2010

In den Pfützen auf dem Schulhof des Pitt-Kreuzberg-Gymnasiums spiegelten sich die fensterreichen Fassaden des Schulgebäudes. In einem Monat standen die Sommerferien an. Doch was bedeutete das schon? Es hatte die graue Wolkendecke über Leyental jedenfalls nicht davon abgehalten, an diesem Morgen einen kräftigen Schauer abzulassen.

Im östlichen Trakt, dem C-Trakt, im ersten Obergeschoss befand sich das Sekretariat. In diesem Moment öffnete sich dessen Tür und eine etwas missmutige Fünftklässlerin in Jeans und T-Shirt trat aus ihr heraus in den Gang. Ihre Jeansjacke war an mehreren Stellen mit Ansammlungen von kleinen Strasssteinchen verziert. Ihre schwarzbraunen Haare waren mehr als schulterlang und glatt. Vor ihrer Brust drückte sie einen Spiralblock und zwei Schulhefte an sich.

An einem Fenster einige Meter links den Gang entlang fiel ihr Blick auf zwei ihrer Klassenkameradinnen, die still und mit ernsten Gesichtern auf den Schulhof hinausspähten. Da es bereits zum ersten Mal geklingelt hatte und die Schülerschaft emsig zu den Unterrichtsräumen strebte, wunderte sich das Mädchen in den Jeansklamotten, was es dort zu sehen geben konnte. Und so trat es an die beiden Beobachterinnen heran und sprach eine der beiden an.

»Hey, Caro. Was ist los? Wo guckt ihr hin?«

Caro, eigentlich Caroline, war strohblond. Ohne Melina anzusehen antwortete sie.

»Oh, hi, Melina. Na ja, guck selbst. Celine Rheinmann und Jana Eichendorf haben es wieder mit ihrem Lieblingsopfer.«

Melina schaute durch das Glas hinab zum Schulhof. Sie erblickte drei Mädchen. Zwei von ihnen kannte sie aus ihrer Klasse, Celine und Jana. Das andere Mädchen, dessen dünnes, langes Haar graublond wie Asche war, hatte sie einmal flüchtig gesehen, als sie allesamt noch auf der Grundschule waren. Jetzt, in diesem Moment, konnte sie verfolgen, wie Celine und Jana das Mädchen angingen. Es wirkte neben den schick gekleideten und körperlich größeren Angreiferinnen deutlich unterlegen. Nur leise konnte Melina durch das Fenster hören, was gesagt wurde.

»Nun komm schon!«, hörte sie die recht kratzige Stimme von Jana Eichendorf. »Zeig uns deine Kunst! Wir stehen drauf.«

Da das Mädchen sein Skizzenbuch fest an sich drückte, ergriff Jana es mit beiden Händen und hatte es damit schnell geschafft, das Buch an sich zu reißen.

»Gib es mir zurück!«, flehte das Mädchen angstvoll und streckte die rechte Hand aus. Celine aber schlug nach der Hand und langte ihrerseits nach dem Buch, mit dem Jana provokativ wedelte.

»Wieso denn?«, sang sie schnippisch. »Lass uns doch mal sehen, wie mega du zeichnen kannst!«

Caroline, die oben am Fenster bei Melina stand, zuckte kurz mit den Schultern, und mit einem »Tja …« wandte sie sich ab. Ihre Freundin folgte ihr mit den Worten: »Hilft ihr ja auch nicht, wenn wir jetzt zu spät in die Klasse kommen und Ärger kriegen.«

Melina aber blieb. Sie beobachtete, wie das unterlegene Mädchen auf dem Schulhof versuchte an ihr Skizzenbuch zu gelangen. Die beiden größeren Mädchen hatten jedoch keine Mühe, sie immer wieder wegzustoßen. Schließlich taten die beiden so, als würden sie sich nicht einigen können, wer von ihnen das Buch behalten würde. So täuschten sie einen Streit vor, innerhalb dessen sie beide eine Hälfte des Buches, mit dem Einband nach oben, in den Händen hielten und kräftig daran zogen.

»Hört auf!«, schrie das Mädchen unter Tränen. »Ihr macht es kaputt!«

Da war es auch schon geschehen. Celine und Jana hatten das Buch auseinandergerissen. Jede der beiden blätterte nun affig in ihrem Fragment herum. Dabei verzogen sie ihre Gesichter zu Schnuten.

»Nö«, tönte Jana, »die sind doch scheiße. Hier, kannste wiederhaben, Straßenköterchen«

Mit diesen Worten warfen sie dem Mädchen die zwei Buchhälften vor die Füße. Die eine Hälfte klatschte auf den nassen Asphalt, die andere landete mit der Innenseite in einer Pfütze. Dann grinsten sie sich kurz an und liefen lachend ins Gebäude. Das gemobbte Mädchen aber sank auf die Knie und schlug schluchzend die Hände vors Gesicht.

Melinas Kinn zitterte. Entschlossen drehte sie sich um und lief ein Stockwerk nach unten, zur Tür hinaus und auf den Schulhof. Das Mädchen kniete immer noch auf dem nassen Boden und weinte. Melina legte ihre eigenen Sachen auf einer der Sitzbänke ab. Dann bückte sie sich und hob die beiden Buchhälften auf. Das weinende Mädchen sah zu ihr auf und verfolgte unter mehreren Schluchzern, wie Melina die Seiten beider Hälften fächerförmig ausbreitete und sie hochkant gegeneinander gestützt auf dem Holz aufstellte.

»Komm«, sagte Melina sanft und hielt dem Mädchen die Hand hin. Kurz darauf saßen sie nebeneinander auf der Bank, gleich neben dem lädierten Skizzenbuch. Da klingelte die Schulglocke erneut.

»Es hat geklingelt«, druckste das Mädchen hervor.

»Und wenn schon«, antwortete Melina. »Ich glaub, ich hab dich schon mal gesehen. In der Vierten. Du bist die, die den Malwettbewerb gewonnen hat, stimmt's?«

Ein stilles Nicken war die Antwort.

»Wusste ich's doch«, fuhr Melina fort. Sie drehte sich zu den Buchhälften um. Es war die hintere Hälfte, die in der Pfütze gelandet und nun triefend nass war. Die vordere Hälfte war weitestgehend trocken, und so nahm Melina sie an sich und schlug sie auf.

»Ich mag deine Zeichnungen. Du bist voll talentiert.«

»Eh nicht«, war die traurige Antwort. »Brauchst nicht so zu tun als würden sie dir gefallen, nur um mich zu trösten.«

»Mach ich gar nicht«, entgegnete Melina und nahm ihren Spiralblock hinzu. »Guck mal hier. Die sind zwar nicht so gut wie deine, aber ich mal auch gerne so Sachen wie du.«

Das Mädchen staunte Melina an. Es nahm Melinas Block und legte ihn auf ihren Schoß. Dabei sprach sie: »Sag das nicht! Die sind voll schön!«

»Ich hab halt nur kein Skizzenbuch«, erklärte Melina. »Ist meiner Mama zu teuer, deswegen krieg ich keins.«

Das andere Mädchen nickte und wisperte: »Meins hat mir meine Godi zur Kommunion geschenkt.«

Sie kniff die Augen zusammen, und wieder rannen ihr Tränen übers Gesicht. Melina legte ihren Arm um sie.

»Das war echt gemein von denen«, versuchte sie, tröstende Worte zu finden. »Weißt du, was wir machen? Wir trocknen deine Bilder, schneiden sie raus, und dann besorgen wir eine Mappe, wo du sie reintun kannst.«

Daraufhin blätterte Melina die Zeichnungen der trockenen Hälfte wieder zurück. Auf der ersten Innenseite hielt sie inne.

»Isabel Carola? … Ich wusste gar nicht, dass das ein Name ist.«

Hastig nahm Isabel die Buchhälfte an sich.

»Das ist mein Zweitname. Meine Godi heißt so. Außerdem dürfen das nur Freunde wissen.«

»Na gut«, lächelte Melina, »dann bin ich eben ab jetzt deine Freundin. Wenn du magst.«

»Ehrlich?«, lächelte Isabel zurück.

»Klar!«, bekräftigte Melina. »Und eins merk dir: Isabel Carola Krüger klingt verdammt cool. Mindestens so cool wie Annabelle zur Heyden.«

Da musste Isabel lachen. Im nächsten Moment rümpfte sie die Nase.

»Mit der will ich aber nicht verglichen werden.«

»Wieso nicht?«

»Wer sich mit Celine Rheinmann und Jana Eichendorf abgibt, mit dem will ich nichts zu tun haben.«

»Da ist was dran«, nickte Melina. »Was haben die beiden bloß gegen dich?«

»Ach«, erklärte Isabel, »das sieht man doch. Meine beschissene Haarfarbe halt. Dauernd nennen sie mich Straßenköterchen. Am liebsten würde ich sie mir wasserstoffblond färben, damit keiner mehr über mich lacht.«

»Mach's doch«, ermunterte Melina sie. »Steht dir bestimmt super.«

»Nee. Meine Mutter erlaubt das niemals. Bin doch noch viel zu jung dafür.«

»Auch wieder wahr«, sah Melina ein. Dann schlug sie vor: »Was meinst du? Wollen wir heute Nachmittag was zusammen machen? Unten in der Stadt weihen sie das neue Haus der Jugend ein. Sollen wir uns das mal ansehen?«

»Ja, das wär toll!«, stimme Isabel zu, und dann sah sie Melina fragend an. »Sag mal ... wie heißt du eigentlich?«

Melina lachte: »Melina Kupser. Ich bin in deiner Paraklasse.«

Es war der erste Schultag. Anna und die anderen Mädchen waren nun in der achten Klasse. Melina und Isabel war es gelungen, sich vor der ersten Stunde frühzeitig in den A-Trakt zu schmuggeln, um vom Flur des Obergeschosses aus über den Schulhof zu blicken. Sie saßen sich, jeweils mit einer Pobacke auf der Fensterbank, einander gegenüber und spähten hinaus. Links schloss sich der B-Trakt an, und ihnen gegenüber lag der C-Trakt. Der Schulhof endete einige Meter vom Straßenrand entfernt, wo zahlreiche Pkw nacheinander stoppten und ihren Nachwuchs aussteigen ließen. Plötzlich deutete Isabel eifrig in Richtung Zugang des Schulhofs und zupfte Melina aufgeregt am Ärmel.

»Melli! Da! … Ach du Scheiße, jetzt haben sie's gepackt!«

»Ja!«, rief Melli lachend aus und hielt sich die Hand vor den Mund. »Ich hab's auch gerade gesehen.«

»Vorhin ich noch so: Hm, wie lang dauert's wohl, bis sie mich im neuen Schuljahr zum ersten Mal ankotzen, und dann … zack!«

»Ist voll das richtige Wort, Isi«, lästerte Melli. »Sind ja auch mega die Kotzbrocken.«

Melli und Isi hatten Anna, Celine und Jana erblickt, die an diesem Tag alle das gleiche Kleid trugen, ein vollständig weißes, maßgeschneidertes Etuikleid, kurz, körperbetont, mit breiten Trägern und ärmellos. An den Füßen trugen sie weiße Ballerinas. Ihre Frisuren waren offen, mit einem weißen Haarband oberhalb des Ponys.

»Man muss ja fairerweise sagen«, begann Melli, »dass Anna es tragen kann. Guck mal, was die schon für Beine hat. Wie Taylor Swift.«

»Kann ja sein«, hielt Isi dagegen. »Aber die anderen beiden! Ich würde doch niemals so ein Kleid anziehen, wenn ich noch keine Figur dafür habe.«

Anna erlebte zu dieser Zeit einen Wachstumsschub. Ihre Körpergröße kratzte schon an der Eins-Siebzig-Marke. Damit überragte sie Celine und Jana deutlich. Zum ersten Mal hatten sich die drei für einen Schultag Kajal und Mascara aufgelegt.

»Wir schinden bereits Eindruck«, stellte Celine mit zufriedener Miene fest. »Guckt mal, wie die Jungs uns schon angaffen.«

»War 'ne coole Idee, Anna«, fügte Jana hinzu.

»Nun müssen wir dem Augenschein auch gerecht werden«, erklärte Anna in einer ruhigen, vornehmen und monotonen Stimmlage. »Es geht darum, durch Eleganz zu überzeugen und sich von keinerlei Avancen beeindrucken zu lassen, jedoch ohne dabei die Etikette zu verletzen.«

»Jaja«, winkte Celine ab. »Wir haben's kapiert, Anna.«

»Wie sollen wir uns denn jetzt nennen?«, fragte Jana. »Ich finde ja immer noch, dass wir jetzt total die ›Royal Chicks‹ sind. Egal, wie du das findest, Anna.«

»Nun«, sprach Anna. »Ich habe durchaus nicht die Absicht, in diesem Punkt einen Riegel fürzuschieben. Ich stelle den Namen gerne zur Abstimmung.«

»Na dann«, gab Jana hinzu und sah Celine auffordernd an. »Line?«

»Ich find ›Royal Chicks‹ auch gut«, antwortete Celine sofort.

»Sei's drum«, lenkte Anna ein. »Es besteht immerhin keine Notwendigkeit, uns allerorten anzukündigen … Nun, ganz offensichtlich bin ich die Größtgewachsene unter uns, und damit werde ich stets in der Mitte gehen, wann immer wir zu dritt unterwegs sind. Zumindest in diesem Punkt dulde ich keinen Widerspruch.«

»Na, die haben's ja auch eilig, reinzukommen«, stellte Isi fest, und ihre Stimme wurde unruhiger. »Du bleibst bei mir, ja?«

»Na, logo«, sicherte Melli ihr zu. »Die sollen sich bloß nichts rausholen, diese Möchtegerntussis. Komm, gehen wir runter. Es klingelt bestimmt jeden Moment.«

Noch bevor sie ausgesprochen hatte, ertönte das erste Klingelzeichen. Kurz darauf vernahmen Melli und Isi das Laufgeräusch, dass die Schuhe der drei »Royal Chicks« auf dem geputzten Waschbetonboden des Schulflurs auslösten. Melli und Isi nahmen ihre Rucksäcke auf die Schultern und begaben sich ein Stockwerk tiefer in die Mitte des Flurs, näher hin zu ihrer Klassenraumtür. Anna, Celine und Jana schritten langsam auf sie zu und blieben mit hochmütigen Blicken vor ihnen stehen. Weitere Schüler und Schülerinnen folgten ihnen und bildeten eine Traube vor der Tür.

»Na, sieh mal an«, spöttelte Melli, während sie die drei Mädchen nacheinander musterte. »Wenn das nicht die Kobros sind …«

Jana stieß einen zickigen Seufzer aus und biss an: »Was bitteschön sind Kobros?«

Melli grinste nur. Sie stand direkt vor Anna und musste aufsehen, um in das Gesicht des großen Mädchens zu sehen. Anna legte ganz erhaben ihre Unterarme unter der Brust zusammen und blickte auf Melli herab. Völlig tonlos sprach sie: »Was immer es bedeuten mag, es kann sich letztlich nur um eine Abfälligkeit handeln.«

»Bist echt 'n Gehirn, Anna«, gab Melli ihr im ironischen Ton zurück. »Kein Wunder, dass du dauernd Einsen schreibst.«

Isi wagte es ebenfalls, Anna per Blick zu trotzen. Die entsprechende Reaktion Celines ließ nicht auf sich warten.

»Fühlst dich stark, was, Straßenköterchen? Aber nur, weil Kupser dich beschützt. Was, wenn du alleine wärst, hm?.«

»Schluss damit!«, befahl Anna. »Ich mahne zu Haltung. Und seht: Unser neuer Klassenlehrer trifft ein.«

»Neuer Klassenlehrer?«, wunderte sich Jana. »Was ist mit dem Peschborn? Nicht, dass ich den jetzt unbedingt hätte behalten wollen …«

»Er ist aufgrund einer plötzlichen Erkrankung vorzeitig in den Ruhestand gewechselt«, erklärte Anna im Berichtston. »Sein Nachfolger ist Herr Wässer, der vonseiten der ADD kurzfristig vom Thomas-Morus-Gymnasium in Daun hierher beordert worden ist.«

»Kein Wunder, dass du mal wieder alles schon vor uns weißt, Anna«, spöttelte Celine.

Im selben Moment erschien der Lehrer und bahnte sich seinen Weg durch die Kindertraube, den rasselnden Schlüsselbund vorneweg. Als die Tür aufgeschlossen war, strömte die Schar auch schon in den Raum, unter ihnen

Melli und Isi, die sich längst wortlos von den drei reichen Mädchen abgewendet hatten.

»Hast du gesehen?«, kicherte Melli beim Greifen nach einem Stuhl. »Anna hat sogar schon richtige Titten.«

»Immer trifft's die Falschen zuerst«, brummte Isi und nahm sich ihrerseits einen Stuhl vom Tisch, gleich neben Melli. Als sie beide saßen, fragte Isi: »Und wieso hast du ›Kobros‹ zu den dummen Gänsen gesagt? Was heißt das?«

Melli zwinkerte ihr zu und erklärte: »Ist doch klar: Ist die Abkürzung für Kotzbrocken.«

Isis herzhaftes Lachen ging im Trubel der ersten Minuten der Stunde unter.

»Braucht ihr eine Extra-Einladung?«, fragte der Lehrer Anna, Celine und Jana, die ganz schick darauf warteten, dass die Massen im Raum verschwanden. Die Nasen der Mädchen hoben sich, und sie schickten sich an, den Klassenraum zu betreten.

»Du bist bestimmt falsch hier«, sprach der Lehrer Anna an. »Hier im Erdgeschoss sind nur die achten Klassen. Die neunten und zehnten befinden sich in den oberen Geschossen.«

»Mit Verlaub, Herr Wässer«, antwortete Anna distanziert. »Ich gehöre wie meine Freundinnen zur 8a. Für den Fall, dass Sie es nicht glauben, empfehle ich Ihnen einen Blick ins Klassenbuch. Es dürfte nicht lange dauern; Sie finden meinen Namen für gewöhnlich am Ende der Namenslisten. Und wie in jedem Jahr, so fürchte ich, wird er zudem die Spaltenbreite ausfüllen, was mich zu meiner höflichen Bitte an Sie führt, ihn nach Möglichkeit nicht in voller Länge bekanntzugeben.«

Herr Wässer nahm es humorig.

»Danke für die Ansprache. Ich werde mein Bestes versuchen. Jetzt rein mit euch.«

Anna knickste angedeutet, und zusammen mit Celine und Jana begab sie sich auf Sitzplatzsuche. Herr Wässer, der ohnehin das Klassenbuch aufschlug, um seine Schützlinge kennen zu lernen, sauste mit dem Finger gleich ans Ende der Liste. Ein kurzes Anheben seiner Augenbrauen zeigte, dass er begriffen hatte, was Anna ihm erklären wollte. Ganz am Ende der Liste stand es:

Laufende Nr.	28
Name u. Vorname	zur Heyden, Annabelle Patrizia Josephine
Geburtstag	23.05.1999
Geburtsort	Leyental
Konfession	rk
Erziehungsberechtigte	Wolfgang Hilarius und Vivienne Juliane zur Heyden Fasanenberg 1, 56789 Leyental

»Sakradieflöh«, murmelte Herr Wässer vor sich hin. Dann blickte er auf und suchte Anna, die soeben weit hinten mit Celine und Jana Platz genommen hatte.

»Annabelle?«, rief er. »Ruhe bitte, Leute! ... Annabelle?«

»Ja bitte, Herr Wässer«, antwortete Anna seelenruhig,
während die Geräuschkulisse abebbte.

»Deine Mutter ... Ist sie nicht Mäzenatin dieser
Schule?«

»Völlig richtig. Sie scheinen sich ausgezeichnet vorbereitet zu haben.«

»Und ... bekleidet sie nicht auch den Vorsitz des El-
ternbeirats?«

»Alle Jahre wieder, Herr Wässer. Ich gehe davon aus,
dass Sie schon bald das Vergnügen haben werden.«

Herrn Wässers Augenlider spannten sich, während er
Anna ansah. Über zwei Dinge war er sich sofort sicher,
als er dachte: ›Alles klar, die Bienenkönigin. Die ist sich
ihrer herausragenden Schönheit auf jeden Fall bewusst.
Ich werde ihr früh klarmachen, dass es zwecklos ist, diese
Karte spielen zu wollen. Wie sie schon dort sitzt und
mich überheblich anlächelt ... Wer kennt ihre Mutter
besser als sie selbst? Sie weiß ganz genau, warum ich sie
nach ihr gefragt habe. Wenn diese Vivienne zur Heyden
wirklich so ist wie alle sagen, dann Prost Mahlzeit. Aber
die wird sich wundern. Ich mach vor der nicht den Kratz-
fuß ... Fünf achte Klassen an dieser Schule, und ich muss
ausgerechnet diese erwischen ...‹

Anna zur Heyden lag auf einem Liegestuhl auf dem Rasen hinter der Lodge, in der sie mit Celine und Jana wohnte. Sie sah hinauf in den blauen Abendhimmel und hing ihren Gedanken nach.

»Möchtest du auch eine Schorle, Anni?«, rief Celine nach draußen.

»Ja, bitte«, antwortete Anna höflich. Der recht exklusive Lebensstil, den sie zusammen mit Celine und Jana seit der siebten Klasse präsentierte, wurde in erster Linie durch das großzügige Taschengeld ermöglicht, das sie von ihren Eltern erhielten. Anna bekam pro Woche hundertfünfzig Euro. Bei Celine und Jana war es nicht viel weniger. Das hatte sie zu kleinen Angeberinnen gemacht, die gerne mit ihrem Wohlstand protzten. Anna hatte früh ihre Liebe zu wertvoller Kleider und schicken Schuhen entdeckt, nicht zuletzt aufgrund der Zeit, die sie mit ihrer ehemals adeligen Großmutter verbracht hatte. Mit ihrer Begeisterung fürs Schminken und die Schönheitspflege war sie es, die die stets die Outfits für die Royal Chicks festlegte.

Anna war aber auch eine gute Schülerin. Sie war klug und ehrgeizig, und ihr Notenschnitt lag stets im Einserbereich. Ihr Vater, Wolfgang zur Heyden, Bankier von Beruf, war ein Erfolgsmensch, der die Ansicht vertrat, dass jeder Mensch selbst die Schuld für seinen fehlenden Erfolg trug und daher für seine Armut direkt verantwortlich war.

Annas Mutter, Vivienne zur Heyden, war eine Managerin in der Bank ihres Mannes. Sie war eine engstirnige Person, für die eine minimale Abweichung vom Normalfall bereits eine Katastrophe darstellte. Sie war die Art von Frau, die sich maßlos darüber aufregen konnte, wenn der Kaviar im Restaurant ein halbes Grad zu kalt war.

Probleme dieser Schwere beschäftigten Annas Eltern sehr. Auch innerhalb der Familie. So diskutierten sie damals die gesamte Schwangerschaft hindurch, welchen Namen sie ihrer einzigen Tochter geben sollten. Vivienne selbst schwebte der Name Annabelle vor, doch bestanden ihre Mutter Josephine und ihre Tante Patrizia beide darauf, als Patentanten auserwählt und somit ein Teil des Namens der Neugeborenen zu werden, und jede von ihnen hätte selbstverständlich mit bitterböser Enttäuschung reagiert, wäre die Wahl nicht auf sie, sondern auf die Schwester gefallen. Am Ende erhielt das Kind alle Namen auf einmal.

Anna war nun sechzehn Jahre alt, und in ihrem Personalausweis und in ihrer Schulakte stand dieser Bandwurm von Name in voller Länge. Sie war nicht gerade begeistert darüber, und sie unternahm alle Anstrengungen, jeden neuen Lehrer am Anfang des Schuljahres davon abzuhalten, vor der ganzen Klasse auf ihren Namen einzugehen, was unvermeidlich war, da er ja nun mal so interessant war. Jeglicher Verweis auf den adeligen Background der Familie war den zur Heydens unangenehm. Warum, das wusste Anna selbst nicht. Für sie zählte nur, dass ihr die Zusammenstellung der drei Namen nicht sonderlich gefiel.

Größere Probleme kannte Anna jedoch nicht. Das Geld ihrer Eltern hatte bis hierher alles prima regeln können.

Annas Gedanken kreisten nun um das, was sie in den vergangenen zwei Tagen erlebt hatte. Ihre Welt war nicht mehr ganz dieselbe. Sie hatte einen Menschen kennen gelernt, der so gar nicht in ihre Welt passte. Für sie hätte Tim auch ein Marsmensch sein können, das hätte keinen großen Unterschied gemacht. Ein junger Mann von schlechtem Ruf, ein Raubein und Rumtreiber und, wie Jana ihr versichert hatte, überaus gewalttätiger Mensch mit Vorstrafe! Von derartigen Leuten hatte sie bisher nur gehört. Ihre Eltern hatten ihr sechzehn Jahre lang beigebracht, solche Menschen zu verachten und abzulehnen. Ihren Freundinnen gelang das gut, und auch Anna wäre ja bereit gewesen, Tim zu verdammen, wenn da nicht die eine Sache im Weg gewesen wäre: Das Bild fügte sich nicht. Tim war eindeutig kultivierter, als es die Geschichten über ihn vermuten ließen. Er war, so dachte Anna bei sich, sogar richtig nett gewesen. Sie erinnerte sich daran, wie höflich er heute Mittag nach seinem Ball gefragt hatte, und wie sehr es ihm offenbar am Herzen gelegen hatte, die Mädchen nicht zu belästigen. Vielleicht würde sie ja nicht so intensiv darüber nachdenken, wenn er nicht so attraktiv gewesen wäre?

»Hier, Süße!«, trällerte Celine und hielt Anna ein Glas Apfelsaftschorle hin.

»Danke, Line«, sagte Anna und lächelte, als sie das Getränk entgegennahm. Sie bedauerte, dass sie ihre Gedanken nicht mit ihrer Freundin teilen konnte, denn dafür würde sie kein Verständnis aufbringen. Wenn sie über Philipp Hinkheim, den Sohn von Dr. Josef Eduard Hinkheim von der Anwaltskanzlei Hinkheim & Gielchen hätte reden wollen, wären Celine und Jana ganz Ohr gewesen. Aber jemanden wie Tim zur Sprache zu bringen, das war undenkbar.

Kapitel 6

Die Nacht brachte eine Wetterveränderung mit sich. Schon am Morgen hingen düstere Wolken am Himmel und verdeckten die Sonne. Die Luft fühlte sich feucht und schwer an. Sehr bald stieg die Temperatur an und sorgte für eine Schwüle, die früher oder später zu einem Gewitter führen würde.

»Das Wetter ist ja nicht so sexy heute«, bemerkte Julian, als er und die Jungs aus der Hütte kamen.

»Lasst mal abwarten«, meinte Michael. »Bis heute Abend ist es ja noch was hin. Und die Grillhütten sind groß genug, dass wir uns bei Regen drin ausbreiten können.«

»Wir müssen sie erstmal kriegen«, wandte Alex ein.

»Deswegen gehen wir ja jetzt vor dem Frühstück noch zur Rezeption«, entgegnete Julian, »damit wir gleich die Ersten sind, die sich anmelden.«

Die Grillhütten hatten ihnen am Abend zuvor richtig gut gefallen. Sie hatten sofort Lust bekommen, sich im Ort mit Steaks und Würstchen einzudecken und am Montagabend zu grillen. Natürlich war dazu eine Anmeldung im Organisationsbüro neben der Rezeption nötig, und das war am Sonntagabend nicht mehr besetzt. Deshalb beeilten sie sich nun, um frühzeitig dort zu sein.

»Leute«, schlug Tim vorsichtig vor, »wir müssen doch sicher nicht zu fünft dahingehen, oder? Wie wär's, wenn Boggy und Ditze das alleine erledigen und wir schon mal zur Kantine vorgehen?«

»Seh ich auch so«, stimmte Michael zu.

Julian und Alex hatten nichts dagegen einzuwenden. Sie gingen hinunter zur Shuttle-Haltestelle, während Tim, Michael und Damian den Weg zum Gemeinschaftshaus einschlugen.

Michael stiefelte mit großen Schritten in Richtung Futterstelle. Schlafen macht hungrig, war sein Motto. Damian und Tim folgten ihm durch die große Doppeltür des Gemeinschaftshauses, die er mit seinen Bärenkräften weit aufstieß.

An der Essensausgabe angekommen nahm sich wieder jeder ein Tablett. Dann folgte das geduldige Warten, bis man an den Speisen vorbeikam und sich die Portionen seiner Wahl herausnehmen konnte. Die Wartezeit verbrachte Tim damit, sich in dem großen Speiseraum umzusehen und zu beobachten, wer sich von denen, die er kannte, schon alles eingefunden hatte.

›Was haben die nur an diesen weißen Kostümen gefressen?‹, wunderte sich Tim, als er Jana und Celine erblickte, die sich gerade an einem der Tische niederließen. Die nächste Frage, die ihm durch den Kopf schoss, war: ›Gehen die nicht ein, wenn man sie getrennt hält? Wo haben sie Anna gelassen?‹

Instinktiv sah Tim sich um. Hinter ihm hatten sich in der Zwischenzeit zwei Mädchen angestellt. Tim schaute wieder nach vorne, um zu sehen, wie weit die Schlange vorangekommen war. Da hörte er das Knarren der inneren Türen des Windfangs und das Klackern von hochhackigen Pumps. Er sah zur Tür und erblickte Anna, die auf ihn zukam. Ein drittes Mädchen stellte sich in diesem Moment an Tims Schlange an. Dann erst erreichte Anna die Theke.

›Sieh an‹, dachte Tim spöttisch. ›Die sterben also nicht, wenn sie mal mehr als fünf Meter voneinander entfernt sind. Ist ja irre!‹

Tim drehte sich wieder nach vorne und stellte fest, dass Michael bereits seine Karte hatte scannen lassen und auf dem Weg war, ihm und seinen Kumpels einen Tisch zu sichern. Tim war nun auf Höhe der Frühstücks-Milchspeisen. Auf einem Blech standen die kleinen Glasschälchen mit Fruchtquark. Der Erdbeerquark war ohne Zweifel wesentlich beliebter als der Pfirsichquark. Zwei Schälchen Erdbeer gab's noch, der Rest war Pfirsich, und gerade jetzt langte das Mädchen hinter ihm nach vorne und nahm eine Portion Erdbeerquark an sich. Tim zögerte nicht und sicherte sich das letzte Schälchen.

Inzwischen hatte auch Damian seine Karte zurückbekommen. Er steckte sie in die Brusttasche seines Hemdes, das er offen über seinem T-Shirt trug und folgte Michael. Auch Tim händigte nun seine Karte der Bedienung am Ende der Essenstheke aus. Die Frau zog sie flink durch das Lesegerät und reichte sie Tim zurück. Als er sein Tablett aufnahm und sich wegdrehte, hörte er hinter sich, wie jemand ruhig seinen Namen rief:

»Tim?«

Mittlerweile kannte er Annas Stimme sehr gut.

›Oder so‹, dachte er und drehte sich um. Anna sah ihn direkt an.

»Wartest du bitte einmal kurz?«, fragte sie.

»Sicher«, gab Tim recht gleichgültig zurück.

Er wartete ein Stück abseits der Essenstheke. Es dauerte nicht sehr lange, bis auch Anna an der Reihe war und ihr Besuch des Frühstücksbuffets elektronisch erfasst

war. Tim beobachtete sie, wie sie langsam auf ihn zu
schritt. Das war merkwürdig, fand er. Bisher war Anna
zur Heyden eine fremde Person für ihn gewesen. Eine,
die nur außerhalb seines Dunstkreises existierte und die
er nur aus einiger Entfernung gesehen hatte. Jetzt stand
sie vor ihm, und er sah sie aus direkter Nähe. Mit ihren
weißen Stiletto-Pumps überragte sie Tim, der immerhin
eins zweiundachtzig groß war, um anderthalb Zentimeter. Zum ersten Mal nahm er Details an ihr wahr, zum
Beispiel die Stoffstruktur ihres feinen, weißen Kurzbla-
zers mit den zwei kleinen Knöpfen, die ihn am unteren
Saum geschlossen hielten, und die Marmorierung des tür-
kisfarbenen Trägertops, das sie darunter anhatte. Um den
Hals trug sie diese altmodische, goldene Kette mit groben
Gliedern und einem goldenen Herz als Anhänger. Dazu
passten ihre Ohrstecker mit weißen Opalen in goldener
Fassung. Tim sah die Haarspangen, die ihr langes schwarzes Haar fixierten, das seitlich im Bogen hochgesteckt
war und von dort aus offen und gewellt hinter ihren Rücken fiel. Und er sah ihr Gesicht. Grünbraun blickten ihn
ihre Augen an, die äußerst sorgfältig geschminkt waren.
Darüber schwangen sich mittelbreite, exakt geformte Augenbrauen, aus denen kein Härchen aus der Reihe tanzte.
Ihm fiel auf, wie ebenmäßig glatt die Haut in ihrem Gesicht war. Viel Make-up konnte sie nicht draufhaben,
denn er bemerkte ein paar wenige, ganz zarte Sommersprossen links und rechts an ihrer zierlichen Nase. Ein
winziges Grübchen blitzte links unterhalb ihres Nasen-
flügels auf, als sich ihre Lippen zu einem kurzen, grüßen-
den Lächeln öffneten. Sie war wirklich ausgesprochen
schön. Wobei Tim sich nicht sicher war, ob dieses Wort

146

Annas Erscheinung gerecht wurde. Eine junge Frau mit diesem Gesicht, so fand er, musste doch eigentlich als Supermodel unterwegs sein. Doch andererseits erschien sie ihm dazu viel zu elegant. Diese edle Körperhaltung! Sie wirkte ganz und gar nicht wie der Mädchentyp, der sich mit fünf Schichten Schminke und ein paar einstudierten Standardgesichtsausdrücken ablichten lassen würde. Ob Anna spürte, welche Wirkung sie auf ihn hatte? Tim konnte es nicht einschätzen. Gewohnt ruhig und monoton begann sie, mit ihm zu sprechen.

»Ich möchte dir nur sagen, dass ich Janas und Celines Verhalten von gestern ungebührlich fand, und, ja, ich möchte mich dafür bei dir entschuldigen.«

»Okay«, antwortete Tim bedächtig und nachdenklich, »aber sollten dann nicht eigentlich die beiden herkommen und sich entschuldigen? Du hast mir ja schließlich nichts getan.«

»Das werden sie gewiss nicht tun«, versicherte Anna. »Ich mache es an ihrer statt, weil ich es für das Richtige halte.«

›An ihrer statt‹, wiederholte Tim im Kopf.

»Das ist nett von dir, Anna«, nickte er. »Danke.«

Tim empfand durchaus Respekt für das, was Anna hier tat. Sie zeigte Größe, keine Frage. Er nahm das Schälchen Erdbeerquark, das er auf seinem Tablett hatte, in die Hand und hielt es Anna hin.

»Hier«, kommentierte er ganz entspannt seine Geste. »Den magst du doch, oder?«

Anna sah auf den Quark hinunter und lächelte. Für eine Sekunde war zu erkennen, dass sie sich sehr darüber freute. Dann aber wirkte sie ein wenig unsicher.

»Warum möchtest du mir deinen Quark überlassen?«, fragte sie.

»Na ja«, antwortete Tim lässig, »ich hab gesehen, dass du weiter hinten in der Schlange standst. Es war nur noch ein Erdbeerquark da, und die Mädels vor dir sahen aus, als würden sie auf Erdbeerquark abfahren. Also hab ich ihn quasi für dich gesichert, damit du ihn auch auf jeden Fall bekommst.«

Anna lächelte Tim überrascht an.

»Wie galant!«, freute sie sich.

Dann nahm sie das Schälchen an, wobei sie ein Bein sanft beugte und den Kopf leicht auf die Seite legte.

»Danke«, sagte sie dazu.

»Hast du gerade geknickst?«, fragte Tim sie belustigt.

»Bitte?«

»Du hast geknickst, als du den Quark genommen hast!«, behauptete Tim und lachte frech.

Wie Anna es hasste, wenn ihr das passierte! Ihre Großmutter väterlicherseits, Helene Komtess zur Heyden, hatte ihr als Kind diese altmodischen, höfischen Umgangsformen beigebracht. Sie liebte Anna, und Anna liebte sie, doch sie hatte großen Wert auf diese Dinge gelegt und besonders zur Begrüßung und zum Abschied immer auf dieses Knicksen bestanden. Anna hatte es innerhalb des sechsten Schuljahres geschafft, sich das abzugewöhnen, doch ganz selten, vor allem in Momenten leichter Unsicherheit, konnte es ihr noch passieren. Jetzt in diesem Moment war jedoch wirklich ein saublöder Zeitpunkt dafür.

»Nun«, rechtfertigte sich Anna mit einem süßen Lächeln, »ich wollte eben höflich sein. Ich nehme an, der

Quark ist dein Dankeschön dafür, dass ich gestern für dich eingetreten bin?«

»Nein, das kriegst du rein mündlich!«, widersprach Tim und sah ihr in die Augen. »Danke, dass du gestern für mich eingetreten bist.«

Anna wusste nicht darauf zu antworten. Sie sah Tim nur erstaunt lächelnd an.

»Und jetzt gehst du rüber zu deinen feigen Giftspritzen und bestellst ihnen schöne Grüße von mir«, sagte Tim mit einem frechen Gesichtsausdruck.

Annas Lächeln verringerte sich drastisch.

»Also, das war nun wirklich hässlich«, protestierte sie. »Was sie gestern getan haben, werde ich nicht zu rechtfertigen wagen, aber ich würde es sehr schätzen, wenn du dich nicht in dieser liederlichen Weise über sie äußern würdest.«

Damit trat sie einen Schritt zurück, knickste zickig, drehte sich um und stolzierte zu ihren Freundinnen hinüber.

Tim sah ihr verdutzt hinterher.

»Wa … was für Lieder? …«, stammelte er. »Ach, was auch immer …«

Dann ging er rüber zu Damian und Michael. Inzwischen waren auch Melli und Isi am Tisch eingetroffen. Mit dem Gedanken ›Irgendwie ist die ja richtig süß‹ setzte sich Tim an den Tisch.

»Trip?«

Tim bekam nicht mit, dass Isi, die ihm gegenübersaß, ihn ansprach. Er war gedanklich noch nicht am Tisch angekommen. Er dachte nicht in klaren Worten, sondern in Bildern. Bilder, die im schnellen Wechsel in seinem Kopf auftauchten: Lange, dunkle, geschwungene Augenbrauen, ein Lächeln, bei dem sich links am unteren Ende der Nasenlippenfurche ein winziges Grübchen bildete, eine makellos schöne Hand, die elegant nach einem Glasschälchen griff, und natürlich Augen, tiefe, dunkle, grünbraune Augen mit langen, schwarzen Wimpern, und ein wütendes, blond umrahmtes Gesicht mit zusammengekniffenen Lippen, das Tim langsam vor sich auftauchen sah, weil das Mädchen, zu dem es gehörte, ihm gerade unter dem Tisch ziemlich fest gegen das Schienbein getreten hatte.

»Erde an Trip!«, zischte Isi ihn an. »Erklärst du mir bitte, was du eben mit der zur Heyden zu bequatschen hattest, und vor allem, warum du deswegen dumm am grinsen bist wie ein Kater vor einem Fischladen?«

»Lass ihn, Isi«, schmunzelte Melli, die neben ihr saß und Tim anblickte. »Ich würde wirklich zu gerne wissen, was für Frauen du getroffen hast, als du unterwegs warst, hm, Trip? Auf sowas stehst du also, ja? Verwöhnte, vornehme Madamchen aus feinem Hause, richtig?«

»Blödsinn«, gab Tim zurück. »Ich hab keinen speziellen Typ, auf den ich stehe. Ich weiß nur eins, nämlich dass Anna zur Heyden nicht die Person ist, für die ihr sie haltet.«

»Hat die Eichendorf dir die Birne weichgetreten?«, disste Isi. »Anna zur Heyden ist ein widerliches Biest, und ihre zwei Rudelhündinnen auch!«

»Über Jana und Celine brauchen wir nicht zu diskutieren«, pflichtete Tim ihr bei und erklärte: »Die beiden sind dämliche Fotzen, um in der Sprache unserer Zeit zu bleiben.«

»Hör auf mit deinen blöden Filmzitaten!«, meckerte Isi. »Anna ist ganz genauso! Warum verstehen die drei sich wohl so super, he? Meine Oma hat immer gesagt: ›Sage mir, mit wem du dich abgibst, und ich sage dir, wer du bist!‹«

»Super Spruch, Isi, echt!«, konterte Tim trocken. »Ganz toll! Du übersiehst nur eins, nämlich dass Omas vom Lande die Welt gerne mal 'n bisschen gröber einteilen als sie ist!«

»Jetzt lasst Trip doch mal in Ruhe!«, rief Damian, der neben Tim saß. Er lachte dreckig und legte ihm seine Hand auf die Schulter.

»Danke, Motte«, sagte Tim und nickte ihm zu.

»Keine Ursache«, redete Damian weiter und klopfte ihm lachend auf die Schulter. »Und wenn du die zur Heyden knallen willst, dann knall sie! Das wär 'ne Trophäe, mit der du angeben könntest.«

Tim schlug Damians Hand genervt von seiner Schulter.

»Weißt du, was ich dir wünsche, Motte?«, giftete Isi Damian an. »Ich wünsch dir 'ne Ehefrau, die so eine Ätzkuh ist, dass sie dir das Leben so was von zur Hölle macht! Echt, Alter!«

»Is so!«, stimmte Melli zu.

»Warum hast du so lange mit dem geredet?«, wollte Jana von Anna wissen, die ihr Tablett auf dem Tisch abstellte und sich hinsetzte.

»Ich musste ja schließlich irgendwie gut Wetter machen«, antwortete Anna kühl, »nach eurer Aktion von gestern Mittag.«

»Aber so lange?«, warf Celine ein. »Worüber hast du mit dem noch geredet?«

»Über nichts weiter«, gab Anna ihr seelenruhig zurück. »Ein wenig Smalltalk gehört nun einmal dazu. Man ist ja höflich.«

»Sehr distanziert hat das aber nicht ausgesehen«, bemerkte Jana spitz. »Für mein Empfinden bist du etwas zu freundlich zu ihm gewesen.«

»Das kann ich mir vorstellen, Jana«, antwortete Anna ihr ebenso spitzzüngig, »aber du musst wissen: Die meisten Menschen empfinden es nicht als übertriebene Freundlichkeit, wenn man darauf verzichtet, ihnen ins Gesicht zu treten.«

»Ich glaube, das ist nicht das, was Jana meint«, entgegnete Celine.

»Genau!«, bekräftigte Jana.

»Du warst nicht wirklich abweisend zu ihm«, fügte Celine hinzu. »Man hatte so ein bisschen den Eindruck, dass du etwas für ihn übrig hast.«

»Und das geht ja mal gar nicht!«, urteilte Jana.

»Alleine schon, den Quark von ihm anzunehmen«, ätzte Celine schnippisch. »Ich hätte mich umgedreht und wäre gegangen.«

»Unsinn«, widersprach Anna. »Es war der letzte Erdbeerquark, und den wollte ich haben. Basta. Und als er sich despektierlich über euch geäußert hat, habe ich ihn zurechtgewiesen und bin gegangen.«

»Ach, hat er das?«, zickte Jana. »Seht ihr? Ich hab ja gleich gesagt, dass er ein Asi ist. Tja, da muss ich mich ja wirklich mal loben für meine hervorragende Menschenkenntnis.«

»Da hast du's, Anna!«, schob Celine hinterher. »Ich schlage vor, du hörst auf, dich mit ihm abzugeben, bevor es noch richtig peinlich für uns wird.«

Anna lächelte Celine schnippisch an und nahm demonstrativ das Schälchen Erdbeerquark in die Hand.

»Ich habe nicht die Absicht«, stellte sie klar, was von Celine mit einem kurz angebundenen »Gut.« quittiert wurde.

»Scheiß Neuigkeiten, Leute!«, rief Alex, der gerade mit Julian vom Organisationsbüro zurückkam. »Die Grillhütten sind heute Abend alle belegt.«

»Och, blöd!«, lamentierte Isi. »Das wär so toll gewesen!«

Alex und Julian setzten sich.

»Ja«, sagte Julian, »aber wir können noch eine Hütte für Donnerstagabend bekommen.«

»Hey!«, freute sich Michael. »Dann können wir da nach der Schatzsuche schön feiern!«

»Wie geil!«, stimmte Melli ein. »Und? Habt ihr sie gebucht?«

»Nee, Melli«, höhnte Alex. »Wir haben gesagt: ›Wir überlegen uns das noch, fragen Sie erstmal die fünfzehn anderen, die hinter uns stehen!‹«

»Ja, Mensch«, hielt Melli dagegen, »davon bin ich ja ausgegangen! Ich wollte nur absichern, dass alles geklärt ist.«

»Ach, da ist Hermann!«, rief Julian. »Ich glaub, der sucht uns … Hermann! … Hier!«.

Hermann war in der Tür aufgetaucht und blickte sich suchend um. Als er Julian erspähte, winkte er kurz und kam eilig zu ihnen herüber.

»Na, Hermann!«, rief Damian. »Auch Hunger?«

»Im Augenblick nicht, Danke«, lehnte Hermann höflich ab. »Sagt mal, kann ich euch kurz sprechen?«

»Klar, logisch!«, versicherte Michael. »Setz dich, Hermann!«

Hermann nahm Platz und kam auch schnell zur Sache.

»Die haben ja hier den Kletterpark, wie ihr wisst«, begann er, und die Jungs nickten. »Nun ist es aber leider so, dass knapp die Hälfte von unseren Leuten da übermäßig angstvoll sind und lieber am Fluss baden wollen. Deswegen hab ich in den nächsten Tagen immer zwei Gruppen; die eine im Kletterpark, die andere unten am Fluss, und wahrscheinlich werden sie sich auch noch auf beide Badeplätze stürzen.«

»Und jetzt brauchst du Hilfe bei der Aufsicht«, stellte Damian fest. »Kein Thema, Hermann, ich bin dabei!«

»Ich auch«, schloss Tim sich an.

Julian, Alex und Michael meldeten sich ebenfalls sofort freiwillig.

»Klasse, Jungs!«, rief Hermann erleichtert. »Schön, dass ich mich immer auf euch verlassen kann.«

»Nix zu danken«, sagte Damian. »Genau dafür sind wir hier.«

»Danke«, freute sich Hermann, und er erläuterte seinen Plan, den er in seiner Mappe mitgebracht hatte: »Ich hab das mal zusammengestellt. Ihr würdet euch dabei abwechseln. Tim, demnach wärst du dann heute Vormittag am Hauptbadeufer mit der Aufsicht dran und Damian im Overflowbereich. Heute Nachmittag dann Julian bei Haupt und Alex bei Overflow.«

»Geht klar.«

»Für morgen Vormittag dann Michael Haupt und Damian, du wieder Overflow?«

»Ist kein Problem«, meinte Damian. »Am Overflow ist nie so viel los, das wird locker.«

»Ausgezeichnet«, lobte Hermann seine Jungs und fuhr dann fort: »Am Nachmittag hab ich dann wieder Julian für Haupt vorgesehen und, ja, Alex, du dann für Overflow.«

»Bestätigt«, gab Alex kurz zurück.

»So, ja«, sagte Hermann, »dann noch der Mittwochvormittag. Mittwochnachmittag habt ihr frei, das bieg ich dementsprechend hin, aber für den Vormittag bräuchte ich dann noch zwei Freiwillige.«

»Alles klar«, meldete sich Tim. »Ich nehm freiwillig das Hauptufer.«

»Jo, und ich wieder den Overflowbereich«, schloss sich Damian an.

»Super«, bestätigte Hermann und ging mit seinem Kuli den Wochenplan in seiner Mappe abschließend durch. »Das klappt ja dann wunderbar. Donnerstag ist die Schatzsuche, da sind eh alle unterwegs, und Freitag geht's zurück nach Hause. Perfekt! Danke, Leute!«

Damit klappte Hermann die Mappe zu und erhob sich von seinem Stuhl.

»Für Hermann ist das ja voll der Stress«, stellte Julian fest, als Hermann gegangen war.

»Schon«, meinte Damian, »aber er geht total darin auf. Merkt man auch. Alles läuft tipptopp bei ihm.«

»Dann wollen wir auch mal, was?«, rief Tim und schlug die Hände auf die Schenkel. Damian nickte, und schon standen beide auf und machten sich auf den Weg zum

Linsterufer und den Badebereichen, um ihren Dienst anzutreten.

Die Wolken hatten sich inzwischen etwas gelichtet,
doch von einem klaren Tag konnte man nicht sprechen.
Eine milchig-weiße Schicht bedeckte den Himmel, durch
den die Sonne nur irgendwie verschmiert zu sehen war.
Und es war schwülwarm. Das Baden im Fluss war jetzt
genau das Richtige für die Jugendlichen.

Tim sah den Badebereich zum ersten Mal aus der
Nähe. Eine Handvoll Kinder planschten im Fluss in der
Nähe des Ufers. Etwa fünfzehn Meter hinter ihnen, in
der Mitte der Linster, war zu erkennen, dass das Wasser
dort viel schneller floss als in Ufernähe. Tim wusste, dass
er die Kinder nicht bis dorthin hinauslassen durfte.

An der rechten Seite des Badebereichs führte vom Ufer
aus ein zehn Meter langer, hölzerner Steg von anderthalb
Metern Breite auf den Fluss hinaus. Das war ein beliebter
Platz. Zum einen war es schön, darauf zu sitzen. Zum
anderen war er praktisch, weil man sich beim Hinauswa-
ten ins Wasser gut an dem Steg festhalten konnte, wenn
man noch etwas unsicher war und die zur Flussmitte hin
stärker werdende Strömung austesten wollte. Sehr tief
war das Wasser jedoch nicht. Bis zum Ende des Steges
erhöhte sich der Wasserstand gerade einmal auf einen
Meter zwanzig.

Der Liegebereich war kurz gemäht, nicht ganz wie ein
Englischer Rasen, aber doch sehr kurz. Das Gras war saf-
tig grün. Ein paar vereinzelte Eichen säumten das Ufer
der Linster in einem Abstand von etwa sieben bis acht
Metern. Eine von ihnen war ein besonders knorriger,

krumm gewachsener Baum mit einem Seitenast, der in etwa einem Meter Höhe diagonal aus dem Stamm herausragte und so stark war, dass er einen Mann tragen konnte.

›Wie cool‹, dachte Tim. ›Das wär doch ein schöner Beobachtungsposten.‹

Er sprang mit dem Hintern auf den Ast und legte sich so zurück, dass seine Füße zum Stamm zeigten und er seine Arme hinter den Kopf hielt, sodass diese auf der Astgabel lagen, die am oberen Ende aus dem dicken Ast hervorging. Aus dieser Position heraus hatte Tim den Badebereich vollständig im Blick. Nur die Liegewiese konnte er nicht überschauen, aber das war zweitrangig, denn von dort würde ja keine Gefahr ausgehen. Wichtig war, die Vorgänge im Wasser im Auge zu behalten.

Derart bequem im Baum zu sitzen war aber gleichzeitig so gemütlich, dass Tim befürchtete, möglicherweise früher oder später einzuschlafen. Er musste zusehen, dass er sich mit irgendetwas wachhielt. Nicht auszudenken, wenn er hier während seiner Aufsicht wegpennen würde.

»Hey!«

Zwei fröhliche Mädchenstimmen, eine von links und eine von rechts, tönten Tim in die Ohren. Eine Sekunde später standen die beiden Mädels auch schon zu beiden Seiten neben ihm und strahlten ihn an. Die Linke blond mit Zahnspange, die rechte rotbraun mit weißen Kreolen.

»Ach, ihr!«, grüßte Tim sie. »Hey! Wie geht's euch?«

»Gut!«, antworteten sie zusammen und kicherten, wobei sie beide ihre Hände vor dem Bauch zusammenhielten und ihre Schultern hin und her schwenkten. Tim sah beide kurz an. Jede von ihnen war mit einem Bikini bekleidet. Pia trug ihren gelben Zweiteiler mit großen Sonnenblumenmotiven. Anna-Lenas Bikini war grasgrün mit kleinen Gänseblümchen drauf. Die beiden wollten nun ihre Wirkung testen. Tim tat ihnen den Gefallen.

»Süß seht ihr aus«, bemerkte er wie beiläufig.

»Danke!«, kicherten sie.

Die Schultern der Mädchen hoben sich höher, und das Schwenken verstärkte sich.

»Was ist los mit euch?«, fragte Tim, um das zu unterbinden. »Was wollt ihr von mir, ihr Krümel?«

Es wirkte. Die Mädchen hörten auf herumzuzappeln.

»Nichts«, antwortete Pia.

»Wir wollten nur ›Hallo‹ sagen«, ergänzte Anna-Lena.

»Na, dann macht das!«, forderte er sie scherzhaft auf und grinste.

»Haben wir doch gerade!«, meinte Anna-Lena.

»Nein«, gab Tim zurück, »ihr habt ›Hey‹ gesagt.«

»Ist doch dasselbe«, winkte Anna-Lena ab. »Obwohl, früher hat man ›Hallo‹ gesagt. Heute sagt man ›Hey‹. Meine Mutter sagt immer ›Hi‹, aber irgendwie ist das total out und klingt dämlich. Das sagen nur alte Leute. Aber ich glaub ›Hallo‹ ist noch älter als ›Hi‹. Ach, keine Ahnung. Na, jedenfalls gibt's noch ›Ey‹. So ›Ey Alter‹, das sagen aber, glaub ich, nur Leute, die meinen, dass sie mega die coolen Typen sind, und dann …«

»Eeeey!«, rief Tim. Anna-Lena hörte auf zu reden.

»Danke«, schob er daraufhin nach.

»Schaut mal, Mädels«, schlug Tim als nächstes vor, »da drüben sitzen ein paar Jungs, die ihr möglicherweise süß findet. Wie wär's, wenn ihr die volldröhnt und den alten Trip hier einfach aufpassen lasst, dass keiner absäuft?«

»Nee«, wehrte Pia ab, »das sind nur dumme Kinder.«

»Die sind so alt wie ihr!«, entgegnete Tim ihr.

»Die sind trotzdem total kindisch«, beharrte Pia.

»Die Jungs in unserem Alter sind alle scheiße«, stellte Anna-Lena fest.

»Tja«, bemerkte Tim trocken. »Ich verstehe, dass das ein Problem für euch ist. Wo ihr doch schon so erwachsene Frauen seid.«

Pia zog Tim eine Schnute.

»Anna ist auch erst sechzehn, weißt du das?«, stellte sie klar.

»Was hat das mit der zu tun?«, wollte Tim verwundert wissen.

»Weil du die magst«, sagte Pia leise und bedrückt.

»Wie kommst du darauf?«, fragte Tim.

»Die ist total asi zu dir, und du, du redest mit der, und die lacht dich an, und du lachst zurück«, fasste Pia die Geschehnisse zusammen.

»Findest du Anna hübsch?«, fragte Anna-Lena Tim.

»Ja, hübsch ist die schon«, gab Tim zu.

»Siehst du«, schmollte Pia, »und wenn Leute sich mögen und hübsch finden, dann verlieben sie sich irgendwann.«

»Ich fürchte«, wandte Tim nachdenklich ein, »dass da noch eine Menge mehr dazugehört, Pia.«

Pia und Anna-Lena tauschten einen Blick aus.

»Wir probieren dann mal das Wasser aus«, beschloss Anna-Lena. »Bis dann!«

»Bis dann«, verabschiedete sich auch Pia.

»Bis dann, Mädels!«, rief Tim ihnen nach. Die Mädchen hatten ihn einigermaßen gedankenvoll zurückgelassen. Er und Anna? Absurd. Ja, sie war hübsch. Bildhübsch. Und wenn ihn seine Menschenkenntnis nicht täuschte, war sie sogar nett. Zumindest deutlich netter, als Melli und Isi sie darstellten. Doch was bedeutete das alles schon? Selbst, wenn ihm das Kunststück gelingen würde, den Segen ihrer Freundinnen zu gewinnen, wie hätte das denn überhaupt funktionieren sollen? Er driftete gedanklich in alte Klischees ab und sah Anna mit einem Riechfläschchen in seinem alten, dreckigen Jeep sitzen. Na gut, dreckig war der nicht, aber Anna würde doch nicht in weniger als einen weißen Mercedes einsteigen. Die Welt der Reichen war ihm fremd. Vor seinem geistigen Auge sah er sich selbst mit zehn Prada-Tüten in den Armen auf einer Shopping-Tour hinter Anna herwatscheln. Womöglich in Paris. Nein, Danke.

Tim schüttelte den Gedanken ab und konzentrierte sich auf seine Aufgabe, auf die Jugendlichen am Fluss aufzupassen.

Am frühen Abend, nachdem die Jungs im Speiseraum gegessen hatten, machten sie es sich in ihrer Hütte gemütlich. Julian fiel auf, wie abwesend Tim, der im Sitzen die Füße auf einer der Fensterbänke gelegt hatte, wirkte.

»Hey, Trip!«, rief er seinem Kumpel zu. Doch der gab keine Antwort. Er warf sein Handy auf die Fensterbank, neben seine Füße. Es prallte vom Fensterrahmen ab und drehte sich dann einige Sekunden mit leuchtendem Display um sich selbst.

»Stimmt was nicht?«, fragte nun auch Alex. Tim aber strich sich nur mit der flachen Hand übers Gesicht.

»Trip ist gerade nicht bei uns«, stellte Damian flapsig fest. »Der liegt gerade mit der zur Heyden in der Kiste.«

»Alter, du musst die vergessen!«, schloss Michael sich an. »Wenn nicht, wird das 'ne spektakuläre Bauchlandung. Wir sagen das nicht, um dich zu verarschen, ehrlich.«

»Könnt ihr mir 'nen Riesengefallen tun und einfach damit aufhören?«, raunte Tim bärbeißig.

»Also, für den Fall, dass es dich wirklich erwischt hat«, sprach Julian behutsam, »muss ich Motte und Hawkens leider recht geben, Trip. Eine wie die wird nie was mit einem aus unserer Liga anfangen. Dafür ist solchen Leuten ihr Ruf einfach zu wichtig. Unter ihresgleichen, mein ich.«

»Das weiß ich auch«, ranzte Tim dazwischen.

»Rein unter uns Jungs«, fuhr Julian fort. »Ich glaub, hier kann dich jeder verstehen. Ich wüsste jetzt auch nicht, wo jemals 'ne heißere Alte rumgelaufen ist, aber es ist wirklich aussichtslos. Du erlebst es doch jeden Tag, wie die uns schneidet.«

»Leute«, bat Tim noch einmal, »gebt euch endlich. Ich wünschte, meine einzige Sorge wär es, irgend'ne High-Society-Schnitte klarzumachen.«

»Was beschäftigt dich denn sonst noch?«, fragte Julian.

»Außer der zur Heyden«, neckte Damian weiter. Tim, der schon Luft geholt hatte, um Julian zu antworten, nahm seine Füße von der Fensterbank, erhob sich aus seinem Stuhl und griff nach seinem Handy.

»Lasst mich für heute einfach in Ruhe«, brummte er und verschwand mit großen Schritten die Treppe hinauf nach oben in den Schlafraum.

»Florian!«, dröhnte die erboste Stimme eines erwachsenen Mannes durch die Nachbarschaft. Ein schmächtiger, blonder Zehnjähriger hatte sich in einem Gebüsch hinter dem morschen, zerbrochenen Jägerzaun auf den Boden gesetzt und umklammerte mit beiden Armen seine angezogenen Beine. Mit gebleckten Zähnen, schwer atmend, lauschte er auf die Stimmen, die aus dem Haus schallten.

»Florian! … Verdammt nochmal, gib Antwort, wenn ich dich rufe!«

»Was ist denn?«

»Warst du in der Küche?«

»Nein, Papa.«

»Sag die Wahrheit! Ist die Schweinerei von dir?«

»Nein, Papa. Ich mach doch Hausaufgaben. Die ganze Zeit schon. Wenn irgendjemand Schweinerei gemacht hat, dann kann nur er das gewesen sein.«

Der Junge im Busch kniff die Augen zusammen. Er zitterte. Er hatte vor einigen Minuten Hunger bekommen und beschlossen, sich ein Nutellabrot zu schmieren. Währenddessen hatten seine Eltern lautstark im Wohnzimmer gestritten. Plötzlich war eine Tür heftig zugeschlagen worden. Das hatte ihn so sehr erschreckt, dass er das frisch angebrochene Glas mit der Nuss-Nougat-Creme von der Anrichte gestoßen hatte, und das war im nächsten Moment auf dem Fliesenboden aufgeschlagen und zersplittert.

»Wo steckt dein nichtsnutziger Bruder?«

»Ich weiß nicht, Papa.«

Da mischte sich die Stimme der Mutter in das Geschrei.

»Der hockt doch bestimmt wieder im Gestrüpp!«

Noch immer verfolgte der Junge im Busch in seiner eingekauerten Haltung die Stimmen, die, so konnte er an der gestiegenen Lautstärke erkennen, nun von drinnen nach draußen gewechselt hatten.

»Wenn ich den Saukerl in die Finger kriege!«

»Da, Papa! Da sitzt er!«

»Gut gemacht, Jung. Jetzt geh wieder rein und mach deine Aufgaben.«

Der Junge im Gebüsch, hinter dem gebrochenen Jägerzaun, begann heftig zu atmen. Noch einmal sah er sich in seiner Umgebung um. Vor ihm lag ein Modellflugzeug mit Gummizugmotor. Es war sein Lieblingsspielzeug, ein Hochdecker mit einem roten Rumpf aus Weichkunststoff. Die Tragflächen und Höhenleitwerke waren aus weißem Styropor, und ganz vorne saß ein großer, gelber Zweiblattpropeller, durch den der Gummi im Inneren des Flugspiels aufgezogen werden konnte. Die Tragflächen waren schon recht schmutzig und zeigten kleine Scharten von unzähligen Kollisionen mit Ästen und Hauskanten. Wie toll es flog, wenn er es in die Luft warf. Einmal, da hatte es bei der Landung auf der Straße sogar richtig mit seinem Fahrwerk aufgesetzt. Nun hob er es mit der linken Hand auf und drückte es an sich. Da war es ihm plötzlich, als legte sich ein schwerer Schraubstock um seinen rechten Oberarm. Es riss ihn aus dem Strauch und über die Spitzen des Jägerzauns hinweg. Er war außerstande, sich umzusehen. Er sah nur das Flugzeug, das er am hinteren Rumpfende umfasst hielt. Eine große

Hand ergriff den Bug des Flugspiels und zog an ihm. Der Junge versuchte, dagegenzuhalten, doch schließlich wurde ihm das Heck des Fliegers durch die Faust gerissen. Er sah noch, wie die beiden Höhenleitwerke abrissen und durch die Luft wirbelten, dann verschwamm das Bild vor seinen Augen. In seiner Verzweiflung schluchzte und schrie er.

»Papa! Ich war das nicht extra! … Ehrlich! Ich wollte das nicht! … Bitte nicht, Papa! … Bitte nicht!«

Die Terrassentür schlug mit einem Knall zu. Nur das Wehgeschrei des Jungen drang gedämpft nach draußen. Auf den umliegenden Grundstücken war es still.

– – –

Mit einem lauten Aufschrei schreckte Tim auf. Er saß senkrecht im Bett. Sein Herz pochte bis zum Hals. Schwer atmend strich er sein nasses Haar zurück. Er tastete im Dunkeln nach seinem Handy. Es war Dienstagmorgen, kurz nach drei Uhr.

»Trip?«, hörte er Alex' Stimme aus einem der übrigen Betten.

»Alles okay, Ditze«, versicherte Tim leise mit rauer Stimme. »Hab nur wieder von meinem Alten geträumt.«

In der Dunkelheit hörte Alex, wie Tim barfuß an ihm vorbeitapste und dann die Treppe hinabstieg. Kurz darauf strahlte ein schwacher Lichtschein durch das Treppenloch nach oben. Das kratzende Geräusch eines Stuhls, der auf dem Boden verrückt wurde, folgte.

164

Alex schlug seine Bettdecke auf und ging leise zu einem anderen Bett.

»Boggy!«, zischte er scharf, während er seinen Kumpel rüttelte. »Boggy!«

Langsam begann Julian leise zu murren. Alex rüttelte ihn weiter an der Schulter.

»Was ist denn?«, grunzte Julian schlaftrunken.

»Komm mit runter«, flüsterte Alex. »Trip geht's mies.«

Julian und Alex trafen Tim am Tisch sitzend im Erdgeschoss ihrer Hütte an. Sie setzten sich ihm gegenüber dazu.

»Was ist denn los, Trip?«, begann Alex.

»Das kann nun wirklich nicht wegen Anna zur Heyden sein«, fügte Julian hinzu.

»Auch schon gemerkt?«, brummte Tim und warf den beiden sein Handy zu. Alex fing es mit beiden Händen ab und drehte es so, dass es in lesbarer Position vor ihnen lag. Das Display war an und ein WhatsApp-Chat geöffnet. Ganz oben stand »Florian Richthof«, und darunter:

> Tja, da hast du's. Ich habe rausgefunden, wo du dich aufhältst. Papa macht sich morgen früh direkt auf den Weg zu dir. Viel Spaß!

> Du warst schon immer ein dreckiger Bruderverräter ...

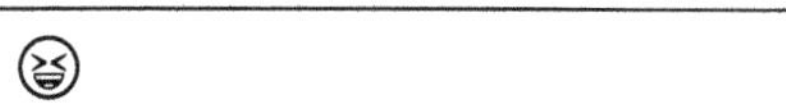

»Fuck!«, hauchte Alex mit großen Augen, und Julian stammelte: »Aber … Warum hast du uns das nicht gestern Abend schon gezeigt?«

»Ging nicht«, antwortete Tim. »Motte und Hawkens sind prima Kerle, aber jedes halbwegs ernsthafte Gespräch führt bei ihnen immer zuerst über dumme Witze, und das kann ich gerade einfach nicht brauchen.«

»Klar, versteh ich«, hauchte Julian. »Was machen wir denn jetzt?«

»Ich hab mir was überlegt«, sprach Tim. »Aber ihr müsst mitmachen. Ihr müsst auf mich aufpassen. Ich hab nämlich 'ne scheiß Angst.«

Wortlos nickten Julian und Alex. Und so begann Tim mit seinen Ausführungen.

»Ich kenn meinen Alten. Wahrscheinlich richtet er es nach seiner Schicht ein. Und wenn sich da nicht viel geändert hat, steht der hier ganz früh auf der Matte. Ich will auf keinen Fall, dass irgendjemand mitkriegt, wie der sich aufführt, damit die Sache kein schlechtes Licht auf Hermann wirft, klar?«

»Klar, logo«, antwortete Alex. Tim nickte die Zusicherung ab und fuhr fort.

»Während alles beim Frühstück sitzt, flitz ich hoch in die Fitnesshalle. Ich werd versuchen, mich vor dem Auftauchen von meinem Alten schon am Sandsack abzuarbeiten, damit ich einigermaßen cool bin. Eure Aufgabe ist es, ihn noch vor der Rezeption abzufangen und zu mir hoch zu schicken. Sorgt dafür, dass wir allein sind. Und bleibt im Treppenhaus, okay? Alles kapiert?«

»Alles kapiert!«

»Boggy?«

»Gecheckt.«

»Gut. Dann haut euch wieder hin. Ich werd auch versuchen, noch 'ne Runde zu pennen.«

»Irgendwas ist im Busch bei den Hannessen«, sprach Jana an einem der Tische im Speiseraum. Es war nicht nötig zu flüstern oder in irgendeiner Weise bemüht zu sein, nicht gehört zu werden, denn es war richtig was los. Die Frequentierung des Frühstücksbuffets war auf dem Höhepunkt, und das allgemeine Raunen und Klappern verhinderte, dass Janas Worte drei Tische weiter zu vernehmen waren.

»Sieht mir ganz danach aus«, schloss Celine sich an. »Von den Typen sind nur Rübezahl und Affenkopf da. Und wer fehlt? Der Ober-Asi, Mister Billigblouson und der Karatezwerg. Genau die, die uns eben hektisch über den Weg gelaufen sind.«

»Ja!«, klinkte Jana sich wieder ins Gespräch. »Und was sollte das? Was fällt dem Asi ein, ›hey Anna‹ zu sagen? Ich hab's ja gleich gewusst. Es war ein Fehler, dass du mit dem geredet hast, Anna. Jetzt bildet der sich sonst was ein. Gut, dass du ihn diesmal ignoriert hast!«

»Dementgegen finde ich es durchaus bemerkenswert«, antwortete Anna mit einem süffisanten Ton, »wie viel Energie du und Line für die Beobachtung von Tims Freundeskreis aufbringt.«

»Wir halten nur unsere Rücken frei«, erklärte Celine. »Man weiß ja nie.«

»Aha?«, schmunzelte Anna. »Und zu eurem Selbstschutz ist es erforderlich, dass ihr euch diese schillernden Spottnamen einfallen lasst?«

»Ja und?«, begehrte Jana auf. »Das ist jawohl unser gutes Recht, wenn man bedenkt, wie sie uns hinterrücks nennen.«

Gewohnt geräuschlos setzte Anna ihre Tasse ab und nahm einen Teelöffel auf. Mit der anderen Hand griff sie anmutig nach ihrem Schälchen Erdbeerquark.

»Dann liegt es ganz in eurer Absicht, sich mit ihnen gemein zu machen, indem ihr es ihnen gleichtut?«

Jana und Celine sahen sich erstmal wortlos an. Sie verschränkten nacheinander die Arme vor der Brust, sodass ihre weißen Blazer und die königsblauen Tops kräftige Falten warfen. Schließlich ergriff Celine das Wort.

»Sag mal, Anna, willst du uns in den Rücken fallen?«

»Ganz und gar nicht«, entgegnete Anna sofort, doch nicht weniger ruhig. »Ich erinnere mich bloß daran, dass wir einst beschlossen haben, würdevoll über den Dingen zu stehen. Ich würde es gerne sehen, dass ihr euch darauf besinnt.«

Celine und Jana pressten die Lippen aufeinander und schwiegen. Doch nicht für lange. Isi hatte Lust auf einen Nachschlag und ging mit ihrem Tablett zwischen den Tischen hindurch in Richtung Essensausgabe.

»Da kommt Straßenköterchen!«, zischte Jana. »Quetschen wir sie aus!«

Sie versuchte, die vorbeieilende Isi am Ärmel zu zupfen.

»Hey, Straßenköterchen, warte mal!«

Isi wandte sich schnell genug ab. Sie blieb stehen.

»Pack mich nicht an!«, giftete sie Jana an. Ihr Körper zuckte schon, um weiterzugehen. Da rief Celine: »Jetzt warte doch mal, Krüger! Wir wollen dich nur was fragen.«

»Was immer es ist«, zischte Isi, »es geht euch schon mal gar nix an.«

Wieder wollte Isi sich abwenden, und wieder hielten Celines Worte sie zurück.

»Das sehen wir anders. Wir brauchen nur zur Parkleitung zu gehen und zu verstehen zu geben, dass wir über euer mysteriöses Verhalten besorgt sind. Dann werden die einen Blick auf das Strafregister eurer Freunde werfen, und schon könnt ihr alle eure Koffer packen. Einschließlich eurem Leiter.«

»Klasse, Line!«, freute Jana sich hämisch.

»Oh, Mann«, stöhnte Isi, und dann schnauzte sie: »Dann fragt halt!«

»Wir wollen von dir wissen«, führte Celine aus, »was eure zwielichtigen Freunde im Schilde führen. Wir haben sie vorhin noch vorm Haus rumlungern sehen, und vorhin ist euer Knacki die Treppen hochgegangen. Also, raus mit der Sprache! Oder wir melden euch.«

»Niemand von ihnen hat was Kriminelles vor«, widersprach Isi. »Es geht um eine private Angelegenheit von Tim. Eine Familienangelegenheit.«

»Familienangelegenheit?«, spöttelte Celine. »So heißt das bei der Mafia auch immer.«

»Ihr spinnt doch!«, blaffte Isi. Ihr Blick fiel auf Anna, die in aller Gemütsruhe Erdbeerquark aß.

»Wenigstens du hältst mal die Klappe. Immerhin.«

Anna legte ihren Löffel ab und tupfte sich zart ihre Mundwinkel mit einer Serviette ab.

»Weshalb sollte ich etwas dazu sagen?«, begann sie. »Sämtliche bislang getroffenen Aussagen basieren auf Spekulationen, beziehungsweise auf halbherzigen

Äußerungen wie in deinem Fall. Am Ende bleibt alles möglich.«

Isi schüttelte verständnislos den Kopf.

»Glaubt ihr wirklich, unser Leiter würde den Jungs so vertrauen, wenn sie so schlimm wären wie ihr andauernd behauptet?«

Anna akzeptierte diese Aussage mit einem Kopfnicken.

»Gewiss. Herr Dechant steht in dem Ruf, ausgesprochen gute Arbeit zu leisten. Die Leute sprechen durchaus löblich von ihm. Allein, auch er ist nicht davor gefeit, getäuscht zu werden.«

»Er kennt die Jungs seit Jahren!«, schrie Isi Anna ins Gesicht. »Besser als irgendjemand sonst! Und auf jeden Fall hunderttausendmal besser als du!«

»So verstehe doch, Isabel«, sprach Anna nachdrücklich. »Ich versuche dir zu verdeutlichen, dass deine Zurückhaltung uns in Unsicherheit über die Hergänge lässt, die wir heute Morgen beobachtet haben.«

»Das ist mir doch Latte!«, knallte Isi ihr hin. »Glaubt doch was ihr wollt!«

»Offensichtlich bleibt uns keine andere Möglichkeit«, schloss Anna nüchtern. Isi blickte sie mit zu Schlitzen geschlossenen Lidern an und knurrte: »Ich würde dir so gerne die Augen auskratzen.«

Damit wandte sie sich nun endlich ab und stampfte energisch davon.

»Wir müssen was unternehmen, Anna!«, drängte Jana.

»Sie hat uns nicht die Wahrheit gesagt«, fügte Celine hinzu. »So viel ist sicher. Noch können wir was verhindern.«

»Solange wir keine eindeutigen Beweise haben«, entschied Anna, »werden wir davon absehen.«

»Beweise?« krähte Jana. »Die liegen doch ganz klar vor! Wie nervös die waren! Dann das Getuschel vor dem Eingang. Und dass die Krüger nichts verraten wollte, war ja wohl eindeutig. Wie viele Beweise brauchst du noch?«

»Schluss jetzt!«, bestimmte Anna. Ihr Ton blieb völlig unaufgeregt. »Denkt nur, wie sehr wir uns blamieren würden, sollten ihre Absichten lauter sein. Wir würden ohne Zweifel zum Gespött des Parkes, und dies mindestens für die Dauer unseres Aufenthaltes.«

Tim hatte sich die Hände nicht bandagiert. Er hatte auch keine Boxhandschuhe übergestreift. Er tänzelte sanft um den Sandsack herum und schlug von Zeit zu Zeit auf ihn ein. Seine Treffer klatschten laut in dem menschenleeren Sportraum über dem Speisesaal. Nur leise drang das Teller- und Besteckklimpern zu ihm nach oben. Die Doppeltür zum Treppenhaus stand weit offen. Die Zeit kam Tim endlos vor.

Nach einer Weile horchte er auf. Er hörte, wie schwere Schritt ansetzen, die Treppe hinaufzusteigen. Tims Magengegend fühlte sich nun besonders elend an.

Ein großgewachsener Mann um die 1,80 Meter, ungefähr 50 Jahre alt, blieb in der Tür zum Sportraum stehen und stemmte die Arme in die Hüften, während er Tim mit einem grimmigen Gesicht ansah. Er hatte einen athletischen Körperbau, einen V-förmigen Oberkörper, und unter seinem roten, hell karierten Flanellhemd konnte man eine Muskulatur erahnen, die von täglicher körperlicher Arbeit herrührte. Tim sah nur kurz zu ihm hin, dann richtete er den Blick wieder auf den Sandsack, dem er nun zwei schwache Faustschläge angedeihen ließ.

»Hier steckst du also«, raunte Herr Richthof, und seine Stimme war voller Ächtung. Tim sagte immer noch nichts, sondern konzentrierte sich auf den Sandsack. Er führte eine kurze Schlagkombination aus.

»Guck mich an, du Drecksack!«, knurrte Herr Richthof. Tim tat ihm den Gefallen. Durch das enganliegende, weiße T-Shirt musste sein Vater erkennen können, dass sein Sohn ebenfalls von stattlicher Erscheinung war. Beide wirkten sie nicht wie Bodybuilder, denn die Beanspruchung, die zu ihrem jeweiligen Muskelaufbau geführt hatte, war eben nicht durch sportliche Betätigung und gezieltes Training erfolgt.

Der Vater musterte seinen Sohn. Tim blickte zurück und begann schließlich zu sprechen.

»Ich möcht gern was von dir wissen.«

»Ich bin nicht hier, um groß was zu sagen«, brummte der Vater, »sondern um dich mitzuholen.«

»Ist keine große Sache«, erwiderte Tim. »Du musst gar nicht reden. Auch nicht denken.«

Tims letzter Satz klang recht sarkastisch. Herr Richthof verschränkte großspurig die Arme vor der Brust und höhnte: »Was willst du von mir wissen?«

Tim deutete auf die gegenüberliegende Wand, zu einem rechteckigen Gerät, dass dort angebracht war. Es enthielt einen metallenen Rahmen mit einer dreistelligen Digitalanzeige, unter der ein quadratisches Lederkissen angeordnet war.

»Die haben hier einen überraschend guten Schlagkraftmesser. Schon ziemlich professionell. Die Anzeige geht bis 500 Kilogramm. Ich würde gerne wissen, wie hart dein Schlag ist.«

»Wieso?«, dröhnte Herr Richthof.

»Einfach so«, antwortete Tim mit angestrengter Gelassenheit. »Ich würd einfach gern wissen, wie viel Kraft man braucht, um 'nem Elfjährigen 'ne Rippe aus dem Wirbel zu schlagen.«

»Das hattest du verdient, du Hund!«, raunte Tims Vater. »Und es hat dir nichts geschadet.«

Langsam ging Tim auf den Schlagkraftmesser zu. Er schaltete ihn ein. Drei Nullen leuchteten rot auf dem Display auf. Tim sah seinen Vater an und wies mit der linken Hand lässig auf das Schlagkissen.

Herr Richthof stieß einen verächtlichen Lacher aus und trat an das Gerät heran, seinen rechten Ärmel aufknöpfend. Tim beobachtete, wie der ungeschlachte Mann einen sicheren Stand einnahm, Maß und Schwung nahm und schließlich einen krachenden Schlag auf das Kissen prallen ließ. Die Zahlen im Display begannen wild zu flackern. Nacheinander blieben sie stehen und bildeten eine Zahl: 403. Selbstgefällig grinsend sah Herr Richthof seinen Sohn an.

»Tja, sowas schaffst du nur als Stahlbaumonteur. Nicht mit so 'ner Wischiwaschi-Arbeit als Kinderbetreuer, oder wie man das nennt.«

Tim trat nun selbst an das Gerät heran. Er drückte den Reset-Knopf. Das Display zeigte nun wieder drei Nullen an. Ohne Ankündigung verzerrte sich sein Gesicht zu einer wütenden Fratze, er schrie aus Leibeskräften auf, und ein ohrenbetäubendes Krachen begleitete seinen Schlag auf das Lederkissen.

Herrn Richthofs Gesicht verfolgte höhnisch, wie die Zahlen kletterten. Doch es verfinsterte sich zusehends. Die erste Ziffer blieb bei 4 stehen. Die zweite stieg an bis auf 9, und kurz darauf zeigten alle drei Felder jeweils nur ein rotes Minuszeichen an.

»Was hast du da wieder getürkt?«, blaffte Herr Richthof. »Da hast du doch vorher dran rumgemengt!«

Sofort begann er, das Gerät mit wichtigtuerischer Miene von allen Seiten abzutasten.

»Gar nichts hab ich getürkt«, gab Tim zurück. »Bin heute einfach stärker als du, schätz ich. Willst du nochmal?«

»Und ob!«, war die Antwort. Herr Richthof holte alles aus sich heraus, ließ sogar wie Tim einen Urschrei ertönen, doch sein Faustschlag brachte es diesmal nur auf 397 kg. Anschließend war es wieder an Tim, seine Schlagkraft zu messen. Er brüllte diesmal alles aus sich heraus. Sein Vater beobachtete mit weit aufgerissenen Augen, wie schließlich wieder nur drei Minuszeichen angezeigt wurden. Er schnaubte. Schwer atmend und hasserfüllt schaute er Tim an.

»Egal wie, ich werd dich jetzt trotzdem mitholen.«

»Du wirst 'nen Scheißdreck, alter Mann.«

Von da an ging alles sehr schnell. Herr Richthof hatte den Versuch unternommen, handgreiflich zu werden. Eine Sekunde später fand er sich kniend vor seinem Sohn wieder, mit seinem Kinn in Tims linker Armbeuge. Sein Sohn stand hinter ihm und umklammerte seinen Kopf. Tims rechte Hand presste sich schwer auf Mund und Nase seines Vaters. Wie ein Stahlgerüst hielt er ihn bewegungslos. Tims Augen quollen hervor, seine Schläfenader pochte und seine Nasenlöcher weiteten sich bei jedem seiner schweren Atemstöße.

»Na, wie fühlt sich das an?«, presste Tim durch die Zähne. »Wie fühlt sich das an, he? … Wenn man sich nicht bewegen kann … Wenn man keine Luft kriegt … Wenn man nicht schreien kann … He? … Fühlt sich das auch noch geil an?«

Verzweifelt wedelte Herr Richthof mit den Armen, bemüht den Stoff von Tims Jeans zu fassen zu bekommen. Doch es gelang ihm nicht. Stattdessen herrschte Tim ihn weiter an.

»Bevor ich dir jetzt deine zweite Lebenshälfte schenke, hör mir zu! … Du bist der letzte Penner! Ich sollte dir gleich hier alle Knochen im Leib brechen. Aber dann wär ich wie du. Und diese Vorstellung ist für mich schlimmer als der Tod! … Aber weißt du, was ich noch mehr hasse als dich? Das Monster, dass du in mir erschaffen hast! Dieses gewalttätige Monster, gegen das ich jeden Tag ankämpfe, wenn ich nur an dich denke. Und ich kann nicht vergessen, was du mir angetan hast. Niemals.«

Mit einem Mal ließ Tim los und stieß Herrn Richthof von sich weg. Der Mann rutschte drei Meter über den Boden. Er keuchte. Er japste nach Luft und kam nur langsam wieder zu Atem. Tim ging auf ihn zu und deutete auf ihn.

»Ihr werdet mich nie wieder ansprechen. Ihr werdet mich nie wieder ansehen. Und keiner von euch wird mich je wieder anrufen! … Oder ich komme und brenne euer Haus ab während ihr schlaft.«

Gedemütigt und verängstigt kroch Herr Richthof aus dem Sportraum hinaus, vorbei an Julian und Alex, die mit erschrockenen Gesichtern im Türrahmen aufgetaucht waren.

»Helft ihm auf und jagt ihn aus dem Park raus!«, schrie Tim außer sich vor Zorn. Julian und Alex taten, was er verlangte. Dann ließ Tim sich zusammensacken, bis er auf dem Boden saß. Schwer atmend griff er sich in die Haare und schluchzte los. In dem Moment kam Hermann die Treppe raufgelaufen.

»Was um Himmels Willen ist passiert?«, rief er. »Das klingt ja haarsträubend! Man hört's im ganzen Park! Viermal hat's geknallt, und dann das Geschrei! Ich dachte, die beiden wollten nur reden?«

Julian und Alex schlossen sich ihm an, und zu tritt hockten sie schließlich vor Tim, den sie allmählich beruhigten. Hermann klapste ihm sanft mit der flachen Hand auf den Rücken.

»Ist okay, Tim«, sprach er dazu. Tim sah ihn an.

»Warum, Hermann?«, hauchte er. »Warum ist das so? Kein Sohn sollte seinen Vater so behandeln. Warum zwingt er mich dazu?«

»Es sollte auch kein Vater seinen Sohn misshandeln«, entgegnete Hermann. »Und doch hat er es getan … Und jetzt erzähl mal, was ist passiert?«

Tim deutete kurz auf den Kraftmesser.

»Wir haben getestet, wer stärker ist. Dann wollte er mir an den Kragen.«

»Du hast dich gewehrt«, vermutete Hermann.
Tim nickte langsam.

»Erfolgreich?«

»Hab ihm nix getan. Aber ich hatte ihn in 'nem ziemlich krassen Aufgabegriff. Er hatte überhaupt keine

Chance. Scheiße! Hab ihn auf den Boden der Tatsachen geholt, schätz ich.«

»Gut gemacht, Tim«, sprach Hermann. »Du hast dich geschützt. Das war völlig in Ordnung. Er weiß jetzt, dass du ihm körperlich überlegen bist, und das wird ihn zum Schweigen bringen. Davon bin ich fest überzeugt. Und ich weiß ebenso, dass du von deiner Stärke überzeugt bist. Deswegen frag ich mich, warum du die ganze Zeit so viel Angst vor deinem Vater hattest? Das brauchtest du doch gar nicht.«

»Nein. Nein. Ich hatte keine Angst vor ihm, sondern vor was ganz anderem.«

»Und was war das?«

»Ich hatte davor Angst, dass ich ihn allemache. Hermann! Ich hatte Angst, dass ich ihn umbringen könnte. Ich … ich … ich hatte seine Atmung blockiert. Ich hätt's tun können. Leicht. Hermann, ich will das nicht!«

Tim legte eine Hand vor seine Augen. Hermann klopfte ihm erneut sanft mit der flachen Hand auf den Rücken und beteuerte einfühlsam: »Das hättest du schon nicht gemacht, mein Junge. So jemand bist du nicht. Das weiß ich ganz sicher. Sonst wär ich doch nicht so verdammt stolz auf dich.«

Mit diesem Worten gab Hermann Tim einen leichten Klaps auf die Wange. Dankbar sah Tim in an und lächelte mit feuchten Augen.

»Komm mit!«, sprach Hermann milde und half Tim beim Aufstehen.

»Alter!«, rief Alex da plötzlich. »Was ist mit dem Schlagkraftmesser? Trip, hast du den etwa getiltet?«

»Ja«, bestätigte Tim beiläufig. »Zweimal.«

»Das gibt's doch nicht!«, staunte Alex. »Ey, sogar Hawkens kam gestern nur auf Spitze 438! … Wie krass ist das denn?«

»Wie sieht's aus, Tim?«, fragte Hermann. »Möchtest du dich jetzt erstmal ausruhen? Michael kann deine Aufsicht am Fluss übernehmen.«

»Nein«, wehrte Tim sofort ab. »Ich fühl mich wieder gut. Ich brauch jetzt was, das mich ablenkt. Ich bin fit, ehrlich.«

»Find ich gut«, sagte Julian. »Andere Gedanken sind jetzt gut für dich. Kannst jetzt ganz entspannt über Anna nachdenken.«

Tim lachte ihm zu.

»Das hat sich erledigt«, erklärte er. »Ich bin mir im Klaren darüber, dass alle Gedanken, die sich mit einer Beziehung zu ihr befassen, unrealistisch sind. Und nach der Aktion von vorhin hab ich sowieso bei ihr verschissen, schätz ich.«

Er nahm in seiner Erleichterung tief Luft und versicherte gelöst: »Nee, lass mal. Wenn ich gerade auf eins keinen Bock hab, dann ist es 'ne Freundin.«

Kapitel 7

Tim wachte am Morgen um kurz nach sechs Uhr auf. Der Gesang einer Amsel hatte ihn sanft geweckt. Zu seinem Erstaunen fühlte er sich ausgeruht, und so setzte er sich im Bett auf. Der Raum wirkte heller als gestern um die Zeit, als er unruhig und wenig geschlafen hatte. Er hatte einen Verdacht, woran das lag. Also stand er auf und ging zum Fenster am Ostgiebel der Hütte. Um die anderen nicht zu wecken, zog er den Vorhang nicht auf, sondern kroch mit dem Kopf von unten her hinter den kräftigen Stoff.

Kein Wunder, dass es heller war als gestern! Der Himmel hatte aufgeklart, und Tim blickte durch das Fenster auf die aufkommende Morgendämmerung. Ein blass-goldener Streifen rahmte den Horizont ein, und darüber ein knatschblauer Morgenhimmel. Ein strahlend heller Stern leuchtete tief am Himmel, und darüber stand die abnehmende Mondsichel. Es war sogar die unbeleuchtete Seite des Mondes in einer aschgrauen Schattierung zu erkennen.

»Wow!«

Tim wollte das eigentlich im Flüsterton hauchen. Doch seine Stimme war etwas kratzig, und so brummte es hörbar hinter dem Vorhang heraus. Ein Lattenrost knarrte unter einer Matratze.

»Trip?«

»Hey, Boggy.«

»Schon wach?«

»Ja. Komm mal her. Das musst du dir ansehen.«

Kurz darauf ragten die Rückseiten zweier junger Männer mit ausgestreckten Hinterteilen unter dem Vorhang heraus. Zwei Stimmen flüsterten.

»Sieh dir das an, Boggy. Ist das nicht schön?«

»Ja, kann man echt sagen. Was ist das für ein krass heller Stern da?«

»Es ist der Morgenstern. Weiß ich von 'ner Braut, die ich in Amerika kennengelernt hatte.«

»Aha? Eine Astronomin, oder was?«

»Nee, 'ne Hubschrauberpilotin. Die war sowas von cool, sag ich dir. Sie wohnte ganz alleine in 'nem hübschen Holzhäuschen auf 'nem Riesenstück Land.«

»Sah sie gut aus?«

»Kann man sagen. Schlank, sehr sportlich. Lange lockige, dunkelblonde Haare. Siebenundzwanzig war sie damals.«

»Ich verstehe … Hattest du was mir ihr?«

Tim grinste Julian wie ertappt mit angehobenen Augenbrauen und heruntergezogenen Mundwinkeln an. Julian grinste nickend zurück und knuffte Tim auf den Oberarm.

»Und an die musstest du jetzt denken?«

»Ja, aber nur, weil ich den Stern gesehen hab. Ich liebe es, wenn ein Tag so anfängt.«

»Schön, dass es dir wieder gut geht, Trip.«

»Ich fühl mich auch richtig gut. Ich glaub, das wird heute ein schöner Tag.«

Julian knuffte Tim noch einmal.

»Ich freu mich für dich, Alter. Du hast 'ne Menge aus dir gemacht. Wenn ich da an den Tag denke, wo du dich ausgeklinkt hast …«

Am Rand der nördlichen Stadtseite lehnten Tim und Julian rücklings an dem schroffen Gemäuer der Burgruine Sonnenstein. Leyental lag inmitten eines devonischen Dolomitkalkriffs, durch das sich innerhalb von Jahrmillionen die Arsel ihren Weg geschliffen hatte. So kam es, dass die Stadt von fünf markanten Kalksteinklippen umgeben war. Auf dreien von ihnen waren vor vielen Jahrhunderten Burgen errichtet worden, von denen jetzt nur noch Ruinen übrig waren.

Tims Blick war leer, als er über das Tal sah. In der Hand hielt er etwas von dem Basaltsplitt des Bodens. Julian sah ihn von der Seite an. Ihm fiel eine dunkelblaue Prellung auf, die aus dem T-Shirt-Ausschnitt seines Freundes aufstieg und den Nacken seines dünnen Halses bedeckte. Zorn kam in ihm auf. Zorn auf den Mann, der dafür verantwortlich war. Zum Zorn mische sich Schwermut über das, was sein Freund ihm in den letzten Minuten eröffnet hatte.

»Du meinst also«, begann Julian bedrückt, »dass das heute unser letzter Kringel ist?«

Tim atmete tief ein.

»Was würdest du denn machen?«, gab er zurück. »Als Alternative gibt's doch nur noch das Jugendheim, schätz ich. Da hab ich keinen Bock drauf.«

Julian winkte heftig und beschwichtigend ab.

»Bestimmt nicht, Alter! Die bringen dich bestimmt in kein Jugendheim. Hermann hat sich doch so mega für dich eingesetzt.«

Tim warf den Splitt in seiner Hand missmutig auf den Boden.

»Und was hat's gebracht? Meinen Alten hat's jedenfalls nur noch wilder gemacht. Weil sich ›ein Affe vom Amt in seine Kompetenzen mischt‹. Pfff. Heißt am Ende also doch Jugendheim.«

Ein Windstoß blies den Jungs um die Ohren. Wie kalt er sich anfühlte. Julian sah mit traurigem Blick ins Tal hinab. Er schluckte.

»Wann sagst du es den anderen?«, wollte er wissen. Tim aber schüttelte nur den Kopf. Julian ahnte, was es zu bedeuten hatte.

»Du kommst also nicht mehr zur Einweihung vom Haus?«, hakte er nach.

»Tu mir 'nen Gefallen, Alter«, bat Tim seinen Kumpel. »Sag ihnen nichts, wenn du gleich runter ins Haus gehst. Noch nicht. Morgen Abend. Ja? Morgen Abend sagst du's ihnen, okay?«

Julian nickte. Er konnte nicht verhindern, dass ihm Tränen in die Augen traten. Eine letzte, feste Bester-Kumpel-Umarmung war nun fällig.

»Hast du wenigstens genug Kohle?«, fragte Julian anschließend.

»Geht so«, antwortete Tim. »War vorhin noch auf der Bank, wollte mein Girokonto plündern. Da tauchte so 'n Anzugpinkel auf und meinte so: ›Aufgrund eines Trauerfalls in der Familie des Geschäftsführers sind heute die Schalter nicht besetzt. Sie möchten bitte Verständnis haben, dass heute nur die Automaten verfügbar sind.‹ … So 'n abgehobenes Snobgeschwätz halt. Kennste ja.«

»Ja. Und jetzt?«

»Konnte 1000 Euro klarmachen. Muss reichen. Meine Alten werden den Rest schon versaufen.«

Tim bückte sich und griff nach seiner abgewetzten Sporttasche, in denen er einige Habseligkeiten verstaut hatte.

– – –

»Nie wieder Frust, Boggy. Jedenfalls nicht so einen.«
»Fingers crossed, Bro!«

Tim und Julian lachten. Da spürten sie nacheinander einen leichten Fußtritt auf den Pobacken.

»Na, ihr Turteltäubchen? … Könnt ihr nicht rausgehen zum Rummachen?«

Lachend kamen Tim und Julian hinter dem Vorhang hervor. Damian griente über das ganze Gesicht und verkündete: »Wir schmeißen jetzt Hawkens und Hermann aus den Betten. Was meint ihr?«

Gesagt, getan. Die Jungs machten sich fertig und waren schon bald frisch für den Tag. Wie immer studierte Hermann noch rasch seine Unterlagen. Als alle Jungs im Erdgeschoss angekommen waren, sprach er: »Tim?«

»Was gibt's Hermann?«, antwortete Tim.

»Im Jahrgang vom PKG gibt's auch einen, der kein Zweierteam für die Schatzsuche morgen hinbekommt. Möchtest du den mal ansprechen? Vielleicht passt da ja was zusammen mit euch?«

»Keine schlechte Idee«, stimmte Tim zu. »Kann ihn ja nachher mal anhauen.«

An diesem Morgen waren Anna, Celine und Jana nicht zum Frühstück in der Kantine erschienen. Sowohl bei Tims Gruppe als auch bei den drei Freundinnen hatte sich ein gewisser Tagesrhythmus eingespielt, der sie an jedem Morgen beinahe präzise wie ein Uhrwerk im Speiseraum zusammenführte. An diesem Mittwochmorgen war es anders. Tim maß dieser Tatsache keine große Bedeutung bei, schließlich wären diese beiden Gruppen im Leben niemals miteinander verabredet gewesen.

Der Grund dafür war letztlich sehr einfach. Anna hatte die Idee gehabt, früh am Morgen zum Fluss zu gehen und im kalten Wasser zu baden. Das war etwas, was sie auch immer gerne in den Ferien auf Sylt gemacht hatte, nämlich ins Meer zu gehen, wenn die herannahende Flut das kalte Wasser aus dem Ozean hereinbrachte. Es gelang ihr auch leicht, Celine und Jana für diese Idee zu gewinnen, da die beiden in ihren Elternhäusern über eine Sauna verfügten und die kräftigende Wirkung der auf die Sauna folgenden Kaltwasserdusche durchaus zu schätzen wussten. Das Frühstück hatten die Mädchen im Anschluss an das Bad im Fluss eingeplant.

Als Tim und seine Freunde ihr Frühstück beendet hatten, machten er und Damian sich wieder auf den Weg zu den Badeplätzen, um die letzte Schicht ihrer Aufsicht anzutreten. Die Sonne schien den jungen Männern ins Gesicht, die Luft war mild und frisch, und sie tankten ordentlich gute Laune während ihres Weges. An der Abzweigung zum Hauptbadebereich schwenkte Tim ab und verabschiedete sich von Damian, der ein Stück weiter flussabwärts am Overflow-Badeufer seinen Dienst hatte.

Am Hauptbadeplatz herrschte schon reger Betrieb, als Tim sich entlang des Ufers näherte. Viele der Jungen und Mädchen waren bereits mit ihren Badesachen frühstücken gegangen und danach sofort zum Fluss gelaufen, wo sie nun im Wasser planschten oder ausgelassen tobten. Auf der Liegewiese in der Nähe des Holzstegs erkannte Tim aus der Ferne die drei Kobros, die eng beieinanderstanden. Sie trugen wieder weiß. Doch diesmal hatten sie nicht ihre weißen Kostüme an, sondern Badeanzüge. Das waren raffiniert geschnittene Einteiler, oder doch Zweiteiler? Tim wusste es nicht einzuordnen, denn die Oberteile und die Unterteile bestanden nicht aus einem Stück Stoff, sondern waren über einen silbernen Metallring vor dem Bauch miteinander verbunden. Es wirkte ohne Zweifel attraktiv, zumal die drei ja allesamt eine schöne Figur hatten.

Als Tim näherkam, stellte er fest, dass Celine und Jana die in der Mitte stehende Anna an der Schulter fassten und ihr über den Oberarm strichen. Dann bemerkte er etwas, womit er nicht gerechnet hatte: Anna weinte!

Tim ging direkt auf die Mädchen zu und konnte schon bald Annas hellstimmige Schluchzer hören. Sie war völlig aufgelöst. Selbst ihre Freundinnen konnten sie offenbar nicht trösten. Was konnte nur geschehen sein?

Nun trat Tim zu den drei Freundinnen hinzu und sah Anna an.

»Hey, Anna«, sagte er vorsichtig. »Was ist denn los? Warum bist du so traurig?«

Sofort drängte Jana sich zwischen ihn und Anna.

»Mit dir redet hier keiner, du Penner!«, krähte sie ihn an. »Verzieh dich!«

Tim machte einen Schritt zur Seite und ging um Jana herum, um wieder mit Anna zu sprechen.

»Was ist denn passiert? Warum weinst du?«

»Wenn du nicht sofort verschwindest, melden wir dich wegen Belästigung«, zischte Celine.

»Ja, mach doch!«, entgegnete Tim ihr scharf. »Na los! Du könntest schon weg sein! Vielleicht können die dir ja verklickern, dass ich hier Aufsicht habe!«

»Nun hört doch mal auf!«, rief Anna unter Tränen. Sie sah Tim an und sagte schluchzend: »Ich habe meine Halskette im Wasser verloren.«

»Ach, Anni«, versuchte Celine sie zu trösten, »beruhige dich doch. Schmuck kann man ersetzen.«

»Das war nicht irgendein Schmuck!«, erwiderte Anna verheult.

»Sieh es doch mal so«, meinte Jana. »Das Ding war sowieso zu derb für deinen schlanken Hals. Kauf dir doch einfach was Neues. Etwas, was dir besser steht … und ein bisschen moderner ist.«

»Wie kannst du das sagen, Jana?«, wimmerte Anna. »Das war die Kette von Oma Leni! Sie hat sie mir geschenkt als ich sechs war!«

»War das die Kette mit dem Herz?«, erkundigte sich Tim. »Die, die du vorgestern …«

»Jetzt hau endlich ab!«, herrschte Jana ihn an, während Anna mit einem verzweifelten Nicken Tims Worte bestätigte.

Tim drehte sich um und entfernte sich. Er folgte jedoch nicht Janas Befehl, sondern ging eilig zum Ufer und betrat den Holzsteg. Er legte die Hände um den Mund.

»Hey!«, rief er lautstark. »Hey, Leute!«

Nach und nach hörten die Mädchen und Jungen im Wasser zu toben auf und wandten sich zu ihm hin. Endlich hatte Tim ihre Aufmerksamkeit.

»Hört mal alle her!«, rief Tim weiter. »Hier hat jemand was Wertvolles verloren! Geht bitte alle langsam aus dem Wasser raus!«

»Och, wieso denn?«, riefen einige. Ein Junge fügte mürrisch hinzu: »Wir wollen jetzt aber hier baden!«

»Wenn ihr nicht sofort aus dem Wasser geht, dann komm ich euch holen!«, drohte Tim. »Ihr könnt runter zu Motte gehen, zum Overflow-Badeplatz, aber hier ist jetzt erstmal Schicht im Schacht, verstanden? Na los, bewegt euch!«

Teils einsichtig, teils maulend kamen die Jugendlichen aus dem Wasser. Einige setzten sich in der Hoffnung, es würde nicht lange dauern, auf ihre Tücher auf die Liegewiese. Die anderen rafften ihre Sachen zusammen und machten sich auf den Weg flussabwärts.

Ruhig und mit einem aufmunternden Blick für Anna ging Tim zu den Mädchen zurück.

»Wein nicht mehr, Anna«, sagte er beruhigend. »Ich such deine Kette.«

»Aber wie willst du sie denn finden?«, fragte Anna traurig. »Die Kinder haben sie doch gewiss bereits in den Schlamm getreten!«

»Einfach wird’s nicht, schätz ich«, räumte Tim nachdenklich ein, »aber du kannst mir helfen, indem du mir sagst, wo genau du im Wasser gebadet hast.«

Celine und Jana sahen sich beide an, verschränkten die Arme vor der Brust und schüttelten verständnislos die Köpfe.

»Wir waren die ganze Zeit dort links vor dem Steg«, beschrieb Anna und deutete mit dem Finger zum Fluss. »So weit hinaus ungefähr.«

Mit dieser Information wusste Tim, dass er einen Bereich von gut zwanzig Quadratmetern unter Wasser absuchen musste. Die Chance, die Kette zu finden, war minimal.

»Na, siehst du!«, sprach er aufmunternd. »Das sind doch bloß zwanzig Quadratmeter. Ein Kinderspiel!«

Damit ließ er die Mädchen stehen und ging zu seiner Eiche rüber. Er schwang sich auf den dicken Ast und machte es sich bequem.

Die drei Freundinnen sahen ihn fassungslos an.

»Hallo?«, zickte Jana. »Nur eine große Klappe, was? Wie wär's, wenn du mal anfängst?«

»Zu deiner Information, Einstein«, raunte Tim kernig. »Die Kinder haben den Grund beim Baden aufgewühlt, das Wasser ist noch ganz trüb. Es dauert ein paar Minuten, bis es wieder klar ist.«

»Und wie lange sollen wir jetzt bitteschön hier rumstehen?«, wollte Celine wissen.

»Am besten gar nicht«, bemerkte Tim trocken. Dann setzte er sich aufrecht auf seinen Ast und beugte sich leicht zu den Mädchen rüber.

»Wie wär's«, schlug er vor, »wenn ihr einfach mit ›Anni‹ zum Gemeinschaftshaus geht und mit ihr 'ne Limo trinkt oder so? Ich könnte mir vorstellen, dass sie jetzt ein bisschen Aufmunterung gebrauchen könnte. Ihr wisst schon, von ihren tollen Freundinnen, die besser als alle anderen Menschen wissen, was ihre Sachen ihr bedeuten. Was meint ihr?«

»Nicht so ironisch, ja?«, rief Celine ihm zu. Kurz darauf nahmen sie und Jana ihre verzweifelte Freundin in die Mitte und verließen den Badeplatz.

»Nicht so ironisch, ja?«, äffte Tim sie leise nach. Dann besann er sich auf sein Versprechen.

›Kackmist‹, dachte er. ›Wie soll ich die doofe Kette bloß finden?‹

Die übrigen Jugendlichen, die warten wollten, hatten mittlerweile doch eingesehen, dass es wohl etwas länger dauern würde, bis Tim das Wasser wieder freigeben würde. Sie hatten ihre Sachen aufgenommen und waren ebenfalls flussabwärts gegangen. Tim war alleine.

Jetzt war es gerade zehn Uhr. Tim ging auf den Steg um zu sehen, wie klar das Wasser war. Die Schlammteilchen hatten sich gesetzt, und man konnte wieder bis zum Grund sehen. Würde er aber jetzt ins Wasser gehen, um Annas Kette zu suchen, würde er erstens wieder eine Menge Dreck aufwirbeln und zweitens möglicherweise auf die im Schlamm verborgene Kette treten und sie damit noch tiefer vergraben. Das Beste war, sie vom Steg aus zu suchen.

Tim zählte nicht, wie oft er den Steg langsam entlang schritt und konzentriert ins Wasser spähte. Er hoffte, irgendein Teil der Kette, und sei es nur ein einziges Glied, würde aus dem Schlamm ragen und ihm verraten, wo das Schmuckstück lag.

Es war aussichtslos. Tim zog sein Handy aus der Hosentasche und legte es auf den Steg. Die Smart-Alarm-App hatte den Vorteil, dass die Uhrzeit ständig sichtbar war, ohne dass das Display abgeschaltet wurde. Dann ging er zu einer Hecke und brach einen langen Ast ab.

Damit ging er abermals den Steg auf und ab und zog ihn sachte durch den Schlamm. Wenn die Kette unter dem Grund war, würde sie vielleicht an dem Ast hängen bleiben. Das versuchte der unermüdliche Tim viele Male, ohne Erfolg.

Tim prüfte sein Handy. Es zeigte zehn nach zwölf. Ernüchtert ging er zur Mitte des Stegs, legte sich auf den Bauch und schaute auf die Wasseroberfläche hinab.

›Na, super‹, dachte er. ›Jetzt kann ich zu ihr gehen und ihre Enttäuschung perfekt machen. So ein verdammter Mist.‹

Missmutig brach er Stücke von seinem Ast ab und warf sie ins Wasser. Dabei beobachtete er, wie sie die Wasseroberfläche beim Aufprall verwirbelten und dann auf dem fließenden Wasser davon trieben.

Aber was war das? Unter ihm, am Fuß eines der Pfosten des Steges, glänzte etwas. Ein fauler, spitzer, schwarzer Span ragte am Boden aus dem Pfosten heraus, und daran hing … eine Kette! Eine goldene Kette mit einem herzförmigen Anhänger! Tim fing an zu lachen.

»Jaa!«, jubelte er, rollte sich auf den Rücken und lachte lauthals. Er reckte die Arme nach oben, boxte ausgelassen in die Luft und schrie: »Jaa! Verdammte Axt, jaa!«

Er strampelte lachend mit den Beinen und ließ sich übermütig über den Rand des Steges ins Wasser fallen.

Unter Wasser schnappte er sich Annas Kette und kletterte zurück auf den Steg. Mit klatschnassen Klamotten und triefenden Haaren kauerte er sich auf die Planken und betrachtete das Schmuckstück in seiner Hand. Er schüttelte einmal kräftig den Kopf, und das Wasser spritzte links und rechts von ihm weg. Dann sah Tim sich

die Kette genauer an. Sie war an einer Stelle auseinandergerissen, jedoch konnte man sie nicht einfach zusammen-
setzen, weil die Glieder links und rechts der Bruchstelle
intakt waren. Eins oder zwei der Glieder mussten gerissen sein und waren verloren. Tim war sicher, dass man
das würde reparieren können. Dann sah er sich den Herz-
Anhänger an. Er war recht dick und hatte ein winziges
Scharnier. Er ließ sich öffnen. Tim klappte den Anhänger
auf. Jede Hälfte enthielt ein herzförmiges Bild. Doch das
war kein Papier mit Plastikfolie als Abdeckung. Das war
etwas Besonderes! In das Gold der beiden Hälften waren
weiße Herzen aus Opal eingelassen, und die Personen auf
den Bildern mussten wohl in fitzeliger Kleinarbeit auf
den Stein gemalt worden sein. Auf dem linken Herz war
der Kopf eines kleinen Mädchens mit langen dunklen
Haaren abgebildet, und auf dem rechten Herz der Kopf
einer eleganten und äußerst würdevollen älteren Dame.

Tim klappte den goldenen Anhänger wieder zusammen. Seine schlammverschmutzten Finger wischte er
sich an seinem T-Shirt und seiner Hose ab. Danach
kniete er sich ans Flussufer und wusch die Kette, bis sie
sauber aussah, und dann stand er auf und rannte los in
Richtung Gemeinschaftshaus.

Zehn Meter vor der Tür hielt er an.

›Jetzt cool bleiben‹, ermahnte er sich, ›und erstmal run-
terkommen.‹

Er verschnaufte, bis er wieder normal atmete. Dann
betrat er das Gemeinschaftshaus. Im Speiseraum war
Anna nicht. Vielleicht war sie oben auf der Außenterrasse
des Waldbistros neben den Grillhütten? Tim ging nach
draußen und um das Haus herum eine Treppe hinauf, bis

zur Terrasse. Dort saßen die Mädchen bei einem Eistee. Sie waren wieder ganz typisch mit ihren weißen Kostümen bekleidet. Klar, es war ja auch fast drei Stunden her, seit sie sich am Fluss verabschiedet hatten. Sie waren offensichtlich zuerst in ihre Lodge zurückgekehrt, hatten sich dort umgezogen und waren dann zum Waldbistro gegangen. Heute trugen sie feuerrote Tops unter ihren Kurzblazern.

Tim trat an die Weißröckchen heran und legte die Kette wortlos auf den Tisch. Als Anna das sah, presste sie die Hände auf ihren offenen Mund, und ihre Augen füllten sich mit Tränen. Dann drehte sie ihr Gesicht weg. Weg von Tim.

»Die Kette ist leider gerissen«, berichtete Tim, »aber ich kenn da einen Typen unten in Pfaffenburg, der ist Goldschmied. Der repariert das in Nullkommanix. Wenn du magst, bring ich dich da hin.«

Doch Anna sah Tim immer noch nicht an. Er öffnete den Mund, um noch etwas zu sagen.

»Hör zu«, kam ihm Celine zuvor. »Das war jetzt echt nett von dir. Aber bilde dir jetzt bitte nicht ein, dass das irgendwas bedeuten würde, ja?«

»Du bist nicht das, womit Anna sich abgibt«, fügte Jana hinzu, »also hak das jetzt einfach ab und geh wieder zu deinesgleichen, okay?«

Tim konnte nicht fassen, was er da hörte. Er hatte den halben Tag damit zugebracht, Annas Kette zu suchen, und das sollte jetzt der Dank dafür sein? Er wusste selber nicht, was er erwartet hatte, doch das hier war auf jeden Fall ein Schlag ins Gesicht!

»Ist das wahr, Anna?«, fragte er. »Siehst du das so?«

Anna antwortete nicht und sah ihn auch nicht an. Ihre Schultern zuckten unregelmäßig.

»Ach, fuck it!«, presste er resigniert hervor. »Leckt mich doch alle, Mann …«

Tim drehte sich um und ging wütend davon. Er trat im Gehen noch einen der Caféstühle weg, der scheppernd in eine andere Sitzgruppe flog, und verschwand dann die Treppe hinunter.

Tim suchte seine Freunde und fand sie schließlich unten auf dem Bolzplatz gegenüber dem Park.

»Alter, was geht denn mit dir?«, rief Damian, nachdem Tim das Aluminiumtor umgeworfen und dreimal dagegen getreten hatte.

»Quält dich was?«, fragte Alex.

»Ach, verdammt!«, rief Tim. »Weiber!«

»Willkommen auf dem Planeten Erde«, kommentierte Alex. »Genießen Sie Ihren Aufenthalt. Na komm schon, Kumpel, erzähl!«

»Da ist nicht viel zu erzählen!«, schimpfte Tim. »Du reißt dir den Arsch auf und kriegst ’nen Tritt rein, das ist alles! Da tun sie so vornehm, und dann … Ach, Scheiße, Mann, vergesst es, lasst uns Fußball spielen, okay?«

»Tun wir ja«, sagte Alex aufmunternd zu seinem Kumpel. »Ein Tor ist schon gefallen. Du musst es nur wieder aufstellen!«

Tim war froh, dass seine Freunde ihm nicht zeigten, dass sie ihn bedauerten. Das Beste war jetzt, einfach den Frust beim Bolzen rauszulassen.

In der Zwischenzeit hatte Anna sich wieder einigermaßen beruhigt. Die Ereignisse hatten sie überwältigt. Die

Vorstellung, die Kette ihrer Großmutter verloren zu haben, war für sie kaum zu ertragen. Sie hatte sich insgeheim schon damit abgefunden. Doch dann war Tim erschienen, und nun war Anna sehr verwirrt.

»Woran denkst du, Anni?«, fragte Celine.

Anna griff langsam nach ihrer gerissenen Kette und hielt sie fest.

»Ich weiß nicht«, antwortete sie. »Ich finde immer noch, dass es sehr unschicklich war, ihn so zu behandeln.«

»Ich versteh dich nicht, Anna«, beharrte Celine. »Früher warst du immer knallhart, wenn es um solche Typen ging. Jetzt hab ich einfach nur noch das Gefühl, dass du uns mehr und mehr in den Rücken fällst.«

»Ja, und überhaupt!«, warf Jana ein. »Wieso fängst du so an zu heulen? Ehrlich gesagt, finde ich das ganz schön blamabel.«

»Weil Tim mir leidgetan hat«, erklärte Anna. »Er hat sich so für mich bemüht, hat den halben Tag am Fluss zugebracht, um meine Kette zu suchen, und nur euch zuliebe behandele ich ihn so unhöflich.«

»Ach, nur uns zuliebe?«, brauste Celine auf. »Ist ja ganz toll, Anna! Gut zu wissen!«

»Ja, Line«, bekräftigte Anna. »Es ist ein Zwiespalt. Ich halte zu unserer Gruppe und möchte für das einstehen, was sie repräsentiert, jedoch …«

»Hallo?«, rief Jana aus, da Anna stockte. »Würdevoll über den Dingen stehen! Deine Worte!«

»Das darf aber nicht zur Folge haben, dass wir Anstand und gute Manieren vergessen«, widersprach Anna. »Warum nur bereitet euch das solche Schwierigkeiten?«

»Gute Manieren, wem gute Manieren gebühren«, warf Celine ein.

»Und wem gebühren sie, Line?«, entgegnete Anna eindringlich.

»Leuten von Ansehen«, antwortete Celine augenblicklich. »Leute, die sich um etwas Besonderes verdient gemacht haben.«

»Und was hat Tim gemacht?«, wollte Anna von ihr wissen. »Während ihr bemüht wart, mir mein liebstes Andenken an meine Großmutter abzureden, stieg er für mich in den Fluss und brachte Stunden mit der Suche nach meiner Halskette zu. Hat er sich dadurch etwa nicht verdient, wenigstens mit guten Manieren behandelt zu werden?«

Celine und Jana schwiegen und guckten in der Luft herum.

»Und das Schlimmste war«, ergänzte Anna, und wieder traten ihr Tränen in die Augen, »dass er sie auch noch gefunden hat. Es brach mir das Herz, ihn für seine Ritterlichkeit zu schmähen. Könnt ihr euch nicht vorstellen, was es mir bedeutet, das verlorengeglaubte Andenken wieder in meinen Händen zu halten?«

Im selben Moment, als sie das ausgesprochen hatte, wurde Anna klar, dass ihre Freundinnen dies offenbar nicht konnten. Wie sonst hätte es sein können, dass ausgerechnet Tim, den sie so sehr verabscheuten, derjenige war, der Annas Trauer um die verlorene Kette augenblicklich verstand, ja, sie sogar besser verstand als Celine und Jana es taten? Anna öffnete den herzförmigen Anhänger, wischte sich die Tränen ab und sah die beiden Portraitzeichnungen an. Sie hatte das Gefühl, als ob ihre

Großmutter sie besonders eindringlich anblickte. Anna schüttelte zart den Kopf.

»Ich kann das nicht«, flüsterte sie.

»Was kannst du nicht?«, fragte Celine.

»Das alles hier«, gab Anna zurück und klappte das Herz wieder zusammen. »Was wir eben getan haben, das war nicht in Ordnung. Das Wenigste, was ich tun kann, ist ihn aufzusuchen und für unser Verhalten abzubitten.«

»Anna, versteh doch!«, beharrte Jana. »Wir müssen uns diesen Asi vom Hals halten. Du gehst ihm gerade voll in die Falle! Der macht das doch nur, um dich ins Bett zu kriegen!«.

»Hör auf damit, Jana!«, setzte Anna ihr entgegen, und zum ersten Mal klang ihr Ton scharf, bevor sie wieder mit ruhiger Stimme sprach: »Von mir aus könnt ihr jetzt wütend auf mich sein, aber ich weiß, was ich zu tun habe!«

Anna stand auf und verließ die Terrasse.

»Line und ich fahren gleich trotzdem in die Stadt!«, rief Jana ihr hinterher.

»Das ist mir gleichgültig!«, war Annas trotzige Antwort aus vom Treppenabgang aus.

Anna fielen nur zwei Plätze ein, wo sie Tim im Augenblick hatte finden können: Der Badeplatz am Fluss und der Sportplatz. Sie entschied sich, zuerst zum Sportplatz zu gehen.

»Hey, Trip!«, rief Julian, der im Augenblick mit dem Gesicht zum Weg stand. »Ich glaub, da kommt Besuch für dich!«

Die Jungs, die noch nicht in Richtung Weg blickten, drehten sich um, Tim eingeschlossen. Anna näherte sich dem Spielfeldrand und blieb dort stehen. Tim sah zu ihr hin. Dann schaute er zu seinen Freunden, die ihn alle gespannt anblickten. Alex deutete ihm mit einer Kopfbewegung an, dass er zu Anna hinübergehen sollte. Wieder sah Tim zu Anna. Sie wartete. Schließlich ging er auf sie zu. Zwei Meter vor ihr blieb er stehen. Seine Freunde waren neugierig genug gewesen, ihm ein Stück zu folgen, um alles mitzubekommen. Sie feixten im Hintergrund über das Bild, das sich ihnen bot: Tim mit seinen vom Fluss nassen und dreckigen Klamotten, wie er da vor Anna in ihrem feinen Zwirn stand. Sie verkniffen es sich gerade so, Handyfotos davon zu machen.

»Hallo«, sagte Anna und lächelte.

»Hey«, grüßte Tim trocken zurück und hakte die Daumen in seine Hosentaschen. »Was willst du?«

»Ich verstehe, dass du wütend auf mich bist«, sprach Anna. »Ich hätte mich gewiss ähnlich gefühlt. Der Erfolg deiner Suche war überraschend und überwältigte mich für den Moment. Es war unschicklich von mir, und ich bitte dich einmal mehr um Entschuldigung.«

»Geschenkt«, brummte Tim mit einem Schulterzucken. »Sonst noch was?«

»Ja. Ich möchte dein Angebot annehmen. Bitte bringe mich zu deinem Freund, der meine Kette reparieren kann!«

»Wie du willst«, sagte Tim tonlos.

Anna kam einen Schritt näher auf ihn zu.

»Und wenn du dann vielleicht noch Lust hast, könnten wir ja anschließend noch zusammen ein Café aufsuchen und eine Erfrischung zu uns nehmen?«, schlug sie leise vor. Tims Gesicht wurde freundlicher. Er lächelte.

»Okay«, sagte er. »Dann schätz ich mal, dass du das als Dankeschön machst, weil ich deine Kette gefunden habe?«

»Nein«, antwortete Anna und sah Tim verschmitzt lächelnd in die Augen. »Das bekommst du rein mündlich: Danke, dass du meine Kette gefunden hast!«

Diesmal war Tim es, dem die Worte fehlten. Er sah das Oberweißröckchen nur an und nickte mit einem verhaltenen Lächeln.

»Du lädst mich ein, Tim Richthof!«, stellte Anna kess klar. »Da bin ich altmodisch.«

»Gar kein Problem«, versicherte Tim und grinste.

»Dann sehe ich dich um halb vier«, schloss Anna. »Lodge 44«, und mit einem süßen Lächeln wandte sie sich ab und ging.

Tim bekam ein bisschen Schmetterlinge in den Bauch. Es war nicht zuletzt die Art, wie Anna sich weggedreht hatte. Wenn ein Mädchen zuerst den Kopf wegdreht und dann den Körper, oder beides gleichzeitig, ist jede Hoffnung vergebens. Doch wenn sie, wie Anna vorhin, zunächst den Körper wegdreht und nach zwei Schritten erst den Kopf nach vorne nimmt, dann ist es ein gutes Zeichen.

In diesem Sinn drehte Tim sich zu seinen Freunden um und griente bis zu den Ohren.

»Na siehst du!«, rief Alex. »Aber erst hier völlig unnötig auf wehrlose Sportgeräte losgehen, he?«

»Gut gemacht, Alter!«, nickte Damian ihm zu. »Vergiss nicht, Lümmeltüten einzustecken!«

Michael hielt Tim seine Faust hin. Erleichtert schlug Tim mit seiner Faust dagegen.

»Seht ihn euch an«, bemerkte Julian grinsend. »Da steht er und lacht! Jetzt freust du dich, was?«

»Ja, schon«, antwortete Tim lässig.

»Bist verdammt zufrieden mit dir, hm?«, stichelte Julian weiter.

»Passt«, sagte Tim und nickte kurz.

»Das seh ich«, neckte Julian seinen Freund, »und ich wunder mich. Eigentlich müsstest du eine Scheißangst haben.«

»Wieso das denn?«, erwiderte Tim.

»Ich will's mal so sagen«, sinnierte Julian. »Was wirst du anziehen?«

»Meine Sachen halt«, meinte Tim.

»Alter!«, sprach Julian eindringlich. »Hast du eigentlich eine Ahnung, mit was für Klamotten Anna rumläuft? Alleine ihr Neil-Barrett-Blazer kostet locker siebenhundert Mäuse!«

»Woher weißt du so 'nen Scheiß?«, warf Damian lachend ein.

Julian ging nicht auf Damians Frage ein, sondern erklärte: »Was ich damit sagen will; die ist auf 'nem ganz anderen Level als du, und wenn du so wie immer, mit einer ollen Jeans und 'nem T-Shirt mit ihr ausgehst, dann werden die Leute gucken und lästern. Und das wird ihr am Ende so peinlich sein, dass sie nie wieder was mit dir machen wird!«

»Na ja«, sah Tim ein, »ich will das echt nicht vermasseln. Ich sollte wirklich was Besseres anziehen, wenn ich gleich zu ihr gehe. Aber was?«

»Lass das mal den alten Boggy machen«, sagte Julian und hakte Tim unter. »Komm mit!«

In Hütte 13 angekommen breiteten die Freunde Tims Klamotten auf den Betten aus. Viel war es nicht. Vier Blue Jeans, sechs weiße T-Shirts, zwei kurzärmelige Karo-Hemden und ein Paar blaue Sneakers.

»Sag mal, Trip«, wollte Julian wissen, »welche von den Hosen hast du in Deutschland gekauft? Und ich meine nach deiner Tour!«

»Die da, schätz ich«, meinte Tim und deutete auf eine etwas dunklere Jeans. Julian hob sie hoch und drehte sie vor sich hin und her.

»Das ist also deine Neueste, okay«, bemerkte er kritisch. »Joa, sieht ganz gut aus. Die ziehst du an! So, hmm, die blauen Schuhe sind nicht verkehrt, einen Tick zu hell, aber immer noch das Beste, was du hier hast. Die weißen Schnürsenkel müssen aber weg. Ditze, zieh mal deine Schnürsenkel raus!«

Alex machte seine Schuhe auf und tat, was Julian gesagt hatte. Der nahm die Schnürsenkel entgegen und hielt einen von Tims blauen Schuhen zusammen mit einem Senkel lose an die Jeans.

»Kann man lassen«, stellte er fest. »Jetzt brauchst du ein Hemd, Alter! Aber nicht eins von denen da. Ernsthaft jetzt, Flanell? Hast du denn nichts für Gut eingepackt? Nein, natürlich nicht, was frag ich … Ah, ich hab's! Motte, ich wette, du hast dein hellblaues Hemd dabei. Das, wo ich dir immer sage, das ziehst du besser nicht mehr an, stimmt's?«

»Ja«, bestätigte Damian, »aber ich weiß nicht, was du dagegen hast. Das ist mein bestes Hemd!«

»Weil das an dir immer leicht spackt«, beschrieb Julian. »Die Knopfleiste klafft immer ein bisschen, wenn du es zugeknöpft hast. Aber Trip müsste es gut passen. Lass es ihn mal anprobieren!«

Damian brachte sein Hemd. Es war ein glattes, hellblaues Stoffhemd mit langen Ärmeln und spitzem Kragen. Tim zog es über.

»Passt!«, freute Julian sich. »Alles klar. Jetzt gehst du schön duschen, dann ziehst du dich an, und danach geb ich dir noch einen ordentlichen Gürtel und was für die Haare.«

»Aye, Sir!«, witzelte Tim und zog sein T-Shirt aus.

Nach einer halben Stunde stand Tim fertig angezogen vor seinen Freunden. Das Hemd hatte er auf Julians Anordnung in die Hose gesteckt und bis oben zugeknöpft. Julian hatte ihm außerdem einen schicken, passenden Gürtel geliehen. Tim gefiel es. Er wollte sich auf keinen Fall verbiegen, sondern immer noch er selbst bleiben. Und so war es. Er wirkte schick, aber nicht überkandidelt. Zum Schluss bekam er von Julian noch etwas Gel für die Haare. Es stand ihm gut, mit diesem Scheitel einmal etwas Form in der Frisur zu haben anstelle seiner gewohnten Natur. Noch ein wenig Duftwasser, und fertig war Tim.

»Wie seh ich aus?«, fragte er in die Runde.

»Top!«, rief Alex. Damian und Michael hielten ihre Daumen hoch.

»Ein Sakko wäre noch cool«, bemerkte Julian, »aber erstens haben wir keins da, und zweitens gewöhnst du dich besser langsam dran.«

»Es ist Zeit«, stellte Tim schließlich fest. »Ich bin dann mal.«

»Viel Spaß, Kumpel!«

Für die Leute draußen im Ferienpark, die Tim kannten, war das Bild etwas gewöhnungsbedürftig. So hatte ihn noch niemand gesehen. Dementsprechend waren auch die Kommentare, die sie abgaben. Die einen machten ihm aufrichtige Komplimente, die anderen lästerten und neckten ihn. Tim machte das nichts aus. Wenn das der Preis dafür war, einen Nachmittag mit Anna zur Heyden zu verbringen, dann zahlte er ihn gerne.

Als Tim das Grundstück von Lodge 44 betrat, war er ein bisschen nervös. Er pustete einmal durch die Wangen, dann klopfte er an. Anna öffnete die Tür und kam lächelnd die drei Stufen von der Schwelle hinab. Sie trug ein kurzes, schickes Sommerkleid, das im Grunde weiß, aber über und über mit kleinen rosafarbenen Rosenblüten übersät war. Es war schulterfrei, nur mit einem Träger um den Nacken, der zur Brust hin in zwei breiter werdenden Streifen fließend ins Kleid überging. Dort, wo die Streifen sich trafen, berührten sich ihre Brüste zart und bildeten nach oben hin eine schöne, angedeutete Y-Form. Nach unten hin lag ihr Kleid nicht eng an, sondern war etwas weiter geschnitten. Im Haar hatte sie einen weißen Reif, an dem seitlich eine rosafarbene Rosenblüte saß. Sie hatte sich lange Locken in die Haare gedreht, die nun zum größten Teil nach hinten, aber auch vorne links und rechts herabhingen. Eine kleine weiße Handtasche rundete ihr Outfit ab.

Als Anna die letzte Stufe herunter geschritten war, kam sie Tim plötzlich so klein vor. Er sah an ihr hinab und bemerkte den Grund. Sie trug weiße Ballerinas, und das brachte es mit sich, dass sie mit ihren eins dreiundsiebzig fünf Körpergröße nun gute acht Zentimeter kleiner war als Tim.

»Hallo Tim«, sagte sie sanft. »Du siehst gut aus.«

Anna hatte wieder das verschmitzte Lächeln drauf, wie zuvor schon unten am Bolzplatz. Es war so, dass ihre Augen dabei schmaler wurden als sonst, und ihre Nase rümpfte sich ganz leicht. Es sah wahnsinnig süß aus. So lächelnd ging sie auf Tim zu und fasste ihm links und rechts an sein Hemd. Bevor Tim wusste, wie ihm geschah, zog Anna ihm das Hemd samt T-Shirt aus der Hose und zupfte beides kräftig nach unten. Dann griff sie an seinen Kragen und begann, sein Hemd aufzuknöpfen. Als es offen war, zog sie es vorne ein Stück auseinander und zupfte es unten nochmal ein bisschen hinunter. Danach schaute sie nach oben und wuschelte ihm lächelnd mit beiden Händen durch die Haare, bis sein schöner neuer Scheitel wieder ruiniert war und er im Grunde genauso aussah wie vor Julians Makeover.

»So gefällst du mir besser«, erklärte Anna entschieden schmunzelnd.

»Danke«, gab Tim ihr etwas überrascht zurück. »Und du siehst richtig hübsch aus.«

»Danke«, erwiderte Anna ihrerseits und machte einen tiefen, höfischen Knicks, von dem bestimmt sogar die Königin von England beeindruckt gewesen wäre.

»Dann lass uns mal abhauen«, schlug Tim vor. »Die Kette hast du dabei?«

Anna tippte auf ihre Handtasche.

»Sie ist hier drin.«

»Okay«, sagte Tim lächelnd und drehte sich seitlich zu Anna, damit sie nebeneinander gehen konnten. Anna legte ihm von hinten ihre Hand durch die Armbeuge auf den Unterarm.

Gemeinsam gingen sie durch den Park zum Fluss hinunter und über die Brücke. Sie folgten dem Weg hinauf zu Tims Hüttenviertel und bogen dann auf den Pfad ab, den Tim vor einigen Tagen bereits gegangen war. Viel miteinander gesprochen hatten sie bis dahin noch nicht. Zwar blickten sie sich immer wieder lächelnd an, doch wussten sie beide nicht so recht, welches Thema sie anbringen sollten. Tim, normalerweise nicht auf den Mund gefallen, überlegte nun, über was er mit einem reichen Mädchen wie Anna sprechen konnte. Ihre Welten waren so unterschiedlich, und Tim hatte erst recht keine Ahnung, was unter den Weißröckchen so angesagt war. Egal, er musste jetzt einfach ein Gespräch beginnen!

»Darf ich dir was sagen«, fragte Tim, »ohne dass du sauer wirst?«

»Versuche es einmal«, antwortete Anna.

»Manchmal kommt's mir so vor«, begann Tim, »als wärst du einem dieser alten Schwarzweißfilme entsprungen. Dieses Knicksen und dieses Einhaken im Arm.«

»Stört dich das?«, fragte Anna.

»Eigentlich nicht«, meinte Tim. »Irgendwie ist das schon cool. So old-school-mäßig. Aber warum machst du das?«

»Das habe ich von meiner Oma Leni gelernt«, erzählte Anna. »Sie war so. Sie brachte mir bei, wie man sich in edler Gesellschaft benimmt.«

Tim warf lachend den Kopf in den Nacken.

»Dann bist du bei mir an der falschen Adresse!«, höhnte er. »Edle Gesellschaft? Nee, ich bestimmt nicht!

Ich bin nur ein ganz einfacher Typ mit 'ner viel zu großen Klappe, und garantiert kein Gentleman oder so was!«

»Doch«, widersprach Anna, »das bist du. Das hast du diese Woche eindeutig bewiesen.«

Tim sah sie ungläubig an.

»Ja, gewiss«, lachte Anna, »die Manieren und das Auftreten hast du nicht, aber das ist nicht das Wichtigste. Was du getan hast, das ist es, was dich zu einem Gentleman macht.«

»Tja, Anna«, wandte Tim ein, »du weißt eindeutig nicht genug über mich, um das beurteilen zu können.«

Anna schwieg dazu. Das war ein Thema, zu dem sie eine Menge Fragen auf dem Herzen hatte, aber sie traute sich noch nicht, sie Tim zu stellen.

»Erzähl mir mehr von deiner Oma«, forderte Tim sie auf. »Du musst sie sehr gern gehabt haben.«

»Ja!«, sagte Anna betont und lachte Tim an. »Oh ja! Sie war toll!«

»Obwohl sie so streng war?«, wandte Tim ein.

»Das war sie nicht«, widersprach Anna. »Sie hatte nur feste Prinzipien, und eines davon war tadelloses Benehmen. Nein, sie war ausgesprochen gutherzig und lieb.«

»Aber ich stell mir das so krass vor«, sagte Tim. »Wie sie dich trainiert und durch die Mangel dreht.«

»Nein«, lachte Anna, »du stellst es dir völlig falsch vor! Sie hat mir alles spielerisch beigebracht. Und sie hat mir stets erklärt, warum man es so macht. Das war immer völlig nachvollziehbar.«

»War sie irgendwie adelig oder so?«, wollte Tim wissen.

»Ja, wie war das noch?«, grübelte Anna. »Darüber sprechen meine Eltern kaum. Mama hat mir einmal erzählt, dass Oma Leni in ihrer Jugend einen Adelstitel hatte. Sie war eine Komtess.«

»Was immer das ist«, warf Tim ein.

»Das ist eine unverheiratete Tochter eines Grafen«, erklärte Anna.

»Ist ja übel!«, bemerkte Tim. »Hatte die etwa auch so einen abgefahrenen Nachnamen mit von und zu und zurück?«

»So ungefähr«, kicherte Anna. »Ja, sie hieß zur Heyden, wie ich. Ihr Name war Helene Komtess zur Heyden. Sie war meine Großmutter väterlicherseits.«

»Bleibt natürlich die Frage, warum sie ihren Titel später dann nicht mehr hatte«, überlegte Tim.

»Das weiß ich leider auch nicht«, räumte Anna ein. »Mama meinte, sie hätte ihn einfach abgelegt, weil er ihr nichts bedeutet hatte. Und dann hat Mama gesagt, dass sie das idiotisch fand, und da war ich entsetzlich wütend auf sie.«

Tim nickte. Sie erreichten nun den alten Fichtenwald.

»Hier riecht es gut«, bemerkte Anna beiläufig, und dann nahm sie ihren Mut zusammen, Tim auf seinen Ruf anzusprechen.

»Du, sag mal«, begann sie vorsichtig, »du hast vorhin gesagt, ich wüsste nicht genug über dich. Wie wäre es, wenn du mir etwas über dich erzählst?«

»Ja, gerne«, antwortete Tim, »Was möchtest du denn wissen?«

»Nun, wie du verstehen wirst«, begann Anna vorsichtig, »sind es die Ereignisse von gestern, über die ich gerne etwas erfahren möchte ... sofern es dir nicht zu persönlich ist. Das würde ich verstehen.«

Tim sah Anna an und lächelte mild. Dann schaute er auf den Weg vor seinen Füßen.

»Nein, ist cool. Ich hatte keine behütete Kindheit, musst du wissen. Mein Alter war mir hinterhergereist. Heute Morgen hat's dann kurz richtig zwischen uns geknallt. Jetzt sind die Fronten geklärt … schätz ich.«

»So war es in der Tat eine Familienangelegenheit«, erkannte Anna. »Dann geht es mich nichts an. Verzeih bitte meine Indiskretion.«

Tim sah Anna wortlos von der Seite an. Wer hatte je so mit ihm gesprochen? Da er schwieg, sprach Anna weiter.

»Im Übrigen bemerke ich, dass dich dieses Thema unangenehm berührt.«

»Schon richtig«, stimmte Tim ihr zu. »Ich hab echt keinen Bock, heute Nachmittag über meine Alten zu quatschen. Dafür ist der Tag viel zu schade. Aber alles andere ist voll okay. Also frag ruhig. Was möchtest du noch wissen?«

»Ich weiß nicht«, sagte Anna leise. »Vielleicht etwas über die Dinge, von denen Jana immer erzählt?«

»Klar!«, war Tims entspannte Antwort. »Reden wir über meine abscheulichen Untaten.«

»Also ist es alles wahr, was sie sagt?«, hakte Anna behutsam nach.

»So ziemlich alles, ja«, gab Tim zu.

»Oh«, hauchte Anna verunsichert.

»Aber garantiert nicht so, wie Jana und alle anderen es erzählen!«, legte Tim nach.

»Magst du mir denn erzählen, wie es wirklich war?«, fragte Anna.

»Wow!«, antwortete Tim und setzte ein beeindrucktes Gesicht auf. »Das ist jetzt aber ein Ding!«

»Weshalb?«, wollte Anna verwundert wissen.

»Na ja«, führte Tim aus, »wenn es um diese Dinge geht, reden die Leute normalerweise immer nur über mich. Noch keiner hat es fertiggebracht, mit mir zu reden.«

»Dann mache ich das jetzt!«, bekräftigte Anna.

»Du musst nur eins dabei bedenken, Anna!«, ermahnte Tim sie. »Wenn du mit mir darüber redest, läufst du Gefahr, die Wahrheit zu erfahren, und dann sind die schönen Horrorstorys auf einmal am Arsch. Willst du das wirklich riskieren?«

Anna lachte herzhaft.

»Ja, das will ich definitiv riskieren!«, bestätigte sie.

»Gut, dann schieß los!«, forderte Tim sie auf. »Frag mich was. Frag mich nach irgendeiner Geschichte!«

»Fein«, überlegte Anna. »Wie wäre es mit deinem Beinahe-Hinauswurf aus der Schule und deinem Kontakt mit der Justiz?«

»Oh, der Klassiker!«, lachte Tim. »Ja, okay, der ist wahr. Treffer.«

»Was war der Grund?«, fragte Anna neugierig. »Was hattest du getan?«

»Wir haben im Klassenraum randaliert«, erzählte Tim. »Zwei Wochen lang. Wir waren jeden Tag drauf, weil einer von uns gute Kontakte nach Holland hatte, du verstehst schon. Ja, und dummerweise waren wir so zu, dass wir am letzten Abend einen Bruch in der Tankstelle gemacht hatten. Da sind wir dann aufgeflogen.«

»Warum habt ihr denn nur so etwas gemacht?«, fragte Anna, für die das alles nicht nachvollziehbar war. Tim sagte nichts und deutete bloß rechts den bewaldeten Abhang hinauf.

»Da vorne sind die Wolfssteine«, warf er ein. »Sollen wir da mal rauf? Da gibt's 'ne schöne Aussicht.«

»Ja, gerne«, lenkte Anna ein. Warum antwortete Tim nicht auf ihre Frage? War ihm das Thema so unangenehm, dass er ausweichen wollte?

Tim führte Anna zu den Felsen rauf. Sie gingen um die Klippe herum und näherten sich von hinten über die flach ansteigenden Steine der Felskante.

»Setzen wir uns ein paar Minuten«, schlug Tim vor. Anna nickte. Sie hatten sich zwei beieinanderliegende, weniger schroffe Felswölbungen ausgesucht, auf denen es sich einigermaßen bequem sitzen ließ. Annas Haltung auf dem Stein wirkte ein wenig so, als säße sie im Damensitz auf einem Pferd. Ihre Hände lagen gefaltet in ihrem Schoß. Ihr kurzes Kleid gab ihre Oberschenkel zur Hälfte frei, was ihre langen Beine entsprechend in Szene setzte. Sie sah Tim aufgeweckt ins Gesicht. Er hätte Anna zu gerne im Ganzen angesehen, doch er befürchtete, dass sie merken würde, wie sehr sie ihm gefiel. So blickte er ein ums andere Mal zu Boden, um während der schnellen Augenbewegung eine winzige Momentaufnahme von Annas Beinen im Gedächtnis zu halten. Tim lächelte ihr zu, sie lächelte zurück, dann schauten sie zusammen über die Bäume hinweg in die Ferne.

»Also, sag einmal«, nahm Anna den Faden wieder auf. »Warum habt ihr das gemacht?«

»Das wussten wir damals auch nicht«, erklärte Tim. »Wenn halt alles Scheiße läuft und du deswegen mies drauf bist und noch keine Ahnung hast, wie man es besser machen kann … Und wenn du dann Leute um dich hast, denen es auch mies geht, dann führt schnell eins zum anderen.«

»Ich verstehe«, nickte Anna, die gerne noch mehr dazu gehört hätte aber merkte, dass es noch nicht an der Zeit war, ein solches Gespräch zu vertiefen. »Dann wäre da noch die Geschichte, laut der du Kinder im Wald ausgesetzt haben sollst.«

»Ja!«, rief Tim belustigt aus. »Die Story wird immer besser, je öfter sie erzählt wird. Ich sag dir, wie's wirklich war. Also: Wir waren damals sieben Jahre alt. Ich hatte einen Kumpel namens Aaron. Wir waren ständig draußen in den Wäldern am spielen, haben uns Hütten und Baumhäuser gebaut. Aber da war noch so ein Junge aus der Nachbarschaft, der wollte immer bei uns mitmachen. Der war aber erst fünf. Deswegen wollten wir ihn nicht dabeihaben. Einmal ist er uns nachgeschlichen, und als wir im Wald ankamen, haben wir's gemerkt und sind ihm weggerannt. Er hatte sich dann verlaufen und fand erst am Nachmittag wieder nach Hause zurück. War 'n bisschen am heulen.«

»Das war alles?«, fragte Anna und schaute Tim verwundert an. Der drehte die Handflächen nach oben und zuckte lächelnd mit den Achseln.

»Das ist die Geschichte, wie sie wirklich passiert ist«, schloss er.

»Ich fasse es nicht!«, rief Anna lachend. Dann wurde ihr Gesicht ernster, und sie fragte wieder ganz vorsichtig: »Und dass du ein Mädchen krankenhausreif geschlagen haben sollst, ist das wahr? Du musst es mir freilich nicht erzählen, wenn du nicht möchtest.«

»Anna«, antwortete Tim ernst, »ich hab viel Scheiße gebaut, und zu allem steh ich. Es käme jetzt echt nicht drauf an, das auch noch zuzugeben. Aber das ist etwas, wo ich wirklich nichts für konnte!«

»Und wie war es wirklich?«, fragte Anna.

»Das war so«, holte Tim aus. »Es war in der vierten Klasse. Wir hatten einen Raumwechsel vor uns, und die meisten standen schon an der Tür und warteten darauf, dass die Lehrerin uns abholen kam. Ich stand noch an meinem Tisch und packte meine Sachen ein. Alina, so hieß das Mädchen, rannte kichernd an mir vorbei und gab mir aus Spaß einen Schubs. Ich rannte ihr hinterher und fing sie vorne an der Tafel ein. Das war alles nur lustig gemeint. Ich hielt sie ganz leicht fest, mit einer Hand an ihrem Rücken und mit der anderen Hand vorne unterhalb vom Hals. Ich sagte aus Spaß so: ›Was war das gerade?‹, und da lachte sie und ließ ihre Füße nach vorne rutschen, bis sie auf dem Hintern saß. Da hab ich sie losgelassen. Sie hat sich auf den Rücken gelegt und sich kaputtgelacht. In dem Moment rannte ein anderes Mädchen vom Flur aus mit großen Schritten in den Klassenraum rein. Sie hat Alina nicht gesehen und ist ihr aus vollem Lauf auf die Brust getreten.«

»Oh je, wie entsetzlich!«, staunte Anna. »Und dann?«

»Es war ein Unfall«, erzählte Tim weiter. »Daran hatte niemand Schuld. Aber Alina fing halt an zu weinen, weil sie Schmerzen hatte und keine Luft mehr bekam. In dem Moment kam die Lehrerin und wollte wissen, was passiert war. Noch ehe ich kapiert hatte, was abging, hieß es schon, ich hätte Alina geschlagen. Nur stimmte das nicht. Aber mir hatte da niemand geglaubt.«

»Aber das andere Mädchen wusste doch, was wirklich geschehen war!«, wandte Anna ein. »Warum hatte sie nichts gesagt?«

»Das weiß ich auch nicht«, sagte Tim. »Vielleicht hatte sie Angst, dass die anderen sie genauso verurteilen würden wie mich, wer weiß?«

»Du siehst mich einigermaßen verblüfft«, sprach Anna. »Ganz offenbar neigen die Menschen zu maßloser Übertreibung, so scheint es.«

»Glaubst du mir denn?«, fragte Tim verhalten, worauf Anna einen Moment des Nachdenkens verstreichen ließ.

»Ich denke, ich kann dir glauben«, bejahte Anna schließlich. »Du wirkst sehr aufrichtig beim Erzählen. Ich ziehe die Möglichkeit in Betracht, dass du mitnichten der garstige Schurke bist, der mir bislang allenthalben geschildert wurde.«

Über diesen Satz musste Tim lachen. Vergnügt antwortete er: »Tja, das klingt doch wie der Beginn einer wunderbaren Freundschaft.«

Anna lachte mit ihm. Dann holte er zur Retourkutsche aus.

»Weißt du, Anna … Ich kann das Kompliment so ein bisschen zurückgeben.«

»Inwiefern?«

»Ich staun auch gerade Bauklötze. Du kommst auch ganz anders rüber als die Leute sagen. Ich hab dich zuerst für total eingebildet gehalten. Ich hätte nie damit gerechnet, dass wir mal was zusammen machen würden … und jetzt …«

»Und ich hätte nie damit gerechnet, dass du aus Filmklassikern wie ›Casablanca‹ zitierst.«

»Du kennst den Film auch?«

»Selbstverständlich. Ich lebe doch nicht auf einem fremden Stern.«

»Jetzt warst du hochnäsig!«

»Du!«

Auf Tims flapsigen Kommentar reagierte Anna neckisch mit einem leichten Klaps auf seinen Oberarm. Dann stand sie auf. Tim erhob sich ebenfalls. Anna tippte Tim fröhlich lächelnd mit dem Zeigefinger vor die Brust.

»Und nun suchen wir deinen Freund auf und lassen Oma Lenis Kette herrichten!«, beschloss sie vergnügt.

»Genau das!«, stimmte Tim grinsend zu.

»Mich beschäftigt nur eines noch«, fuhr Anna fort, nachdem sie ihre Hand wieder in Tims Armbeuge gelegt hatte. »Es muss doch sehr belastend für dich sein zu wissen, dass die Menschen voller schlechter Ansichten über dich sind, wo diese doch ganz und gar nicht wahr sind.«

»Am Anfang war's das auch«, gab Tim zu. »Aber du lernst irgendwann, ein großer Junge zu sein. Du hältst es einfach aus. Tja, und dann … Alles hat sich geändert, nachdem ich in den Sack gehauen habe.«

»Ja, davon hörte ich«, antwortete Anna, »dass du Boxen als Sport betreibst. Dann hattest du in solch jungen Jahren damit begonnen?«

»Was?«, wunderte sich Tim. »Was meinst du? Wie kommst du jetzt darauf?«

»Nun, du sprachst doch vorhin von einem Sandsack oder dergleichen.«

»Wie? … Nein! … Oh, Mann!«

Tim konnte es nicht verhindern, laut loszulachen.

»Du lachst mich aus, Tim Richthof.«

»Nein, nein. Überhaupt nicht. Sorry. Ich kann mir nur einfach nicht vorstellen, dass du nicht weißt, was ›in den Sack hauen‹ bedeutet.«

»Ich verstehe. Es ist offenbar eine Metapher für etwas.«

»Wenn ich wüsste, was eine Metapher ist …«

»Nun, es ist eine sprachliche Bedeutungsverlagerung, zumeist farbig und blumenreich.«

»Ist das geil, dir zuzuhören!«

»Vielleicht möchte der Herr mich aufklären, anstatt sich unentwegt über mich lustig zu machen?«

»Du lachst doch selber!«

»Weil ich derart sprachlos über deine Unverfrorenheit bin!«

»Is klar!«

Fröhlich und Seite an Seite setzten Tim und Anna ihren Weg nach Pfaffenburg fort.

Kapitel 8

»Das ist aber reizend hier!«, bemerkte Anna erfreut, als sie und Tim die Shoppingstraße in dem Vorort von Pfaffenburg betraten.

»Warst du noch nicht hier?«, fragte Tim sie verwundert.

»Nein, noch nie«, antwortete Anna, die sich entzückt umsah.

»Na, so was!«, staunte Tim. »Ich hätte jetzt gewettet, dass du die Straße hier schon längst mit deinen Mädels rauf und runter geshoppt wärst.«

»Nein«, entgegnete Anna. »Wir waren bislang immer nur im Stadtzentrum von Pfaffenburg gewesen. Och, sind das süße Läden hier!«

Tim freute sich, dass es Anna hier so gut gefiel. Sie war so anders, als er bis jetzt gedacht hatte. Nicht nur, weil sie endlich mal etwas anderes anhatte als ein weißes Neil-Barret-Kostüm, sondern vor allem, weil er einen Zugang zu ihr gefunden hatte, eine Ebene, auf der ihre so grundunterschiedlichen Welten eine Schnittmenge hatten. Gut, ihre geschniegelte Ausdrucksweise war etwas ungewöhnlich. »Herrichten«, »reizend«, »bislang« – Tim hatte noch nie ein Mädchen gekannt, das solche Wörter benutzte. Sie ging doch auf eine öffentliche Schule und hatte Kontakt zu »normalen« Leuten. Wie stark musste das aristokratische Umfeld, in dem sie wohl lebte, auf sie einwirken?

›Werde ich das je rausfinden?‹, fragte Tim sich. ›Werde ich sie kennenlernen? Sie und ihr Umfeld? Oder wird es bei diesem Ausflug bleiben? Wie wird sie sich verhalten, wenn wir uns künftig über den Weg laufen?‹

»Was für ein außergewöhnliches Geschäft!«, staunte Anna, als sie vor Armins Laden, dem Rauchenden Haus, standen und sich die Schaufensterauslagen ansahen. »Woher kennst du diesen Mann?«

»Ich hab ihn auf meiner Tour kennen gelernt«, antwortete Tim.

»Auf deiner Tour?«

»Ja, ich war ein paar Jahre lang unterwegs. Bin um die Welt gezogen.«

»Ein paar Jahre lang weg vom Fenster!«, rief Anna aus, als würde sie sich plötzlich an etwas Wichtiges erinnern.

»Weg vom Fenster?«, wunderte sich Tim, »was soll das denn heißen?«

»Oh, entschuldige bitte«, erklärte Anna. »Das kannst du ja noch nicht wissen. Jana ist davon überzeugt, dass du all die Jahre in einer Haftanstalt gewesen seiest. Dabei hattest du ganz offensichtlich bloß eine Weltreise unternommen!«

»Weltreise ist gut!«, lachte Tim. »Das war keine Kreuzfahrt, weißt du? Und für Jana besorgen wir mal ein schönes Geschenk. Ein Päckchen Antilaberpillen wäre doch nett. Mal sehen, ob Armin da was hat …«

Tim drückte die schwere Glastür auf und führte die staunende Anna ins Rauchende Haus. Armin hatte heute mehr Aufkommen in seinem Laden als bei Tims letztem Besuch. Links hinter einer Glasvitrine standen zwei junge Männer. Typische Nerds, die sich einige der kleinen Drachenfiguren ansahen. Auf dem alten Ohrensessel links an der Wand, in der Nähe von Armins gläserner Theke, saß eine alte, gebeugte Frau mit einem Stock. Armin selbst stand hinter der Theke und bemerkte seine Gäste.

»Tim! Alter Haudegen!«, rief er. »Wie laufen die Geschäfte? Und wer ist der Engel, den du mit in meinen Laden bringst?«

»Hallo, mein Freund!«, rief Tim zurück und trat mit Anna näher. »Armin, das ist Anna zur Heyden, sie ist heute deine Kundin. Anna, das ist Armin Rauchhaus, Inhaber dieses runtergekommenen Lochs und ganz bestimmt der verrückteste Freak, den die Welt je gesehen hat. Vor dem brauchst du nicht zu knicksen.«

»Ich hasse es, wenn er so rumschleimt«, grinste Armin. »Guten Tag, junge Frau!«

Anna trat an die Theke ran und reichte Armin aufrecht und geradeaus die rechte Hand.

»Sehr erfreut«, sagte sie.

Armin warf Tim kurz einen belustigten Blick zu. Dann schüttelte er Anna die Hand.

»Sehr erfreut?«, wiederholte er. »Mensch Tim, alle Achtung! Wo hast du die denn aufgegabelt?«

»Wie bitte?«, fragte Anna in einem Tonfall leichter Empörung.

»Entschuldigen Sie meinen Enkel, schönes Kind«, sprach eine zittrige Stimme rechts von Anna. »Er weiß nicht, wie man sich in Gegenwart von kultivierten Menschen benimmt.«

Anna drehte sich nach rechts und sah die alte Frau, die sich mühsam mit ihrem Stock aus dem Sessel erhob.

»Ach, Oma!«, rief Armin lachend.

Die alte Dame ging langsam auf Anna zu und legte schließlich eine Hand auf ihren Oberarm.

»Es ist sehr ungewöhnlich, dass junge Menschen heutzutage solch tadellose Manieren an den Tag legen«, sagte

Armins Großmutter langsam und bedächtig, und man hörte das Klacken ihrer Dritten Zähne. »Also, Armin Rauchhaus, entschuldige dich gefälligst bei der jungen Dame! Woher soll sie wissen, welch liederlichen Umgangston ihr beiden Strolche miteinander pflegt?«

»Entschuldigen Sie bitte«, sagte Armin sogleich freundlich und lässig zu Anna. »Das war nicht böse gemeint. Um ehrlich zu sein, so viel Klasse hat es hier in meinem Laden noch nicht gegeben. Und da frag ich mich natürlich, woher ein Hauklotz wie Tim so eine vornehme Dame wie Sie kennt.«

»Wir haben uns oben in Albenhain kennen gelernt«, warf Tim schmunzelnd ein. »Anna, am besten zeigst du dem Taugenichts mal dein Sorgenkind.«

Zuerst war Anna etwas verwirrt. Indem die Jungs sich gegenseitig beleidigten, tauschten sie offenbar Freundlichkeiten aus. Das wiederum schloss wohl auch Sprüche über ihre Person mit ein. Anna lächelte. Jetzt, da sie es verstand, fand sie es witzig. Sie nahm ihre Handtasche von der Schulter und suchte ihre kaputte Kette hervor.

»Tim sagte mir«, begann sie, »dass Sie möglicherweise meine Halskette herrichten könnten. Wenn Sie sie bitte einmal in Augenschein nehmen würden?«

»Natürlich, gerne«, antwortete Armin und nahm das Schmuckstück in die Hand. Er war beeindruckt und pfiff leise durch die Lippen.

»Nun, Frau zur Heyden …«, setzte Armin an.

»Oh, nicht doch«, wehrte Anna vornehm ab. »Anna bitte.«

»Anna«, begann Armin noch einmal, »ich muss sagen, das ist ein wahnsinnig beeindruckendes Stück. Ich würde sagen, mindestens hundert Jahre alt. Zumindest die Kette.«

Er nahm eine kleine Lupe unter der Theke hervor und klemmte sie vor sein Auge. Dann betrachtete er den Verschluss der Kette.

»Hochkarätiges Gold, dachte ich mir's doch«, bemerkte er. »Der Anhänger ist jünger. Viel jünger. Aber auch aus Gold. Darf ich ihn aufmachen?«

»Ja, bitte«, antwortete Anna, woraufhin Armin das Herz öffnete und mit der Lupe betrachtete. Wieder pfiff er.

»Das ist eine ausgezeichnete Arbeit«, murmelte er. »Wer immer das gemacht hat, war ein Meister seines Fachs. Eine solche Technik erfordert höchstes Geschick. Darf ich fragen, wo du es herhast?«

»Meine Großmutter hat es mir geschenkt, als ich sechs Jahre alt war«, beschrieb Anna. »Dort auf der linken Seite, das bin ich, und die Dame rechts ist sie selbst.«

»Tim!«, rief Armin begeistert. »Schätz doch mal, was dieser Schmuck Wert ist!«

»Keine Ahnung«, gab Tim zurück, »aber so wie es aussieht, schätz ich mal so ein- bis zweitausend?«

Armin lachte auf.

»Weißt du es?«, fragte er Anna. Sie hob die Schultern und schüttelte langsam den Kopf.

»Das habe ich mich nie gefragt«, gab sie zur Antwort. »Es ist ja ein Geschenk.«

»Also«, erläuterte Armin, »alleine der reine Goldwert liegt schon bei viertausend Euro. Bei dem Alter und mit dem künstlerischen Wert zahlt man locker zehntausend Euro dafür!«

»Heilige Scheiße!«, entfuhr es Tim, der sich in dem Moment mit großen Augen in die Haare griff. »Und damit gehst du im Fluss baden?«

»Ich wusste es nicht«, rechtfertigte sich Anna verblüfft. »Ich trage sie jeden Tag, weil sie mich an meine Oma erinnert. Zugegeben, sie ist ein wenig zu kostspielig, um sie beim Baden zu tragen.«

»Ein wenig zu kostspielig?«, lachte Tim mit gespielter Verzweiflung. »Die Frau ist der Hammer!«

Sie mussten gemeinsam herzhaft über diese Untertreibung des Jahrhunderts lachen.

»Können Sie sie denn wieder vollends herrichten?«, fragte Anna Armin, der sich noch die Tränen aus den Augen wischte.

»Klar, kein Problem«, versicherte Armin. »Ihr kommt am besten in zwei Stunden wieder, bis dahin dürfte ich fertig sein. Und Tim?«

»Hm?«, machte Tim, und Armin deutete ihm geheimnisvoll an, näher zu kommen.

»Für dich hab ich auch noch was«, flüsterte er ganz leise, »aber psst!«

Armin legte den Finger auf den Mund und deutete mit einer Kopfbewegung zu den beiden Nerds rüber, die immer noch zwischen den Regalen herumgingen. Tim verstand und nickte einmal. Dann lächelte er kurz zu Anna rüber, die ihn etwas verdutzt ansah.

»Wie viel kriegste?«, flüsterte Tim.

»Fünfundsechzig Mücken«, antwortete Armin mit gedämpfter Stimme.

Damit verschwand er nach hinten. Tim zog sein Portemonnaie und zählte verdeckt einige Geldscheine heraus.

»Würden Sie mir glauben«, sprach Armins Großmutter zu Anna, »dass ich früher einmal so schön war wie Sie?«

Sie hakte sich bei Anna ein und deutete ihr an, dass sie mit ihr zu dem Ohrensessel zurückgehen wollte.

»Kommen Sie!«, sagte sie leise und gebrechlich, während sie sich schlurfend und gebeugt mit ihrem Stock vorwärts schleppte. Anna lächelte sie an und stützte die alte Frau.

»Bestimmt waren Sie das«, sagte sie freundlich.

»Ich darf mich Ihnen vorstellen«, sagte Armins Großmutter. »Hildegard Rauchhaus ist mein Name. Können Sie sich denken, wann ich geboren bin, Fräulein zur Heyden?«

»Bitte sagen Sie Anna zu mir, Frau Rauchhaus«, sagte Anna höflich. »Nein, ich weiß nicht, wann Sie geboren wurden.«

»Neunzehnhundertsiebzehn«, sagte Frau Rauchhaus bedächtig. Dann hob sie ihren Stock und deutete zu der Wand, an der ihr Sessel stand. »Ich möchte Ihnen ein Bild von mir zeigen. Dort an der Wand hängt es.«

»Das dort bin ich«, krächzte sie, als sie den Sessel erreichten. Sie stützte sich auf ihren Stock, ließ Anna los und zeigte mit ihren gekrümmten, rheumageplagten Fingern auf einen alten Bilderrahmen, in dem ein ovales Schwarzweißfoto steckte. Es zeigte eine junge Frau um die fünfzehn, mit einem langen dunklen Kleid und einem ebenso dunklen, großen Hut und einem kleinen Stockschirm. Sie hatte feine, weiche Gesichtszüge und musste wohl zu ihrer Zeit als sehr attraktiv gegolten haben. Anna beugte sich vor und sah sich das Foto an.

»Sie waren wirklich sehr hübsch«, sagte sie.

»Nun ja«, lachte Frau Rauchhaus heiser. »Vielleicht nicht ganz so schön wie Sie, aber ich hatte sehr viele Verehrer. Und dieser junge Herr hier hatte schließlich das Glück, mich in die Ehe zu führen.«

Sie deutete auf das Bild darüber. Es zeigte Frau Rauchhaus im Alter von 18 Jahren neben ihrem Bräutigam, einem hageren jungen Mann mit schütterem Haar und einer tiefen Narbe in der rechten Wange.

»Er war offenbar verletzt«, bemerkte Anna.
»Er war in seiner Jugend bei einem Unfall schwer verwundet worden. Ich lernte ihn so kennen.«

»Sie erinnern sich bestimmt gerne daran, wie Sie ihn trafen, nicht wahr?«

»Oh ja, mein Kind! Er war so ein herzensguter Mann. Es dauerte lange, bis ich mir über ihn im Klaren war, aber dann habe ich ihn geliebt. 70 Jahre lang waren wir verheiratet, bis er 2005 gestorben ist.«

»Oh, das tut mir leid«, bedauerte Anna.

»Das muss es nicht, meine Liebe«, erwiderte die alte Dame mit einem Lächeln. »Ich war mein Leben lang glücklich, da gibt es nichts zu bedauern.«

»Na, Oma!«, rief Armin flapsig, als er wieder zurück zur Theke kam. »Hast du wieder jemanden gefunden, dem du deine Lebensgeschichte erzählen kannst?«

Er hatte eine hellbraune Jutetasche in der Hand. Er hielt sie tief über dem Boden und deutete Tim an, ans Ende der Theke zu kommen, dorthin, wo Anna und Frau Rauchhaus standen. Armin rollte wieder mit den Augen in Richtung der beiden Typen im Laden. Tim nickte kurz. Dann schob Armin die Jutetasche dicht neben der Theke nach vorne, wo Tim sie unauffällig entgegennahm. Anna blickte verwirrt von einem zum anderen und wunderte sich über die Geheimnistuerei der beiden. Tim reichte Armin ein Bündel Geldscheine um die Theke herum.

»Gut«, hauchte er leise, »wir gehen jetzt. Komm, Anna!«

»Okay«, flüstere Armin. »Bis in zwei Stunden!«

Tim führte Anna, die sich plötzlich sehr unwohl fühlte, zügig zur Tür und hinaus auf die Straße.

»Tim, was soll das?«, wollte Anna wissen, als sie draußen waren. »Was ist hier los? Hast du mich etwa getäuscht?«

»Es ist alles ganz harmlos«, sagte Tim ruhig und schob Anna mit seiner Hand in ihrem Rücken weiter die Straße entlang. »Ich versuche nur, den Tag zu retten.«

Nach ein paar Metern drehte Anna sich zur Seite und blieb stehen.

»Ich gehe nicht weiter, wenn du mir nicht auf der Stelle sagst, in was du mich hier hineinziehst!«, trotzte sie energisch.

»Wir beide gehen jetzt in das Eiscafé da vorne«, entschied Tim und deutete ein Stück die Straße hinunter, »und dann erklär ich dir alles.«

Kurz darauf erreichten sie die Straßenterrasse des Eiscafés. Tim führte Anna zu einem Zweiertisch an der Wand des Hauses. Sie setzte sich hin, die Knie zusammengedrückt, die Hände in den Schoß gelegt und machte ein grimmiges Gesicht, so grimmig, dass die beiden Stirngrübchen über den Augenbrauen zum Vorschein kamen, wie es oft geschieht, wenn jemand wütend ist.

Tim legte die Jutetasche auf seinen Schoß.

»Hier!«, sagte er, zog eine Pappschachtel heraus und legte sie auf den Tisch. Anna schaute auf den flachen

Karton und blickte Tim verwundert an. Auf der Schachtel befand sich das Bild eines ziemlich wuchtigen einmotorigen Flugzeugs, das kreisrunde Symbole wie Zielscheiben auf den Tragflächen hatte.

»Was ist das?«, fragte Anna kurz angebunden.

»Eine Rarität«, antwortete Tim und öffnete die Schachtel. Anna lehnte sich neugierig nach vorne, als Tim den Deckel beiseite nahm. Silbergraue Spritzlinge eines Modellbausatzes, in Cellophan eingeschweißt, kamen zum Vorschein.

»Eine Brewster F-2 Buffalo«, sagte Tim andächtig und mit einem Strahlen im Gesicht, »im Maßstab 1 zu 32, originalverpackt.«

»Ist das Hehlerware?«, flüsterte Anna mit ganz großen Augen, woraufhin Tim sie am liebsten in den Arm genommen hätte.

»Nein, völlig legal«, gab er als Antwort und grinste sich einen. »Armin hat sie bei einem Raritätenhändler bestellt, und ich hab sie ihm abgekauft.«

Anna ließ sich erleichtert gegen die Lehne ihres Stuhls fallen und schüttelte mit einem fassungslosen Lachen den Kopf. Dann beugte sie sich nach vorne und gab dem dreckig lachenden Tim über den Tisch hinweg einen Klaps auf den Oberarm.

»Du bist ein Hanswurst, Tim Richthof!«, schimpfte sie nur mit halber Empörung. »Warum hast du so ein Gewese darum gemacht?«

»Hast du die beiden Typen in Armins Laden gesehen?« fragte Tim zurück.

»Die, die dort ständig herumgeschlichen sind?«, fragte Anna ihrerseits.

»Richtig«, erklärte Tim. »Vor denen hat Armin mich gewarnt. Das sind total durchgeknallte Raritätenjäger. Wenn die das mit dem Flugzeug mitbekommen hätten, würden wir beide jetzt nicht so vergnügt hier im Eiscafé sitzen, sondern die ganze Zeit lästige Angebote abwehren.«

Anna lächelte wieder verschmitzt. Ihre Augen wurden ganz schmal und ihre Nase rümpfte sich leicht. Tim nannte es für sich mittlerweile das »Annalachen«. Jetzt würde irgendetwas Freches kommen, wusste er.

»Soso«, stellte Anna fest, »du bastelst also gerne Fliegerchen. Das ist ja so süß!«

»Wie bitte?«, stieß Tim ungläubig lachend hervor.

»Der kleine Timmi bastelt gerne Fliegerchen!«, stichelte Anna vergnügt.

»Ich bastel keine Fliegerchen!«, stellte Tim entrüstet klar. »Ich baue originalgetreue Modellflugzeuge! Das ist nur was für große, tapfere Krieger, okay?«

»Große, tapfere Krieger, in Ordnung«, lachte Anna.

In diesem Moment trat die Bedienung an ihren Tisch heran.

»Was darf ich euch bringen?«

»Such dir was aus, Anna!«

»Bringen Sie mir bitte ein Bananensplit!«

»Für mich den Joghurtbecher Kirsch, bitte!«

»Ein Banana-Split, ein Joghurtbecher Kirsch, sehr gerne«, sagte die Frau im Weggehen.

»Danke«, sagte Anna lächelnd zu Tim.

»Gern geschehen«, gab Tim augenzwinkernd zurück. »Du hast ja drauf bestanden, dass ich dich ganz altmodisch einlade.«

»Nein«, widersprach Anna sanft. »Danke für alles! Für den ganzen Tag. Er ist perfekt.«

»Den gibt's gratis dazu, wenn man die große Packung Tim bestellt«, scherzte Tim.

»Ich meine es ernst«, schwärmte Anna. »Noch nie hat jemand so etwas Nettes für mich gemacht. Wenn ich einmal etwas für dich tun kann, dann darfst du mich gerne bitten.«

»Och, wenn das so ist«, meinte Tim, »da fällt mir sofort was ein.«

»Und was bitte?«

»Hm, was denkst du?«, überlegte Tim schmunzelnd und ließ die Augenbrauen spielen. »Wir beide, ganz alleine, ein Abenteuer zu zweit …«

Anna sah Tim befremdet an und verschränkte schüchtern die Arme vor der Brust. Tim hatte es absichtlich so formuliert, dass man schief denken musste, doch er wollte auf etwas ganz anderes hinaus.

»Geh morgen mit mir auf Schatzsuche!«, schlug er begeistert vor. »Wir beide wären ein unschlagbares Team! Komm, sag Ja!«

»Die Schatzsuche?«, rief Anna und lachte. »Du machst bei der Schatzsuche mit? Nun, das hätte ich mir ja denken können.«

»Also?«, hakte Tim nach.

»Ja«, sagte Anna froh und nickte. »Ich komme gerne mit.«

»Fabelhaft!«, rief Tim und klatschte einmal in die Hände. »Du weißt aber schon, dass man da wie ein Schatzsucher angezogen sein sollte?«

»Ja, das weiß ich.«

»Das heißt, dass du nochmal für einen ganzen Tag auf dein Weißröckchen-Outfit verzichten musst. Wirst du damit fertig?«

Anna beugte sich herausfordernd nach vorne.

»Das werde ich ganz bestimmt verkraften«, witzelte sie und sah Tim neckisch an. »Doch was wirst du morgen tragen? Vielleicht einen schicken Tropenhelm und ein Schmetterlingsnetz?«

»Viel besser!«, entgegnete Tim. »Ich werde als der berühmteste aller Schatzsucher gehen.«

»Und welcher?«, wollte Anna wissen, und ein weiteres Annalachen huschte über ihr Gesicht. »Oh, ich weiß es: Tim aus ›Tim und Struppi‹!«

»Hey!«, rief Tim mit einem lauten Lachen. »Dir ist klar, dass du dann Struppi wärst, ja? Pass nur auf, so werden Spitznamen geboren!«

»Okay, das stimmt«, kicherte Anna. »Wer ist es denn? Captain Jack Sparrow?«

»Wäre auch cool. Nein, es ist Indiana Jones.«

»Uuuh!«, machte Anna. »Beeindruckend! Und es passt vortrefflich zu dir. Da muss ich mir ja ganz schön etwas einfallen lassen, um mit dir mitzuhalten!«

»Das wird bestimmt nicht schwer«, meinte Tim. »Irgend'ne Braut hatte der ja immer dabei.«

»Irgendeine Braut?«, rief Anna mit Empörung. »Ich bin aber nicht irgendeine Braut! Komme ich dir vor, als wäre ich irgendeine Braut?«

»Nein, ganz bestimmt nicht«, sagte Tim lachend und schüttelte den Kopf. Es gefiel ihm, wie Anna auf seinen unbedachten Spruch ansprang. »Du bist sicher vieles, aber garantiert nicht irgend'ne Braut.«

Die Kellnerin brachte ihnen ihr Eis, was Tim die Gelegenheit gab, Annas Tischmanieren aus nächster Nähe zu erleben. Wie jemand eine Glasschale mit einem Metalllöffel geräuschlos blank löffeln konnte, grenzte für Tim an Magie. Er genoss diesen Nachmittag in vollen Zügen, und nicht nur, weil Anna sich offenbar mit Filmen auskannte. Sie gab ihm an diesem Tag hundert Gründe, sich in sie zu verlieben.

Als Tim die Rechnung bezahlt hatte, war es Zeit, zu Armin zurückzugehen und Annas Kette abzuholen. Tim blieb sicherheitshalber draußen vor der Tür, denn er hatte ja den Modellbausatz dabei und wollte nicht riskieren, den beiden Nerds doch noch in die Arme zu laufen. Als Anna wieder herauskam, trug sie ihre Kette nicht um den Hals.

»Was ist?«, fragte Tim sie. »Wo ist deine Kette?«

Anna hob ihre Handtasche leicht an und sagte: »Ich weiß nicht, ob ich sie wieder tragen soll, wo sie doch so kostbar ist. Es muss dir ungeheuer prahlerisch vorkommen, wenn ich mit so etwas herumlaufe.«

»Darf ich sie mal sehen?«, fragte Tim. Anna öffnete ihre Handtasche und gab Tim die Kette. Schwer lag sie auf seiner Hand. Sie war wieder wie neu und funkelte wie pures Gold, aus dem sie ja nun einmal bestand.

»Deswegen trägst du sie aber nicht«, sprach Tim sanft. »Es ist ein Geschenk von deiner lieben Oma. Ist doch nicht deine Schuld, dass sie so wertvoll ist.«

Er öffnete den Verschluss der Kette und sagte: »Dreh dich um!«

Anna drehte ihren Rücken zu Tim hin und hob ihr Haar nach oben, sodass ihr Hals frei war. Wie hübsch das aussah! Tim legte ihr die Kette um und machte sie hinten zu.

»Und außerdem«, fügte er schmunzelnd hinzu, »wer jeden Tag in einem Tausendfünfhundert-Euro-Outfit rumläuft, kann auch einen Zehn-Riesen-Klunker dazu spazieren führen.«

»Danke«, lächelte Anna erfreut und fügte hinzu: »Du frecher Kerl!«

Nun machten sie sich auf den Rückweg nach Albenhain. Sie unterhielten sich unterwegs noch über alles Mögliche. Tim wünschte sich, dass der Weg nicht zu Ende gehen würde. Doch irgendwann standen sie eben doch vor Annas Lodge. Sie drehte sich zu Tim hin.

»Danke für den schönen Tag«, sagte Anna und umarmte ihn. Die zarte, liebevolle Umarmung des Mädchens erfüllte Tim mit einem unglaublichen Glücksgefühl. Er legte eine Hand an ihre Schulter und die andere an ihren Rücken und erwiderte den sanften Druck.

»Bis morgen früh«, fügte Anna lächelnd hinzu und drehte sich mit einem Schritt zur Tür.

»Bis morgen«, antwortete Tim charmant und drehte sich ebenfalls langsam um.

Anna ging die drei Stufen hinauf und öffnete die Tür. Sie schaute noch einmal hinter sich und sah Tim, der sich in Richtung Park entfernte. Seine Arme schwangen im Takt seiner Schritte und sein offenes Hemd flatterte um seine Hüften. Annas Herz begann wie verrückt zu klopfen, und mit einem Lächeln im Gesicht ging sie hinein und drückte die Tür ins Schloss.

»Auch schon zurück?«, grüßte Celine aus einem der Sessel in der Wohndiele.

»In der Tat, Line«, antwortete Anna und legte die Fingerspitzen auf ihren Halsschmuck. »Wie du siehst, ist Oma Lenis Kette wieder vollends hergerichtet.«

»Tu bitte nicht so, als hättest du ihn nur dazu benutzt«, stimmte Jana mit ein. »Du müsstest dein Gesicht gerade sehen.« Und dann imitierte sie Anna mit affiger Stimme: »Danke für den schönen Tag.«

»Völlig richtig, Jana. Es war ein ausdermaßen schöner Tag. Tim Richthof hat sich als äußert charmante Begleitung erwiesen. Zudem konnte ich heute mit großer Erleichterung die Wahrheit über ihn erfahren.«

»Die Wahrheit?«

»Ja. Denkt euch nur, all die üblen Geschichten, die über ihn im Umlauf sind, entsprechen mitnichten der Wahrheit. Oder zumindest haben sie einen wahren Kern, werden jedoch stark übertrieben weitergetragen.«

»Pfft«, machte Jana verächtlich. »Der lügt doch, wenn er das Maul aufmacht.«

»Nein, Jana«, hielt Anna dagegen. »Diesen Eindruck hat er ganz und gar nicht vermittelt. Im Gegenteil. Ich konnte so manchen Aspekt seiner Geschichte durch Herrn Rauchhaus, den Goldschmied, bestätigt finden.«

Celine schüttelte den Kopf.

»Trotzdem kein Grund, sich direkt in ihn zu verknallen. Der arme Philipp! …«

»Ihr versteht es nicht«, bemerkte Anna. »Sei's drum. Ich habe meine Ausstaffierung für den morgigen Tag vorzubereiten. Ihr entschuldigt mich.«

»Ausstaffierung?«, erregte Celine sich. »Heißt das, du rennst morgen mit ihm durch den Wald und machst dieses lächerliche Spiel mit?«

»Ganz recht. Es klingt doch nach einem kurzweiligen Zeitvertreib. Ihr beide könntet …«

»Vergiss es!«, schnitt Jana Anna das Wort ab. »Ich glaube, uns fällt was Besseres ein, oder, Line?«

»Aber Hallo!«

»Ich nehm drei.«

»Drei? Läuft ja bei dir.«

»Hast ja keine Ahnung.«

In Hütte 13 war die Truppe vom Haus der Jugend zusammengekommen. Mit Ausnahme von Hermann und Alex erfreuten sie sich an einer Partie Poker. Alex, der zuvor hinter der Hütte einige Karate-Katas geübt hatte, kam nun zur Tür rein und sah sich um.

»Trip scheint es ja gut zu ergehen, oder?«, rief er in die Runde, was Isi mit einem Augenrollen quittierte.

»Sieht so aus«, murmelte Michael mit konzentriertem Blick auf seine Karten.

»Tja«, gackerte Damian, »wenn die Giftschlangen ihn nicht in die Falle gelockt und totgebissen haben, dann hat er die zur Heyden wohl klargemacht.«

»Oh, Müller, echt jetzt!«, stöhnte Melli. »So typisch mal wieder.«

Alex lachte auf: »Neulich hat er noch groß zu mir gesagt: Mit 'ner Minderjährigen fang ich garantiert nix an! … Und jetzt?«

»Man soll eben nie nie sagen«, flötete Melli.

»Naja«, meldete sich Julian zu Wort. »Minderjährig ist ja aber auch irgendwo relativ, oder? Ich finde, 16 ist da echt ein Grenzbereich. Da kommt's total auf den Entwicklungsstand an.«

»Quatsch!«, rief Isi aus. »16 ist 16. Unter 18 ist minderjährig. Punkt.«

»Find ich nicht«, führte Julian weiter aus. »Jetzt seid mal alle ganz ehrlich; kommt Anna euch wie 16 vor?«

»Kein Stück«, antwortete Damian als erster, und Michael ergänzte: »Wenn ich's nicht wüsste, würd ich denken, die ist mindestens 19 oder so.«

»Mit Make-Up und so Klamotten kannst du jede wie 'ne Erwachsene aussehen lassen«, widersprach Isi leicht bissig.

»Davon red ich gar nicht mal«, führte Julian weiter aus. »Ich meine, wie sie sich gibt. Wie sie redet und so.«

»Vom Reden her müsste sie mindestens 100 sein«, spöttelte Melli, worauf Isi laut lachte: »Is so, Melli!«

Alex trat nun näher und stellte sich hinter Melli und Isi, die auf ihren Stühlen saßen und auf ihre Karten sahen.

»Ihr beide kennt sie doch besser«, sprach er. »Plaudert doch mal über sie.«

»Pfff«, machte Melli, »was heißt kennen? Wir waren auch noch nie bei ihr zu Hause.«

»Haben wir auch kein Verlangen nach«, schloss Isi sich an, und Melli fuhr fort: »Ist halt eine von drei Tussis, die keiner leiden kann, weil sie sich für was Besseres halten. Ich versteh ehrlich gesagt nicht, was Trip an ihr mag.«

»Noch Fragen?«, wandte Isi sich kurz angebunden mit einem streifenden Blick an Alex und drehte sich sofort wieder zum Spieltisch.

Alex fragte nicht weiter. Er stütze sich mit den Händen auf Mellis Stuhllehne und hielt seinen Kopf neben den ihren, um sich ihr Blatt anzusehen.

»Oh, Wow!«, begeisterte er sich. »Wahnsinn, Melli!«

Dann lachte er verlegen, räusperte sich und sagte: »Ehm, ich meine … Interessant … Hab nix gesagt.«

Michael, Damian, Julian und Isi sahen sich an, und beinahe gleichzeitig warfen sie ihre Karten auf den Tisch.

»Passe«, sagten alle trocken dazu.

»Bist du blöd!?«, schimpfte Melli Alex an.

»Wieso?«, entgegnete Alex. »Eure Einsätze sind doch gemacht. Mit dem Käseblatt wärst du rausgeflogen. Dank mir hast du die Runde gewonnen und bist wieder im Rennen.«

Da schmunzelte Melli vergnügt, legte ihre Karten ordnungsgemäß offen und langte mit ausladenden Armbewegungen nach dem Haufen Plastikchips in der Mitte des Tisches.

»Ditze, du bist ein Sack!«, rief Michael dröhnend. »Ich hatte zwei Paare auf der Hand!«

»Dein Pech, Hawkens, wenn du schwache Nerven hast«, lachte Alex.

In diesem Moment piepte und klackte es im Schloss der Eingangstür. Tim trat herein und drückte die Tür mit dem Hintern hinter sich zu. Die Jungs sahen das offene Hemd und die zerstörte Frisur ihres Kumpels und begannen zu johlen und zu klatschen.

»Heeeey!« – »Volltreffer, Junge!« – »Gratuliere!«

Mit abwiegelnden Handbewegungen ebbte Tim die übermütige Stimmung langsam ab.

»Hört auf, Leute!«, lachte er. »Nix davon ist passiert. Anna meinte bloß, dass ich ihr besser gefalle, wie ich immer bin. Ist doch echt cool von ihr, oder?«

Julian stand auf. Er lachte ebenfalls und deutete auf Tim: »Leute! Wenn ihr euch jemals gefragt habt, wie Trip aussieht, wenn er bis über beide Ohren verknallt ist, dann guckt ihn euch jetzt an!«

Gelächter erfüllte den Raum.

»Tja, Trip«, höhnte Melli. »Dann geh am besten schön kalt duschen und komm wieder auf den Boden der Tatsachen. Anna ist heute aus Höflichkeit mit dir ausgegangen, weil du was für sie getan hast. Du brauchst dir nicht einzubilden, dass die nochmal was mit dir macht.«

»Genau so sieht's aus«, sang Isi hämisch dazu.

»Tja, meine Damen«, grinste Tim, »einzubilden brauch ich mir das nicht.«

Die Mienen der Mädchen erschlafften. Verdutzt sahen sie Tim an.

»Ihr wisst doch, dass ich bis jetzt immer noch keinen Partner für morgen habe. Oder sollte ich sagen: Hatte.«

»Kein Scheiß jetzt?«, hauchte Melli, worauf Tim froh gelaunt den Kopf schüttelte. »Na dann, Respekt … Mehr kann ich dazu nicht sagen.«

»Alter!«, erkundigte sich Alex bei Tim. »Wie hast du das hingekriegt, dass so 'ne Schickimickischnitte sich zu so 'ner Aktion herablässt?«

»Nenn sie bitte nicht mehr so«, entgegnete Tim ihm. »Ich hab sie heute kennen gelernt. Ja, sie ist aus 'ner anderen Welt. Aber sie ist nicht so wie wir dachten. Überhaupt nicht.«

»Alles klar, er ist eindeutig verliebt!«, gackerte Damian.

– **Kapitel 9** –

Am nächsten Morgen herrschte reges Treiben rund um das Gemeinschaftsgebäude. Dutzende von jungen Leuten hatten sich am Treffpunkt bei den Grillhütten eingefunden. Hier sollte sie losgehen, die von so vielen heiß erwartete Schatzsuche!

Gewiss, es war nicht jedermanns Sache. Viele andere fanden es öde, dämlich oder peinlich, bei einem solchen Spaß mitzumachen. Wie zu erwarten gehörten Celine und Jana zu diesen Leuten. Sie blieben noch sehr lange in ihren Betten liegen und standen erst viel später auf, nachdem Anna sich fertiggemacht und ihre Lodge verlassen hatte.

»Alter!«, warf Tim seinen Freunden Alex und Michael entgegen, als sie sich auf dem Platz vor den Grillhütten einfanden. »Wie seht ihr denn aus? Nennt ihr das 'ne Verkleidung?«

»Wir hatten nichts anderes«, rechtfertigte sich Alex. Er trug ein dünnes Indianergewand aus einem Internet-Karnevalsshop über seinen normalen Tagesklamotten. Michael hatte ein dazu passendes Cowboyhemd an, das lange Fransen an der Brust und den Ärmeln hatte.

»Was wollt ihr denn darstellen?«, wollte Tim von ihnen wissen.

»Wir sind Winnetou und Old Shatterhand«, stellte Michael mit einem energischen Nicken klar.

»Und was hat das bitte mit Schatzsuchern zu tun?«, fragte Tim und lachte spöttisch.

»Hallo?«, rief Alex. »›Der Schatz im Silbersee‹?«

»Na, meinetwegen«, lenkte Tim ein und drehte sich zu Damian rüber. »Motte! Das ist cool! Das erkennt man wenigstens.«

Damians Outfit ahmte die Kleidung von Nicolas Cage in dem Film »Das Vermächtnis der Tempelritter« nach.

»Ich bin Benjamin Gates!«, unterstrich Damian Tims Worte.

»Eindeutig zu sehen«, bestätigte Tim. »Sieht richtig gut aus. – Boggy! Was soll das, Mann?«

Julian kam in einem blitzblanken, weißen Anzug mit Hemd, Krawatte und Lackschuhen daher. Mit stylisch durchgegelten Haaren stand er da, die linke Hand lässig in der Hosentasche.

»Ich bin der coole Oberschurke«, erklärte Julian, »der genau dann auftaucht, wenn die Schatzjäger nach mühevoller Suche den Schatz endlich gefunden haben! Und dann nehm ich ihn ihnen weg.«

»Sehr originell«, sagte Tim lachend. »Geile Idee!«

»Aber an dich kommt heute eh keiner ran«, meinte Julian augenzwinkernd.

»Schon möglich«, antwortete Tim und fasste an die Krempe seines braunen Fedora-Hutes. Er trug außerdem eine braune Baumwollhose und ein graues Jeanshemd mit halb hochgekrempelten Ärmeln. An seinem Gürtel hing eine sauber aufgerollte Peitsche.

Plötzlich ging ein lautes Raunen durch die Reihen der Jugendlichen und über den ganzen Platz.

»Es sei denn …«, stammelte Alex und deutete mit dem Finger an Tim vorbei.

Die Stimmen von mehreren Jungen und Mädchen klangen über den Platz:

»Boah, geilo!« – »Geniale Sache!« – »Wie Hammer ist das denn?« – »Alter, wie cool!«

Tim, der mit dem Gesicht zu seinen Freunden stand, bemerkte, wie auch Michael die Kinnlade herunterklappte und drehte sich um. Als er Anna auf sich zuschreiten sah, blieb auch ihm die Spucke weg. Langsam sah er an ihr rauf und wieder runter. Sie trug braune Outdoorstiefel, braune Hotpants und ein enges, lichtblaues, ärmelloses T-Shirt. Ihr Haar hatte sie streng zu einem langen Zopf geflochten. Nur seitlich von ihrer Stirn hingen dünne Haarsträhnen herab. Die Gurte eines kleinen Rucksacks waren vor ihren Schultern erkennbar. An den Händen trug sie enge, schwarze, fingerlose Lederhandschuhe. Zwei Softairpistolen, die zweifellos aus Armins Laden stammten, steckten in Holstern, die links und rechts von Annas Gürtel herabhingen und mit dünnen, schwarzen Lederriemen an ihre nackten Oberschenkel geschnürt waren. Breitbeinig blieb sie vor Tim stehen, verlagerte das Gewicht auf ihr linkes Bein und stemmte die Hände in die Hüfte.

»Dr. Jones?«, grüßte sie mit gespielter Eitelkeit.

Tim ging in eine leichte Kniebeuge, lehnte seinen Oberkörper zurück und ballte begeistert die Fäuste.

»Ja!«, rief er laut lachend. »Ich geh auf Schatzsuche mit Lara Croft!«

Dann drehte er sich zu seinen Freunden um und höhnte: »Leute, ihr könnt einpacken!«

Aber sofort wandte er sich wieder Anna zu und grüßte sie gebührend zurück.

»Lady Croft«, sagte er mit gleichfalls gespielter Höflichkeit, »welch große Ehre!«

Mit einem begeisterten Annalachen klatschte Anna in die Hände und wippte auf ihren Füßen auf und ab.

»Ist das nicht cool?«, fragte sie aufgeregt.

»Das ist der Hammer!«, rief Tim aus. »Das hast du gestern mit Armin klargemacht, richtig?«

»Ja!«, freute sich Anna. »Ich habe es mit ihm besprochen, als ich die Kette abgeholt habe, und heute Morgen bin ich ganz früh mit dem Taxi hinuntergefahren, um es abzuholen. Denke nur, er bestand sogar darauf, mir die rechteckige Gürtelschnalle aus einer dünnen Messingplatte zurechtzuformen.«

»Das ist Armin!«, bekräftigte Tim. »Bei Cosplay macht der keine halben Sachen. Geniale Aktion, wirklich! Du siehst fabelhaft aus!«

»Danke.«

»Komm, ich stell dir meine Jungs vor!«, beschloss Tim eifrig. »Also …«

Und so lernte Anna nach und nach Tims Freunde kennen:

»… hier haben wir Hawkens.«

»Hallo Anna, geiles Kostüm.«

»Danke.«

»… das ist Ditze.«

»Hi Anna. Ohne Witz, Angelina Jolie ist nix dagegen.«

»Oh, Danke.«

»… das hier ist Motte.«

»Anna.«

»Hallo.«

»… und das ist Boggy.«

»Hallo Anna, ich bin Julian.«

»Hallo Julian.«

»… und da sind ja auch die Mädels. Jenni.«

»Hey.«

»Hallo Jenni.«

»… Pia.«

»Mmmh – hey.«

»Hallo Pia.«

»… Melli müsstest du kennen.«

»Hey.«

»Ja. Hallo Melina.«

»… und Isi auch.«

»…«

»Ja.«

Schon Mellis Gruß zuvor war knochentrocken und voller Skepsis, doch Isi schmähte Anna vollständig. Sie schaute sie verächtlich von oben nach unten an, drehte sich auffällig abweisend um und ging nach hinten weg.

Die Situation wurde dadurch ein wenig peinlich. Glücklicherweise meldete sich im selben Moment ein Park-Administrator zu Wort und begrüßte die Teilnehmer. Er erklärte die Regeln, stellte die App noch einmal vor und loste für jedes Team die Startkoordinaten aus. Dann verteilte er an alle Schatzsucher einen Satz mehrerer identischer Lösungsblätter. Das war sehr vorausschauend, denn es kam oft vor, dass man sich beim Lösungsversuch verrannte und neu ansetzen musste.

»Und aufpassen, Leute!«, fügte er am Ende eindringlich hinzu. »Ein korrektes Lösungsblatt entscheidet nicht über den Sieger, sondern nur der Schatz. Gebt also gut auf die anderen Teams Acht!«

»Das versteh ich nicht!«, rief Jenni und hob die Hand. »Können Sie das bitte genauer erklären?«

»Natürlich«, sprach der Administrator. »Es ist ganz einfach: Es spielt keine Rolle, ob euch das eigene Blatt zum Ziel führt oder eines, das ihr einem anderen Team abgejagt habt. Entscheidend ist alleine die Tatsache, wer den Schatz hebt und zur Basis bringt.«

»Aha«, sagte Tim zu Anna. »Verschärfte Regeln also. Da müssen sie aber aufpassen, dass sich die Leute nachher nicht gegenseitig die Fresse polieren.«

»Aber Dr. Jones!«, schalt Anna ihn spielerisch. »Sie befleißigen sich heute einer Ausdrucksweise; ich muss doch sehr bitten!«

Tim lachte laut auf und fragte: »Wo nimmst du nur immer solche Wörter her?«

»Tja, so bin ich«, entgegnete Anna kess und stellte dann fest: »Nun, die Regeln scheinen ja recht einfach zu sein, wenn ich alles richtig vernommen habe.«

»Sind sie auch«, bestätigte Tim. »Am Anfang hat jedes Team die Koordinaten für seine eigenen Hinweise. Je mehr Hinweise man findet, desto mehr überschneiden sich die Orte, die man finden muss, und dann muss man einfach schneller sein als die anderen.«

»Völlig richtig«, nickte Anna. »Dann schlage ich vor, dass wir uns jetzt gleich einmal absetzen, um es in der Art und Weise meiner Figur zu sagen.«

»Dann wollen wir mal«, stimmte Tim zu und zog sein Smartphone aus der Tasche.

»Mist«, bemerkte er, »die App startet, aber meldet: ›Kein Kompass vorhanden‹.«

»Ich versuche es einmal«, sagte Anna und zückte ihr Handy, ein modernes Smarthone der neuesten Generation.

»Okay, wir nehmen deins!«, kommentierte Tim. »Ganz schön edler Knochen. Ein iPhone, schätz ich?«

»Ganz recht«, antwortete Anna und gab die Startkoordinaten in die App ein. Drei Sekunden später meldete sie froh: »Es funktioniert! Wir müssen hier entlang.«

Sie boten ein witziges Bild in ihren Outfits. Immerhin mussten sie für die Schatzsuche das Gelände des Ferienparks verlassen und begegneten daher auch ab und zu unbeteiligten Passanten. Doch die meisten Leute waren einfach nur begeistert von den Kostümen, und so gab es keinen Grund, peinlich berührt zu sein. Im Gegenteil, sie kamen sich ziemlich cool vor und genossen die Aufmerksamkeit.

»Wir stehen ganz schön unter Druck, Anna, weißt du das?«, flachste Tim.

»Ich weiß genau, was du meinst«, scherzte Anna zurück. »Wir sind die berühmtesten Schatzjäger aller Zeiten. Das verpflichtet.«

»Eben!«, stimmte Tim zu. »Wenn wir das hier heute nicht rocken, sind wir blamiert!«

Es gelang ihnen leicht, die ersten Hinweise in den gelben Überraschungseihüllen aufzuspüren. Sie enthielten Zettel mit jeweils zwei Rätseln. Eines der Rätsel ergab als Lösung die nächsten Koordinaten, das andere enthielt einen Hinweis auf das Lösungswort, das am Ende auf den Schatz führen sollte. Anna notierte alles sorgfältig auf einem der Lösungsblätter, die sie am Startpunkt mitbekommen hatten.

»Kennst du die beiden Typen da?«, fragte Tim sie plötzlich. »Da hinten, bei den Büschen, wo der Zaun einen Knick macht.«

Anna legte ihren kleinen Rucksack ab und nahm zu Tims Erstaunen ein kleines Fernglas heraus. Nach einem Blick hindurch stellte sie fest: »Das sind Felix und Maximilian aus meiner Stufe. Zwei kleine Neunmalkluge, die sich für unglaublich clever halten.«

»Ich glaube«, fuhr Tim fort, »die haben sich an unsere Schuhsohlen geheftet.«

»Das würde ihnen ähnlichsehen«, stimmte Anna zu, »aber woran machst du deine Vermutung fest?«

»Ich hab sie zum ersten Mal kurz hinter dem Zugang zum Ferienpark bemerkt«, erklärte Tim. »Da hab ich mir noch nichts dabei gedacht. Dann sind sie plötzlich bei der Weggabelung an dem Aussichtsplatz aufgetaucht. Und jetzt lungern sie da unten rum und halten immer den gleichen Abstand.«

»Falls du Recht hast«, schloss Anna, »müssen wir uns eine List einfallen lassen, um sie in die Irre zu führen.«

»Hast du schon irgendeine Idee?«, wollte Tim von ihr wissen.

»Das werden wir sehen«, antwortete Anna mit einem frechen Lächeln.

Kurz nach ein Uhr verspürte Tim leichten Hunger. Sie waren aber auch schon so einige Kilometer gelaufen. Er hielt nach einem geeigneten Rastplatz Ausschau. Ein alter, im Hang liegender, moosiger Baumstamm bot sich als Sitzgelegenheit an.

»Komm, lass uns was mampfen«, schlug Tim vor und setzte sich auf den Stamm. Anna hatte nichts dagegen. Sie setzte sich zu ihm und zog ihren Minirucksack aus. Tim holte aus seiner Tasche ein paar in Alufolie gewickelte Brote hervor. Er reichte Anna eins hin.

»Hier, für dich.«

»Oh, wie lieb«, freute sich Anna, »aber ich habe mir doch selbst etwas mitgebracht.«

»Das hier musst du nehmen!«

»Warum muss ich das nehmen?«

»Weil ich es mit Quark bestrichen und frische Erdbeerscheiben dazugetan habe«, flirtete Tim und hielt Anna das eingepackte Brot unter die Nase. »Hmmm!«

»Hmm, das ist verführerisch«, schwärmte Anna. »Na schön, ich nehme eins.«

»Klasse!«, freute sich Tim. »Und jetzt bin ich ganz leise!«

»Warum das denn?«, wollte Anna erstaunt wissen.

»Weil es niemals ein Geräusch gibt, wenn du etwas isst«, neckte Tim sie. »Aber diesmal krieg ich dich! Hier ist Alufolie drum, und die knistert immer, wenn man sie abmacht!«

»Du machst dich über mich lustig, Tim Richthof!«

»Ja, allerdings! Los geht's!«

»Na warte«, sagte Anna und nahm eine besonders vornehme Haltung ein. »Diese Freude werde ich dir nicht machen.«

Sie hielt das Brot in der einen Hand und fasste mit Daumen und Zeigefinger der anderen Hand an die Folie. Tim kam mit seinem Kopf ganz nah an Anna heran, um zu horchen.

»Du störst mich!«, lachte Anna und lehnte sich leicht von Tim weg. »So kann ich das nicht. Du musst etwas weiter wegbleiben.«

Tim nahm einige Zentimeter Abstand, blieb aber trotzdem in Lauschhaltung. Anna begann, die Folie rings um das Brot Stück für Stück nach oben zu biegen. Es war noch nichts zu hören. Kurz darauf klaffte die Alufolie rundherum auseinander, und so versuchte Anna, die obere Hälfte hochzuheben. Dabei passierte es: Die obere Hälfte war an einer Stelle in der unteren verhakt und löste sich mit einem deutlichen Schrappen. Anna kniff Augen und Lippen zusammen und rümpfte die Nase.

»Verflixt!«, sagte sie leise.

»Ha, haa!«, johlte Tim. »Fail! Meine Damen und Herren, ihre Hoheit hat gepatzt!«

»Das war aber auch sehr schwierig!«, wandte Anna lachend ein.

»Jetzt kann ich endlich wieder ruhig schlafen!«, feixte Tim.

Anna drückte ihren Oberkörper seitlich gegen Tim, um ihn sanft wegzuschubsen, doch er hielt dagegen, und so blieben sie aneinandergelehnt sitzen und verzehrten ihr Mahl.

Als sie aufgegessen hatten, nahm Anna das Lösungsblatt hervor. Die beiden sahen sich aufmerksam an, was sie bis hierhin aufgezeichnet hatte. In der Mitte des Blattes ergaben sich vier Symbole, die zusammen den endgültigen Hinweis ergeben sollten.

»Wir sind ja schon richtig weit«, freute sich Tim. »Meine Fresse, ist das Blatt voll! Was hast du da alles aufgemalt?«

»Alles, was mir bedeutsam erschien«, erklärte Anna. »Wir wollen am Ende gewiss kein Detail übersehen haben. Gut, ja, es ist ein wenig unübersichtlich geworden. Ich nehme gleich ein Ersatzblatt und zeichne es neu, dann wird es leichter verständlich.«

»Lass mal sehen«, murmelte Tim und betrachtete konzentriert die vier Felder. »Also, das da links ist wohl eine Pistole.«

»Ja«, bestätigte Anna. »Das zweite Symbol fehlt uns noch. Und das hier ist augenscheinlich eine Windmühle.«

»Und das Letzte sieht aus wie ein paar Tannenbäumchen«, meinte Tim.

»Dann frisch ans Werk, Dr. Jones!«, beschloss Anna, stand auf und schwang ihren Rucksack auf den Rücken. Dann hielt sie ihr Handy hoch und drehte sich kurz hin und her.

»Da entlang«, entschied sie und deutete flink in eine Richtung. Sie marschierten los.

»Du gehst ja richtig ab dabei«, bemerkte Tim amüsiert. »Das macht dir Spaß, he?«

»Ja, absolut«, sagte Anna fröhlich.

»Warum hast du dich ausgerechnet für Lara Croft entschieden?«, wollte Tim von ihr wissen.

»Na«, gab Anna zurück, »ich brauchte doch etwas, das deiner Figur ebenbürtig ist.«

»Ja, schon«, wandte Tim ein, »aber nur mit einer kurzen Hose und dem Zopf hätte auch jeder gewusst, wer gemeint ist. Du hast an deinem Kostüm jedes Detail berücksichtigt!«

»Wenn schon, denn schon«, erwiderte Anna. »Und außerdem ...«

»Ja?«

»... stehe ich total auf ›Tomb Raider‹!«

Tim blieb stehen und sah Anna, die weiterging, fassungslos nach.

»Duuu?«

Anna drehte sich um und ging rückwärts weiter den Weg entlang.

»Jetzt weißt du es«, lachte sie. »Aber wehe, du erzählst das herum – Pschiu! Pschiu!«

Sie zielte mit den Fingern auf Tim, so als ob sie mit zwei Pistolen schießen würde. Dann drehte sie sich wieder um und marschierte weiter.

»Das glaub ich einfach nicht«, sagte Tim völlig verdattert zu sich selbst. Dann lief er los, um wieder zu Anna aufzuschließen.

Nach etwa einem Kilometer Fußmarsch wurde das Gelände felsig und sehr steil. Sie kamen auf einer bewaldeten Kuppe heraus, von der aus sie einen flachen Abhang hinuntersehen konnten. Vor ihnen lag eine Formation aus flach ansteigenden Felsen.

»Der Anblick kommt mir jetzt aber sehr vertraut vor«, keuchte Anna nach dem mühsamen Aufstieg.

»Kein Wunder«, bemerkte Tim, ebenfalls schwer atmend. »Das sind die Wolfssteine. Da waren wir gestern. Wir sind ganz schön Zickzack durch die Gegend gelaufen.«

»Wie es scheint, müssen wir dort nach dem nächsten Hinweis suchen«, meinte Anna, mit dem iPhone in den Händen.

Nach einer kurzen Suche entdeckten sie eines der gelben Eier nahe der Felskante der Wolfssteine. Sie öffneten es und studierten den Inhalt. Anna nahm ihr Blatt hervor und zeichnete alles auf.

»Perfekt«, jubelte Tim leise. »Jetzt ganz still weiter. Deine Freunde laufen da unten rum!«

Tim ging los. Anna folgte ihm.

»Oh nein!«, rief Anna plötzlich entsetzt. Tim fuhr herum und erblickte gerade noch einen Zettel, der über die Klippe flog.

»Was war das?«, rief er nervös.

»Das war mein Lösungsblatt!«, rief Anna und hielt sich die Hände vor den Mund. »Das war der Wind! Oh, Tim, das tut mir so leid!«

Tim rannte hastig um die Klippe herum, um das Blatt zu bergen. Er war noch nicht ganz auf der anderen Seite, da sah er den Zettel auf dem Waldboden liegen. Aber er erblickte auch Maximilian, wie er hektisch nach dem Blatt grapschte, kehrt machte und davon sprintete. Tim setzte an, um ihm nachzulaufen, doch es war zu spät. Ihre Widersacher hatten bereits einen großen Vorsprung.

»Fuck!«, brüllte er wütend. »Verdammte Scheiße nochmal!«

Dann trat er missmutig einen Stein weg, der vor seinen Füßen lag. Inzwischen kam auch Anna um die Felsen herum zu Tim hingelaufen.

»Oh nein! Tim!«, rief sie laut und verzweifelt. »Es tut mir leid! Es tut mir so leid!«

Daraufhin hielt sie inne und beobachtete aufmerksam, wie Felix und Maximilian den Pfad von den Wolfsteinen hinab liefen und eilig den Waldweg nach Albenhain einschlugen.

»Oh, Anna!«, jammerte Tim kopfschüttelnd. »Jetzt war das alles für …«

»Pscht, pscht«, machte Anna und sah zu, wie die Jungs aus dem Blickfeld verschwanden. Dann klatschte sie verzückt in die Hände und drehte sich zu Tim hin.

»Geschafft!«, freute sie sich. »Die sind wir los!«

»Was ist so lustig?«, fragte Tim aufgeregt und deutete zum Weg hinunter. »Die … die haben jetzt unsere Auflösung, und jetzt …«

Da griff Anna in die schmale Tasche ihrer Hotpants und zog einen zusammengefalteten Zettel hervor. Triumphierend wedelte sie damit.

»Haben sie nicht!«, flötete sie stolz. »Denn das hier ist unser Blatt!«

Tim nahm den Zettel von ihr entgegen und faltete ihn auseinander. Er erkannte das Blatt mit Annas Zeichnungen wieder.

»Was hast du gemacht?«, fragte er fassungslos. Anna hielt beide Hände vor ihren Mund. Darüber verrieten ihre Augen und ihre Nase ein ausgeprägtes Annalachen.

»Ich habe unterwegs ein weiteres Lösungsblatt ausgefüllt«, kicherte sie, »aber ich habe mir eigene Symbole ausgedacht, sodass die Lösung nur Unsinn ergibt.«

»Wa- warum hast du mir das nicht gesagt?«, stammelte Tim.

»Weil es echt wirken musste«, antwortete Anna listig. »Ich weiß ja nicht, ob du gut schauspielern kannst.«

Tim sah sie sprachlos an und schüttelte lächelnd den Kopf.

»Du kleines ausgekochtes Schlitzohr!«, rief er. Dann fasste er sie um die Taille und wirbelte sie ein paar Mal herum. Anna klammerte sich an seinen Hals und jauchzte ausgelassen. Als Tim sie wieder absetzte, lehnte er sie an einen Felsen. Mit seinen Händen hielt er zu beiden Seiten ihren Oberkörper. Anna hielt seinen Kopf, die Daumen an seinem Unterkiefer, die Fingerspitzen in seinem Nacken. Mit leicht geöffnetem Mund sah sie ihn an. Sie atmete tief, ihre Brüste hoben und senkten sich und Tim spürte, wie ihr Herz schlug. Er beugte sich vor, legte den Kopf leicht zur Seite und küsste zart ihre weichen Lippen. Anna erwiderte den Lippendruck, und schnell wurden daraus lange, leidenschaftliche Küsse. Immer wieder hielten sie kurz inne und sahen sich an. Mal schloss Tim beim Küssen die Augen, mal hielt er sie offen um zu erleben, wie Anna ihre beim Küssen schloss, und dann schloss er auch seine. Er genoss es ein ums andere Mal, seinen Mund beim Küssen nicht ganz bis zu Annas Gesicht zu bewegen, sondern abzuwarten, bis Anna ihren Kopf nach vorne schob, um ihn zu küssen. Denn ein Mädchen, das sich küssen lässt, ist schön und gut, aber ein Mädchen, das küssen will, ist tausendmal aufregender. Nach einer Viertelstunde ließen sie ab und umarmten sich noch einmal.

»Wir müssen unseren Schatz finden«, bemerkte Anna lächelnd und streichelte mit ihren Händen sanft über Tims Brust. Der nickte zustimmend und ließ Anna los.

»Dann wollen wir mal sehen, was wir haben«, sagte Tim und nahm kräftig Luft. Er bückte sich und hob seinen Hut auf, der ihm vorhin vom Kopf gefallen war, um danach sogleich den Lösungszettel aufzufalten und glatt zu streichen.

»Das zweite Symbol ist also ein … ein Dreieck mit Dachziegeln?«, wunderte sich Tim. »Nein, Quatsch, ich glaub, es ist ein Berg! Es sieht aus wie ein Berg, oder was meinst du?«

»Es kommt mir ebenfalls wie ein Berg vor, ja«, meinte Anna. »Es ist recht abstrahiert, aber ich denke auch, dass es ein Berg ist.«

»Em, ja, total!«, brummelte Tim ironisch mit einem energischen Kopfnicken. »Find ich auch, ja. Total … abrasiert. Ja.«

»Du weißt genau, was ich meine!«, beharrte Anna und kniff ihm spaßhaft in die Seite. »Du bist doch hier das Superhirn, Mister Alkohol-Razzia!«

»Wieso weißt du denn davon?«, fragte Tim erstaunt.

»Weshalb denn nicht?«, gab Anna zurück. »Ich habe auch Ohren! Und wenn etwas im Ferienpark die berühmte Runde macht, erfahren wir – wie nennst du uns? Weißröckchen?«

»Jap.«

»Sehr charmant. Jedenfalls erfahren wir das dann auch. Es heißt, du seiest dort äußerst engagiert vorgegangen. Warum?«

»Wegen Hermann«, erklärte Tim, »unserem Leiter. Er hat mal tierischen Stress gehabt, weil ein paar Kinder sein Vertrauen missbraucht haben. Ohne Hermann gäb's kein Haus der Jugend. Ich lass nicht zu, dass irgendwelche undankbaren Kinder das kaputtmachen!«

»Du scheinst viel von ihm zu halten.«

»Viel mehr als das! Er hat uns vertraut, als alle anderen gegen uns waren. Meine Alten haben nicht zu mir gehalten, aber Hermann schon. Er hat immer gewusst, dass wir's packen. Und deswegen wird er sich immer auf uns verlassen können, egal was ist.«

»So eine Freundschaft ist bewundernswert«, sagte Anna beeindruckt und nachdenklich zugleich. Tim nickte bekräftigend dazu.

»Ist doch normal«, stellte er klar. »Freunde unterstützen sich. Guck dir meine Jungs an. Da ist nicht einer drunter, der nicht sofort für den anderen in die Bresche springen würde. Wenn einer von uns was an der Hacke hat, oder wenn einer Frust schiebt, dann sind die anderen ohne Wenn und Aber für ihn da. Ist besser als jede Familie, wenn du mich fragst.«

Anna lächelte verhalten.

»Freunde unterstützen sich«, wiederholte sie leise.

»Ist so«, bekräftigte Tim und näherte sich Anna. Er streckte seine Hand aus und fuhr mit seinen Fingern sanft hinter ihr Ohr. Mit dem Daumen streichelte er zärtlich ihre Wange.

»Und bei dir hab ein echt gutes Gefühl«, sprach er sanft dazu und küsste ihre Lippen. Anna legte ihre Arme um Tims Hals und küsste ihn ihrerseits.

»Ja«, wisperte sie. »Es fühlt sich gut und richtig an.«

Sie sahen sich einen Moment lang verliebt in die Augen. Dann sah Tim an Anna hinab und lachte schelmisch in sich hinein.

»Was glaubst du«, gluckste er, »was einer gedacht hätte, wenn er uns vorhin gesehen hätte?«

Anna musste ebenfalls lachen.

»Er muss wohl gedacht haben, dass hier zwei Genre-Ikonen für einen Moment ihre professionelle Distance unterschritten haben.«

»Jap. Schätz ich auch«, schmunzelte Tim und nahm sich wieder den Lösungszettel vor. Er und Anna steckten die Köpfe zusammen.

»Also«, stellte Tim fest, »wir haben ›Pistole‹, ›Berg‹, ›Windmühle‹ und ›Tannenbäumchen‹. Was sagt uns das?«

»Ein Bilderrätsel«, bemerkte Anna. »Die Bilder ergeben sicherlich einen Begriff. Möglicherweise einen Ort.«

»Den Ort, an dem der Schatz versteckt liegt«, stimmte Tim zu.

»Aber ›Pistolenberg‹?«, formulierte Anna skeptisch.

»Koltberg!«, rief Tim und schnippte mit den Fingern. »Die Pistole ist ein Colt, und zusammen wird daraus Koltberg, ein bisschen anders geschrieben.«

»Koltberg?«, fragte Anna verwundert. »Was ist das?«

»Da gibt's doch die Koltberghügel hier in der Nähe«, erläuterte Tim, »also muss es sich darauf beziehen. Allerdings sind die zu weit weg. Da schicken die uns bestimmt nicht hin. Vielleicht gibt's noch was anderes, wo der Name drin vorkommt. Anna, frag doch mal dein ich-Fon!«

»Mein was?«

»Dein Telefonierbrett! Google Maps.«

»Ach so, ja, gewiss!«

Anna tippte auf ihrem iPhone herum und kicherte: »Du und deine merkwürdigen Ausdrücke.«

»Ja, genau!«, lachte Tim. »Von uns beiden bin ich der mit den merkwürdigen Ausdrücken. Is klar.«

»Ich habe es!«, rief Anna. »Hier, an der Linster, vielleicht ein paar Hundert Meter vom Ferienpark entfernt, liegt ein kleines Dorf namens Koltberg!«

»Treffer!«, freute sich Tim. »Zoom mal ran! Da, der grüne Bereich da. Das Symbol. Geh mal da drauf!«

»Kammwald«, las Anna vor.

»Kammwald«, grübelte Tim und sah auf den Zettel. »Hmm, ja, die Tannenbäumchen könnten auch für einen Wald stehen. Aber Kammwald? Das ergibt mit der Windmühle keinen Sinn.«

Anna zoomte weiter in die Karte hinein.

»Hier ist noch ein weiterer grüner Bereich mit einem Symbol«, erkannte sie. »Ein ganz kleiner, unmittelbar am Fluss gelegen.«

Sie hielten die Köpfe dicht zusammen, als Anna auf das Symbol tippte.

»Mühlenwäldchen!«, lasen sie wie aus einem Mund vor und blickten sich an.

»Der Schatz liegt in Koltberg im Mühlenwäldchen!«, schloss Anna mit freudiger Erregung.

»Nix wie hin!«, war Tims Antwort.

Nun hieß es aufpassen, dass sie den anderen Schatzjägern nicht in die Arme liefen. Wer wusste, wie viele von ihnen das Rätsel schon geknackt hatten? Tim und Anna bewegten sich weiträumig im Bogen auf das Mühlenwäldchen zu, um es aus der Gegenrichtung anzugehen.

Es war völlig still in dem kleinen Fichtenforst, der sich um eine alte, ausgediente Wassermühle schmiegte. Nur ein holpriger Weg führte hindurch, direkt an der Mühle vorbei. Vom Weg aus betrat man über einen schmalen Pfad das verwahrloste Haus. Hier musste das Objekt versteckt sein, das ihnen den Tagessieg bescheren würde.

»Scheint keiner hier zu sein«, bemerkte Tim leise, als sie das dunkle Innere des Mühlenhauses betraten. »Hier sind noch zwei andere Räume!«

»Also, das ist wirklich schaurig«, gruselte sich Anna, »so ein dunkles Haus mitten im Wald.«

Tim aktivierte die Taschenlampenfunktion seines Handys und leuchtete langsam umher. Alte, mit Spinnweben behangene Balken, Achsen und Räder warfen in dem kalten Licht gespenstig harte Schatten, die sich auf den Wänden entlang bewegten, während Tim sein Handy umherschwenkte. Bedächtig gingen die beiden um die hölzernen Objekte herum. Ihre Schuhe knirschten auf dem schmutzigen Boden. Sie betraten einen der beiden Seitenräume. Ein winziges, geborstenes Fenster spendete spärliches Licht. Der größte Teil des Raumes war in völlige Dunkelheit getaucht.

»Da!«, wisperte Anna plötzlich und deutete auf einen gelben Punkt, der vor ihnen im Lichtkegel der Handylampe auftauchte. Sie gingen darauf zu und fanden eine Tonvase, die höchstwahrscheinlich aus einem Blumenladen in der Nähe stammte und mit schlecht gemalten Symbolen aus weißem Edding rundum so verziert war, dass sie wie ein altes, wertvolles Gefäß aus vergangenen Zeiten aussehen sollte. Davor lag ein gelbes Ei. Anna ging in die Hocke und öffnete es. Tim kniete sich zu ihr.

Auf dem Zettelchen im Ei stand: »Herzlichen Glückwunsch! Ihr habt den Schatz gefunden! Jetzt schnell bergen und zum Startpunkt bringen!«

»Meinen Glückwunsch, Tim!«, sagte Anna lächelnd.

»Gleichfalls, Anna!«, erwiderte Tim, worauf sie sich einen zärtlichen Kuss gaben.

Sie hätten sich sicher noch länger geküsst, wenn sie nicht plötzlich ein Rascheln und Knacken von außerhalb des Gebäudes wahrgenommen hätten. Anna machte ein erschrockenes Gesicht. Tim blickte sie eindringlich an, legte den Finger auf seine Lippen und drückte ihr die Vase in die Hand. Das Handylicht schaltete er aus. Sie richteten sich behutsam auf und gingen vorsichtig zurück zum Hauptraum der alten Mühle. Da erschraken sie!

In der Tür, in der nach dem Aufenthalt im Dunkeln selbst das dämmrige Licht des Waldes hell wirkte, erblickten Tim und Anna die Silhouette eines Mannes, der ganz offenbar mit einem Arm auf sie zeigte. Nach einem kurzen Augenblick wurde ihnen klar, dass sie in den Lauf einer Schusswaffe blickten.

»Vielen Dank für Ihre Bemühungen!«, krächzte der Mann mit rauchiger Stimme. »Sie haben sicher nichts dagegen, wenn ich das Artefakt nun an mich nehme?«

Da machte Tim zwei schnelle Schritte nach vorne und schlug der Gestalt die Pistole aus der Hand. Dann drehte er dem jungen Mann die rechte Hand auf den Rücken, griff ihm ins Genick und beugte ihn nach vorne.

»Au, au, au, au«, stieß der Schurke hervor, »nicht so doll! … Okay, okay, okay, ihr habt gewonnen! … Ich geb auf!«

»Du alter Wichser!«, rief Tim ausgelassen lachend und lies den ›Bösewicht‹ los. »Bist wohl ’n ganz Schlauer, hm? Wo steckt Motte, he? Motte, komm raus!«

Mit schallendem Gelächter trat Damian von der Seite in die Tür und stellte sich neben Julian, der grinsend seinen weißen Anzug richtete.

»Ihr hättet eure Gesichter sehen sollen!«, wieherte Damian. »Und Boggy sagt noch, er ist der Schurke, der euch den Schatz abjagt!«

»Sehr witzig, ihr elenden Stalker!«, lachte Tim. Julian war mittlerweile in die Hocke gegangen und watschelte durch den dunklen Raum, wobei er mit beiden Händen den Boden abtastete.

»Was suchst du da, Boggy?«, wollte Tim wissen.

»Meine Knallblättchenpistole!«, feixte Julian. »Die gehört meiner kleinen Schwester. Die bringt mich um, wenn ich sie ihr nicht wieder zurückbringe.«

Tim und Damian bogen sich vor Lachen, und auch Anna, die sich längst von ihrem Schreck erholt hatte, lachte erleichtert. Wie viel Spaß diese Jungs hatten! Sie drehte sich zu Tim hin, legte ihm beide Hände auf eine Schulter und lehnte sich mit ihrer Wange darauf.

»Alles klar«, meldete Julian schließlich und richtete sich wieder auf. »Hab sie!«

»Tja, dann … Gratulation zum Sieg, Trip!«, nickte Damian anerkennend.

»Danke«, gab Tim zurück. »Aber ohne Anna hätt ich es nicht geschafft.«

Anna hob den Kopf und lächelte Tim an. Dann sagte sie schmunzelnd zu Damian und Julian: »Das ist wahr. Ohne mich hätte er noch nicht einmal ein funktionierendes Handy gehabt. Die App war auf seinem uralten Gerät völlig nutzlos.«

Damian und Julian lachten. Tim nahm Anna bei den Händen und sah sie an.

»Heute hast du deinem Kostüm alle Ehre gemacht!«, lobte er. Anna lächelte verlegen, doch die Freude über das Kompliment war ihr anzusehen.

»Na dann, Respekt, Anna!«, äußerte Julian aufrichtig, und Damian nickte ihr freundlich zu.

»Danke vielmals«, sagte Anna lächelnd.

Zusammen machten sie sich auf den Weg zurück nach Albenhain zu den Grillhütten hinter dem Gemeinschaftsgebäude. Tims und Annas triumphaler Einzug fand unter wenig Publikum statt, da alle anderen ja noch nicht wussten, dass die Jagd vorüber war und somit noch unterwegs waren. Erst als der Administrator über die App allen Teilnehmern signalisierte, dass der Schatz gefunden war, fanden sich Minute um Minute immer mehr Leute auf dem Platz ein.

Hätte dieser warme Spätnachmittag perfekter sein können? Tim war glücklich. So einen Tag konnte nichts versauen, da war er sich sicher.

Doch oft genügen dazu kleine Anlässe.

Es dauerte nicht allzu lange und auch Jenni und Pia sowie Melli und Isi stießen zu den feiernden Freunden hinzu. Tim begrüßte sie froh.

»Hey Leute!«, rief er ihnen zu. »Was für 'ne geile Aktion, oder?«

»Ja, absolut«, stimmte Alex zu. »Hat echt Spaß gemacht. Glückwunsch, euch beiden! Ihr wart nicht viel schneller als wir.«

»Das glaub ich dir«, versicherte Tim. »Boggy und Motte waren uns auch ganz dicht auf den Fersen.«

»Tja«, meinte Michael grinsend. »Gegen so 'nen ausgebufften Abenteurer wie dich können wir halt nicht anstinken.«

Bescheiden lachend winkte Tim ab.

»Nein«, hielt er dagegen, »damit hatte das nichts zu tun, glaubt mir. Die Ehre gebührt Anna.«

»Ach, nicht doch!«, wehrte Anna verlegen ab. »Wir haben es zusammen geschafft.«

»Einverstanden«, stimmte Tim zu und legte den Arm um Annas Schultern. »Dafür darfst du jetzt ein Selfie von uns beiden machen. Diese Outfits müssen festgehalten werden. Darf ich bitten, Lady Croft?«

»Mit dem größten Vergnügen, Dr. Jones.«

Anna zückte ihr Smartphone und im Nu war ein wunderschönes Selbstportrait in seinem Speicher verewigt.

Alex wurde dabei auf Annas Handy aufmerksam. Er verfolgte interessiert, wie sie es wieder in ihren Rucksack steckte.

»Moment mal!«, stieß er hervor. »Ehm, Anna? Ist das etwa ein iPhone 6s?«

»In der Tat, ja«, bestätigte Anna. »Weshalb fragst du?«

»Na«, nahm Alex Luft, »weil das erst nächsten Monat vorgestellt wird! Wieso hast du das schon?«

»Nun ja«, begann Anna zurückhaltend. Melli übernahm das Wort für sie.

»Tja«, flötete sie. »Papi hat halt so seine Beziehungen. Ist es nicht so?«

»Ist doch egal!«, rief Tim aus. »Jedenfalls war es heute echt nützlich. Ohne wär's glatt ein Reinfall geworden!«

Die Freunde lachten.

»Anna hat den Tag gerockt«, schwärmte Tim weiter. »Ernsthaft, Leute, ihr müsst euch nachher mal ihre Notizen ansehen. Total genial. Und wie sie die beiden Stalker gelinkt hat, mit dem gefakten Lösungsblatt …«

»Nun hör aber auf«, kicherte Anna. »Dafür hast du am Ende das Rätsel gelöst.«

Wieder ergriff Melli das Wort. Sie lachte schalkhaft.

»Nicht schlecht, zur Heyden!«, stellte sie fest. »Sieht ja fast danach aus, als wärst du gar nicht so ein arrogantes Miststück. Was, wenn das rauskommt?«

Im Grunde meinte Melli es nicht böse. Es war der Versuch, anerkennende Worte freundschaftlich ironisch zu verpacken, doch es kränkte Anna. Das alleine wäre für sie noch zu verkraften gewesen, wenn Isi die Worte von Melli nicht fehlinterpretiert und als Vorlage aufgefasst hätte, ihre tiefe Abneigung Anna gegenüber zu äußern.

»Muss hier noch jemand dringend kotzen?«, murmelte sie verärgert. »Ich jedenfalls geh jetzt lieber pennen.«

Damit kehrte sie sich um und ließ die anderen stehen. Anna machte ein betroffenes Gesicht. Ihre gute Laune war schlagartig verschwunden. Sie wollte mit Isi sprechen und ging ihr hinterher.

»Isabel, so warte doch einmal!«, rief sie, doch Isi ging eilig weiter. Anna machte ein paar Laufschritte, holte Isi damit ein und berührte sie mit der ausgestreckten Hand an der Schulter. Isi fuhr hysterisch herum.

»Pack mich nicht an!«, schrie sie.

»Isabel, ich …«, begann Anna, doch Isi unterbrach sie.

»Halt die Klappe, Anna!«, giftete sie. »Ich kann dich nicht ausstehen! Merkst du nicht, dass du alles kaputt machst? Entweder verlieren wir Trip, oder du gehörst plötzlich dazu. Und ehrlich gesagt weiß ich nicht, was schlimmer ist!«

Mit diesen Worten wandte Isi sich ab und lief endgültig in Richtung der Wohnhütten weg. Anna war bestürzt. Schlagartig wurde ihr klar, was ihre beginnende Liebesbeziehung zu Tim bedeuten würde. Wie würde es weitergehen? Wie könnten sie ihre Beziehung fortführen, wenn sie erst wieder zu Hause wären? Celine und Jana würden es niemals akzeptieren. Und ihre Eltern! Sie stellte sich die Reaktion ihrer Mutter vor und sah ein, dass es besser wäre, dies alles zu beenden, bevor es zu spät wäre und alle beide ihre Freunde verloren hätten. Mit Tränen in den Augen ging sie zurück zu Tim. Sie blieb aber nicht stehen.

»Ich muss jetzt gehen«, sagte sie traurig, aber bestimmt, im Vorbeigehen. Tim folgte ihr bestürzt.

»Anna! Was ist passiert?«, wollte er wissen. »Was hat sie zu dir gesagt?«, doch sie gab keine Antwort.

»Anna!«, drängte Tim. »Lass diesen Tag nicht so enden!«

»Warum denn nicht?«, gab Anna zurück. »Er muss ja ohnehin enden. Dies alles muss enden!«

»Warum?«

»Weil es aussichtslos ist, Tim! Wir verlieren beide unsere Freunde, wenn wir so weitermachen!«

»Darum geht es? Weil Isi rumätzt, willst du alles hinschmeißen?«

»Es ist nicht nur Isabel! Line und Jana werden genauso reagieren!«

»Was die beiden denken, ist mir scheißegal!«

»Mir aber nicht! Und jetzt hör bitte auf, mir hinterherzulaufen!«

»Anna! Das waren die zwei besten Tage meines ganzen Lebens! Ich kann nicht glauben, dass du das alles wegen ein paar Zicken in die Tonne haust!«

Anna blieb stehen und drehte sich zu ihm hin. Sie weinte bitterlich.

»Tim! So denke doch einmal nach! Wie soll es denn weitergehen? Es geht doch nicht nur um die Mädchen! Ich will mir gar nicht vorstellen, wie mein Vater reagieren wird! Und Mama erstmal!«

»So! Und das war's jetzt, ja? Ab morgen bist du wieder das Vorzeigetöchterchen und das Chef-Weißröckchen, ist es das?«

»Das kannst du nicht verstehen! Du hattest ja nie eine intakte Familie! Und Line und Jana sind meine besten Freundinnen! Wir lieben unseren Club!«

»Ach, Bullshit! Du bist diesen Scheiß doch längst leid! Ich hab dich in den letzten Tagen erlebt, wie du gelacht hast, wie du dich gekleidet hast! Wie du heute abgegangen bist! Du liebst Filme, du stehst auf ›Tomb Raider‹! Du kannst mir nicht erzählen, dass es dir Spaß macht, mit diesen Giftspritzen abzuhängen und über alles und jeden zu hetzen und zu maulen!«

»Tim, es tut mir leid, wenn du enttäuscht bist. Aber das ist nicht mein Problem. Lass mir mein Leben, und finde dich jetzt bitte damit ab!«

Und so ließ Anna Tim einfach stehen und lief los. Er erkannte, dass es aussichtslos war, ihr zu folgen.

»Ja!«, schrie er ihr hinterher. »Lauf! Lauf zu deinen tollen Freundinnen! Kriech wieder rein in deinen weißen Käfig!«

Damit drehte auch Tim sich um. Er hielt krampfhaft die Fäuste vor seine Stirn und atmete schwer. Das konnte doch alles nicht wahr sein!

Er ging ohne Umschweife zu seiner Hütte.

Kapitel 10

Am Freitagmorgen stand Anna früh auf. Sie hatte ohnehin kaum ein Auge zugemacht, und wenn überhaupt, hatte sie nur kurze, unruhige Schlafphasen gehabt. Doch sie hatte auch einen wichtigen Grund, früh aus dem Haus zu gehen. Immerhin hatte sie Armin versprochen, ihm die Waffen und die Holster vor ihrer Abreise wieder zurückzubringen. Sie duschte, machte sich die Haare und schminkte sich. Schließlich schlüpfte sie in ihren weißen Mini und zog sich ihren weißen Blazer über. Sie bestellte ein Taxi und ließ sich nach Pfaffenburg fahren.

Armin schloss sein Geschäft pünktlich auf. Nur wenig später hielt das Taxi vor dem Laden an. Anna bat den Fahrer, auf sie zu warten und stieg aus. Ein beklemmendes Gefühl lag auf ihr. Sie nahm die kühle Luft des anbrechenden Tages wahr. Die warmen Strahlen der noch recht tief stehenden Sonne schienen ihr ins Gesicht, und doch konnte sie sich an dem schönen Wetter nicht erfreuen. Stattdessen fühlte sie einen leichten Druck im Bauch und in der Brust, der unangenehmer wurde, sobald sie sich die Ereignisse des vergangenen Abends in Erinnerung rief. Die Erinnerung beim Betreten des Rauchenden Hauses an den unvergesslichen Mittwochnachmittag machte es keineswegs besser. Wie aus der Ferne klang das Klimpern des Windspiels über der Tür an Annas Ohr.

»Guten Morgen, Anna!«, grüßte Armin leicht nach vorne gebeugt, sodass seine zahllosen Piercings im Schein des von unten kommenden Thekenlichts glänzten.

»Guten Morgen«, sagte Anna leise und trat näher.

»Du siehst aber nicht sehr fröhlich aus«, bemerkte Armin. »Nicht gut gelaufen, gestern?«

»Doch«, drückte Anna hervor, »es war schön.«

»Wo steckt Tim?«, wollte Armin wissen. »Warum ist er nicht mitgekommen?«

Anna hob die Schultern und ließ sie wieder fallen. Sie seufzte und schlug die Augen nieder.

»Hm, hm, hm, hm«, machte eine zittrige Stimme rechts von ihr. Die alte Frau Rauchhaus saß an diesem frühen Morgen bereits in ihrem Ohrensessel und beobachtete Anna aufmerksam. Neben ihr auf einem Beistelltischchen stand eine Tasse Kaffee.

»Liebeskummer«, krächzte sie mild lächelnd. »Den erkennt man in jedem Jahrhundert«, und sie stützte sich auf ihren Stock um aufzustehen.

Anna lächelte traurig zu der alten Frau rüber, die sich auf den Weg zu ihr machte. Dann legte sie Armin die Pistolen und die Holster auf die Theke.

»Danke schön«, wisperte sie. »Was schulde ich Ihnen fürs Ausleihen?«

»Gar nichts! Hallo?«, wiegelte Armin ab. »Versprochen ist versprochen!«

»Danke.«

Armin nickte ihr freundlich zu.

Inzwischen hatte Frau Rauchhaus die drei Meter von ihrem Sessel bis zur Theke zurückgelegt. Sie fasste Anna am linken Arm und hielt ihre Hand.

»Nun erzählen Sie schon, meine Liebe«, forderte sie Anna sanft auf. »Was hat der Schuft gemacht, dass Sie so traurig sind?«

Anna schüttelte kurz den Kopf.

»Er hat nichts dergleichen gemacht«, sagte sie.

»Ach, ja«, nickte Frau Rauchhaus und schürzte die Lippen, um weiter zu sprechen, »dann kann ich's mir schon denken. Er entspricht nicht Ihren Vorstellungen, nicht wahr?«

»Ich habe zwei Urenkeltöchter«, fuhr Frau Rauchhaus fort, da Anna schwieg. »Sie sind 14 und 15 Jahre alt. Sie haben auch so ihre Vorstellungen, was junge Männer betrifft. Und da ist keiner gut genug, das kann ich Ihnen sagen!«

Sie kicherte heiser und ergänzte: »Keiner, außer jungen Sängern und Schauspielern, das versteht sich ja.«

Anna lächelte gezwungen.

»Aber wissen Sie was?«, erzählte die alte Dame weiter. »Auch die beiden träumen nur davon, eines Tages ihren strahlenden Traumprinzen zu treffen, und wenn es soweit ist, werden sie kaum merken, dass er nicht das ist, was sie sich in ihren jungen Jahren zusammengeschwärmt haben.«

»Traumprinz«, wiederholte Anna bedrückt. »Ich glaube nicht an den Traumprinzen. Und schon gar nicht daran, dass er vor einem steht und strahlt wie die Sonne.«

»Oh doch, mein Kind«, entgegnete Frau Rauchhaus mit einem milden Lächeln und hielt Annas Hand mit beiden Händen. »Er strahlt ganz gewiss. Er strahlt sogar heller als die Sonne. Aber nicht, weil er ein schönes Gesicht oder einen aufregenden Körper hat, und auch nicht, weil er eine schicke Frisur oder teure Kleidung trägt, sondern weil er ein Herz aus Gold hat!«

Anna und Armin sahen Frau Rauchhaus an.

»Mensch, Oma!«, meinte Armin flapsig. »Flockige Rede, Mann!«

»Ach, sei still!«, wies Frau Rauchhaus ihn zurecht. »Du wirst nie eine abbekommen. Welches Mädchen will schon einen Kerl, der aus seinem Gesicht ein Schlüsselbrett macht?«

»Ach, liebe Frau Rauchhaus«, sagte Anna wenig ermutigt, »wenn es doch nur so einfach wäre … Ich werde mich nun auf den Weg machen. Danke für Ihre Freundlichkeit.«

Tim nahm am abschließenden Frühstück seiner Truppe nicht teil. Er beschloss, bis zum Zeitpunkt der Abfahrt auf der Bank vor Hütte 13 sitzen zu bleiben. Hier war im Augenblick der einzige Ort, der ihm nicht ständig seine Erinnerungen an Anna hochbrachte.

In Tims Kopf schwirrte es. Sein leerer Magen zog sich zusammen und ein Druck lag ihm in der Kehle, fast als hätte er kotzen müssen. Hin und wieder jagten leichte Schüttelschauer durch seinen Körper. Sein Frust fühlte sich an wie eine Krankheit.

Tims Handy vibrierte. Es war eine SMS von Hermann: »Fahren in zehn Minuten los!«

›Endlich‹, dachte Tim, schickte Hermann noch ein »Ok«, griff nach seiner Tasche und erhob sich.

Die Motoren der Busse brummten, als Tim sich vom Shuttleplatz aus dem großen Wendekreis vor dem Rezeptionsgebäude näherte. Die beiden großen Busse der Elfer fuhren an, während Tim noch sein Gepäck verstaute. Dann stieg er ein. Es war bemerkenswert, wie jeder Junge und jedes Mädchen wieder an demselben Platz saß wie auf der Hinfahrt. Auch Tim ließ sich wieder ganz vorne neben Hermann nieder. Es zischte, und die Gummidichtungen der Tür schlugen dumpf aneinander. Der Motor brummte auf.

Kurz darauf startete Alex einen Aufmunterungsversuch.

»Wie wär's«, schlug er vor, »wenn wir heute Abend richtig schön einen drauf machen und Trip auf andere Gedanken bringen?«

»Klasse Idee!«, rief Michael. »Wär doch gelacht!«

»Danke, Leute«, sagte Tim freundlich, »aber ich glaub nicht, dass ich heut noch Bock hab, was zu machen.«

»Na, komm schon, Alter!«, warf Julian ein. »Wir gehen irgendwo hin, wo viele Bräute sind, und dann denkst du nicht mehr an Anna.«

»Genau!«, rief Damian. »Es gibt noch andere hübsche Mädchen …«

»Ihr habt keine Ahnung, Leute!«, rief Tim genervt dazwischen. »Ihr kapiert das einfach nicht! Anna ist nicht bloß ein hübsches Mädchen. Ihr hättet sie erleben sollen! Sie ist süß, und klug, und romantisch. Und sie kann so lustig sein! Sie ist bei mir total aus sich rausgekommen! Und jetzt steckt sie wieder in ihrem weißen Fummel und ordnet sich ein, um bloß nicht die Erwartungen ihrer Leute zu versauen. Ich könnt so kotzen, wenn ich dran denke!«

»Wir verstehen's ja«, wandte Alex ein, »aber du solltest dich jetzt nicht damit fertig machen. Ich sag dir was: Wir ziehen heute Abend auf jeden Fall los, und vielleicht schaffen wir's ja, dich mitzuschleppen. Überleg's dir wenigstens!«

»Ich denk drüber nach«, nickte Tim und drehte den Kopf nach vorne, um in Ruhe das Ende der Fahrt herbeizusehnen.

Zu Hause angekommen sah Tim sich zuerst einmal einem Haufen Arbeit gegenüber. Eine schöne Schicht aus Kiefernnadeln, die über sechs Tage hinweg von den Bäumen gefallen war, wartete darauf, von den Steinplatten des Zugangs gefegt zu werden. Zwei Katzen, eine schwarze und eine graugetigerte, liefen auf ihn zu und schnurrten ihm um die Beine. Tim ging in die Hocke und streichelte ihnen die Köpfe.

»Na, ihr beiden«, grüßte er sie. »Ich sehe, ihr habt fleißig Mäuse gefangen, hm? … Dann hol ich mal die Schaufel.«

Jetzt ein bisschen ums Haus herum zu arbeiten, tat Tim gut. Es war schön, wieder zu Hause zu sein. Nach ein paar Stunden fand er sein Gelände wieder ansprechend. Er ging nach drinnen und packte seine Tasche aus. Er nahm den Karton mit dem Modellflugzeug, das er bei Armin gekauft hatte, heraus und legte ihn auf den Tisch. Nach Jahren der Suche besaß er diesen Bausatz endlich, um nun festzustellen, dass er ihm wahrscheinlich nie wirkliche Freude bereiten würde. Tim beschloss, seinen Freunden für heute abzusagen und erst mal völlig zu Hause anzukommen, seinen Gedanken noch ein wenig nachzuhängen und dann vielleicht noch einen seiner Lieblingsfilme anzusehen.

So begann das Wochenende dahinzudümpeln. Den Samstagvormittag brachte Tim mit Besorgungen zu. Vor allem wollte er seinen leeren Kühlschrank wieder auffüllen und einen kleinen Laib Brot kaufen. Später wollte er eine Kleinigkeit essen, danach noch ein wenig zu Hause aufräumen und dann vielleicht mal sehen, was im Haus der Jugend so los war.

Es hallte leise, beinahe wie ein dumpfer Glockenklang, als Anna mit ihren schwarzen Stiletto-Kreuzriemchensandalen die offene Marmortreppe hinab schritt, die in die riesige Eingangsdiele ihres Elternhauses führte. Sie trug ein kurzes, schwarz-weißes Laurél-Etuikleid mit zwei breiten, senkrechten weißen Streifen auf der Vorder- und Rückseite. Ihr Haar hatte sie nach oben gesteckt und ließ es von dort aus in mehreren langen und gelockten Strähnen nach hinten fallen. Eine große weiße Rose zierte ihren Kopf. Sie genoss es, sich außerhalb der Schultage nach ihren eigenen Vorstellungen zurechtzumachen. Um den Hals trug sie Oma Lenis Kette.

»Ach, Annabelle!«, rief Vivienne zur Heyden entzückt. »Wie bezaubernd und elegant du aussiehst!«

»Danke«, sagte Anna und lächelte ihrer Mutter zu.

»Aber dass du immer so viel weiß tragen musst!« fuhr Vivienne fort. »Wie schnell handelst du dir dort einen Fleck ein, oder einen Fussel! Sei nur ja vorsichtig!«

»Ja, Mama«, gab Anna gelassen zurück.

Damit verschwand Annas Mutter mit hektischen Schritten in einem Seitenflur. Ihre Schritte verhallten allmählich. Anna wusste nicht recht, was sie tun sollte. Immer noch kreisten ihre Gedanken um die Ereignisse der letzten Tage: Ihre Zeit mit Tim, die Schatzsuche, das Eiscafé, das Rauchende Haus …

Anna sah sich unschlüssig um. Weiter hinten in der großen Diele stand ein riesiger, altertümlicher

Schreibtisch, an dem ihr Vater saß und in allerhand Papierkram vertieft war. Sie ging auf ihn zu.

»Hallo Papa«, grüßte sie.

»Hallo, Schätzchen«, sagte Wolfgang zur Heyden ohne aufzusehen. »Alles in Ordnung?«

»Ja, gewiss«, antworte Anna leise.

»Also läuft alles gut in der Schule. Das lob ich mir.«

»Ich hatte diese Woche keine Schule, Papa«, wandte Anna ein. »Wir waren auf Jahrgangsfahrt.«

»Ich weiß, Schätzchen.«

Annas Vater hatte immer noch nicht von seiner Arbeit aufgesehen. Anna legte die Hände hinter dem Körper zusammen und ging ein paar Schritte um den Tisch herum. Ihr Vater nannte sie immer »Schätzchen«. Anna wusste aber nie, ob er es sagte, weil man seiner Tochter nun einmal irgendeinen niedlichen Kosenamen gibt, oder weil er sie wirklich liebhatte.

»Was machst du?«, fragte Anna und kam ganz um den Tisch herum zu ihrem Vater.

»Steuerangelegenheiten«, antwortete Wolfgang nüchtern, »und Bankgeschäfte.«

»Machst du das gerne?«, wollte Anna vorsichtig wissen.

»Darauf kommt es nicht an, Annabelle!«, sagte Wolfgang eindringlich, und diesmal sah er seine Tochter an. »Diese Dinge sind wichtig. Von nichts kommt nichts.«

Mit diesen Worten wandte er sich wieder seiner Arbeit zu.

»Ja, das weiß ich doch«, gab Anna leise zurück und ließ ihren Blick über den Schreibtisch ihres Vaters schweifen. Da fiel ihr der schöne, hölzerne Tischbilderrahmen auf, in dem ein Foto ihrer Großmutter Helene zu sehen war.

»Papa?«

»Was denn, Schätzchen?«

»Wie war das mit Oma Leni? Sie war doch adelig, nicht wahr?«

»Ja, das war sie.«

»Warum hat sie ihren Adelstitel abgegeben?«

Wolfgang zur Heyden setzte sich aufrecht hin und blickte geradeaus.

»Darüber haben wir noch nie gesprochen«, fügte Anna hinzu.

»Nun, das sollten wir vielleicht nachholen«, lenkte Wolfgang ein und begann nüchtern zu erzählen, wie wenn er einen Polizeibericht verfasst hätte. »Es war so: Meine Mutter, deine Oma Leni, war bis zu ihrem achtzehnten Lebensjahr eine Komtess. Sie war die Tochter des Grafen Heinrich zur Heyden. Sie verliebte sich in einen bürgerlichen jungen Mann. Sie wurde schwanger und heiratete ihn. Deshalb wurde ihr von Seiten ihrer Familie der Titel aberkannt. Ein paar Jahre später starb er bei einem Autounfall.«

»Oh, wie überaus traurig!«, bemerkte Anna mit großen Augen.

»Und es versteht sich«, fügte ihr Vater hinzu, »dass ihr Adelsstand dennoch für immer verloren war.«

»Das war ja wohl nicht das Schlimme!«, widersprach Anna.

»Nein, überhaupt nicht«, stimmte Wolfgang zu. »Der Titel bedeutet nichts. Ein Mensch braucht sich nur anzustrengen, um erfolgreich zu werden. Das ist es, was ich dir immer sage, und das ist auch die Lehre, die du daraus ziehen sollst.«

»Wie war Oma Lenis Mann?«, fragte Anna neugierig, die allmählich begann, ihre eigene Lehre aus der Geschichte zu ziehen.

»Ich erinnere mich kaum noch an ihn«, erzählte Wolfgang. »Als Vater war er nicht so konsequent streng, wie es sich üblicherweise gehört. Ich weiß nur, dass meine Mutter ihn über alles geliebt hat.«

»Machte es ihr nichts aus, dass sie bei ihrer Familie in Ungnade gefallen war?«, hakte Anna nach.

»Nicht im Geringsten«, bekräftigte Wolfgang. »Sie hatte immer ihren eigenen Kopf. Du weißt, wie willensstark sie war. Und sie war pfiffig: Um ihrer Familie eins auszuwischen, schlug sie meinem Vater vor, ihren Familiennamen anzunehmen. Da er mit Nachnamen ›Schmitz‹ hieß, hatte er natürlich nichts dagegen.«

»Denkst du, sie hat damals richtig gehandelt?«, fragte Anna leise.

»Absolut!«, sagte Wolfgang mit Nachdruck. »Sie hat das getan, was sie für richtig hielt, trotz aller Konsequenzen. Solche Courage verdient meine Bewunderung!«

Anna strahlte plötzlich über das ganze Gesicht. Sie beugte sich hinunter und umarmte ihren Vater von hinten.

»Danke, Papa«, flüsterte sie und gab ihm ein Küsschen auf die Wange. Dann lief sie ins obere Stockwerk auf ihr Zimmer. Sie setzte sich aufs Bett und hielt den Anhänger ihrer Kette mit beiden Händen fest. Freudentränen liefen ihr über das Gesicht. Dann griff sie nach ihrer Handtasche und nahm hastig ihr Handy heraus. Doch dann fiel ihr ein, dass sie und Tim in Albenhain nie ihre Nummern und Adressen ausgetauscht hatten. Wie konnte sie ihn jetzt ausfindig machen? Sie lief hinüber zu ihrem Schreibtisch und öffnete ihren Laptop. Doch auch die Online-Telefonbücher lieferten kein Ergebnis. Tim war noch nicht lange genug wieder in Deutschland, um schon eingetragen zu sein. Anna dachte nach. Vielleicht hatte Tim ja ein Facebook-Profil. Sie selbst hatte sich in der siebten Klasse heimlich eins angelegt aber es nicht lange gepflegt, weil es ihr zu dumm war, in einem sozialen Netzwerk zu sein, in dem auch ihre Eltern aktiv waren. Jetzt suchte sie nach ihrem Passwort. Wie lautete es doch gleich? Es war etwas ganz Einfaches, wusste sie. Dann fiel es ihr plötzlich wieder ein: Azhcrjex3.

Leider musste Anna feststellen, dass Tim gar kein Facebook-Profil hatte, zumindest keins unter seinem richtigen Namen. Wieder dachte sie kurz nach. Schließlich ging sie die Profile ihres Oberstufenjahrgangs durch. Viele waren es nicht. Die meisten hatten sich inzwischen auf Instagram zurückgezogen. Anna wollte schon nach ihrem Smartphone greifen und dorthin wechseln, da stach ihr ein Facebook-Nutzername ins Auge, und kurz darauf hatte »Melli K« eine Freundschaftsanfrage von »Royal Chick Anna«.

Tim stand in der kleinen Schlafkammer in seinem Haus und verstaute ein paar Kartons in einem Wandschrank, darunter auch den Bausatz der Buffalo. Er würde ihn so bald nicht zusammenbauen, da war er sicher. Also packte er alles erst einmal ordentlich weg. Dann schaute er auf ein paar rissige Kartons, die auf dem Boden standen. Darin befand sich noch allerhand Zeug von seiner großen Tour. Billige Souvenirs, Notizen, Feldkocher, Messer und ein paar Zeltstangen… ein wenig Fernweh kam in ihm auf. Vielleicht war es ja besser, einfach wieder loszuziehen?

Gut, dass Tims Haus so klein war, sonst hätte er in diesem Moment das schwache Geräusch an seiner Haustür wahrscheinlich nicht wahrgenommen. Er hielt inne und lauschte. War dort jemand an der Tür? Das Geräusch erklang erneut. Ja, das war ein Klopfen.

»Ist offen!«, rief Tim. »Einfach reinkommen!«

Tim ging auf die Haustür zu, die gerade von außen zaghaft aufgedrückt wurde. Dahinter kam, vorsichtig lächelnd, Anna zum Vorschein. Tim nahm die Tür in die Hand und machte sie ganz auf.

»Hey«, sagte er überrascht, aber ruhig.

»Hallo«, erwiderte sie leise.

»Was willst du?«, fragte Tim tonlos.

»Zu dir«, war Annas knappe Antwort. Tim zuckte mit den Achseln, als wäre es ihm egal.

»Komm rein«, forderte er sie auf, während er sich abwandte und ins Wohnzimmer ging. Anna folgte ihm. Dann stand sie da, hübsch und elegant wie immer, jedoch mit unsicher vor dem Körper herabhängenden Armen, wobei sie mit beiden Händen die Henkel ihrer Handtasche hielt.

»Was zu trinken?«, fragte Tim. »Ein Wasser, ein Glas Milch? Erdbeerquark hab ich keinen da.«

»Nein, Danke«, lehnte Anna ab. »Tim, ich weiß, du bist wütend auf mich …«

»Da hast du verdammt Recht!«, pflichtete Tim ihr bei.

»… aber ich weiß jetzt, dass ich mit dir zusammen sein möchte!«, fügte Anna hinzu.

»Schön«, meinte Tim unbeeindruckt. »Für heute weißt du das. Und was ist morgen, wenn Celine und Jana dich dafür zur Sau gemacht haben? Oder wenn deine Eltern deswegen ausrasten? Ich hab da keinen Bock drauf, Anna!«

»Das hat sich alles geändert!«, versicherte Anna.

»Was hat sich denn geändert, Anna?«, forderte Tim sie bärbeißig heraus. »Sag es mir! Denn ich will nicht bei jedem Streit zwischen dir und deinen Leuten Angst haben, dass es vorbei ist! Das mach ich nicht mit!«

»Ich weiß jetzt, warum Oma Leni ihren Adelstitel aufgab!«, erzählte Anna nachdrücklich. »Sie hat ihn für ihre Liebe zu einem Bürgerlichen hergegeben! Sie hat alles aufgegeben, um mit ihm zusammen zu sein! Und deshalb habe ich jetzt keine Angst mehr vor dem, was auf uns zukommen könnte!«

Das klang für Tim schonmal recht überzeugend. Ihre Oma war Annas Vorbild, keine Frage. Trotzdem wollte er sie nicht gleich freudig umarmen. So trat Anna näher an ihn heran und legte ihre Arme auf seine Schultern, ihre Handtasche noch festhaltend.

»Und deine Freundinnen?«, brummte er.

»Sie werden es akzeptieren müssen. Und wenn nicht, kann ich ihnen auch nicht helfen.«

»Na gut«, brummelte Tim. »Ich werd deinen Antrag prüfen und geb dir innerhalb von zehn Arbeitstagen Bescheid.«

Anna kicherte: »Lässt sich das Verfahren nicht beschleunigen?«, und sie legte ihre Stirn an seine.

»Dafür muss ein Extra-Antrag eingereicht werden«, trotzte Tim.

Anna schob ihren Kopf vor und gab Tim einen zärtlichen Kuss auf die Lippen.

»Bewilligst du den?«, fragte sie lächelnd.

»Erst, wenn er in dreifacher Ausfertigung vorliegt«, forderte Tim schmunzelnd, woraufhin Anna ihn zweimal in derselben Weise küsste. Dabei legte auch er endlich seine Hände an ihre Taille.

»Was fordern Oma Lenis Benimmregeln in diesem Fall?«, fragte Tim schelmisch.

»Dass du mir jetzt ein paar Komplimente machst«, gab Anna zurück.

»Du siehst fabelhaft aus.«

»Danke.«

»Und nur ein bisschen overdressed.«

»Daran musst du dich gewöhnen! War das schon alles, Tim Richthof?«

»Schwarz-Weiß steht dir.«

»Danke. Und?«

»Und ich mag deine Schuhe. Du hast schöne Füße. Füße sind meistens hässlich, aber deine sind schön.«

»Oh, danke, wie charmant!«

»Trotzdem könntest du es mal mit ein paar kräftigeren Farben versuchen.«

»Was schlägst du vor?«

»Letzten Mittwoch mit dem roten Oberteil. Das sah toll aus mit deinen Haaren. Ja, ich finde, Rot steht dir super!«

»Dann werde ich das gerne einmal für dich in Betracht ziehen«, flüsterte Anna verliebt.

Sie sahen sich für ein paar Sekunden in die Augen, dann zog Tim Annas Körper an sich ran. Anna ließ ihre

Handtasche fallen und schlang ihre Arme um Tims Hals. Sie schlossen die Augen und küssten sich lange und ausgiebig.

»Ja, gerne«, sagte Anna danach mit ihrem verschmitzten Gesichtausdruck.

»Was meinst du?«, fragte Tim verdutzt. Gleichzeitig freute er sich, das Annalachen und das winzige Grübchen über ihrem Mundwinkel wieder zu sehen.

»Ich würde jetzt sehr gerne etwas zu trinken annehmen«, erklärte Anna und strahlte Tim an.

»Aber gerne doch!«, erwiderte Tim froh. »Bitte, setz dich!«, und er verschwand in der Küche.

»Danke.«

»Ich kann dir einen Sprudel anbieten«, rief er aus der Küche, »oder 'ne Cola. Limo? Red Bull? … Oh, hier, Apfelschorle! Wie wär's?«

«Ja, bitte", sagte Anna erfreut. «Eine Apfelsaftschorle, bitte!"

Neugierig kamen die beiden Katzen angeschlichen und setzten sich neben den Couchtisch. Die Schwarze schaute Anna starr an, während die Graugetigerte sich das Brustfell leckte.

»Ooh!«, machte Anna. »Wer seid ihr denn?«

Tim kam mit zwei Gläsern und zwei Flaschen aus der Küche. Er sah noch nicht, dass Anna die Hand nach den Katzen ausstreckte und die Schwarze neugierig daran schnupperte.

»Weißt du, Anna«, begann er, »du könntest auch aus England kommen. Ständig sagst du ›Danke‹ und ›Bitte‹ für alles Mögliche. Ich schätz mal, das gehört auch zu Oma Lenis Schule?«

»Selbstverständlich«, bestätigte Anna vornehm. »Psss-psss-psss-psss …«

»Ach, du hast die Katzen entdeckt!«, rief Tim erfreut aus und stellte Gläser und Flaschen auf den Couchtisch. Dann schenkte er Anna Apfelsaftschorle ein und setzte sich zu ihr aufs Sofa.

»Danke schön«, sagte Anna. »Nun ja, eigentlich haben sie eher mich entdeckt. Ich wusste gar nicht, dass du Katzen hast.«

»Eigentlich«, erwiderte Tim, »hatte ich das auch gar nicht vor. Aber als ich eingezogen bin, liefen sie immer ums Haus herum. Sahen ziemlich ausgehungert aus. Da hab ich angefangen, sie zu füttern. Irgendwann kamen sie dann auch mal rein. Tja, und jetzt haben sie hier das Kommando.«

»Wie heißen sie?«, wollte Anna wissen. Tim deutete zuerst auf die schwarze und dann auf die grau getigerte Katze.

»Das da ist ›Pest‹, und das ist ›Cholera‹«, erklärte er nüchtern.

»Oh, Tim!«, empörte sich Anna. »Weshalb gibst du den Katzen so scheußliche Namen?«

Tim nahm die graue Katze auf den Arm und knuddelte sie.

»Weil sie so lästig sind«, lachte er. »Hat man sie sich einmal eingefangen, hat man sie am Hals! Gell? Du kleines, nutzloses, fleischgefülltes Stück Rheumafell!«

Anna musste trotz aller Empörung lachen.

»Sei nicht so fies zu deinen Katzen!«, forderte sie. »Die verstehen nicht, was du sagst. Sie denken, dass du lieb zu ihnen bist, dabei beleidigst du sie unentwegt!«

»Die wissen schon, wie ich das meine«, stellte Tim lachend fest und setzte Cholera wieder auf dem Boden ab.

Anna blickte lächelnd umher. Dann stand sie auf. Wie von einem Magneten gezogen stand Tim ebenfalls auf.

»Musst du schon gehen?«, fragte er.

»Nein«, antwortete Anna. »Ich möchte mich nur, wenn du gestattest, ein wenig umsehen.«

»Klar, mach das!«, sagte Tim erleichtert. »Und später mach ich uns 'ne Kleinigkeit zu essen. Wie klingt das in deinen Ohren?«

»Das hört sich ansprechend an«, stimmte Anna zu. »Ich muss nur zu Hause anrufen und meinen Eltern sagen, dass es später wird.«

»Klasse!«, freute sich Tim. »Dann tau ich mal die Lachsfilets auf.«

»Hmm, das klingt köstlich!«, schwärmte Anna, und dann fragte sie mit vornehmer Schüchternheit: »Würdest du mir denn einstweilen verraten, wo deine Örtlichkeiten sind?«

»Meine … was?«

»Deine … Örtlichkeiten. Du weißt schon.«

»Ach, das Klo!«, rief Tim und lachte schallend. »Anna, ich bin echt total glücklich, dass wir beide jetzt zusammen sind, aber im Augenblick fühlt sich das noch ziemlich unwirklich an!«

»Wir werden uns beide gewiss noch daran gewöhnen«, kicherte Anna.

»Oh ja, das werden wir!«, lächelte Tim zurück. »Das Bad ist gleich da vorne neben der Garderobe.«

»Danke«, säuselte Anna, knickste angedeutet und verschwand im Badezimmer.

Tim ging zum Kühlschrank und nahm den Lachs und eine angebrochene Tüte Brokkoli aus dem Tiefkühlfach.

»Örtlichkeiten«, wiederholte er lachend, während er warmes Wasser ins Spülbecken goss und das gefrorene, eingeschweißte Dill-Zitrone-Lachsfilet aus dem Supermarkt hineinlegte.

Als Anna von der Toilette zurückkehrte, sah sie eine braun getigerte Katze draußen vor dem Küchenfenster herumscharwenzeln.

»Oh!«, rief sie entzückt. »Da ist ja noch eine Katze!«

Tim drehte den Kopf zum Fenster.

»Hey, Mali!«, rief er der Katze zu. »Geh eins weiter und komm zur Tür rein! Komm, Mali! Hepp! … Na, sie wird's schon kapieren. Wie jeden Tag.«

»Und warum hat diese Katze jetzt einen schönen Namen?«, fragte Anna, die es ungerecht gegenüber Pest und Cholera fand.

»Och«, gab Tim trocken zurück, »das ist ja nur die Abkürzung. Eigentlich heißt sie ›Malaria‹.«

Anna stieß einen empörten Seufzer aus.

»Du kannst deine Katzen doch nicht nach Seuchen und Krankheiten benennen!«, beschwerte sie sich halb erbost und halb belustigt.

»Doch«, widersprach Tim, »es funktioniert ganz gut. Möchtest du auch einen Spitznamen haben?«

»Nein, lieber nicht«, lachte Anna und nahm Tims Hand. »Aber einen Kuss hätte ich gerne.«

Da ließ Tim sich nicht zweimal bitten. Mit Freude und Hingabe erfüllte er Annas Wunsch.

Dann bereitete Tim das Essen zu, während Anna sich in Tims Wohnzimmer umsah. In einem Regalfach fand sie zwei fremdländisch aussehende Kerzenständer, in denen halb herabgebrannte Stabkerzen steckten. Sie nahm sie kurzerhand hervor und stellte sie auf den Tisch. Anschließend betrachtete sie eine sonderbare afrikanische Schnitzarbeit, die auf Tims spartanischer Wohnwand lag. Eine Ansammlung von kleinen Bilderrahmen an der Wand zeigte Fotos von Tim mit vielen verschiedenen Leuten, die aus den unterschiedlichsten Kulturen zu stammen schienen. Anna ahnte, wie viel es noch über ihren neuen Freund zu entdecken gab und sah durch die offene Küchentür zu ihm rüber, wie er in seinem kurzärmeligen T-Shirt für sie kochte. Und da war es auch schon wieder, dieses Herzklopfen. Wie weit dieser Abend wohl gehen würde?

»Das war ja wirklich ausgesprochen köstlich«, lobte Anna nach dem Essen und zwinkerte Tim zu. »Ich bin überrascht; ich hätte nicht gedacht, dass du Speisen zubereiten kannst.«

Tim stand auf und hob die beiden Teller samt Besteck vom Tisch.

»Wieso nicht?«, antwortete er lässig. »Du glaubst nicht, wie oft ich mir in den letzten Jahren aus irgendwelchen Sachen was gebrutzelt habe.«

»Hattest du das alles selbst herausgefunden?«, fragte Anna neugierig.

»Das meiste nicht«, gab Tim zu. »Ich hatte Glück und konnte unterwegs 'ne Menge von erfahrenen Outdoor-Leuten lernen. Alleine wär ich am Anfang ganz sicher draufgegangen.«

Tim brachte das Geschirr in die Küche. Anna stand ebenfalls auf und wartete auf seine Rückkehr. Sie freute sich darauf, ihre Arme um ihn zu legen und von ihm geküsst zu werden. In ihren Gefühlen lag aber auch ein bisschen Angst vor dem, was vielleicht noch passieren könnte. Sie zitterte ein wenig.

Als Tim ins Wohnzimmer zurückkehrte, ging Anna auf ihn zu, führte ihre Arme unter seinen hindurch und legte ihre Hände von hinten an seine Schultern. Wieder küssten sie sich leidenschaftlich. Leicht drückte Anna ihren Unterleib gegen Tims Körper. Der spürte, wie ihm seine Hose langsam zu eng wurde. Anna spürte es auch und fürchtete sich plötzlich ein wenig vor ihrem eigenen Mut. Doch es war so schön, wie Tim begann, ihren Hals zu küssen.

Sachte zog er den Reißverschluss ihres Kleides ein Stück hinunter, zupfte es auf einer Seite etwas beiseite und berührte mit seinen Lippen zart ihre Schulter. Sie begann am ganzen Körper zu zittern und ihr Herz schlug wie wild.

»Alles okay?«, fragte Tim sanft, als er es bemerkte.

Anna legte ihren Kopf an seine Schulter, das Gesicht zu seinem Hals gedreht.

»Ich habe das noch nie gemacht«, wisperte sie.

Tim schloss die Augen und hielt sie ganz fest. Vor genau einer Woche war er Anna zur Heyden zum ersten Mal begegnet, dieser großen, stolzen, jungen Frau, die mit herablassendem Blick an ihm vorbeigeschritten war. Nun hatte er diese Anna zur Heyden im Arm, ein unglaublich süßes, ganz normales Mädchen, das aufgeregt zitternd ihr Erstes Mal erwartete.

»Wir haben ja noch so viel Zeit«, flüsterte er, bedeckte ihre Schulter wieder und zog den Reißverschluss ihres

Kleides wieder zu. Anna kuschelte sich an ihn, und langsam hörte sie auf zu zittern. Lange standen sie so da. Dann wurde es Zeit, Anna nach Hause zu fahren.

Vor Annas Haus blieben sie noch eine Weile im Auto sitzen.

»Du kannst noch nicht aussteigen!«

»Weshalb? Nicht, dass ich unbedingt möchte.«

»Wir beide tauschen jetzt endlich mal unsere Handynummern aus!«

»Oh ja, unbedingt!«

Anna nannte Tim ihre Nummer. Der fügte sie zu seinen Kontakten hinzu und lud sie zu WhatsApp ein. Sie schickte ihm ein rotes Herz als Antwort und trug ihn ebenfalls in ihre Kontaktliste ein. Noch einmal lehnten sie sich aufeinander zu und gaben sich einen Kuss.

»Danke für den wunderschönen Tag!«

»Keine Ursache. Sehen wir uns morgen?«

»Sehr gerne. Gute Nacht, Tim.«

»Gute Nacht, Anna.«

Ein Kuss.

»Und Tim?«

»Ja?«

»Du hättest vorhin nicht aufhören müssen.«

»Okay.«

»Trotzdem Danke … Ich liebe dich!«

Damit öffnete Anna die Beifahrertür, sah Tim süß lächelnd an und stieg aus. Tim sah ihr verdutzt nach, wie sie langsam den Weg zur Haustür hinauf ging. Diesen Satz zu hören, berührte ihn tief. Dann fasste er sich, öffnete hastig die Autotür, stieg aus und ging um den Jeep herum.

»Was ist?«, fragte Anna ihn.

»Ich möchte dir das auch sagen!«, gestand Tim ihr.

Er ging auf Anna zu, und sie kam ihm mit ruhigen Schritten entgegen.

»Ich liebe dich, Anna!«, sagte er und nahm ihre Hand. Sie tauschten einen letzten, zärtlichen Kuss aus.

»Bis morgen«, flüsterte Anna.

»Ja.«

Und so schafften sie es für diesen Abend, sich voneinander loszureißen. Die Erlebnisse des Tages erfüllten Tim mit Glückseligkeit. Doch schon bald würde er wahrscheinlich Annas Eltern kennen lernen. Wie würden sie ihn begrüßen? Tims und Annas Freunde wussten auch noch nicht, dass sie nun ein Paar waren. Wie würden sie reagieren?

›Cool bleiben‹, dachte Tim. ›Einfach cool bleiben.‹

Es war nicht sonderlich übertrieben, wenn man behauptete, dass Tim an diesem Sonntag in einem neuen Leben aufwachte. Er hatte nun eine feste Freundin, und das war weit mehr als alle sozialen Bindungen bisher in seinem Leben, seine Familie eingeschlossen. Vor allem die letzten vier Jahre, in denen er herumzogen und nie lange an einem Ort geblieben war, stellten einen enormen Unterschied zu seinem jetzigen Leben dar. Dennoch, oder gerade deswegen, lächelte er zufrieden, als ihm nach dem Aufwachen die Ereignisse des gestrigen Tages wieder in den Sinn kamen. Die vergangene Woche war ein Wechselbad von Gefühlen, und es war nur zu wahrscheinlich, dass das Konfliktpotential von Tims und Annas junger Liebesbeziehung noch nicht ausgeschöpft war, doch zum ersten Mal sah er mit Zuversicht auf die kommende Zeit. Denn die Konflikte, die vielleicht noch zu befürchten waren, würden sich nicht zwischen ihm und Anna abspielen, sondern zwischen ihnen als Paar und ihrem Umfeld. Das würden sie locker durchstehen, war Tim sich sicher.

Gegen Mittag erhielt er über WhatsApp eine Nachricht von Anna.

Hallo, Timmi! ♡ 😉

Hallo Royal Chick Anna! 😬

Das weißt du von Melina, du frecher Kerl!

😆 … Hab vorhin mit ihr geschrieben 😊

Und ganz offenbar über mich geredet …

Na logisch! Irgendwem musste ich mein Glück doch erzählen!

Wie süß!
Ich vermisse dich.

Ich dich auch!

Was würdest du tun, um
jetzt bei mir zu sein?

Durch Ozeane schwimmen und durch glühende Lava laufen!!

Dann komm doch zu mir! ♡

Tim stoppte seinen Jeep an derselben Stelle, an der er Anna am Abend zuvor abgesetzt hatte. Schnarrend zog er die Handbremse an, schnallte sich ab und stieg mit einem lässigen Hopser aus dem Auto. Er ging innerlich davon aus, dass er Anna an der Tür abholen, vielleicht noch schnell ihren Eltern ein freundliches »Guten Tag!« zuwerfen und sich dann zügig mit seiner Freundin entfernen würde.

Bei Tageslicht nahm Tim nun auch das ganze Anwesen von Annas Elternhaus wahr. Es sah schon ziemlich luxuriös aus, wie man es von einer Villa erwartete. Säulen rahmten den zweiflügeligen Haupteingang ein. Ein langer, gepflasterter Pfad führte hinauf zum Haus, das wie eine Burg auf einer kleinen Anhöhe thronte. Der Vorgarten, der den Weg einfasste, und die angrenzenden Rasenflächen waren so topgestylt wie ihre Besitzer. Tim schritt in einem zügigen, lockeren Gang hinauf zur Tür.

›Jetzt aber kein Big Ben hier!‹ dachte er, als er den Finger an den Klingelknopf legte.

Es war tatsächlich nicht das Imitat des berühmten Londoner Glockenschlages, das aus der Klingel tönte, sondern eine Folge von zwei tiefen Gongschlägen, die den Bewohnern des Anwesens den Gast ankündigten.

Tim blickte durch die dicken Sicherheits-Ornamentglasscheiben der Haustür und versuchte, Bewegungen im Inneren des Hauses zu erkennen. Nach ein paar Sekunden erschien eine dunkle, menschliche Silhouette hinter dem Glas, die immer näher kam. Sie nahm bald die Form einer weiblichen Figur an, die ein schwarzes Kleid trug. Zwei senkrechte weiße Streifen wurden erkennbar. Anna! Gott sei Dank! Sie würden ohne viel Aufstand verschwinden können. Tim war erleichtert. Schon öffnete sich die Tür und seine schöne Anna stand lächelnd vor ihm. Aber warum trug sie keine Handtasche? Mist.

»Hallo«, grüßte sie ihn. »Bitte tritt ein!«

Anna schloss die Tür hinter Tim, der im selben Moment auch schon diesen Geruch nach fremder vornehmer Wohnung wahrnahm. Anna nahm seine rechte Hand und hielt sie, während sie in die große Diele traten. Das war ein gutes Zeichen. Tim sah den großen Schreibtisch, neben dem ein gepflegter Mittvierziger mit Armani-Anzug, Krawatte und George-Clooney-Frisur stand und ihn anblickte. Neben ihm stand eine Frau im knielangen, dunkelblauen, engen Rock und Business-Blazer. Sie war um die Vierzig, gutaussehend, mit schwarzen Haaren und schön geschwungenen Augenbrauen. Nur ihre Lippen waren etwas schmal, und die Mundwinkel deuteten leicht abwärts.

Tim war mal wieder hoffnungslos underdressed, und diesmal war es ihm zum ersten Mal ein bisschen peinlich.

Rechts von Annas Eltern, an der Wand, verlief eine weiße Ledercouchzeile, die weiter hinten der Raumecke folgte und noch für etwa zweieinhalb Meter weiter nach links verlief. Davor stand ein schmaler, gläserner Couchtisch. Zwei schwere Esszimmerstühle aus Eichenholz, die ganz offensichtlich nicht zur Raumausstattung gehörten, waren dem Couchtisch beigestellt worden.

»Herr Richthof, wie ich annehme«, sprach Annas Vater mit kräftiger Stimme und trat vor. Anna ließ Tims Hand los. Schon streckte Wolfgang seine Hand aus und reichte sie Tim. Der reichte sie ihm selbstbewusst entgegen. Er wusste, was passieren würde. Er kannte Männer dieses Schlages, wie zum Beispiel diese Manager auf der Baustelle in Dubai, auf der er zwei Monate lang als Betonbauer gejobbt hatte. Annas Vater würde Tims Händedruck prüfen und damit erste wichtige Informationen aus ihm herauslesen. Tim gelang es nicht nur, Wolfgangs Händedruck entgegenzuwirken, sondern auch den zackigen Schüttler, der darauf folgte, im selben Moment auszuführen wie sein Gegenüber.

»Wolfgang zur Heyden«, stellte Wolfgang sich vor.

»Guten Tag, Herr zur Heyden«, grüßte Tim mit gebührendem Respekt.

Nach dieser Begrüßung nahm Anna sofort wieder Tims Hand. Wolfgang deutete mit nach oben gerichteter Handfläche auf Annas Mutter.

»Meine Frau Vivienne«, präsentierte er.

Anna merkte durch die Anspannung seiner Armmuskeln, dass Tim beabsichtigte, ihrer Mutter die Hand zu reichen. Sie hielt seine Hand fest und zog sie leicht nach hinten. Tim spürte, dass sie ihm die ganze Zeit über half, nicht in Höflichkeitsfallen zu tappen.

»Guten Tag, Frau zur Heyden«, grüßte Tim freundlich.

»Herr Richthof«, grüßte Vivienne kühl.

»Und mit meiner Tochter verkehren Sie ja bereits recht vertraulich«, fuhr Wolfgang fort.

»Ja, das ist richtig«, sagte Tim höflich lächelnd zu Annas Eltern. »Danke, dass Sie mich in ihr Haus eingeladen haben.«

»Gerne, Herr Richthof!«, erwiderte Wolfgang. »Bitte, nehmen Sie Platz, Herr Richthof!«

Vivienne nahm auf dem von der Couch aus gesehen linken Stuhl Platz. Wolfgang wies Tim und Anna mit der Hand höflich an, sich auf die Couch zu setzen. Anna ging mit Tim an der Hand voraus und stellte sicher, dass sie schon saß, bevor Tim sich in die Polster sacken ließ. Tim saß nun Vivienne gegenüber, und Wolfgang nahm Anna gegenüber Platz.

»Nun, Herr Richthof«, begann Annas Vater, »es ist ja ganz offensichtlich so, dass Sie meiner Tochter gegenüber Absichten hegen.«

»Wir sind fest zusammen«, stellte Tim klar, worauf Vivienne mit einem leichten, kurzen Räuspern reagierte. Anna bohrte den Nagel ihres Mittelfingers leicht in Tims

Handfläche. Sie hoffte, dass die volle Schmerztherapie nicht nötig werden würde.

»Sehen Sie, Herr Richthof«, bekräftigte Wolfgang seinen Standpunkt, »und genau dort sehe ich Sie in Erklärungsnot. Meine Tochter erwähnte mir gegenüber, dass Sie als ehrenamtlicher Mitarbeiter im hiesigen Haus der Jugend agieren. In dieser Eigenschaft sind Ihnen die Jugendschutzgesetze in jedem Fall bekannt, davon darf ich ja ausgehen, Herr Richthof. Von daher erlauben Sie mir die Frage, Herr Richthof, sehen Sie keinen gesetzlichen Konflikt in der Tatsache, dass Sie als erwachsener Mann eine romantische Beziehung zu meiner minderjährigen Tochter anstreben?«

Tim kniff nachdenklich die Lippen zusammen. Wolfgang zur Heyden war klar in die Offensive gegangen. Tim lehnte sich auf der Couch nach vorne, stützte die Ellenbogen auf die Knie und legte seine Fingerkuppen aneinander. Er senkte kurz den Blick zu Boden, atmete tief ein und sah Annas Vater darauf forsch ins Gesicht.

»Ich befinde mich hier in Ihrem Haus«, begann er. »Deshalb schulde ich Ihnen Respekt. Sie sind Annas Vater, deshalb schulde ich Ihnen doppelten Respekt. Darf ich trotzdem offen mit Ihnen reden?«

»Selbstverständlich, Herr Richthof!«

»Okay«, nickte Tim, und man merkte, dass er noch über seine Worte nachdachte. »Also, es ist Ihr Haus, und Sie sind Annas Vater. Sie haben mich in den letzten paar Minuten so oft mit meinem Namen angesprochen, dass ich aufgehört habe mitzuzählen. Sie sagen immer wieder ›meine Tochter‹. Warum nennen Sie ihren Namen nicht? Sie und Ihre Frau sitzen auf normalen Stühlen, während ich mit meinem Hintern in der Couch versinke und zu Ihnen hochsehen muss. Ich find das nicht ganz fair. Mann, da können Sie ja gleich den Klitschko gegen ’nen Erstklässler in den Ring schicken!«

»Worauf genau möchten Sie bitte hinaus, Herr Richthof?«

»Was ich damit sagen will, ist: Ich lass mich von Ihnen nicht einschüchtern! Ich bin nicht Ihrer Meinung, und ich sag Ihnen auch, warum!«

»Nun, ich höre!«

»Es stimmt, ich helfe im Haus der Jugend aus. Nur ehrenamtlich. Aber Hermann legt trotzdem Wert drauf, dass wir uns auskennen. Deswegen schickt er uns auf Schulungen, und von daher weiß ich auch Bescheid über die Dinge, die Sie meinen: Jugendarbeitsschutzgesetz, Ausgehzeiten, und auch über die verschiedenen Schutzalter. Anna ist sechzehn, also greift Schutzalter 18. Sagt Ihnen das was? Das heißt nämlich, dass Anna eine Beziehung zu jedem erwachsenen Mann eingehen darf, wenn sie es möchte. Dagegen können Sie gar nichts machen. Die Ausnahmen sind nur Schutzverhältnisse, wie bei ’nem Lehrer oder Ausbilder, und natürlich Prostitution. Und, jetzt mal realistisch, ich bin erst zwanzig. Das sind doch nur vier Jahre. Ich finde, Sie sehen das ’n bisschen zu krass.«

Annas Eltern saßen unbeweglich da und sahen Tim an. Anna wagte kaum zu atmen und sah abwechselnd zu ihrem Vater und ihrer Mutter. Vivienne hatte nur beim Wort »Prostitution« kurz nach Luft geschnappt, ansonsten sah man ihr keine Emotion an. Wolfgang behielt mit aller Lässigkeit seine entspannt erhabene Sitzposition ein.

»Ich danke Ihnen für Ihre Offenheit, Herr Richthof«, sprach er. »Sie beweisen Mut, indem Sie mir in meinem Haus so entgegentreten. Was machen Sie beruflich?«

»Das hab ich noch nicht entschieden«, antwortete Tim. »Ich hab Ideen. Und Pläne. Ich hab auch ein bisschen Geld auf der hohen Kante. Ich bin noch jung, aber ich hab in den letzten Jahren reichlich Erfahrungen und Fähigkeiten gesammelt. Und meine berufliche Zukunft gestalte ich mir schon, darauf können Sie sich verlassen!«

»Nun«, schloss Annas Vater, »dann würde ich mich freuen, wenn Sie mir demnächst einmal von Ihren Plänen erzählen würden.«

Dann stand er auf und schüttelte Tim die Hand.

»Guten Tag, Herr Richthof! – Um zehn Uhr bist du zu Hause, Annabelle!«

»Aber Wolfgang!«, rief Annas Mutter energisch.

»Schon gut, Vivienne«, beschwichtigte Wolfgang sie. »Der junge Herr macht mir den Eindruck, als wäre er ein Mann mit vernünftigen Ansichten. Und einer, der weiß, was sich gehört.«

»Vielen Dank, Herr zur Heyden!«, antwortete Tim respektvoll.

»Zehn Uhr, Herr Richthof«, gab Wolfgang höflich lächelnd zurück.

»Versprochen!«, sagte Tim.

»Wo werdet ihr jetzt hingehen?«, wollte Vivienne unbedingt noch wissen.

»Och«, meinte Tim, »ich denke, wir fahren jetzt mal runter zum Haus der Jugend, meine Leute treffen.«

»Und wer bitte sind die Herrschaften, die Sie dort zu treffen gedenken?«

»Die Jungs halt: Hawkens, Ditze, Motte, Suddel, Haufen … Vielleicht lässt Kröte sich auch nochmal blicken, der war lange nicht mehr da.«

»Du meine Güte! Wenn ich diese Namen schon höre!«

»Nein, nein. Die sind cool, die sind cool.«

»Tim, jetzt hör auf!«, warf Anna lachend ein. »Er macht nur Spaß, Mama. Mach dir keine Sorgen!«

Vivienne nahm es mit steifen Lippen zur Kenntnis.

Tim und Anna verabschiedeten sich. Einige Minuten später waren Sie an der frischen Luft und gingen Arm in Arm auf Tims Jeep zu.

»Hast du auch das Gefühl, dass die mich total ins Herz geschlossen haben?«, fragte Tim belustigt.

»Meinen Vater hast du jedenfalls sehr beeindruckt«, versicherte Anna. »Mama wird noch ein Weilchen brauchen, aber ich muss schon sagen, ich habe gerade bei ihr mit einer heftigeren Reaktion gerechnet. Ich glaube, sie wird dich mögen.«

»Klar wird sie das!«, blödelte Tim. »Alle vornehmen Damen stehen auf wilde, verwegene Abenteurer!«

»Ich muss zugeben«, gestand Anna, »den würde ich auch gerne einmal kennen lernen.«

»Das wirst du«, versprach Tim und hielt ihr die Beifahrertür auf. »Da kommst du gar nicht drum rum!«

»Danke«, sagte Anna und stieg ein. Tim warf die Tür schwungvoll ins Schloss und ging vorne um den Wagen herum. Als er eingestiegen war, legte er die Hände auf das Lenkrad und sah Anna mit einem entgeistert spöttischen Gesichtsausdruck an.

»Was ist?«, fragte Anna.

»Annabelle???«, feixte Tim.

»Wenn du mich jemals so nennst, mache ich Schluss!«, scherzte Anna, und Tim stimmte in ihr Lachen ein.

»Find den Namen aber irgendwie gut, wenn ich ehrlich bin«, erklärte Tim beim Starten des Motors. »Klingt schön. Obwohl ›Annabelle zur Heyden‹ schon ein ziemlich langer Name ist. Nicht so griffig, verstehst du?«

»Du machst dir ja keine Vorstellung …«, seufzte Anna.

»Vorstellung von was?«

»Ach, über nichts weiter Wichtiges. Wir lassen es langsam angehen.«

Im Haus der Jugend waren an diesem Sonntagnachmittag alle Jungs und Mädels aus dem harten Kern versammelt. Außer Hermann, der seinen freien Sonntag zu Hause bei seiner Familie verbrachte.

Trotzdem war das Haus geöffnet. Michael und Damian hatten ebenfalls die Schlüssel, und wenn einer der beiden Zeit hatte, schloss er die Tür auf und übernahm die Leitung in Vertretung. Michael machte heute außerdem den Thekendienst. Sie alle begossen die schöne Albenhainfahrt nachträglich mit reichlich Softdrinks.

»Was ist eigentlich mit Trip?«, fragte Julian in die Runde. »Der hat sich seit Freitag nicht mehr blicken lassen.«

»Der schiebt bestimmt noch Frust wegen der zur Heyden«, warf Damian ein.

»Hat sich mal jemand nach ihm erkundigt?«, wollte Julian wissen. »Ditze, weißt du was?«

»Nein«, antwortete Alex. »Das Letzte, was er nach der Busfahrt gesagt hatte, war ›Tschö, ich meld mich‹.«

»Hättest ihn ja mal anrufen können?«, meinte Damian.

»Negativ!«, gab Alex zurück. »Ich weiß, wann er in Ruhe gelassen werden will! Der meldet sich, sobald er wieder klar ist.«

»Ich könnte mir vorstellen«, meldete sich Melli, »dass er was mit Anna gemacht hat.«

»Quarkes!«, rief Michael dazwischen. »Wegen der ist er doch so mies drauf!«

»Da wär ich mir nicht so sicher«, sagte Melli geheimnisvoll.

»Wieso?«, murrte Isi. »Ich dachte, die Sache wäre endlich abgehakt?«

»Nicht für Anna, denke ich«, widersprach Melli.

»Wie kommst du denn darauf, Melli?«, fragte Julian.

»Sie hat mich gestern Nachmittag auf Facebook angefragt«, erklärte Melli.

»Hää?«, platzte Isi hervor. »Wieso das denn? Du hast die hoffentlich geblockt!«

»Nein«, widersprach Melli. »Dazu gab's keinen Grund. Die war nett. Wir haben ein bisschen geschrieben. Und dann wollte sie wissen, wo Trip wohnt.«

»Na super!«, maulte Isi. »Dann ist der garantiert umgefallen wie ein morscher Baum! Miss Obertussi hat ihn bestimmt schön um den Finger gewickelt.«

»Ich glaub, sie hat's ernst gemeint«, hielt Melli dagegen.

»Na, wär doch okay!«, rief Damian. »Ich hab nix gegen die!«

»Ich auch nicht!«, pflichtete Julian ihm bei.

»Natürlich nicht!«, lästerte Isi. »Weil sie ja so hübsch ist! Ihr findet sie nur scharf, das ist alles!«

»Also«, widersprach Julian, »ich fand sie echt nett, letzten Donnerstag.«

»Mir war sie auch total sympathisch«, fügte Michael hinzu.

»Und ihr findet sie scharf!«, beharrte Melli langsam und betont.

»Och«, druckste Julian gespielt verlegen herum, »scharf … na ja …«

»Scharf, ja?«, stimmte Alex in derselben Weise ein. »War mir jetzt nicht so aufgefallen.«

»Mir auch nicht«, meinte Michael und machte ein ernstes Gesicht. »Müssen wir wohl mal drauf achten.«

Melli und Isi verdrehten genervt die Augen, sahen sich vielsagend an und schüttelten verständnislos die Köpfe. Die Jungs aber brachen schlagartig in lautes Gelächter aus.

»Alter!«, wieherte Damian und schlug Julian auf den Arm. »Hast du den Arsch von der gesehen? In der kurzen Hose?«

»Hör bloß auf, Mann!«, lachte Julian. »Von dem Anblick träum ich immer noch!«

»Also, wenn die gestern zusammengekommen sind«, gab Alex dazu, »dann weiß ich, warum die bis heute Nachmittag nicht aufgetaucht sind!«

»Dann haben wir wohl eine Menge verpasst?«, warf Mike ein, der mit Kevin bei den vier Mädels saß.

»Das kannst du laut sagen, Suddel!«, bestätigte Damian.

»Blödmänner!«, rief Isi. »Und an die andere Möglichkeit denkt ihr überhaupt nicht, gell?«

»Was für 'ne andere Möglichkeit?«, fragte Alex.

»Dass sie wirklich zusammen sind«, unkte Isi, »und Trip jetzt lieber was mit ihr macht als mit uns?«

Die Jungs schwiegen betreten.

»Nein«, meinte Alex nach einer Weile, »das glaub ich nicht.«

»Er hat immer zu uns gehört«, stimmte Julian bei. »Er gibt uns bestimmt nicht auf.«

»Nein«, bekräftigte auch Michael. »Das würde er nicht machen!«

»Wer würde was nicht machen?«, rief Tim, als er mit Anna in der Tür erschien. Anna fühlte sich recht unwohl, weil sie nicht sicher war, wie sie im Haus der Jugend empfangen werden würde. Die Tatsache, dass sie beide sich an den Händen hielten, ließ die Jungs begeistert aufspringen. Sie klopften Tim auf die Schulter, schüttelten ihm die Hand und freuten sich aufrichtig für sein Glück. Anna begrüßten sie freundlich, aber zurückhaltend. Sie wussten nicht, ob es angebracht war, sie mit einem Streicheln der Schulter oder einer Umarmung zu begrüßen. Das alles brauchte noch seine Zeit.

Pia dagegen hatte in der vergangenen halben Woche genügend Zeit gehabt, sich endgültig mit der Tatsache abzufinden, dass sie ihren Schwarm aufgeben musste. Der Anblick des händchenhaltenden Paares war für sie daher kein ganz so großes Problem mehr.

Wer jedoch ein sehr großes Problem mit der Beziehung zwischen Tim und Anna hatte, war Isi. Für sie war ein Albtraum wahr geworden: Tim war mit einer der ihr so verhassten »Kotzbrocken« zusammen. Sie saß dort mit verschränkten Armen zwischen Melli und Jenni in einem alten Sofa und sagte kein Wort.

»Leute, das muss gefeiert werden!«, rief Damian. »Hawkens! Cola und Limo für alle!«

»Geht auf's Haus!«, blödelte Michael und stand auf.

Darauf jubelten alle, außer Isi, und die Jungs setzten sich wieder auf ihre Plätze.

»Cola haben wir keine mehr!«, rief Michael, der hinter die Theke gegangen war. »Nur noch Limo, Wasser und Apfelschorle!«

Tim setzte sich inzwischen auf einen freien Stuhl in die Runde und nahm Anna auf den Schoß. Ein witziger Anblick, wie sie mit ihrem eleganten Kleid auf Tims alter Jeans saß.

»Die Lady und der Tramp«, kommentierte Alex grinsend.

»Ja!«, lachte Tim. »Der alte Streifen mit Steve McQueen, schon klar!«

»Ich würde eher sagen«, meinte Julian, »The Beauty and The Beast!«

Tim lachte auf.

»Da haben wir's!«, sagte er zu Anna. »Der hält dich immer noch für ein Biest!«

»Du Fiesling!«, lachte Anna und schlug ihm leicht auf den Bauch. »Er meint das selbstverständlich im klassischen Sinn, stimmt's, Julian?«

»Aber sicher doch!«, versicherte Julian. »Und nenn mich Boggy!«

»Also, Leute, wer will jetzt was trinken?«, rief Michael hinter der Theke.

»Leute!«, rief Damian, der zwischen Sitzrunde und Theke vermitteln wollte. »Hawkens will wissen, was ihr trinken wollt!«

Und dann fragte er reihum:

»Anna?«

»Eine Apfelsaftschorle, bitte.«

»Trip?«

»Limo.«

»Ditze?«

»Auch Limo.«

»Suddel?«

»Sprudel.«

»Haufen?«

»Cola«, antwortete Kevin, worauf Damian die Augen verdrehte und nachhakte:

»Haben wir nicht! Nur Limo, Wasser und Apfelschorle.«

»Joa, dann ein Diesel.«

Ein ausgelassenes Gelächter erhob sich, kombiniert mit dem einen oder anderen fassungslosen Stöhnen.

»Boah, Haufen!«, brauste Damian einmal mehr auf. »Ich hab doch gerade gesagt, wir haben keine Cola! Wie sollen wir denn dann ein Diesel machen? Mann!«

Anna lächelte ungläubig und sah Tim, der vor Lachen bebte, verwundert an.

»Das ist Haufen«, erklärte er. »Der is so. Der rafft nie was, und dann geht Motte immer so ab. Das da war noch harmlos!«

Damian nahm weiter die Bestellungen auf und gab sie an Michael weiter. Irgendwann hatten dann auch alle ihr Glas in der Hand.

»Leute!«, rief Julian in die Runde. »In vier Wochen hat der Boggy wieder ein freies Wochenende! Ich lad euch alle ein! Einfach mal so auf 'nen gemütlichen Nachmittag. Ich mach uns auch einen leckeren Sandkuchen!«

Julians Einladung wurde mit großem Jubel und Applaus entgegengenommen.

»Alles klar!«, rief Kevin und lachte dumm. »Dann können wir uns ja besaufen!«

Es wurde still im Raum. Was zum Geier meinte Kevin damit?

»Äh, Haufen?«, richtete Julian das Wort an ihn. »Was meinst du mit ›dann können wir uns besaufen?‹«

»Ja!«, rief Kevin. »Du hast doch gerade gesagt, du machst ’nen Sektkuchen!«

Ein leises Kichern kam im Raum auf.

»Nein, Haufen«, korrigierte Julian ihn, »das hast du falsch verstanden! Ich sagte ›Sandkuchen!‹«

»Ach so!«, rief Kevin, und wieder lachte er dümmlich. »Okay … was denn für einen Sahnekuchen?«

»Oh, mein Gott, Haufen!«, brüllte Damian, und nicht nur er schlug sich die Hand vors Gesicht. Die ganze Runde lag wieder vor Lachen am Boden. Kevin war einfach zu merkwürdig. Nur Isi, die schon das Getränk abgelehnt hatte, lachte nicht mit. Sie fühlte sich übergangen und nicht beachtet. Sie sah noch einmal missmutig zu Anna hin und stand dann auf.

»Ich hau ab«, kommentierte sie kurz angebunden und ging zur Tür.

Tim deutete Anna an, dass er aufstehen wollte. Sie stand auf und setzte sich auf seinen Stuhl. Tim ging Isi eilig hinterher. An der Haupteingangstür fing er sie ab und mit den Worten »Komm mal kurz hier rüber!« führte er sie in den hinteren Flurbereich, sodass man sie im Gemeinschaftsraum nicht hören konnte. Melli war ihnen gefolgt und gesellte sich auf Isis Seite dazu.

»Isi, was ist jetzt?«, forderte Tim eine Antwort. »Wie lange soll das so weitergehen?«

»Ich hab keinen Bock auf die!«, trotzte Isi. »Sie ist 'ne Kobro-Tussi, und ich kann sie nicht ausstehen!«

»Wenn das alles ist«, riet Tim ihr bestimmt, »dann reiß dich gefälligst zusammen! Sie ist jetzt meine Freundin, und ich liebe sie!«

»Am besten sagst du's Trip, Isi!«, empfahl Melli ihr.

»Was soll sie mir sagen?«, wollte Tim wissen.

Isi verzog das Gesicht und fing an zu weinen. Tim fasste sie an den Schultern und nahm sie in den Arm. Sie weinte so heftig, dass sich selbst ihr Einatmen zwischendrin wie leises Schreien anhörte. Tim drückte sie und strich ihr übers Haar.

»Was ist denn nur los?«, fragte er verwundert und sah Melli an, die dicke Tränen in den Augen hatte.

»Sie ist total lange von Celine und Jana gemobbt worden«, erklärte Melli. »Das fing in der Fünften an und ging bis zur Siebten so.«

»Was haben sie gemacht?«, fragte Tim.

»Möcht ich jetzt nicht sagen«, erwiderte Melli. »Jedenfalls waren es echt üble Sachen. Das ging über einfache Gemeinheiten weit hinaus. Aber nochmal: Ich sag nichts, bevor Isi nicht bereit dazu ist.«

»Hat Anna auch …?«

»Nein, sie hat nichts gemacht. Das war bevor sie ihr Clübchen gegründet hatten.«

»Ich versteh dich jetzt, Isi«, sprach Tim sanft, während er das wimmernde Mädchen weiter hielt. »Du hast Recht, die beiden sind Abschaum. Du hast jeden Grund, sie zu hassen. Aber bitte lass es nicht an Anna aus!«

»Sie ist aber ihre Freundin!«, schluchzte Isi, die sich langsam wieder beruhigte.

»Und sie ist meine Freundin!«, gab Tim ihr zurück. »Und wir beide sind auch Freunde, du und ich. Glaubst du, ich würde mit einer gehen wollen, die ein fieses Miststück ist?«

»Nein«, sagte Isi, immer noch etwas verheult.

»Dann gib ihr die Chance, auch deine Freundin zu werden!«, sagte Tim. »Das würde sie nämlich gerne.«

Sie lösten die Umarmung. Isi nickte.

»Ich versuch's«, versprach sie und wischte sich die Tränen aus den Augen.

»Okay«, nickte Tim freundlich, »dann komm jetzt wieder rein.«

»Geh du schon vor!«, entschied Melli, die auch ein wenig verheult aussah, und lächelte. »Wir müssen erst noch in den ›Lady's Room‹. Du verstehst!«

Anna und Tim blieben noch eine Weile im Haus der Jugend. Um kurz nach sechs deutete Anna Tim an, dass sie den Rest des Abends gerne mit ihm alleine verbringen wollte.

»Denke daran, dass du mich um Zehn zu Hause abliefern musst«, flüsterte sie ihm neckisch ins Ohr.

Nachdem sie aus dem Auto gestiegen waren, hakte Anna sich bei Tim ein, und sie gingen gemeinsam den Weg zu Tims Haustür. Auf der Fußmatte saß ein kräftiger roter Kater, der sie ansah und maunzte.

»Ach, du Ärmster!«, rief Tim ihm zu. »Hab ich dir dein Schälchen heute noch nicht rausgestellt? Daran ist die große Menschenfrau da schuld! Die bringt unseren Tagesablauf durcheinander, hm?«

Tim schloss die Tür auf und ließ Anna den Vortritt. Dann hob er ein Näpfchen mit Futter vom Boden der Diele auf und stellte es nach draußen.

»Hier, Typhus, hau rein!«, sagte er zu dem Kater und schloss die Tür. Als er sich umdrehte, legte Anna lächelnd ihre Arme um ihn.

»Wir müssen uns dringend neue Namen für deine Katzen ausdenken«, beschloss sie und gab Tim einen langen, zärtlichen Kuss.

Hand in Hand gingen sie ins Wohnzimmer, wo sie gar nicht erst lange abwarteten, sondern sofort anfingen, sich lustvoll zu küssen.

»Ist das grundsätzlich so deine Methode, über Katzennamen nachzudenken?«, fragte Tim nach einer Weile augenzwinkernd.

»Nein!«, entgegnete Anna sanft mit ihrem Annalachen und drückte sich langsam von Tim weg. »Aber du sorgst jetzt am besten erst einmal für ein stimmungsvolles Ambiente, und ich verschwinde inzwischen ganz schnell … dorthin.«

Sie zeigte auf die Badezimmertür. Dann nahm sie ihre Handtasche und ging ins Bad, wo sie leise die Tür von innen zudrückte.

»Stimmungsvolles Ambiente, kommt sofort«, flüsterte Tim selbstbewusst und drückte auf einen der zwei nebeneinander liegenden Schalter für die Deckenbeleuchtung. Die befand sich an dem Propeller an der Decke. Einige Lampen waren nach oben gedreht, andere nach unten. Beide Stromkreise waren separat geschaltet. Tim schaltete die Lampen aus, die nach unten leuchteten. Ein schönes Dämmerlicht flutete die Zimmerdecke, vor der sich der Propeller schwarz abhob. Dann zündete Tim die Kerzen vom Vortag wieder an. Das sah schon mal sehr stimmungsvoll aus. Jetzt noch passende Musik, schön sachte im Hintergrund. Tim entschied sich für eine Playlist des Manhattan Jazz Orchestra. Zum Schluss verbannte er noch die Katzen aus dem Haus. Eine nach der anderen. Perfekt. Nein, Moment, irgendetwas fehlte noch! Tim ging in seine Schlafkammer und öffnete die Nachttischschublade. Da waren sie ja! Er nahm eine Handvoll der kleinen, knisternden Folienmäppchen heraus und steckte sie in seine Hosentasche. Vorne! Hinten würde sie ihre Hände drauflegen und es bemerken, und sie sollte sich zu nichts genötigt fühlen.

So vorbereitet ging Tim zurück ins Wohnzimmer. Da ging auch schon die Badezimmertür auf und Anna trat hervor. Tim hielt den Atem an. Anna hatte ihr Etuikleid gegen einen knallengen, feuerroten Pulli ausgetauscht. Es musste wohl ein langer, dünner Wollpullover gewesen sein, der oben einen weiten Rolli-Ausschnitt hatte und unten gerade so lang war, wie es eben nötig war. Mit ihren hohen Riemchensandalen wirkten ihre Beine, als wären sie zwei Meter lang. Ihr Haar hatte Anna komplett geöffnet. Ohne Spängchen und ohne Haargummis wallte es von ihrem Kopf herunter. ›Okay, das sieht extrem scharf aus‹, gestand sich Tim ein. ›Die Frau läuft gerade mit einer brennenden Fackel in ein Sprengstofflager!‹

»Die Musik ist wundervoll«, säuselte Anna, als sie Tim ihre Arme um den Hals legte. Ein leichter Duft von Amouage umgab sie.

Tim wollte nicht sofort über Anna herfallen. Das hier war keines seiner Abenteuer. Kein One-Night-Stand. Noch niemals zuvor hatte er etwas mit einem Mädchen, für das er so starke Gefühle hatte. Das war der Grund, weswegen sein Herz genauso heftig schlug wie Annas. Er legte seine Hände um ihre Hüften. Zart rutschte der rote Wollstoff dabei ein Stückchen über ihre glatte Haut. Sie sahen sich tief in die Augen. Ihre Lippen waren eine Handbreit von seinen entfernt. Er wollte den Rest des Weges nicht gehen. Er wollte erleben, wie Anna ihn ging, wie sie ihren Kopf vorstreckte, die Lippen öffnete und beim Kontakt mit seinen Lippen ihre Augen schloss. Er öffnete leicht seinen Mund, und dann tat sie es! Sofort schloss Tim die Augen und erfasste das Erlebnis von Annas hingebungsvollen Küssen. Er küsste sie leidenschaftlich zurück. Sie öffneten ihre Münder, und ihre Zungenspitzen spielten zart aneinander. Heftig atmend hielten sie inne und sahen sich in die Augen. Anna begann, ihren Unterleib gegen Tims Unterleib zu drücken. Mit ihrem Venushügel rieb sie durch den Stoff an dem festen Schaft entlang. Sie hatte entdeckt, was ihr Freude bereitete! Immer wieder rieb Anna an Tims Hose auf und ab. Sie lächelte, und ihre Augenlider schlossen sich zitternd zur Hälfte. Dann öffnete sie die Lippen und schob Tim ihre Zunge in den Mund. Er umschloss sie mit seinen Lippen und umspielte sie mit seiner Zunge, und dann gab er Anna auch einen solch tiefen Zungenkuss.

Anna griff unten nach Tims T-Shirt und zog es nach oben. Er hob die Arme und ließ sie es über seinen Kopf nach oben ziehen, so hoch sie konnte. Dann zog er es über seine Handgelenke aus und warf es beiseite. Er legte seine Hände auf Annas Pobacken und rutschte ihren Pulli über ihren straffen Hintern nach oben. Auch Anna hob die Arme und ließ sich ausziehen. Der Stoff knisterte, als Tim ihn über Annas Haare nach oben zog. Darunter präsentierte sie ihm ein Set von edler, schwarzer Lise-Charmel-Unterwäsche. Reine Seide. Tim fuhr mit seinen Händen seitlich an Annas hochgestreckten Armen hinab und berührte im Hinabgleiten die Außenseiten ihrer Brüste. So einen weichen BH hatte er noch nie gefühlt. Es war kein Push-up. Keine dieser harten Panzerschalen, die ein Fake-Dekolleté zauberten und anschließend alle Versprechungen brachen. Annas BH war zartweich und ließ ihre Brüste in ihrer Naturform erkennen. What you see is what you get! So gefiel es Tim. Es war nun an der Zeit: Tim streichelte Anna ausgiebig über den Rücken. Immer wieder glitt er mit seiner Hand ihre Wirbelsäule hinauf. Beim letzten Mal berührten nur Mittelfinger, Ringfinger und kleiner Finger ihre Haut. Daumen und Zeigefinger schwebten frei über Annas Rücken nach oben; sie hatten eine besondere Aufgabe. In Höhe von Annas Schulterblättern pitschten sie zusammen und öffneten blitzschnell den BH-Verschluss. Anna, die etwas mehr

Unbeholfenheit erwartet hatte, machte große Augen und öffnete überrascht den Mund. Dann lächelte sie Tim an und hauchte neckisch: »Du unverschämter Kerl, du!«

Sie legte ihre Arme um Tims Schultern und drückte ihren Oberkörper gegen seine Brust. So verweigerte sie ihm spitzbübisch, ihr den BH auszuziehen. Stattdessen bestand sie darauf, zuerst noch eine Zeitlang geküsst zu werden. Dann lockerte sie ihre Umarmung etwas, um Tim den Weg frei zu geben. Er fasste links und rechts an Annas Becken und strich mit seinen Händen hinauf, ihre Rippenbögen entlang bis zu ihren Brüsten. Ihre kleinen, harten Nippel kitzelten auf seinen Handflächen, als er den seidenen BH nach oben schob.

Nun sah Anna Tim tief in die Augen und griff nach seinem Gürtel. Während sie die Schnalle öffnete, streifte sich Tim mit seinen Füßen Schuhe und Socken ab. Schon schob Anna ihre Hände hinten in Tims Jeans, die sie über seinen Hintern zu den Knien hinunterzog. Dann drückte sie Tim ihre Hand vor die Brust und schubste ihn auf die Couch. Er ließ es gerne mit sich geschehen. Anna zog ihm die Hose vollends aus, und flink hüpfte sie aufs Sofa, um sich rittlings über seinen Bauch zu knien. Sie senkte ihren Unterleib ab und begann wieder, ihren Schoß durch den Stoff ihres seidenen Höschens an Tims hartem Schaft entlang zu reiben. Sie lehnte sich nach vorne und stützte sich links und rechts seines Kopfes auf dem Couchpolster ab. Mit geöffneten Lippen sah sie Tim in die Augen. Ihre langen Haare hingen hinab und berührten seitlich sein Gesicht. Sie rieb fester, so fest, dass sie den Stoff von Tims Unterhose bereits ein Stück nach unten zog und die Kuppe seiner Männlichkeit hervortrat.

Es war ein unglaublich erregendes Erlebnis. Er ließ Anna weiter reiben. Es bereitete ihr Vergnügen, und Tim genoss es, Annas Gesicht in all ihrer Erregung über sich zu sehen. Ein traumhaftes Bild. Und immer wieder kam sie hinunter zu ihm und gab ihm gefühlvolle Küsse. Schließlich setzte Anna sich auf. Tim richtete sich ebenfalls auf und hatte sie damit so auf dem Schoß sitzen, dass er ihre Vorderseite direkt vor seinem Gesicht sah. Er musste sie einfach küssen, diese wunderschönen Halbkugeln! Eine Weile küsste und massierte er Annas Brüste, dann hob er seine Freundin hoch und stellte sich wieder mit ihr hin. Wieder folgten lange und ausgiebige Zungenküsse. Dann fuhr Tim mit seinen Händen seitlich in Annas Höschen und schob es nach unten. Er liebte es, wie sanft und zart es nach unten glitt. Er ging in die Knie, um so lange wie möglich an Annas Beinen hinab zu streichen. Das brachte es mit sich, dass er schließlich mit dem Gesicht vor Annas Unterleib kniete. Was für ein schöner Anblick das war! Sie war nicht völlig rasiert. Auf ihrem Venushügel hatte sie einen kurz getrimmten Bereich in Form eines Schmetterlings stehen lassen, darunter verliefen zwei schöne abgerundete Schamlippen nach unten. Tim fasste Anna an den Hüften und gab ihr unterhalb des Schmetterlings einen zärtlichen Kuss. Er sah nach oben. Ihr Blick sicherte ihm ihr stummes Einverständnis, und so fuhr er mit seiner Zunge sanft zwischen ihren Schamlippen hinauf. Anna atmete genussvoll und tief ein, und so ließ sie sich, geführt von Tims Armen, zurück auf die Couch sinken. Ihr Becken lag vorne an der Sitzkante. Sie legte beide Hände an Tims Kopf und griff ihm in die Haare, als er sie mit seiner Zunge verwöhnte. Weit spreizte sie die Beine. Ganz langsam leckte Tim an diesen Lippen empor, bis an die Stelle, wo sie zusammenliefen. Dort tupfte er zart mit der Zunge an. Anna hob ihr Becken nach oben und drückte zurück, an seine Zunge. Tim merkte sich den Druck, den Anna ausübte und bewegte fortan mit dem gleichen Druck seine Zunge über Annas Lustzentrum. Er vollführte kleine Bewegungen mit der Zunge, mal langsamer, mal schneller. Allmählich trat Annas kleine Perle hervor. Ein Schüttelschauer jagte durch ihren Körper, als sie ihren Unterleib immer wieder gegen Tims Zunge presste. Anna stöhnte gedämpft durch den geschlossenen Mund. Sie hatte noch ein wenig Hemmungen, sich völlig gehen zu lassen.

Tim ging nun den Schritt weiter. Er fischte seine Hose unter dem Tisch hervor und nahm ein Kondom aus der Tasche. Schnell stülpte er es über seinen Penis und rollte es tief den Schaft hinab, bis der Gummiwulst ganz schmal war. Anschließend hob er Anna hoch, sodass sie mit ihren Pobacken auf seinen gekreuzten Unterarmen saß. Instinktiv legte Anna ihre Schenkel um Tims Hüfte und hielt sich mit den Armen an seinem Hals aufrecht. Tim hielt sie so hoch, dass er aufsehen musste, um ihre Augen zu sehen. Dann ließ er sie langsam nach unten sinken. Mit jedem Zentimeter, den Tim in sie hinein glitt, atmete Anna immer tiefer ein. Sie öffnete den Mund und biss sich dann sanft auf die Unterlippe. Tim begann, seine Hüfte auf und ab zu bewegen. In den Momenten, in denen er beinahe herausgezogen hatte und dann wieder tief in sie eindrang, versuchte Anna, ihre Lustlaute zu unterdrücken, indem sie ihr Gesicht auf Tims Schulter und Hals presste.

»Uns kann hier keiner hören«, flüsterte er ihr zärtlich ins Ohr.

»Das fühlt sich so wundervoll an«, hauchte sie. »Hör nicht auf, bitte!«

Von nun an verzichtete Anna darauf, ihr Stöhnen zu unterdrücken und ließ ihrer Lust freien Lauf, bis mit einem Mal ihr Schoß ruckartig pulsierte und sie ganz schnell atmete. Tim nahm in diesem Moment den natürlichen Duft ihrer Haut wahr. Sein Drang wuchs, und schon spürte er, wie es stoßweise aus ihm herausströmte und ins Kondom schoss. Sie klammerten sich aneinander und ließen sich in ihrem Höhepunkt auf die Couch zurücksinken.

Beide atmeten schwer. Tim lag auf dem Rücken, mit den Händen an Annas Schenkeln, die auf ihm saß, sich in die Haare fasste und ihre schwarze Mähne nach hinten warf. Tief atmete sie ein und aus. Sie hob ihren Körper an und stellte fest, dass es sich immer noch toll anfühlte, wie Tim in ihr steckte, und so übernahm sie das Kommando für eine zweite Runde. Mal pumpte sie mit ihrem Becken, mal führte sie kreisende Bewegungen aus, um dann wieder leicht nach hinten zu kippen und sich auf Tims Knien abzustützen. Sie probierte alles aus und entschied sich dann für die Bewegungen, die ihr das größte Gefühl bescherten. Nach zwanzig Minuten spürte sie erneut, wie es aus ihrem Freund herausspritzte. Tim spürte das leichte Ziehen in den Hoden, das dem zweiten Erguss folgte. Doch das störte ihn nicht. Dieser Abend war zu wundervoll. Er zog Anna an sich heran, und sie gaben sich lange und aufregende Zungenküsse.

Dann sah Tim auf sein Handy.

»Neun Uhr durch«, kommentierte er. »Wir sollten jetzt duschen gehen.«

»Ich möchte nicht, dass es schon vorbei ist«, widersprach Anna.

»Ich auch nicht«, sagte Tim. »Aber es nützt nichts. Wir sollten pünktlich sein.«

»Ich weiß«, schmollte Anna. »Es ist trotzdem unerfreulich.«

Sie trennten ihre Verbindung und liefen ins Bad. Anna stieg schon in die Duschkabine, während Tim sein Kondom versorgte. Schnell zog er es ab und machte einen Knoten ins offene Ende. Dann wusch er seinen Unterleib am Waschbecken ab. Bevor er zu Anna unter die Dusche stieg, zog er ein neues Kondom über. Sicher ist sicher. Nachdem die beiden einen weiteren und für diesen Abend letzten Höhepunkt durchlaufen hatten, zogen sie sich an. Tim hasste es, jetzt noch einmal seine Jeans anziehen zu müssen, da er ein merkliches Ziehen in seinem Intimbereich verspürte, das er nun gerne in leichten Textilien hätte abklingen lassen. Doch es musste sein.

Um zwei Minuten vor Zehn setzte er Anna zu Hause ab.

Kapitel 13

In ihrem breiten Bett wickelte Anna sich wohlig in ihre Satinbettdecke. Tausend Gedanken zerwühlten ihr das Gehirn. Die Erlebnisse der letzten Stunden wollten verarbeitet werden. Was für ein wunderschöner Abend! Warum durfte Tim jetzt nicht hier sein? Wie schön wäre es, wenn er hier in ihrem Bett liegen würde und sie sich an ihn kuscheln könnte! Glücklich rief sie die Erinnerung herbei, wie Tim sie mit seinen Händen berührt hatte und kicherte innerlich, als sie an den Sex zurückdachte. Ein kleines bisschen schämte sie sich für die Sachen, die Tim mit ihr gemacht hatte, doch war sie auch ein gutes Stück stolz darauf, dass ihre Eltern keine Ahnung hatten, wie unartig sie heute Abend gewesen war. Anna schloss die Augen und atmete tief ein. Ja, sie war stolz darauf, dass sie nun kein Mädchen mehr war, sondern eine Frau. Vor allem aber war sie stolz darauf, dass sie ihre Unschuld für einen jungen Mann aufgegeben hatte, den sie von Herzen liebte.

Ihr Radiowecker riss Anna aus ihren Träumen. Er tat es sanft, doch so früh, dass es schon wieder brutal war. Anna richtete sich widerwillig im Bett auf. Lange, schwarze Haarsträhnen hingen ihr im Gesicht. Sie pustete sie nach oben, doch sie waren zu lang und fielen wieder zurück. Sie blickte sich um. Welche Uhrzeit haben wir? Welcher Tag ist heute? Montag. Ach nein, Schule!

Langsam wurde Anna wach. Sie hielt sich die Hand vor den Mund und gähnte einmal. Dann legte sie Knie und

Füße beider Beine parallel nebeneinander und zog ihre Bettdecke beiseite. In dieser Haltung drehte sie ihre vornehm aneinander gelegten Beine nach außen und setzte mit beiden Füßen gleichzeitig auf dem Boden auf. Oma Lenis Schule wirkte auch unbewusst und in völliger Schlaftrunkenheit. Den Oberkörper gerade aufgerichtet, die Hände im Schoß zusammengelegt, verharrte sie noch ein Weilchen verschlafen auf der Bettkante.

Line und Jana! Anna hatte sie seit Freitag nicht gesehen. Sie erinnerte sich daran, dass sie ihnen am Sonntagvormittag in ihrer Royal-Chicks-Whatsapp-Gruppe geschrieben hatte, dass sie jetzt fest mit Tim zusammen war und sie sich wünschte, dass ihre Freundinnen sich für sie freuen würden. Die Tatsache, dass keine der beiden zurückgeschrieben hatte, stimmte Anna nicht sehr zuversichtlich. Trotzdem baute sie darauf, dass beides, Royal Chicks und Tim, sich irgendwie parallel ergänzen konnten. Es war der dritte Montag des Monats. Das bedeutete Mintgrün. Anna stand auf, ging hinüber in ihr Ankleidezimmer und suchte das entsprechende Top heraus. Dann begann sie mit ihrer Morgentoilette.

Eine halbe Stunde vor dem ersten Klingelzeichen betrat Anna den Schulhof des Gymnasiums. Nach außen hin war sie wieder die Anna zur Heyden, wie ihre Mitschüler sie kannten. Weiß gekleidet und auf High Heels. Ihr Haar hatte sie wieder zu einem hoch ansetzenden Pferdeschwanz zusammengebunden. Sie blickte nach rechts. Da saßen ja Melina und Isabel mit ein paar Leuten auf einer der Bänke. Nicht sehr schicklich, wie Isabel dort auf der Lehne saß, mit den Füßen auf der Sitzfläche, aber sei's drum. Anna lächelte ihnen zu. Melli lächelte mit einem Winken zurück, und Isi nickte ihr einen verhaltenen Gruß zu. Anna hielt nach Celine und Jana Ausschau, die ihr in diesem Moment auch schon von ihrem gewohnten Platz aus entgegenkamen.

»Hallo!«, lächelte Anna sie an. »Hattet ihr auch ein schönes Wochenende?«

Ihre Freundinnen lächelten nicht zurück. Sie zogen Schnuten mit ihren Lippen, tauschten einen kurzen Blick aus und sahen Anna abfällig mit verschränkten Armen an.

»Hör zu, Anna«, begann Celine. »Jana und ich haben uns gestern intensiv über den Fall unterhalten. Und wir haben über die Konsequenzen beraten.«

»Was du gemacht hast«, fügte Jana affig hinzu, »geht ja mal gar nicht!«

»Was habe ich denn Schlimmes getan?«, fragte Anna nach.

»Hör auf, Anna!«, wehrte Jana mit einer affektierten Handbewegung ab. »Wenn du dich mit diesem Pack rumtreiben willst, ist das deine Sache. Aber wir achten noch auf unser Ansehen! Ich will nichts mehr mit dir zu tun haben!«

»Warum sagst du das, Jana?«, widersprach Anna. »Tim und seine Freunde sind kein Pack! Wenn ihr euch doch nur die Mühe machen würdet, sie kennen zu lernen!«

Jana winkte ab, drehte sich um und ging zur Seite.

»Line?«, sagte Anna, und Tränen traten ihr in die Augen. Celine aber wandte den Blick von Anna ab.

»Sorry, Anna«, gab sie zurück. »Ich kann dir das einfach nicht verzeihen.«

314

»Verzeihen?«, weinte Anna. »Du tust ja so, als hätte ich ein Verbrechen begangen! Ich habe doch bloß einen Freund!«

»Mach's gut, Anna«, schloss Celine und ging mit Jana weg. Anna stand mit einem traurigen Gesicht da und sah sich unsicher um. Melli und Isi hatten offenbar alles mitbekommen. Sie sahen zu ihr herüber.

»Komm zu uns, Anna!«, rief Melli ihr zu.

Anna nickte traurig und folgte recht verhalten der Einladung. Melli rückte ein Stück von Isi weg, sodass Anna sich dazwischensetzen konnte. Dann nahm sie ein Taschentuch hervor.

»Das ist saublöd gelaufen«, versuchte Melli sie zu trösten.

»Ich hatte so gehofft, dass sie es doch noch verstehen würden«, schluchzte Anna unter Tränen. Melli hob ihren rechten Arm, um ihn Anna um die Schulter zu legen, hielt aber kurz inne.

»Darf ich?«, fragte sie. »Oder mach ich was dreckig?«

»Ist schon okay«, wisperte Anna verheult. Dann nahm Melli sie in den Arm und drückte sie leicht an sich. Anna schaute geradeaus und hörte allmählich auf zu schluchzen. Isi, auf der Lehne rechts neben ihr, sah sie von halb hinten an. Sie sah, wie eine Träne über Annas Wange lief. Es fiel ihr schwer, sie in diesem Moment zu hassen. Sie hätte ihr ebenfalls tröstend die Schulter streicheln können, doch sie wollte noch nicht.

»Ich wünschte, Tim wäre hier!«, sagte Anna traurig und wischte sich die Tränen ab.

»Ich hab eine Idee!«, jubelte Melli. »Trip trifft sich Montags meistens in der Mittagpause mit den Jungs unten in der Frittenbude am Bahnhof. Sollen wir nach der Sechsten hingehen?«

»Ja«, stimmte Anna zu und nickte lächelnd, »das wäre schön!«

»Alles klar«, nickte auch Melli und lachte. »Dann ist das abgemacht. Und jetzt verrat mir bitte, warum dein Mascara nach dieser Heulattacke immer noch eins a hält!«

Anna musste lächeln.

»Ja«, sagte sie und fasste in ihre Tasche, »das ist ein Guter. Hier, schau mal!«, und sie reichte Melli ihre teure Kosmetik. Die machte große Augen.

»Übel!«, hauchte sie, nahm die Wimperntusche in die Hand und zog das Bürstchen heraus. »Das Zeug ist doch scheißeteuer, oder?«

»Na ja«, meinte Anna lächelnd, »wie man's nimmt.«

Ein paar Mädels aus Mellis Deutsch-Leistungskurs gingen in einiger Entfernung an der Sitzgruppe vorbei und schauten spöttisch zu ihnen rüber. Melli bemerkte, wie sie affig ihre Köpfe zusammensteckten und tuschelten.

»Ja und?«, rief Melli ihnen zu. »Ja, ich hab 'ne Tussi als Freundin! Fickt euch!«

Der Vormittag verging, und Anna fühlte sich zunehmend besser. Es war ihr nur ein wenig unangenehm, die ganze Zeit als Weißröckchen herumzulaufen, wo sie doch so sehr von ihren ehemaligen besten Freundinnen verachtet wurde.

Dann aber war es endlich soweit. Es klingelte, und die sechste Stunde war vorbei!

»Komm, Lulatsch!«, scherzte Melli auf dem Schulhof und hakte sich bei Anna ein. Sie war ja mit ihren eins dreiundsechzig ohnehin nicht sehr groß, und im Vergleich zu

Anna, die es mit ihren Stilettos im Augenblick auf über eins dreiundachtzig brachte, wirkten sie und Isi schon recht winzig.

In der Frittenbude warteten schon Tim, Alex, Michael, Julian und Damian. Sie hatten gerade ihr Essen bestellt, als Melli und Isi mit Anna zu ihnen stießen.

Anna fiel Tim sofort in den Arm. Ein kleiner Kloß lag ihr im Hals, als sie an die Begegung mit Celine und Jana vor der ersten Stunde dachte. Tim wusste Bescheid, denn das Wichtigste hatte sie am Vormittag bereits mit ihm geschrieben.

»Sei nicht traurig, Süße«, tröstete er Anna. »Wenn du mich fragst, waren sie sowieso nie wirkliche Freundinnen gewesen. Die werden schon sehen, was sie davon haben. Immerhin warst du die Einzige, die Klasse in euer Clübchen gebracht hat. Alleine kriegen die doch nix gebacken!«

»Ja, das stimmt sicher«, lenkte Anna ein. »Trotzdem tut es sehr weh. Wir kannten uns so lange, und wir hatten so viel Spaß zusammen.«

»Ja, schon«, sagte Tim lachend, »aber was sollst du jetzt vermissen? Quatsch machen und über Leute lästern? Das kriegst du hier viel besser! Ditze kann so viel Blödsinn machen, dass es für eine ganze Armee reicht, und Isi und Melli können lästern, dass dir die Ohren wegfliegen! Und wenn es mal ein Gespräch über Mode sein soll, dann wende dich einfach an Boggy!«

Anna lachte wieder.

»In Ordnung«, sagte sie zögerlich, »das klingt gut … Wenn ihr eine Tussi wie mich denn akzeptieren wollt?«

»Das müssen wir uns natürlich gut überlegen!«, scherzte Tim. »Was, Jungs?«

»Aber so was von!«, rief Michael und lachte.

»Knifflige Sache!«, bemerkte Julian grinsend. »Wie prüfen wir das?«

»Was meinst du, Ditze?«, fragte Tim Alex. Sie beide verkniffen das Gesicht und begannen, in gebückter Haltung wie Yoda aus »Star Wars« zu sprechen.

»Hmmmm«, machte Alex und betrachtete Anna angestrengt aus der Nähe, »die Macht stark in ihr ist. Von der dunklen Seite der Macht zurück sie kehrt!«

»Nicht länger Darth Whiteskirt man sie nennt«, stimmte Tim ihm zu.

Anna schlug die Hände vors Gesicht und lachte ausgelassen. Die beiden Jungs richteten sich wieder auf, und Tim grinste seine Freundin an.

»Na, was sagst du?«, fragte er Anna. »Nimmst du deine neuen Freunde an?«

»Ja!«, rief sie und warf ihre Arme um Tim. Sie gaben sich einen Kuss auf die Lippen.

»Seht ihr?«, rief Isi ironisch. »Vor dem Anblick hab ich mich gefürchtet, seit wir nach Albenhain losgefahren sind!«

Dann sagte sie zu Anna: »Du bist immer noch 'ne Tussi! … Aber für Trip leg ich meine Hand ins Feuer. Und wenn er dich liebt, dann musst du was an dir haben, was das Wert ist … Und … Dann kann ich es vielleicht auch mit dir aushalten.«

Anna nickte ihr zu. Es würde noch etwas Zeit brauchen, bis Isi sich an sie gewöhnen würde. Zumindest aber hatte sie den ersten Schritt auf Anna zu getan.

»Was wirst du heute noch machen?«, fragte Anna Tim.

»Ich zieh nach der Pause wieder mit Hawkens los«, antwortete er. »Ein paar Baumstümpfe an der Hauptstraße wollen unbedingt wissen, wer der Boss ist.«

»Was heißt das nun wieder?«, lachte Anna.

»Wir haben heute Morgen ein paar morsche Bäume gefällt«, erklärte Tim, »und jetzt müssen wir noch die Baumstümpfe entfernen.«

»Das klingt aber nach sehr harter Arbeit«, meinte Anna teilnahmsvoll.

»Nicht unbedingt«, gab Tim grinsend zurück. »Ich hab doch Hawkens! Der reißt die Dinger mit bloßen Händen aus dem Dreck. Mein Job ist es aufzupassen, dass er sie nicht frisst.«

»Und du?« fragte Tim zurück, als das Gelächter abklang.

»Ich habe jetzt noch zwei Stunden Unterricht«, antwortete Anna zufrieden, »und dann gehe ich gemütlich einkaufen. Ich brauche zweifellos neue Kleider für die Schule.«

»Und heute Abend gehen wir zusammen ins ›Messing‹«, schlug Alex vor. »Seid ihr dabei?«

Natürlich stimmte jeder zu! Das »Messing« war eine große, aber gemütliche Bistro-Bar mit Ledersesseln, Billardtischen und alten, nichtelektronischen Dart-Boards. Besonders montags gingen Tim und seine Freunde gerne dorthin, denn dann gab es immer eine Verlosung von Freigutscheinen. Wenn man Glück hatte und eines der skurrilen Wettspiele gewann, genoss man den ganzen Abend Freigetränke. Also mussten sie sich doch gerade heute ins Messing verabreden!

Gegen Ende der Mittagspause fuhr Tim seine Anna zusammen mit Melli und Isi noch zum Gymnasium, dann machte er sich mit Michael auf den Weg zur Arbeit.

Nach der Schule setzte Anna ihre Pläne in die Tat um. Shopping in ihrer überschaubaren Heimatstadt bedeutete für Anna jedoch keine ausgiebige Tour durch etliche Geschäfte, denn die Auswahl an Läden, die ihren Ansprüchen genügten, war nicht allzu groß. Im Grunde beschränkte sie sich auf »La Boutique«, die Filiale der exklusiven Kette von Nicole Eichendorf, Janas 37-jähriger Mutter.

Anna sah nicht ein, nur aufgrund ihrer Auseinandersetzung mit Jana auf den Gang zu La Boutique zu verzichten. Immerhin verstand sie sich mit Nicole Eichendorf sehr gut. Sie hatte einen exzellenten Sinn für Mode, und Anna genoss die Beratungsgespräche mit ihr stets in vollen Zügen. Nicole mochte Anna ebenfalls gerne, weil sie ihre ruhige, positive, charmante Art so liebte. Sie freute sich immer sehr, wenn Anna in den Laden oder zu Jana nach Hause kam. Als Anna das Geschäft betrat, kam Nicole recht besorgt auf sie zu.

»Anna!«, grüßte sie. »Schön, dich zu sehen!«

»Hallo Nicole«, grüßte Anna lächelnd zurück.

»Sag mal, Anna«, sprach Nicole weiter, »ist denn alles in Ordnung? Bitte entschuldige, wenn ich mich zu sehr einmische, aber Jana hat mir erzählt, ihr hättet euch gestritten?«

»Nun«, meinte Anna ruhig, »wir haben in letzter Zeit einige Differenzen. Heute Morgen kam es dann zu einem heftigeren Vorfall.«

»Ja, sie sprach davon. Ich habe es nicht ganz verstanden. Sie sagte, ihr hättet euch von einem Problem getrennt, und das es höchste Zeit dafür gewesen wäre. Was heißt das denn, Anna? Sag mir, wenn es mich nichts angeht, aber ich bin besorgt wegen der Heftigkeit von Janas Ausbruch.«

»Mach dir keine Sorgen, Nicole. Sie wird sich wieder beruhigen.«

»Na schön, wenn du es sagst.«

Anna umarmte Nicole und lächelte sie an, dann sagte sie fröhlich: »Und jetzt bin ich hier, weil ich überhaupt nichts anzuziehen habe.«

»Natürlich!«, lachte Nicole. »Was kann ich denn für dich tun?«

»Ich denke, ich sehe mich ein wenig um, und dann kommen wir wieder zusammen.«

»Sehr gerne!«

Während Nicole weitere Kundschaft begrüßte, flanierte Anna zwischen den Regalen und Kleiderständern hindurch. Sie freute sich auf ein paar neue Outfits, die soeben begannen, in ihrem Kopf Gestalt anzunehmen. Da fiel ihr Blick durch die Glastür nach draußen auf Jana und Celine, die sich gerade trafen. Sie beschloss, den Laden kurz zu verlassen und die beiden zu begrüßen.

»So«, sagte Anna herausfordernd zu Jana. »Ich bin also ein Problem, ja?«

Jana machte ein überraschtes Gesicht. Woher wusste Anna das? Noch bevor sie etwas erwidern konnte, fuhr Anna fort.

»Warum befasst du dich nicht endlich mal mit deinem größten Problem, nämlich mit dir selbst? Du bist eine hysterische und krankhaft unzufriedene dumme Gans! Und ein Trampel bist du! Ein Trampel, der weder Charme noch Ausstrahlung hat! Glaubst du, dass du ohne mich zurechtkommst? Wer soll dir jetzt beim Anziehen helfen, hm?«

Anna schwenkte den Blick zu Celine rüber.

»Du etwa? Du bist doch genauso unbeholfen! Soll ich euch was sagen? Ich bin froh, dass es vorbei ist! Ihr könnt ja gerne weiter auf dem Stand von 13-Jährigen stehen bleiben, aber ich entwickle mich lieber weiter. Und genau das ist es nämlich, was hier geschehen ist: Ich bin über euch hinausgewachsen!«

Damit hatte Anna die beiden mundtot gemacht. Sie standen da und wussten nichts zu sagen. Was hätten sie auch erwidern sollen? Sie wussten ja, dass sie Anna, die sich gerade verächtlich umdrehte und zurück in die Boutique ging, nicht das Wasser reichen konnten.

Anna freute sich einen Ast über ihren Auftritt. Sie geriet in besonders gute Laune und stellte sich einige wundervoll farbige Outfits zusammen. Das blaue Kleid würde sie gleich heute Abend ausführen, beschloss sie. Es klingelte kräftig in Nicoles Kasse.

Gegen halb acht trafen sich die Freunde im bereits gut besuchten Messing. Die meisten Tische waren um diese Zeit bereits besetzt.

»Da sind Trip und Anna!«, rief Michael und zeigte zur Tür, wo Tim und Anna gerade als letzte der Truppe das Lokal betraten. Die Freunde hatten im Barbereich auf die beiden gewartet.

»Hey, Anna!«, lobte Melli. »Heißes Kleid!«

»Danke«, lächelte Anna.

»Und schon wieder mini«, fügte Isi hinzu. »Immer mini! Warum trägst du immer nur mini?«

»Würdest du auch«, neckte Melli sie, »mit dem Fahrgestell!«

»Pöh!«, machte Isi in ihre Richtung. »Ich hab auch schöne Beine! Ich bin nur nicht so groß!«

»Aber zumindest etwas größer als Melina«, zwinkerte Anna ihr zu.

»Hey!«, beschwerte sich Melli spaßhaft. »Also, erstens bin ich genauso groß wie Isi, ja? Und zweitens kannst du jetzt langsam mal anfangen, Melli zu mir zu sagen!«

»In Ordnung«, sagte Anna lächelnd und nickte. »Dann also Melli.«

»Und wie soll ich zu dir sagen?«, grübelte Melli. »Anni?«

»Mm, nein«, meinte Anna. »Lieber nicht.«

»Wie wär's mit Mini-Maus?«, lästerte Isi, und Melli prustete los.

»Nein, nein«, wehrte Anna lachend ab, »bitte nicht!«

»Leute!«, warf Alex ein. »Wir sollten uns jetzt mal einen Tisch sichern!«

Sie hatten Glück und fanden zwei Vierertische, die sie etwas zusammenrücken konnten. Anna setzte sich zu Tim zwischen die Jungs, und am anderen Ende, zwischen Julian und Alex, nahmen Melli und Isi Platz.

»Es ist schön hier«, stellte Anna fest. »Ich mag die urtümlichen Möbel.«

»Ja, gell?«, stimmte Julian zu. »Uns gefällt's hier auch richtig gut.«

»Und immer schön aufpassen, Leute!«, rief Alex. »Heute kann man wieder für lau wegkommen!«

»Was bedeutet das?«, wollte Anna wissen.

»Also, pass auf«, erklärte Tim. »Der Barkeeper gibt gleich seine erste Frage durch. Das sind immer total ausgefallene Sachen, zum Beispiel: Wer hat gerade die meisten Ein-Cent-Stücke in der Tasche, oder: Wer hat die größte Zahl auf dem Nummernschild. Und wer dann derjenige ist, braucht seine Getränke heute nicht zu bezahlen.«

Tim hatte kaum ausgesprochen, da nahm der Barkeeper ein Mikrofon in die Hand und hielt eine Ansprache: »Hallo Freunde! Schön, dass ihr auch heute Abend wieder so zahlreich erschienen seid! Wir kommen auch ohne Umschweife zur ersten Gewinnrunde!«

Die Gäste jubelten und hörten aufmerksam zu, wie die erste Aufgabe formuliert wurde.

»Fürs Erste dreht sich alles um Geld: Auf der Rückseite von euren Euroscheinen steht eine Nummer! Nehmt die letzten vier Stellen davon! Wer dabei die höchste Zahl hat, ist der erste glückliche Gewinner!«

Alle Gäste kramten ihre Geldbörsen hervor und gingen die Nummern auf den Scheinen durch. Von unseren Freunden kam Damian auf den höchsten Wert mit 8724. Er wollte schon aufstehen, da brüllte jemand von den seitlichen Tischen: »9717!«

»Verdammt!«, stellte Damian lachend fest. »Fast!«

»Das ist ja wirklich ausgesprochen originell!«, bemerkte Anna begeistert. »Was er wohl als Nächstes fragt?«

»Das wissen wir in 'ner halben Stunde!«, rief Melli.

Sie tranken und erzählten. Die Stimmung war toll, und das Lokal füllte sich zusehends. Nach einer halben Stunde griff der Barkeeper wieder zum Mikro.

»Zweite Runde, Freunde! Diesmal braucht ihr eure Personalausweise! Der Gast, dessen Name die meisten Buchstaben hat, ist der nächste Gewinner!«

›Oh nein, wie dummerhaft!‹, dachte Anna sofort. ›Da mache ich ganz gewiss nicht mit!‹

Melli stupste Isi hastig an.

»Isi!«, rief sie. »Das wär doch was für dich!«

»Nein«, gab Isi zurück, »ich will nicht.«

»Was ist denn?«, fragte Julian neugierig.

»Isi hat voll den langen Namen!«, erzählte Melli. »Ihre Eltern haben ihr einen Zweitnamen gegeben.«

»Cool!«, meinte Damian. »Dann mach doch mit!«

»Nein!«, wehrte Isi ab. »Das ist voll peinlich!«

»Ich kann dich verstehen!«, pflichtete Anna ihr bei.

Der Barkeeper rief durch das Mikro: »Hier haben wir eine Kim-Melina Hansen! … Perso bitte! … Das sind fünfzehn Buchstaben!«

»Isi!«, drängte Melli. »Komm schon!«

»Ich weiß nicht«, zierte sich Isi.

Wieder ertönte die Stimme aus den Lautsprechern: »Ein weiterer Kandidat! … Auch hier den Perso bitte! … Thorsten Ermelhoff! … siebzehn Buchstaben!«

»Isi, du hast mehr!«, jubelte Melli. »Das packst du!«

»Los, Isi!«, rief Alex.

»Keiner mehr, der sich traut?«, moderierte der Barkeeper weiter.

Da stand Isi auf, nahm tief Luft und ging zur Bar. Ihre Freunde klatschten begeistert Beifall.

»Hier ist noch eine hübsche Blondine, die teilnehmen möchte!«, sprach der Barkeeper. »Wie ist dein Name?«, und er hielt Isi das Mikro hin.

»Isabel Carola Krüger«, sagte Isi aufgeregt und reichte ihm ihren Ausweis.

»Achtzehn Buchstaben!«, rief der Barkeeper durch die Sprechanlage. »Sieht aus, als hätten wir eine Gewinnerin!«

Die Menge begann zu klatschen und zu jubeln. Isi hielt ihre Hände freudig an die Wangen und schaute glücklich zu ihren Freunden rüber, die ihr ebenfalls alle Beifall spendeten.

Plötzlich kam aus der Menge ein anderes Mädchen auf Isi zu. Sie lief auf hohen lila Pumps, hatte eine enge Jeans mit weißem Gürtel an und trug darüber ein Top mit Pailletten, die zusammen die Flagge von Großbritannien nachbildeten. Sie hatte ein rundliches Gesicht, viel zu viel Make-up um die Augen und blondierte Haare. Während sie auf ihrem Kaugummi herumkaute, hob sie ihren Personalausweis demonstrativ in die Höhe.

»Einen Moment mal bitte, ja?«, rief sie und stellte sich zu Isi an den Tresen. Schlagartig wurde es ruhig im Saal. Der Barkeeper lächelte erwartungsvoll und hielt ihr das Mikrofon hin.

»Also wenn schon«, quakte sie, »dann machen wir das hier richtig, ne? Also, du hast hier nämlich gar nix gewonnen, Kleine! Ich heiße Chiara Joy Stellmacher. Hier ist mein Perso … Bye-bye, Süße!«

Isis Gesicht wurde ganz traurig. Während der Barkeeper die zwanzig Buchstaben aus Chiaras Ausweis zusammenzählte, ging Isi langsam durch den mucksmäuschenstillen Saal zurück zum Tisch. Zwar hallten zaghafte Buh-Rufe in Richtung Chiara, doch das konnte Isi nicht trösten.

»Zwanzig Buchstaben!«, hallte es durch den Saal.

Anna ballte die Fäuste im Schoß. Dann hob sie ihre Hände mit nach außen gekehrten Handflächen nach oben und schüttelte den Kopf.

»Nein!«, sagte sie bitter lächelnd und stand auf. »Oh nein!«

Anna legte ihre Handtasche über den Arm, prüfte kurz in ihrem Schminkspiegel, ob sie fantastisch aussah und schritt dann stolz und aufrecht zur Bar. Auf dem Weg kam Isi ihr entgegen. Im Vorbeigehen legte Anna ihr die Hand auf die Schulter und beugte sich leicht zu ihr hinunter.

»Mit der sind wir noch nicht fertig!«, flüsterte sie Isi zu und ging weiter.

Isi blieb stehen und sah Anna verwundert hinterher.

»Ich bitte vielmals um Verzeihung«, sprach Anna hochnäsig, als sie die Theke erreichte, und der Barkeeper hielt ihr schon grinsend das Mikro hin. Anna stellte das Becken aus und stemmte einen Arm in die Hüfte.

»Aber diese Person dort«, fuhr sie lässig fort und deutete auf Chiara, »hat meine Freundin gedemütigt. Und das gestatte ich ihr nicht!«

»Wer bist du denn?«, fragte Chiara dummdreist und wackelte dabei affektiert mit dem Kopf. Anna faltete entzückt die Hände vor der Brust. Chiara war ihr mit Anlauf ins Messer gerannt.

»Ich freue mich ja so, dass du das fragst!«, verhöhnte sie Chiara und baute sich zu ihrer vollen Größe auf. »Ich bin Annabelle Patrizia Josephine zur Heyden, und du hast heute leider nicht gewonnen!«

Chiara stieß ein zickiges Geräusch aus und starrte Anna mit offenem Mund an.

»Du hast dort Lipgloss auf den Zähnen«, spöttelte Anna. »Du machst besser den Mund zu.«

Damit drehte sie sich zur Theke und reichte dem Barkeeper ihren Ausweis.

»Ho ho! Leck die Katz!«, rief er lachend durchs Mikro, als er gezählt hatte. »Fünfunddreißig Buchstaben! Weißt du was, meine Schöne? Du bekommst zweimal freie Getränke! Einmal für dich, und einmal für deine Freundin Isabel.«

»Vielen herzlichen Dank«, erwiderte Anna höflich. »Das ist sehr großzügig von Ihnen!«

Und zu Chiara sagte sie: »Ach, du stehst ja immer noch hier! Putzig. Aber zwecklos. Bye-bye, Süße!«

Unter dem Pfeifen und Johlen der Gäste drehte Chiara sich um und stampfte wutschnaubend zu ihrem Tisch zurück. Der Beifall galt Anna, die sich knicksend bedankte und dann strahlend zu ihren Freunden zurückging, die alle aufstanden und jubelten. Isi kam ihr mit ausgebreiteten Armen entgegen.

»Komm her, meine Tussifreundin!«, sagte sie und umarmte Anna. »Setzt du dich zu mir und Melli?«

Das tat Anna gerne. Das Gesprächsthema am Tisch war natürlich Annas vollständiger Name und ihr Auftritt an der Bar. Da musste sie jetzt durch.

»Mensch, Anna!«, staunte Melli. »Haben deine Eltern keine Schmerzen?«

»Du bist definitiv schlimmer dran als ich«, stimmte Isi ein.

»Jetzt hab ich dich endlich mal von deiner Zickenseite erlebt!«, lachte Tim.

»Ja ja«, sagte Anna im Spaß, »also, sei vorsichtig, ja?«

»Ich hatte gerade total Angst vor dir«, wimmerte Michael mit verstellter Stimme. »Kann mich mal einer lieb halten?«

»Mich auch!«, flachste Damian. »Ich glaub, ich hab Pipi in der Hose!«

»Pass nur auf«, warnte Alex Anna, »dass du nicht wieder zu Darth Whiteskirt wirst!«

»Jetzt hört aber auf!«, rief Anna lachend. »So schlimm war ich nun auch wieder nicht!«

»Jedenfalls«, meinte Tim und grinste ihr vom anderen Tischende zu, »können wir alle froh sein, dass du auf unserer Seite bist!«

Und so feierten die alten und neuen Freunde noch den Abend über weiter. Was alles in einer guten Woche passieren kann! Tims und Annas Welten waren nicht mehr dieselben. Aber sie hatten das Beste aus beiden Welten zusammengeworfen und sich eine neue, gemeinsame Welt gebaut. Trotzdem standen beide noch mit einem Bein in ihrer ursprünglichen Welt, und dort sollte es ohne Zweifel noch zu dem einen oder anderen Spagat kommen.

Kapitel 14

»Oh, Anna!«, bemerkte Melli mit einem amüsierten Kopfschütteln, als Anna sich am Morgen auf dem Schulhof zu ihr und Isi gesellte. »Du bist einfach zu drollig! Hast du gestern nicht gesagt, dass du heute etwas schlichter gekleidet in die Schule kommen wolltest?«

»Ja, das stimmt«, antwortete Anna lächelnd, »und ich denke, dass mir das auch trefflich gelungen ist. Immerhin ist das hier nur ein ärmelloses Jersey-Kleid.«

»In mini natürlich«, spöttelte Isi und grinste. »Das macht's billiger.«

»Klar!«, neckte Melli weiter. »Mit 'ner Nubuk-Lederjacke und Prada-Slingback-Pumps. Damit kostet das ganze Outfit ja nur, sagen wir, zwölfhundert Euro?«

»Du hast dir wirklich Mühe gegeben, Anna!«, lobte Isi ironisch.

»Ich bin überrascht«, bemerkte Anna, »wie gut ihr euch auskennt!«

»Tja, wir sind immer noch Mädchen!«, erklärte Melli augenzwinkernd. »Auch wenn's nicht immer danach aussieht.«

»Wisst ihr, wofür ich Geld bezahlen würde?«, rief Isi lachend aus. »Um Anna mal beim Takko zu sehen!«

»Ich wüsste nicht, was daran so außergewöhnlich sein sollte«, gab Anna verwundert zurück. »Ich habe schon öfter einmal einen Taco gegessen.«

Isi und Melli wechselten einen amüsierten Blick.

»Nein!«, gackerte Isi. »Nicht Taco zum Essen! Takko zum Klamottenkaufen!«

»Ist das eine Boutique?«, fragte Anna erstaunt.

Isi und Melli sahen sich wieder an und brachen in ausgelassenes Gelächter aus.

»Ja, Anna«, scherzte Melli, »eine ganz noble! In Beverly Hills! Auf dem Rodeo Drive!«

»Oh, nein, nein!«, bestritt Anna sicher. »Da irrt ihr euch gewisslich! Dort gibt es keine Modeboutique dieses Namens.«

Sie schaute abwechselnd zu Isi und zu Melli, die sich beide vor Lachen bogen.

»Ihr wollt mich nasführen!«, stellte sie fest.

»Ach, Anna«, lachte Melli und umarmte sie feste. »Irgendwie bist du wirklich zum Liebhaben!«

Je mehr die Zeit bis zum ersten Klingelzeichen verstrich, desto deutlicher kamen den Mädchen die Dinge des Unterrichts in den Sinn. Isi war es schließlich, die das Thema anschnitt.

»So, Mädels«, stellte sie fest. »Erste Stunde Sozi. Glaubt ihr, der Wässer schreibt 'ne HÜ?«

»Ich hab beschlossen«, witzelte Melli, »dass er keine schreibt.«

»Und wie geht's dir dabei, Anna?«, fragte Isi ernst. »Immerhin ist das einer von den Kursen, die wir mit den Kob… äh, den Weiß… also, ich meine, mit Celine und Jana zusammen haben.«

»Ist schon in Ordnung, Isi«, wiegelte Anna ab. »Ich weiß doch, wie ihr uns genannt habt. Ich bin sicher, dass sie sich uns gegenüber zurückhalten werden. Aber Danke, dass du dich sorgst.«

»Muss trotzdem ein Scheißgefühl sein, sie jetzt zu sehen«, meinte Isi.

»Ich komme damit zurecht«, versicherte Anna entspannt. »Wie würde Tim jetzt sagen …«, und dann imitierte sie eine Jungenstimme, »»die beiden machen keinen Ärger mehr, schätz ich.««

Sie mussten alle drei herzhaft lachen.

»Is so!«, feixte Isi.

»Ja!«, stimmte Melli gackernd ein. »Das sagt Trip total oft: ›Das und das und das, schätz ich‹, ›so und so und so, schätz ich.‹ Is echt so!«

»Wie geil!«, kicherte Isi und wischte sich die Tränen von der Wange.

Kurz darauf ertönte das erste Klingelzeichen, und die Mädchen gingen langsam ins Schulgebäude.

Im Kursraum war es so, dass Melli und Isi von der Tafel aus gesehen mit einer weiteren Schülerin links in der ersten Viererreihe saßen. Anna, Celine und Jana hatten bis zu diesem Tag immer zu dritt in der zweiten Reihe rechts ihre Plätze gehabt. Eine merkwürdige Stimmung war im Raum spürbar, als Anna, die heute überhaupt nichts Weißes trug, ohne zu zögern den freien Platz neben Melli und Isi einnahm.

»Setz dich zwischen uns, Anna!«, schlug Melli augenzwinkernd vor. »Wenn wir doch 'ne HÜ schreiben, können Isi und ich beide von dir abschreiben.«

»Mit Vergnügen«, kicherte Anna und tauschte mit Isi den Platz.

Da betrat auch schon Herr Wässer, der Sozialkundelehrer, den Raum. Das zweite Klingelzeichen ertönte, als er die Tür ins Schloss zog.

»Guten Morgen!«, rief er in den Raum und stellte seine Tasche auf den Stuhl vor dem Lehrerpult.

»Guten Morgen«, klang es zögernd und brummelnd von hier und da aus dem Kursraum nach vorne.

»So, dann lasst mal sehen«, sprach Herr Wässer und sah sich aufrechtstehend um. »Wie es aussieht, sind heute alle anwesend … alle außer Annabelle zur Heyden.«

Anna machte große Augen. Selbstverständlich war sie anwesend! Sie sah Herrn Wässer an und hob die Hand. Der aber schaute nur zu Jana und Celine rüber und nahm sie gar nicht wahr. Verdutzt nahm Anna die Hand wieder herunter und tauschte mit Melli und Isi Blicke aus. Die beiden schmunzelten amüsiert.

»Wisst ihr, was mit ihr ist?«, fragte Herr Wässer die beiden Weißröckchen.

Jana und Celine sahen ihren Lehrer an als hätte er den Verstand verloren und schüttelten die Köpfe. Celine deutete lässig aus dem Handgelenk in Richtung Anna, was Herrn Wässer offenbar ebenfalls entging.

»Herr Wässer?«, rief Melli und zeigte auf.

»Ja, Melina, was gibt's?«, fragte der Lehrer.

»Ist das in Ordnung«, begann Melli und deutete auf Anna, »wenn meine Schwester hier heute als Gasthörerin am Unterricht teilnimmt?«

Anna schlug überrascht ihre Hände vor den Mund und hatte sofort ihr verschmitztes Lächeln auf dem Gesicht. Herr Wässer trat vor die Mädchen hin und sah sie einigermaßen verunsichert an.

»Nun«, hob er an, »mir ist nichts von einer Gasthörerin gesagt worden. Aber ich denke, da spricht nichts gegen. Wie ist denn Ihr Name, junge Frau?«

Im Kursraum erhob sich Gelächter, doch das konnte Herrn Wässer noch nicht dazu bringen, den Spaß zu bemerken, den man sich gerade mit ihm erlaubte. Anna senkte ihre Hände empört auf den Tisch hinab und sah ihren Lehrer fassungslos lächelnd an.

»Herr Wässer! Mit Verlaub!«, stieß sie hervor. »Erkennen Sie mich tatsächlich nicht?«

Ob Herr Wässer schon in diesem Moment den Braten zu riechen begann, war ihm noch nicht anzusehen. Es war aber zu bemerken, dass er konzentriert nachdachte.

»Herr Wässer! Bitte!«, brachte Anna, die es einfach nicht fassen konnte, hervor. Die Schüler feixten und johlten.

Dann endlich schlug sich Herr Wässer die Hand vor die Stirn.

»Ach!«, rief er lachend aus. »Natürlich! Du bist Annabelle! Entschuldigt, aber ihr habt mich jetzt total aus dem Programm geworfen. Da hast du einmal was anderes an und sitzt ganz woanders, und schon erkenne ich dich nicht mehr.«

Das Lachen der Schüler ebbte nur langsam ab. Dann aber rief Herr Wässer belustigt in die Runde: »Okay, Leute, das war witzig! Ha ha! Beruhigt euch wieder!«

Als der Geräuschpegel wieder normal war, sagte er freundlich: »Ich hab dich echt nicht erkannt. Entschuldigung, Annabelle.«

»Bitte«, antwortete Anna höflich lächelnd.

»Patrizia!«, rief da ein Schüler von weiter hinten.

»Wie bitte?«, rief Herr Wässer ihm zu.

»Annabelle Patrizia, oder so!«, rief der Junge.

»Da fehlt aber immer noch was!«, feixte ein anderer Junge in der Reihe vor ihm. »Wie war das noch?«

»Josephine!«, rief ein Mädchen, das am Fenster saß.

»Was soll das?«, wollte Herr Wässer wissen.

»Tja!«, rief der Junge, der sich zuerst gemeldet hatte. »Jeder, der gestern im Messing war, weiß das jetzt!«

»Oh nein!«, stöhnte Anna und legte die Hände ernüchtert vors Gesicht.

»Arme Anna«, bedauerte Isi sie lächelnd und streichelte ihr die Schulter. »Ich weiß jetzt, was für ein großes Opfer du gestern für mich gebracht hast.«

»Mach dir nichts draus!«, muntere Melli sie auf. »Heute lästern sie, und morgen haben sie's wieder vergessen.«

Das stimmte. Annas Beistand für Isi im Messing war an diesem Vormittag das große Thema unter den Schülern der Oberstufe. Die Geschichte wurde mit großer Anerkennung erzählt. Dass dabei auch ab und zu über Annas vollständigen Namen gelästert wurde, war nicht wirklich schlimm für sie. Anna versüßte sich die Unterrichtsstunden, indem sie sich im Inneren darauf freute, gleich nach der Schule ihren Freund wieder zu sehen.

Tim holte Anna nach der letzten Stunde vor dem Gymnasium ab. Als er sie erblickte, wie sie vom Schulhof aus auf sein Auto zukam, stieg er aus, um die Beifahrertür für sie zu öffnen. In der Wiedersehensfreude der beiden fiel ihr Begrüßungskuss an der Autotür ein kleines bisschen länger aus.

»Nehmt euch ein Zimmer!«, rief Melli scherzhaft im Vorbeigehen und schlug mit der flachen Hand auf die Motorhaube von Tims Jeep, woraufhin alle lachen mussten, auch die Schüler, die in diesem Moment vom Schulhof auf die Straße strömten.

Fröhlich stiegen Tim und Anna ins Auto und fuhren los.

Anna liebte es, zu Hause bei Tim zu sein. Sie fühlte sich hier unglaublich wohl. Seine spartanische, jungenhafte Einrichtung mit all den sonderbaren Gegenständen aus fremden Ländern schuf eine angenehm geheimnisvolle Umgebung. Wieder fiel ihr auf, wie wenig sie noch über ihn wusste.

»Hier«, sagte Tim lässig und reichte Anna ein Glas Apfelsaftschorle.

»Danke«, sagte Anna verliebt, »Verrätst du mir heute noch ein wenig über dich?«

»Sicher«, antwortete Tim. »Was möchtest du denn wissen?«

»Wer sind zum Beispiel all die Menschen, mit denen du dort auf den Fotografien an der Wand zu sehen bist?«

»Oh, das!«, sprach Tim und trat mit Anna näher an die Bilder heran. »Das sind Leute, mit denen ich mich unterwegs angefreundet habe.«

»Wer ist der Mann mit dem langen Gewand und dem Turban?«

»Das ist Borai. Er führt Touristen durch den Tempel von Dendera. Verdient sich ein paar Kröten damit.«

»Wie hast du ihn kennen gelernt?«

»Eigentlich wollte ich mir nur den Tempel ansehen. Dann hab ich ihn gesehen, als er Ärger mit ein paar Touristen hatte. Sie meinten, er hätte ihnen für ihr Geld nicht genug gezeigt. Dabei war das ja eh nicht viel, was er gekriegt hatte. Sie redeten auf ihn ein, und er verstand nur die Hälfte. Da bin ich hin und hab das geklärt.«

»Geklärt?«

»Ich hab den Touris gesagt, dass es im Tempel genug leere Gefäße für ihre Eingeweide gibt.«

»Iih, wie scheußlich! Weshalb sollte man die Reisenden mumifizieren wollen, wo sie sich doch so garstig verhielten?«

Tim sah Anna an und wusste zuerst nicht, was er sagen sollte. Er glaubte, so einen leicht spitzbübischen Ausdruck in ihrem Gesicht zu erkennen.

»Du hast gerade 'nen Witz gemacht, oder?«

»Aber ja. Was veranlasst dich dort noch zu einer Nachfrage?«

»Weil ich das bei dir noch nicht so gut einschätzen kann. Du hörst dich nämlich fast immer so an, als würdest du die Lokalnachrichten vorlesen. Aber diesmal gab's 'ne winzige Variation in deiner Stimmlage.«

»Ich freue mich, wie aufmerksam du mir gegenüber bist. Und was geschah anschließend?«

»Ich hab den Touris die Meinung gegeigt, und dann hab ich Borai ein bisschen bei seiner Arbeit geholfen, zum Beispiel aufpassen, dass die Touristen keine Steine aus dem Tempel klauen. Und später haben wir dann zusammen den Sand von den Böden gefegt.«

»Das war ja richtig nett von dir!«

»Er ist ein total interessanter Mann, Anna! Sehr klug. Fast schon weise. Und gutmütig. Ein prima Kerl. Ich mag ihn total.«

Anna lächelte Tim an, griff seinen Arm und schmiegte sich an ihn.

»Und wer sind die beiden Herrschaften dort?«, fragte sie neugierig und zeigte auf ein anderes Foto.

»Das sind Atsidis und Tiis, zwei Navajo-Indianer. Da machen wir gerade Beef Jerky.«

»Was ist das?«

»Trockenfleisch. Rohes Rindfleisch wird in dünne Scheiben geschnitten und bei fünfzig Grad an der Luft getrocknet.«

»Igitt.«

»Nein, das ist lecker! Wirklich!«

»Na, ich weiß nicht«, meinte Anna skeptisch und rümpfte kurz ihre Nase. Dann deutete sie auf ein weiteres Bild, auf dem Tim mit einem farbigen Mann gleichen Alters zu sehen war. Die beiden hielten auf dem Bild gemeinsam einen Baumstamm in die Höhe und lachten ausgelassen.

»Und wer ist das?«, fragte sie.

»Das ist Mbabore«, sagte er ernst und sprach erst nach ein paar Sekunden weiter, »der beste Freund, den man sich vorstellen kann.«

Anna sah Tim an. Er schluckte, atmete tief ein und erzählte dann weiter.

»Er stammt aus Tansania. Ich hab ihn in Manitoba getroffen. Von da an haben wir den größten Teil unserer Tour zusammen hinter uns gebracht.«

»Er war dein Gefährte.«

»Ja.«

Anna sah, dass Tim tief bewegt war. Was hatte er wohl alles mit Mbabore erlebt? Wenn sie, wie Tim sagte, den größten Teil seiner Tour zusammen zugebracht hatten, dann mussten sie offenbar drei Jahre gemeinsam unterwegs gewesen sein, womöglich sogar länger.

»Möchtest du mir davon erzählen?«, fragte Anna und umarmte Tim.

»Ja, irgendwann«, antwortete Tim und erwiderte ihre Umarmung. »Du wirst die erste sein, die es erfährt.«

Dann lächelte er sie an und sagte sanft: »Ich bin froh, dass du da bist.«

Anna, glücklich darüber, ihrem Freund Trost spenden zu können, drückte sich an ihn und wechselte das Thema.

»Ich möchte dich gerne meiner Familie vorstellen«, eröffnete sie ihrem Freund.

»Das hast du doch schon«, erwiderte Tim, »letzten Sonntag.«

»Das waren doch bloß meine Eltern!«, hielt Anna dagegen. »Eine Familie besteht doch aus viel mehr Personen.«

»Wovon redest du?«, wollte Tim wissen.

»In zweieinhalb Wochen haben wir eine Familienfeierlichkeit«, erklärte Anna. »Eine meiner Tanten hat Nachwuchs bekommen und zur Tauffeier eingeladen. Ich wünsche mir, dass du mich begleitest.«

»Sind wir denn schon so weit?«, wandte Tim ein. »Ich meine, sind deine Eltern cool damit?«

»Bis dahin sind sie es bestimmt«, sagte Anna zuversichtlich und schmunzelte.

»Tja, dann«, meinte Tim, »Danke für die Einladung. Da muss ich mir wohl 'nen Anzug kaufen, schätz ich.«

»Ich bin sicher, der wird dir großartig stehen!«, lachte Anna. »Ich helfe dir auch gerne bei der Auswahl.«

»Oh, gut!«, flachste Tim. »Sonst kauf ich mir am Ende noch einen, den ich mir leisten kann. Und bringst du mir dann auch noch 'ne Portion Manieren bei?«

»Ich kann es ja versuchen«, kicherte Anna, »aber zwei Wochen genügen bei dir bestimmt nicht.«

»Stimmt!«, lachte Tim auf. »Und wozu auch? Ich will dir ja nicht an den Karren fahren, aber welchen Sinn und

Zweck hat das Ganze eigentlich? Ich meine, all diese Benimmregeln und Kleiderordnungen? Da muss doch irgendwann mal jemand zu viel Zeit gehabt haben.«

»Nein«, widersprach Anna ruhig, »das denke ich nicht.«

»Okay. Und warum?«

»Oma Leni hat das so formuliert: ›Mit guter Kleidung und einem vornehmen Auftreten zeigst du einem Menschen, dass du ihn respektierst und dass er dir wichtig ist. Es ist der Ausdruck für das eigene Bestreben, dass dieser Mensch sich in deiner Gegenwart wohl fühlt.‹«

»Wow! So hab ich das noch nie gesehen.«

»Siehst du? Und dabei hast das sogar selbst schon beherzigt!«

»Ach ja?«

»Ganz recht. Zum Beispiel als du mit meinem Vater gesprochen hast. Da hast du ihn sehr respektvoll behandelt, weil du wusstest, dass es sich als Gast in seinem Haus so gehört.«

»Na ja, schon richtig.«

»Und zu unserer ersten Verabredung hattest du dich auch recht adrett herausgeputzt.«

»Was du mal ganz schnell wieder über den Haufen geworfen hattest.«

»Ja. Aber du hattest mir in diesem Moment gezeigt, dass ich dir wichtig war. Du hattest dir viel Mühe für mich gegeben.«

»Das stimmt.«

»Und falls du es wissen möchtest …«

»Ja?«

»… das war der Moment, in dem ich mich in dich verliebt habe.«

Anna legte dem staunenden Tim ihre Hände an die Wangen und strahlte ihn an. Dann schob sie ihren Kopf nach vorne, schloss die Augen und drückte sanft ihre Lippen auf Tims Mund. Es kam ihm vor, als wäre keiner von Annas Küssen je süßer gewesen. Lange standen sie da und küssten sich. Schließlich blickte Tim in ein weiteres Annalachen.

»Und nun sage mir bitte, wann du dich in mich verliebt hast!«, forderte sie Tim auf.

»Du bist wirklich eine Romantikerin«, stellte Tim schmunzelnd fest. »Immer willst du irgendwas Nettes hören.«

»Aber natürlich«, bekräftigte Anna augenzwinkernd. »Alle Mädchen sind romantisch und möchten gerne charmante Worte von ihren Partnern hören.«

»Ich merke schon, bei dir muss ich mich ganz besonders ins Zeug legen.«

»Schön, dass du das erkannt hast. Nun, ich höre, Liebster: Wann hast du dich in mich verliebt?«

»Das weiß ich nicht so genau«, gab Tim verlegen schmunzelnd zurück. »Das war wie bei 'nem Boxkampf, verstehst du?«

»Ein Boxkampf?«, wiederholte Anna und kicherte. »Was habe ich denn hier für einen silberzüngigen Teufel vor mir?«

Tim musste lachen.

»Hey!«, rief er. »Läster nicht! Es ist nicht leicht für mich, romantisch zu sein.«

»Das stelle ich gerade fest, ja«, lachte Anna.

»Und deine ironischen Kommentare machen's auch nicht gerade einfacher.«

»In Ordnung. Wie kann ich dich beim Romantischsein unterstützen?«

»Du könntest dir schon mal das freche Lachen aus dem Gesicht wischen, wenn du mich dabei anguckst.«

»Das kann ich dir zwar nicht versprechen, aber ich versuche es.«

»Gut. Also, soll ich noch mal ganz neu anfangen?«

»Nein, nein. Bleib bitte bei der Metapher mit dem Boxkampf.«

»Ach, war das gut?«

»Nein, aber ich möchte sehen, wie du dort wieder herauskommst.«

»Anna zur Heyden!«, rief Tim entrüstet.

Anna kicherte ausgelassen und drückte Tim fest an sich. Sie strich ihm hinten durchs Haar.

»Entschuldige, ich bin jetzt ganz lieb«, versicherte sie und sah Tim wieder an, während sie ihre Hände in seinem Nacken hielt. »Bitte sprich weiter!.«

»Also«, fuhr Tim fort, »der Mittwochnachmittag war wie ein Boxkampf. Und unten in Pfaffenburg, im Eiscafé, das war deine Runde! Du hattest mich in die Ecke gestellt und gnadenlos auf mich eingehämmert. Ich hatte dir nichts entgegenzusetzen. Ab auf die Bretter, K. O. in der dritten Runde.«

Anna gab sich sichtlich Mühe, Tim zu folgen, kam aber eindeutig nicht mit.

»Was ich damit sagen will«, erklärte er, »es gab etliche Momente. Und jeder einzelne Moment hätte schon gereicht. Aber du hast weitergemacht und mich immer wieder umgehauen. Und du tust es immer noch. Jeden Tag aufs Neue!«

»Oh, Tim!«, rief Anna und warf ihre Arme um ihn. Dann kicherte sie und schwärmte: »Da ist ja in der Tat noch etwas Schönes draus geworden.«

»Siehst du?«, stimmte Tim zu. »Und warte mal ab, bis ich noch mehr schlaue Wörter von dir gelernt habe, dann geh ich richtig ab.«

»Mach es nicht kaputt«, säuselte Anna und kuschelte sich an ihren Freund. »Halte mich fest!«

Lange hielt Tim seine Anna im Arm.

Es war am Abend um halb zehn, als Anna die Haustür aufschloss und in die große Diele trat. Ihre Schritte hallten durch den stillen Raum, an dessen Ende auf der weißen Couchzeile ihre Mutter saß und auf sie wartete.

»Hallo, Mama!«

»Würdest du dich bitte setzen, Annabelle!«

Anna nahm neben Vivienne Platz und sah sie verwundert an.

»Stimmt etwas nicht?«, fragte sie vorsichtig.

»Nun«, begann Vivienne, »ich möchte es ganz unverblümt sagen: Ich bin nicht sicher, ob ich deine Beziehung zu diesem jungen Mann gutheißen kann.«

»Warum denn nicht?«

»Mir sind Dinge zu Ohren gekommen, die ich höchst alarmierend finde!«

»Ach, Mama, das sind doch bloß Gerüchte. Ich weiß, dass Tim das meiste davon gar nicht getan hat.«

»Es geht mir nicht nur um die Taten dieses … wurzellosen Vagabunden. Obwohl die bereits Anlass genug wären, dir den Umgang mit ihm zu verbieten.«

»Nein, bitte nicht!«

»Er ist ein Straftäter, Annabelle! Er hat Drogen konsumiert und Einbrüche begangen.«

»Das ist lange her. Er tut so etwas jetzt nicht mehr. Ganz gewiss!«

»Woher willst du das wissen, Annabelle?«

»Ich habe mit ihm gesprochen. Er hat mir erst kürzlich alles genau …«

Mit einem verächtlichen Lachen fiel Vivienne ihrer Tochter ins Wort:

»Und du glaubst wirklich, dass ein Krimineller wie er dir die Wahrheit sagt?«

»Ich habe keinen Grund, an seinen Worten zu zweifeln.«

»Natürlich nicht. Ich wundere mich, wie naiv du bist, mein Kind.«

»Bitte sprich nicht so mit mir, Mama! Ich bin kein Kind mehr. Ich kann sehr gut beurteilen, ob mich jemand anlügt oder nicht.«

»Offenbar kannst du das nicht, Annabelle. Sonst würdest du dich nicht auf den erstbesten Herumtreiber einlassen.«

»Den erstbesten? Schätzt du mich so ein, Mama? Traust du mir nicht zu, dass ich genügend Urteilsvermögen habe, um mir einen Freund auszusuchen?«

»Ach, Annabelle, überdramatisiere es jetzt bitte nicht! Das Eine zieht doch das Andere mit sich.«

»Was meinst du bitte?«

»Nun, du pflegst ja offenbar auch Umgang mit dem Gelichter, dass dieser Mensch um sich schart.«

»Nenne sie bitte nicht so, Mama! Das sind nette, anständige Leute!«

»Tatsächlich? Wie kommt es dann, dass du dich in aller Öffentlichkeit zu einer Szene mit einem dieser Weibsbilder hinreißen lässt? Mit einem Mikrofon hast du unseren guten Namen dazu benutzt, einen Streit mit einem aufsässigen Flittchen zu provozieren und deine Familie damit blamiert!«

»Mama! So war das gar nicht! Diese Person hatte eine meiner Freundinnen gedemütigt, und ich habe sie bloß in ihre Schranken verwiesen!«

»Ich bitte dich, Annabelle! Pack schlägt sich, und Pack verträgt sich! Du hast dich da gefälligst nicht einzumischen!«

»Jetzt bist du sehr unfair, Mama!«

Annas Mutter wurde nun sehr energisch.

»Und zu allem Überfluss«, erregte sie sich, »lehnst du dich vor dem Schulhof an das schmutzige Auto deines Liebhabers und lässt dich von ihm vor den Augen deiner Lehrer und Mitschüler abküssen! Es ist eine Schande, Annabelle! Eine Schande!«

»Mama! So stimmt das nicht! Wer hat dir das erzählt?«

»Das spielt keine Rolle.«

»Doch! Wenn dir jemand so etwas über mich erzählt, dann habe ich ein Recht zu wissen, wer es war!«

»Es war Frau Dr. Rheinmann.«

Anna traten Tränen in die Augen. Sie stand hastig von der Couch auf.

»Und du glaubst ihr einfach so? Das hat sie doch alles von Line und Jana! Ich kann nicht fassen, dass du mich aufgrund deren Aussage verurteilst, ohne mich zu fragen, ob es wahr ist!«

Vivienne stand ebenfalls auf.

»Was bleibt mir anderes übrig, wenn du so unvernünftig bist? Ich sehe doch, wie deine Beziehung zu diesem Herumtreiber dich verändert hat. Sie ist ganz offensichtlich der Grund dafür, dass du Celine und Jana verärgert hast. Meine Güte, Annabelle! Sie waren dir jahrelang beste Freundinnen, und du verstößt sie wegen dieses … Proleten! Ich kann dich beim besten Willen nicht verstehen!«

Anna begann zu weinen.

»Das ist alles nicht wahr. Warum glaubst du mir nicht, Mama?«

»Weil ich dich nicht wiedererkenne! Du stellst dich gegen alles, was wir dir beigebracht haben. Ich verlange, dass du diese Romanze beendest!«

»Nein! Das werde ich nicht! Ich liebe ihn!«

»Unsinn, Annabelle! Es ist deine erste Beziehung. Wie willst du beurteilen, wie ernst deine Gefühle für ihn sind?«

»Das ist gemein, Mama!«, schluchzte Anna heftig. »Warum tust du mir das an? Wir lieben uns! Ich werde mich auf keinen Fall von ihm trennen!«

»Das ist so enttäuschend, Annabelle!«, fuhr Vivienne fort und schüttelte den Kopf. »Wie hat deine Oma Leni sich um dich bemüht! Ihr hast du zu verdanken, dass eine Dame aus dir geworden ist. Und jetzt stehst du da wie eine Rebellin und beschämst sie mit deinem Verhalten!«

Das war zu viel für Anna. Sie schlug die Hände vors Gesicht, und ein heftiger Weinkrampf schüttelte sie. Ihre Mutter ging auf sie zu und griff ihren Arm. Als Anna die Berührung spürte, riss sie aufgebracht ihren Arm weg und tat hastig einen Schritt rückwärts.

»Nein!«, rief sie, und Tränen strömten über ihr Gesicht, als sie Vivienne anblickte. »Lass mich zufrieden! Wie kannst du so grausam zu mir sein? Du weißt, wie sehr ich Oma Leni geliebt habe und wie viel sie mir heute noch bedeutet! Du hast kein Recht, mein Andenken an sie in Frage zu stellen, nur um deine gemeine Intrige gegen Tim zu stützen!«

Anna wandte sich ab und lief zur Haustür. Sie zog sie hastig auf und trat vor die Tür.

»Wo willst du hin?«, rief ihre Mutter.

»Ich will zu Tim!«, gab Anna ihr weinend zurück.

Nervös und mit eiligen Schritten ging Vivienne ihrer Tochter hinterher.

»Annabelle, komm sofort wieder rein!«, befahl ihre Mutter gedrückt zischend. »Mach uns jetzt keine Szene vor unseren Nachbarn!«

Anna sah ihre Mutter an und schüttelte verzweifelt den Kopf.

»Das werde ich dir nie verzeihen«, drückte sie völlig aufgelöst hervor. Dann nahm sie ihr iPhone aus der Handtasche, wählte zitternd einen Kontakt an und hielt es ans Ohr. Vivienne konnte in der Stille des Abends Tims Stimme hören.

»Ja?«

Anna konnte nicht sofort sprechen. Unter Tränen atmete sie zweimal ein und aus.

»Süße! Was ist passiert?«

»Tim?«

»Ja, Anna, was ist?«

Anna sah ihre Mutter heftig schluchzend an, und dann sprach sie ins Telefon:

»Komm mich bitte abholen!«

Damit drehte Anna sich um und ging weinend die Treppen zur Straße hinunter. Vivienne unternahm keinen weiteren Versuch, sie zurückzuhalten, sondern schloss energisch die Haustür. Es war ihr erst einmal wichtiger, ein Aufsehen in der Nachbarschaft zu vermeiden, doch sie dachte bereits über ihre nächsten Schritte nach. Durch die Glasscheiben eines der Türseitenteile beobachtete sie, wie Tim fünf Minuten später vorfuhr und aus dem Wagen stieg. Sie sah, wie er Anna in den Arm nahm und festhielt, wie er sie ins Auto einsteigen ließ und mit ihr wegfuhr.

Daraufhin schloss sie die Haustür ab und schaltete die Außenbeleuchtung aus. Langsam ging sie zur weißen Couchzeile zurück und setzte sich hin.

Anna kuschelte sich auf dem alten Sofa an Tim und erzählte ihm vom Streit mit ihrer Mutter.

»Wie konnte sie das nur sagen?«, fragte Anna traurig und sah Tim an. »Ist es wahr? Habe ich meine Oma wirklich beschämt?«

»Nach allem, was du mir bis jetzt über sie erzählt hast«, antwortete Tim ruhig, »glaub ich das nicht. Im Gegenteil. Ich bin sicher, sie wäre jetzt auf deiner Seite.«

Anna lächelte: »Danke.«

Sie wischte sich mit einem Papiertaschentuch die Tränen aus dem Gesicht, atmete einmal tief ein und seufzte.

»Was soll ich denn jetzt nur tun?«

»Das überlegen wir uns morgen in Ruhe«, sagte Tim sanft. »Vielleicht sind wir fürs Erste auf uns allein gestellt. Vielleicht ist alles aber auch schneller wieder gut, als du

im Augenblick denkst. Aber wie auch immer, wir beide
kriegen das schon hin.«

Anna nickte.

»Ich bin so froh, dass ich dich habe.«

Tim lächelte und gab ihr einen liebevollen Kuss auf die
Stirn.

»Mal sehen, ob du das noch sagst, wenn du nachher
eins von meinen T-Shirts als Nachthemd benutzen
musst.«

Da lachte Anna wieder ein bisschen. Sie nahm Tims
humorigen Aufheiterungsversuch gerne an.

»Du weißt auch noch nicht, was auf dich zukommt.
Warte nur ab, bis ich mich erst in deinem Badezimmer
eingerichtet habe. Dann musst du dir die Zähne in der
Küche putzen.«

»Von wegen. Ich klapp die Klobrille hoch und schraub
sie fest. Dann geb ich dir Örtlichkeiten!«

Sie lachten zusammen und hielten sich weiter in den
Armen. Tim nahm Anna sanft das Taschentuch aus den
Händen und tupfte ihre letzten Tränen weg.

»Und dein Kleiderschrank ist auch viel zu klein«, stellte
Anna neckisch fest.

»Wenn's danach geht«, kicherte Tim und sah sich um,
»ist mein ganzes Haus wohl zu klein!«

»Da siehst du, was du dir eingebrockt hast.«

»Ich muss wohl anbauen, schätz ich.«

»Dann übernehme ich die Planung«, scherzte Anna.
»Das wird nicht billig, Tim Richthof!«

»Kein Problem«, hielt Tim dagegen. »Ich hab doch gerade 'ne Bankierstochter entführt und kann jetzt richtig
fett Lösegeld fordern.«

»Daraus wird nichts«, flirtete Anna. »Die ist schon längst vom Stockholm-Syndrom erfasst und möchte ihren Geiselnehmer gar nicht verlassen.«

Damit legte Anna ihre Hände an Tims Wangen und begann, ihn zärtlich zu küssen. Er hob sie hoch, setzte sie auf seine Oberschenkel und erwiderte ihre Küsse. Stück für Stück rutschte Annas Kleid nach oben.

Zur Hölle mit dem Ärger!

Die Fortsetzung

Das Vermächtnis der Eifelkomtess   Teil 2:

„Das Kreuz von Aarstein"

Unter der Burg treffen sich die Vergangenheiten

Wieder ist es die Vergangenheit, die Tim das Leben schwer macht. Zwar hat er in Anna seine erste feste Freundin, doch deren familiäres Umfeld ist entsetzt, als ihm Tims Ruf zu Ohren kommt. Anna wird von ihren Freundinnen gemobbt und von ihren Eltern Tims Einfluss entzogen. Es beginnt ein zermürbender Psychokrieg, in dem Tim auf keinen Fall klein beigeben will. Und da sind noch diese sonderbaren Geschehnisse nach dem Tag auf Burg Aarstein. Einer dieser Vorfälle ist äußerst heimtückisch und bringt Tim in Lebensgefahr.

Books on Demand
ISBN: 978-3-759-74335-0

Das Finale der Trilogie

Das Vermächtnis der Eifelkomtess   Teil 3:

„Der Säbel vom Asenberg"

Die Wahrheit darf nicht vergessen werden

Tim erfährt, dass auch Anna eine bewegte Vergangenheit hat. Er unterstützt seine Freundin, als sie sich vornimmt, einem Rätsel nachzugehen, dass ein Vermächtnis ihrer Großmutter zu sein scheint: Der Erforschung der Legende von Antoinette und Clément. Die Suche nach der Wahrheit, die für Annas Onkel äußerst lukrativ enden könnte, wirft für Anna selbst viel bedeutendere Fragen auf. Allem voran: Warum war die Sache ihrer Großmutter so wichtig? Und wenn die Geschichte wahr ist, wo liegt dann die geheime Grabstätte, von der die Legende erzählt?

Books on Demand
ISBN: 978-3-758-37371-8

Ein neues Abenteuer

Die Eifelkomtess-Saga geht weiter   Teil 4:

„Die Akte von Hillesheim"

Birgt die Krimi-Stadt ein dunkles Geheimnis?

Fünfeinhalb Jahre sind vergangen, seit Tim und Anna den Säbel von Asenberg geborgen haben. Seitdem hat sich einiges verändert. Sie beide verfolgen inzwischen ihre beruflichen Karrieren außerhalb der Eifel. Doch eines Tages zieht es sie unversehens in ihre Heimat zurück. Ein Verbrechen ist in Leyental geschehen, doch der Anlass für die Tat liegt völlig im Dunkeln. Nur eins scheint sicher: Jemand, den Anna gut kennt, muss in die Ereignisse verwickelt sein! Wie können Tim und Anna Licht ins Dunkel bringen und gleichzeitig die vertraute Person schützen?

Books on Demand
ISBN: 978-3-758-37375-6

Eine Eifeler Erzählung

„Die sonderbare Pilzvergiftung"

Gregor Mützel aus Hillesheim ist ein Profi auf dem Gebiet der Pilze. Als geprüfter Sachverständiger für Speise- und Giftpilze wird er von den umliegenden Krankenhäusern regelmäßig um Hilfe bei der Diagnose von Pilzvergiftungen gebeten. So auch in der Nacht zum anstehenden Wochenende. Was wie eine einfache Verstimmung des Verdauungstraktes erscheint, entwickelt sich zu einem echt schwierigen Fall. Zu Gregors Erstaunen liegen gleiche Fälle in zwei weiteren Eifeler Krankenhäusern vor. Die Symptomatik ist für Giftpilze untypisch, doch da alle Betroffenen die gleichen Pilze gesammelt haben und dieselben Symptome zeigen, kann Gregor die Sache nicht einfach abhaken.
Die Suche nach dem pilzigen Übeltäter beginnt. Zu allem Überfluss entwickelt sich die Situation zu einem Wettlauf gegen die Zeit, denn den Patienten geht es immer schlechter ...

Eifelbildverlag
ISBN: 978-3-9850803-3-5

Über den Autor

Thomas H. Regnery

Thomas Regnery ist hauptberuflich Ingenieur und Journalist. Zudem ist er Sachverständiger für Pilze und hat mehrere Jahre als Lehrer gearbeitet. Neben Fachbüchern über Astronomie und Pilze schreibt er auch Kurzgeschichten und Romane.

Er hält öffentliche Vorträge zu philosophischen und wissenschaftlichen Fragestellungen und betreibt mit seiner Frau Martina Regnery-Hubo die Carl-Sagan-Sternwarte.

Sein Einstieg in die Zunft des Geschichten-schreibens begann mit „Das Herz von Albenhain". Die Reihe hat bis heute vier Episoden, und ein Ende ist trotz zahlreicher weiterer Buchprojekte nicht vorgesehen.

Thomas Regnery ist Sohn eines Eifeler Vaters und einer Tirolerin als Mutter. Er bezeichnet es als das Beste aus zwei Welten, die Rheinische Ironie und den Sarkasmus der Österreicher in sich zu tragen.